VLMA

SUSANN ROSEMANN

Die Tochter des Tuchkaufmanns

ULMER INTRIGEN Ulm im Spätmittelalter. Jolanthes Vater, ein erfolgreicher Kaufmann, erleidet einen Unfall und ist an das Bett gefesselt. Da Jolanthe gut mit Zahlen umzugehen weiß, übernimmt sie gemeinsam mit dem Kontormitarbeiter die Geschäfte. Sieglinde, ihre ältere Schwester, ist gegen diese Zwischenlösung, sieht sie doch ihr Erbe in Gefahr. Als sie aus Berechnung einen Kaufmannsohn heiratet, der die Geschäfte übernimmt, gerät Jolanthe mehr und mehr ins Abseits. Sie wehrt sich, in der Überzeugung, das bessere kaufmännische Gespür zu haben und das Unternehmen des Vaters retten zu müssen. Zudem ist da Pascal, dieser Fremde aus Paris, der sie zu wagemutigen Unternehmungen ermuntert. Was verheimlicht er? Warum unterstützt er sie? Jolanthes Weg führt sie bis in die blühende Handelsstadt Venedig, um die Wahrheit zu erfahren …

Susann Rosemann wurde 1969 in Bremen geboren und ist im Saarland aufgewachsen. Zum Studium der Ur- und Frühgeschichte sowie der Archäologie zog es sie nach Heidelberg an den Neckar. Zwischen Magisterarbeit und Abschlussprüfungen kam zum Interesse für Geschichte noch die Liebe zur Literatur hinzu. Seither widmet sie sich dem Schreiben. Sie hat diverse Kurzgeschichten in Anthologien und Zeitschriften veröffentlicht und für ihre erste Romanveröffentlichung ein mehrmonatiges Stipendium vom Förderkreis deutscher Schriftsteller in Baden-Württemberg erhalten. »Die Tochter des Tuchkaufmanns« ist ihr zweiter historischer Roman. Sie lebt heute mit ihrem Mann in der Nähe von Stuttgart.

SUSANN ROSEMANN

Die Tochter des Tuchkaufmanns

Historischer Kriminalroman

GMEINER *Original*

Besuchen Sie uns im Internet:
www.gmeiner-verlag.de

Im Ehnried 5, 88605 Meßkirch
Telefon 07575/2095-0
info@gmeiner-verlag.de

1. Auflage 2012

Lektorat: Claudia Senghaas, Kirchardt
Herstellung: Christoph Neubert
Umschlaggestaltung: U.O.R.G. Lutz Eberle, Stuttgart
unter Verwendung des Bildes »Porträt der Eleonora di Toledo und ihres Sohnes Giovanni« von Angelo Bronzino;
http://en.wikipedia.org/wiki/File:Angelo_Bronzino_038.jpg
Druck: GGP Media GmbH, Pößneck
Printed in Germany
ISBN 978-3-8392-1296-7

Prolog

Ulm, 1475 Sommer

Das Geschrei der Mutter wollte nicht enden. Jolanthe steckte ihre Finger in die Ohren und begann, ein Lied zu summen. Sie wiegte sich vor und zurück und erklärte dem Stoffhasen vor sich, die Mutter würde sicher bald aufhören mit diesem Lärm. Doch sie hörte nicht auf.

Draußen war es bereits dunkel geworden, die Schwester hatte vergessen, die Läden vor dem Fenster ihrer gemeinsamen Schlafkammer zu schließen. Jolanthe zog vorsichtig die Finger aus den Ohren und lauschte. Der Ruf des Nachwächters hallte durch die Stille. Sonst tat sich nichts. Erleichtert nahm sie ihren Hasen und schlüpfte in die Holzpantoffeln, wollte hinüberlaufen ins andere Zimmer, das Kind anschauen, das die Mutter endlich geboren zu haben schien. Doch das Geschrei fing von vorn an. Wie erstarrt blieb sie stehen und biss sich auf die Unterlippe. Da stimmte etwas nicht, auch wenn ihre große Schwester sie mit beruhigendem Murmeln aus dem Raum geschoben hatte. Jolanthe wusste noch nicht viel, doch dass diese Geburt zu lange dauerte, das spürte sie.

Sie schlich den Gang entlang und öffnete vorsichtig die Tür zur Kammer der Eltern. Verbrauchte Luft schlug ihr entgegen, unterlegt mit dem metallischen

Geruch nach Blut und dem scharfen Gestank von Urin. Sieglinde und die Hebamme waren damit beschäftigt, der schreienden Mutter beizustehen, sie bemerkten Jolanthe erst, als sie am Bett stand und das schweißglänzende Gesicht der Mutter sah.

»Geh!«, fuhr Sieglinde sie an. »Du hast hier nichts zu schaffen.«

»Ich muss Martha holen«, antwortete Jolanthe ernst in dem Wissen, dass sie recht hatte. »Mutter wollte sie bei sich haben, warum hast du sie nicht benachrichtigt?«

Sieglinde starrte ihre Schwester an. Endlich antwortete sie: »Vater will das nicht. Ich weiß selbst am besten, was Mutter braucht, scher dich fort. Das Kräuterweib kommt mir nicht ins Haus.«

Kapitel 1

Ulm, 1485 Frühling

Das Stimmengewirr schwoll an, während Jolanthe aus einer Seitengasse auf den Marktplatz trat. Ein paar vereinzelte Töne einer Laute erklangen. Als sie sich umsah, war Katrein, ihre Magd, mehrere Schritte hinter ihr zurück geblieben und schaute einem Mann in bunten Beinlingen zu, wie er vor einer Gruppe Aufstellung nahm, um ein Lied darzubieten.

»Trödle nicht!«, rief Jolanthe, was die Magd zusammenschrecken ließ. Natürlich gab es vieles zu entdecken an einem Markttag in Ulm, sie selbst liebte dieses Gewimmel und Gewirr, die vielen unterschiedlichen Gerüche. Man brauchte nur stehen zu bleiben, die Augen zu schließen und sich darauf zu konzentrieren, um zu erfahren, welche Stände, welche Läden am nächsten waren. Allerdings durfte man das nicht zu häufig tun, sonst kam man nie dort an, wo man hin wollte.

In der Annahme, dass Katrein ihr folgen würde, ging sie weiter und sah sich um. In den nach vorn offenen unteren Stockwerken der Häuser hatten die Händler die Holzläden vor den Geschäften nach oben geklappt und mit Stricken an Ösen befestigt, die sie irgendwann einmal mit kräftigen Schlägen in die Hauswände getrieben hatten. Der Geruch nach Kohl und gesottenem Fleisch aus einer Garküche zog an ihr vorbei. Nebenan breitete ein Tuchmacher bunte Stoffe auf einem Holzgestell aus. Jolanthe strich mit den Fingern über den groben Wollstoff und nickte anerkennend über die sattgrüne Farbe, die ein wenig in Gelb überging und damit den Frühling selbst widerzuspiegeln schien, der aus allen Ecken kroch.

Im Haus daneben verkaufte die Bäckersfrau frisches Brot, während ihr Gatte im hinteren Teil des Raumes Teigfladen in den Ofen schob, das Gesicht gerötet von der Hitze, die ihm entgegenschlug, wenn er die Klappe öffnete. Jolanthe blieb so unvermittelt stehen, dass die Magd in sie hineinlief. Wusste ich's doch, sie ist unaufmerksam.

»Dummes Gör! Kannst du nicht aufpassen?«, sagte sie mehr zu sich als zu dem Mädchen, doch das knickste und schaute verschämt auf den Boden, die Hände verkrampft um den Henkel des Korbes, den sie trug. Jolanthe tätschelte ihr aufmunternd den Arm. Katrein hatte es nicht leicht bei ihnen im Haus. Seit dem Tod der Mutter führte Sieglinde ihrem Vater Winald den Haushalt und weiß Gott, die Schwester war nicht einfach zufriedenzustellen, das wusste Jolanthe nur zu gut. Die Magd, die ihnen zuvor zu Diensten war, hatte Sieglinde zum Teufel geschickt, weil sie zwei Widerworte zu viel in den Mund genommen hatte. Katrein hingegen verhielt sich demütig genug, wie es schien. Jolanthe hätte ihr gern mehr Mut zugesprochen, doch damit hätte sie dem Mädchen keinen Gefallen getan.

Sie wandte sich der Bäckerin zu und setzte ein Lächeln auf, von dem sie hoffte, dass es gewinnend wirkte. Eine Mischung irgendwo zwischen fröhlich, höflich und spitzbübisch, das sie nach Belieben verwenden konnte, weil sie es eingeübt hatte. Sie hatte gelernt, wie wichtig die Mimik bei der Geschäftemacherei war. Manches glich einem Spiel. Wer zuerst eine Schwäche zeigte, hatte verloren.

»Seid gegrüßt, Hermine, wie geht es den Kindern? Ich habe letzt erst zu meiner Schwester gesagt, wie prächtig doch die Kleinen vom Bäcker Johann gedeihen.«

Die Bäckersfrau blies verdrießlich eine Haarsträhne aus dem Gesicht und stemmte beide Hände in die beleibten Hüften. Sie musterte Jolanthe. Dann antwortete sie: »Kommt mir nicht so freundlich, wir haben kein Brot von gestern, und wenn Ihr wieder zehn Laib zum Preis von neunen haben wollt, schert Euch zur Konkurrenz. Bei uns gibt's keine Sonderpreise für niemanden. Auch nicht für die reiche Tochter vom Kaufmann Winald Kun.«

Jolanthe winkte dem Bäcker verstohlen zu, der sich bei den Worten seiner Frau umdrehte. Er zwinkerte verschwörerisch, bevor er sich bückte, um einen Klumpen Teig aus einem Bottich zu holen. Er warf ihn auf eine mit Mehl bestäubte Arbeitsfläche und knetete ihn mit beiden Händen.

»Beruhigt Euch, so reich sind wir nun nicht, es gibt weit bedeutendere Handelshäuser in Ulm«, sagte sie zu Hermine. »Wir müssen genauso mit unserem Hab und Gut haushalten wie Ihr. Ich nehme drei Brote, fünf Pasteten und drei von den süßen Seelen.«

Bei ihrem letzten Einkauf hatte sie der Bäcker bedient. Sie hatte ihn um einiges herunterhandeln können, und es hatte ihnen beiden Freude bereitet, auch wenn er, wie sie zugeben musste, sicher ungünstiger aus dem Ganzen hervorging als sie. Wer zuerst eine Schwäche zeigt …

»Du verdrehst einem den Kopf mit deinem vielen Gerede«, hatte er schließlich gerufen und gelacht, als sie ihm von treuer Kundschaft erzählte und auf das Brot wies, das sie zu kaufen gedachte.

Katrein nahm die bestellten Dinge entgegen und verstaute sie in ihrem Korb.

»Was habt Ihr daheim nur mit den vielen Broten gemacht?«, fragte Hermine mit einem Kopfschütteln.

Jolanthe wechselte ihren Korb von einer Hand in die andere und beobachtete den Bäcker beim Formen von länglichen Teigwülsten.

»Brotsuppe. Drei Tage lang«, antwortete sie schließlich. Aus den Augenwinkeln sah sie Hermines Lächeln.

»Eure Schwester, die Sieglinde«, sagte die Frau des Bäckers schließlich, »die versteht viel von der Führung eines Haushaltes.«

Im Gegensatz zu mir, ergänzte Jolanthe in Gedanken. Sie antwortete: »Aber sie hat einen großen Fehler. Sie kann nicht rechnen.« Sie zählte die Münzen auf den Tisch und verabschiedete sich mit einem Nicken.

Auf dem Marktplatz reihte sich ein Stand an den nächsten, darüber grobe Tücher als Dach, abgestützt mit Holzstangen, die Regen oder Sonne abhalten sollten, damit die Waren keinen Schaden nahmen. Ab und an blähten sie sich auf, wenn eine Windböe darunter fuhr. Es gab ein knackendes Geräusch, wie bei einem Schiff unter Segeln. Das Geschiebe nahm zu, als Jolanthe und Katrein zwischen die Stände traten. Ein Kind plärrte und wurde von einer verärgerten Stimme zur Ordnung gerufen. Das Gekläff eines Hundes übertönte für Augenblicke das Geschrei der Händler in ihren Buden. Drüben am Pfahl des Prangers hing heute keiner, der einen Fehltritt büßen musste. Das dunkle Holz war leer, auch die abgeschnittene Hand eines Diebes, die dort letzt noch zur Abschreckung vermoderte, hatte man abgenommen.

Jolanthe hielt inne und überlegte, wo sie als Nächstes hingehen sollte. Sieglinde gab die Aufgabe, für den Haushalt einzukaufen, nicht häufig aus den Händen. Zu unzufrieden war sie mit dem, was Jolanthe ihr brachte. Dies war ihr zu alt, jenes zu viel, von anderem wiederum zu wenig. Sie habe doch alles Aufgetragene notiert, warf sie der Schwester immer wieder vor. Dass Jolanthe wesentlich weniger von dem Haushaltsgeld vergeudete als Sieglinde, das wurde immer unter den Tisch gekehrt, auch von ihrem Vater. Jolanthe hatte es aufgegeben, sich über dessen Uneinsichtigkeit zu ärgern, und tat weiterhin, was sie für richtig hielt. Ob sie auf dem Markt feilschte oder im Handelskontor darauf achtete, dass alles seinen rechten Gang nahm, während Winald sich im Handelshaus der Tuchhändler aufhielt und mit den anderen Männern endlose Debatten über politische Entwicklungen führte, es war für sie ein und dasselbe. Beides bereitete ihr Freude.

Vom Vater hatte sie die Erlaubnis erkämpft, die Abrechnungsbücher zu führen. Offiziell war er der Meinung, dass eine junge Frau so etwas nicht leisten konnte. Sie hatte den Verdacht, dass ein wenig Eigennutz dahinter steckte, wenn er ihr dennoch mehr und mehr Befugnisse im Kontor einräumte. Seit der alte Vincent, dem sie so lange auf die Nerven gefallen war, bis er ihr das Rechnen beibrachte, aus dem Unternehmen ausgeschieden war, sparte Winald sich so das Gehalt für einen neuen Angestellten.

Jolanthe setzte sich erneut in Bewegung, lief vorbei an einem Stand, an dem Küken in Käfigen übereinander krabbelten.

»Zeig mir die Liste«, sagte sie zu Katrein, die ihr das Gewünschte hinhielt, da sie es selbst nicht lesen konnte. Einen ganz bestimmten Fisch hatte ihr Sieglinde diktiert, sie suchte auf dem Wachstäfelchen nach dem Namen, genau, einen Zander. Heute würde sich Besuch für den Vater einfinden. Sieglinde stand bereits seit dem Morgengrauen auf den Füßen, um alles vorzubereiten.

Jolanthe sah sich die Auslagen der Bauern an, die aus dem nahen Umland nach Ulm kamen, um ihre Waren anzubieten. Einer, den sie kannte, weil sie immer bei ihm kaufte, hatte frische Forellen aus seinen Teichen gefischt. Gelegentlich bot er diese an. Sie schmeckten tadellos. Mehrere Gewässer hatte er mit einem kleinen Bach verbunden, sodass immer frisches Wasser hindurchfloss, das hatte er ihr erläutert. Und auch wie wichtig das war, damit die Fische gut gedeihen konnten. Doch Sieglinde wollte keine Forellen. Deshalb warf sie einen bedauernden Blick auf die Ware und ging weiter.

Bei einem der Flussfischer auf dem angrenzenden Fischmarkt blieb sie stehen und begutachtete das Angebot. Sie beugte sich über ein paar Zander, strich mit dem Finger darüber, um zu fühlen, wie glitschig die Schuppen waren, sah sich die trüben Augen an und war sicher, dass die Fische nicht das versprachen, was der Händler durch sein vollmundiges Anpreisen vorgab.

»Guter Mann!« rief sie dem Fischer zu. »Wie viel kosten diese Zander hier? Sie riechen, als lägen sie schon eine Woche außerhalb des Wassers.«

Der Mann wandte sich von einer Kundin ab, der er gerade sein Sortiment aufzählte. »Die sind von gestern und gut gelagert. Wie Ihr sicher wisst, werden wir streng kontrolliert.« Er zog die Brauen zusammen und nannte einen Preis, der Jolanthe nicht lange überlegen ließ. Sie drehte sich um.

»Was tut Ihr?«, fragte Katrein besorgt. »Ihr wollt einfach so gehen? Frau Sieglinde war der Fisch besonders wichtig.«

»Ich weiß«, antwortete Jolanthe und begab sich zurück zu dem Bauern mit den Forellen, dessen Angebot um etliche Pfennige billiger ausfiel und der sich freute, ihr seine Ware zu verkaufen.

»Und wenn Sieglinde mit Forellen aus der Zucht nichts anzufangen weiß, sondern lieber dieses faulende Etwas von Zander aus dem Fluss haben will, dann soll sie mich gern haben. So etwas kaufe ich nicht«, sagte sie zufrieden zu Katrein, als sie das Geschäft getätigt hatte.

Jemand zupfte sie am Ärmel. Sie sah nach unten. Ein Kind in Lumpen, die ihm vom mageren Körper hingen, schaute mit großen Augen zu ihr hoch und streckte ihr wortlos seine Hand entgegen. Jolanthe strich ihm mit dem Finger über die schmutzige Wange, drehte sich zu Katrein und zog eine der mit Honig gesüßten Seelen aus Dinkelmehl aus dem Korb. Die gab sie dem kleinen Bettler, der das Gebäck mit einer schnellen Bewegung an sich riss und weghuschte, so als könne seine Wohltäterin ihre Gesinnung ändern, wenn er nicht schnell genug reagierte.

Jolanthe ging weiter, schaute sich rechts und links die Waren an und hielt beim Stand des Schlachters inne, der gerade mit Schwung ein Beil auf den Hals eines Huhnes niederfahren ließ. Blut spritzte auf seine Schürze. Er schob den abgetrennten Kopf auf den Boden und begann, das Huhn zu rupfen.

»Wollte meine Schwester nicht auch ein Huhn für morgen?«, fragte Jolanthe. Katrein nickte eilfertig.

Sie sprach die Frau des Schlachters an, die ebenfalls eine blutige Schürze trug und ein Fleischmesser in der Hand hielt.

»Gebt mir zwei von diesen Hühnchen und macht mir einen guten Preis. Ich hoffe, der Stoff, den ich Euch letzte Woche liefern ließ, kleidet Eure Tochter vorzüglich? Ein so günstiges Angebot zu solch hoher Qualität war ein großes Glück, dem seid versichert. Die Leute schlagen sich geradezu um diese Ware.«

Die Frau lächelte erfreut, als sie Jolanthe erkannte. »Sie war bereits beim Schneider damit. Er wird das Kleid nächste Woche liefern. Zwei Hühner wollt Ihr? Schaut her, ich habe da prächtige Exemplare.«

Jolanthe suchte sorgfältig aus und wartete, bis ihr das Gewünschte gereicht wurde. Ein paar Stände weiter kaufte sie noch ein paar Veilchen, die sie in einer Vase auf dem Esstisch drapieren wollte. Schließlich lenkte sie ihre Schritte vorbei an einem Stand mit Töpferwaren in Richtung eines Gewürzhändlers, der ihr auf dem Hinweg bereits aufgefallen war. Sein Angebot umfasste Alltägliches ebenso wie teuren Koriander. Sieglinde erwartete Pfeffer.

»Ihr kommt von weit her?« fragte sie, während sie die Gewürze betrachtete. Es war immer gut, erst einmal ein allgemeines Gespräch zu beginnen, um die Stimmung zu lockern.

»Ich komme mal von hier, mal von dort. In Ulm war ich schon seit längerer Zeit nicht mehr, falls Ihr das meint.«

Jolanthe nickte und deutete auf ein grünes Glasgefäß. »Was ist darin?«

»Reiner und echter Safran, meine Liebe, wenn Ihr wisst, was das ist. Ein sehr wertvolles Gewürz, was in keiner gehobenen Küche fehlen sollte. Ich rieche Fisch in Eurem Korb, lasst Euch gesagt sein, dass Safran vorzüglich mit Fisch ...«

Jolanthe winkte ab, was glaubte der Kerl? Natürlich wusste sie, was Safran war, doch bislang hatte sie es nicht für nötig befunden, welchen zu kaufen. Er war ihr zu teuer gewesen für den geringen Nutzen, den er brachte. Dennoch warf sie einen Blick in das geöffnete Gefäß, das er ihr hinhielt. Goldgelbe Fäden sah sie.

»Ihr habt ganz außergewöhnliche Schätze hier liegen. Wie viel würdet Ihr für den Safran verlangen?«

»Kommt drauf an, wie viel Ihr mir abnehmt.«

Der Händler reizte mit dieser Antwort ihren Widerspruch. »Wie viel wollt Ihr mir denn verkaufen?« fragte sie zurück und erntete dafür ein Lachen.

»Zwei Fäden drei Schilling.« Er zupfte an seinen ausgestellten Ärmeln. Erst jetzt fiel Jolanthe auf, dass sein Hemd aus Seide gearbeitet war.

»Das, was Ihr mir da anbietet, ist gerade mal die Hälfte wert.« Sie konnte nicht verhindern, dass sich ein überlegenes Lächeln auf ihre Lippen legte. »Ihr wisst Eure Kundschaft auszunehmen. Der Preis für Safran liegt in Italien bei der Hälfte von dem, was Ihr hier in Ulm verlangt. Ich kann mir nicht vorstellen, dass er sich auf dem Transportweg verdoppelt.« Es war eine Annahme, die sie jedoch stützen konnte auf ein Gespräch, das sie letzt mit einem Kunden ihres Vaters geführt hatte. Der war auf einer Reise in Italien gewesen und ein begnadeter Erzähler, von dem sie nebenbei immer wieder wichtige Dinge erfuhr, weswegen sie sich gern mit ihm unterhielt.

»Ihr habt erstaunliche Erfahrung, wenn ich das so sagen darf.« Der Mann zog eine Braue hoch, eine Geste, die Jolanthe arrogant vorkam. »Habt Ihr dieses Land bereist, meine Gute?«

»Nein«, Jolanthe verschränkte die Arme vor der Brust. »Das muss ich nicht, um zu sehen, dass Ihr mich übervorteilen wollt.«

»So, das seht Ihr also.«

»Wundert Euch das? Ich biete Euch einen Schilling für einen Faden von Eurem Safran. Und legt mir noch ein paar Pfefferkörner obenauf.«

Der Mann stützte beide Hände auf seinen Tisch und beugte sich vor, um sie zu mustern. Mit gesenkter Stimme sagte er: »Euch ist dieser Safran zu teuer? Gut. Ich habe da noch etwas Besonderes, was Euch sicher genehmer ist. Ich biete das nicht jedem an, nur denen, die mir gefallen.« Er bückte sich unter den Tisch und kam mit einem kleinen Kästchen wieder zum Vorschein. Er öffnete es und ließ Jolanthe hineinsehen. Sie konnte längliche Fäden erkennen, die etwas heller schienen als die aus dem grünen Glas. »Ein ganz besonderer Safran, direkt aus dem Orient importiert, meine Liebe. Und da ich dorthin Beziehungen habe, bekomme ich ihn zu einem günstigen Preis.« Er schloss das Kästchen. »Den gebe ich gern an Euch weiter. Vier Fäden für drei Schillinge. Wie gefällt Euch das?«

Jolanthe zögerte und ließ sich noch einmal die helleren Fäden zeigen, drehte das Kästchen ins Licht, um sie genau zu betrachten und sicherzugehen. Jetzt habe ich dich, dachte sie. »Ein Faden hiervon, fünf Pfefferkörner für zehn Pfennige, dann sind wir beieinander.«

Der Händler nickte. Er schickte sich an, das Gewünschte zu verpacken, dann hielt er die Hand hin. Doch Jolanthe machte weder Anstalten, die Ware an sich zu nehmen, noch sie zu bezahlen.

»Ihr habt geglaubt, ich lasse mich reinlegen, was?«

Er zog seine Hand zurück, und sie freute sich diebisch über seinen misstrauischen Gesichtsausdruck. Sie trommelte mit den Fingern auf den Holztisch, zögerte den Augenblick hinaus, so lange es ging.

»Inwiefern?«

»Dies hier ist kein Safran. Das ist Saflor, durchaus schmackhaft, aber eine Fälschung. Ihr wolltet mich täuschen.« Sie hatte erst letzt ein Gespräch des Vaters mit angehört, bei dem es um die hohen Strafen ging, die der Rat verhängte für Händler, die gefälschten Safran unter die Leute brachten.

Er lachte. »Aber niemals!«

Natürlich bestritt er, aber sie war sich ihres Urteils sicher. Sie brauchte nur zu sehen, wie er das Zittern seiner Hände zu verbergen versuchte, indem er sie in den Ärmeln versteckte.

»Das ist schön für Euch. Seid froh, dass ich es nicht dem Rat melde«, entgegnete Jolanthe und wandte sich ab.

»Gute Frau, so wartet doch! Kann ich Euch mit einer Gabe milde stimmen, ich wollte Euch nicht …«

»Der Pfeffer«, hörte sie Katrein neben sich flüstern. Sie lief los, ohne darauf zu reagieren. Der Händler rief ihr hinterher: »Ich schenke Euch fünf Pfefferkörner, so wartet doch!«

Jolanthe hörte nicht auf ihn, sie achtete nicht darauf, ob Katrein ihr folgte oder nicht. Sie schob sich durch die Menge, erreichte eine Nebengasse und schritt schnell aus. »Der Pfeffer«, ahmte sie die Magd nach und wechselte den Korb so schwungvoll von einer Hand in die andere, dass er ihr fast entglitt. Was waren schon ein paar Pfefferkörner gegen den Triumph, den sie spürte, wenn sie den Mann einfach stehen ließ? Der würde sich das nächste Mal genau überlegen, wie hochmütig er sie behandeln wollte. Sie war eine Kaufmannstochter, und wenn sich solche Gestalten wie der Gewürzhändler das merkten, dann zählte für sie nichts sonst.

Wer so hochmütig mit seinen Kunden umging, war schlicht und ergreifend kein guter Händler! Und sie,

Jolanthe, sie ließ sich nicht von Halsabschneidern beschenken. Wenn sie sich das nicht schon längst vorgenommen hatte, so galt es ab jetzt und heute.

Kapitel 2

Vor ihrem Zuhause blieb Jolanthe stehen und blickte die Fassade des mehrstöckigen Gebäudes hoch. Ihr Vater gehörte nicht zu den reichsten Kaufleuten Ulms, doch zu den alteingesessenen allemal, und sein Heim konnte sich sehen lassen. Dem unteren Stockwerk in Stein gemauert, schloss sich oben Fachwerk an mit Läden an den Fenstern, in die Winald im mittleren Teil Glas hatte einsetzen lassen. Dahinter lag das Kontor, in dem sich vor allem die Schreibstube befand sowie genügend Platz, um Ware zwischenzulagern. Auf den Fensterbänken hatte Sieglinde Holzkästen mit Frühlingsblumen bepflanzt. Die Sonne stahl sich zwischen den Hausdächern hervor und ließ den weißen Putz zwischen den Balken leuchten.

Jolanthe schob mit beiden Händen die schwere Eingangstür auf, drehte sich noch einmal um und sah auf den Weg, den sie gekommen war, doch Katrein ließ sich immer noch nicht blicken. Entweder das Mädchen hatte sich mal wieder verirrt, oder sie trödelte mit Absicht, um dem häuslichen Ärger zwischen den Schwestern zu entgehen, den sie wohl erwartete.

Was, ihr habt keinen Pfeffer mitgebracht?, hörte Jolanthe die Stimme Sieglindes in ihrem Kopf und entgegnete ihr in Gedanken: Ich bin ebenso die Tochter des Hauses wie du und kann meine eigenen Entscheidungen treffen. Das war eine Tatsache, die hier jeder zu übersehen schien. »Nur weil du fünf Jahre älter bist, kannst du nicht über mich bestimmen«, brummte sie.

Im Flur, der nur durch ein schmales Fenster erhellt wurde, stellte sie ihren Korb mit den Fischen auf den Steinboden und zog ihren Umhang aus, den sie sorgfältig zusammenfaltete und in eine Truhe legte. Wenn ihre Mutter nicht bei der Geburt des einzigen Sohnes vor Jahren gestorben wäre, hätte sie vielleicht als Maß aller Dinge vermittelnd zwischen den Schwestern eingreifen können. Der Sohn war ihr gefolgt. Sieglinde hatte kurz darauf die vom Vater eingesetzte Haushälterin zum Teufel gejagt und spielte sich seither auf, als habe sie als Einzige das Sagen. Ich weiß am besten, was Vater braucht, war ihr liebster Spruch. Dasselbe hatte sie gesagt in der Nacht, als es der Mutter so schlecht ging, als sie Jolanthe daran gehindert hatte, Martha, die Kräuterfrau, zu holen. »Ich weiß am besten, was Mutter braucht.«

Ins Kontor setze Sieglinde kaum je einen Fuß und missbilligte, dass Jolanthe sich dort andauernd, wie sie betonte, herumtrieb. Manchmal fragte Jolanthe sich, wie Sieglinde beim Vater scheinbar mühelos ihren Kopf durchsetzen konnte, während sie selbst um alles zu kämpfen hatte.

Mit dem Korb in beiden Händen betrat Jolanthe die Küche, in der die Schwester mit einem Messer frische Kräuter hackte. Die Veilchen lagen auf den Fischen, deren Geruch den sanften Blütenduft überlagerte. Sie hob die Blumen vorsichtig heraus und nahm einen Krug vom Regal an der Wand, um ihn mit Wasser aus einem Eimer zu füllen.

»Was du nur immer mit den Veilchen hast«, meinte Sieglinde. Sie stand an einer Arbeitsplatte neben dem Herd und hob mit zwei Lappen einen Steinguttopf darauf, den sie aus dem Herdfeuer geholt hatte. Als sie ihn öffnete, stieg weißer Dampf empor und verflüchtigte sich durch das Fenster nach draußen. Es roch nach Bratenkruste.

»Sie gefallen mir. Sie sind ein Zeichen des Frühlings.«

Sieglinde schob einen Holzscheit in das Ofenfeuer und wischte die Hände an der Schürze ab. Die Köchin, die normalerweise zur Mittagsstunde immer aushalf, war seit Tagen am Bett ihres kranken Kindes unabkömmlich. Dennoch schien Sieglinde die Arbeit nicht über den Kopf zu wachsen. Sie hatte die Dinge im Griff, das musste Jolanthe ihr zugestehen. Ihre hochgewachsene Gestalt mit dem braunen, aufgesteckten

Haar strahlte eine Grazie aus, die keine Küchenkleidung stören konnte. Sie bewegte sich so anmutig, als gingen ihr die Tätigkeiten leicht von der Hand. Sie hätte genauso gut am Fenster stehen und mit einem Tüchlein ihrem Verehrer zuwinken können. Jolanthe wusste, welche Überlegenheit hinter dieser Fassade stecken konnte.

Im Grunde müsste sie längst einen Ehemann haben, dachte sie. Sieglinde war hübsch anzusehen, im Gegensatz zu Jolanthe, deren Nase, wie sie fand, viel zu charakteristisch aus ihrem Gesicht ragte und sie ein ums andere Mal störte, wenn sie ihr Spiegelbild sah. Hinzu kamen die häuslichen Qualitäten der Schwester. Aber keiner der Verehrer konnte es Winald recht machen. Jolanthe hatte sich oft gefragt, warum Sieglinde sich in diesem Punkt nicht beim Vater durchsetzte, war sie doch sonst keine, die sich Dinge gefallen ließ, die sie nicht wollte. Und ich, was ist mit mir? Irgendwann kommt auch meine Zeit.

»Zeichen des Frühlings gibt es viele, nicht immer nur diese Veilchen. Wo ist Katrein?«

Sie hörten das Knarren der Eingangstür, und einen Augenblick später betrat die Magd den Raum, stellte mit einem Knicks ihren Korb mit den Einkäufen auf den Tisch. Ohne aufzusehen packte sie sogleich die Sachen aus und legte sie für Sieglinde griffbereit, die Schultern hochgezogen, ihr ganzes Verhalten ein Spiegelbild ihres schlechten Gewissens. So als habe sie etwas falsch gemacht, nicht ich, dachte Jolanthe. Sie tat es ihr nach und zog die Fische aus dem Korb und wurde von der Schwester beiseite geschoben.

»Was ist das?«

»Forelle«, antwortete sie. »Die sind frisch vom Bauern, die vom Händler hingegen konnte man den Katzen geben. Für so etwas verschwende ich kein gutes Geld, da musst du wen anderes schicken.«

»Der Fischmarkt hat nicht nur einen einzigen Händler! Was soll ich mit Forellen anfangen, ich brauche einen großen, fetten Zander für Vaters Gäste morgen.«

»Ich dachte, die kämen heute.«

»Der Heutige ist unwichtig. Ich wäre dir dankbar, wenn du dir wenigstens derartige Kleinigkeiten merken könntest.« Sieglinde ließ den Blick über die Einkäufe wandern, die Katrein mittlerweile ausgebreitet hatte. Ihre fein geschnittenen Brauen waren zusammengezogen, der sonst so volle Mund zusammengepresst, so als erwarte sie noch mehr unwillkommene Überraschungen. Jolanthe verschränkte die Arme vor der Brust. Es war immer dasselbe. Sie redeten aneinander vorbei, weil der einen andere Dinge wichtiger waren als der anderen. Zugegeben, man könnte sich mehr Mühe geben, aber das galt für beide Seiten, und deshalb sah sie nicht ein, damit zu beginnen.

»Wo ist der Pfeffer?«

»Beim Händler. Wucherpreise will er, da mache ich nicht mit«, entgegnete Jolanthe.

Sieglinde drehte sich um und starrte sie an. In Erwartung eines Wutanfalls, setzte Jolanthe ihr eingeübtes Lächeln auf und beobachtete einen Spatz, der draußen auf der Fensterbank nach Brotkrumen pickte. Der Ärger blieb aus, Sieglinde sagte überhaupt nichts. Verwundert blickte Jolanthe in ihr Gesicht. Ihre Blicke trafen sich.

»Manchmal«, brachte die Schwester endlich hervor, »glaube ich, du machst das mit Absicht.«

Jolanthe zuckte mit den Schultern. Dumme Sache, natürlich machte sie nichts absichtlich, doch wie sollte sie der Schwester erklären, dass sie bei Tunichtguten, die sie vorführen wollten, nicht kaufen konnte, dass sie sich mit altem Fisch nicht übers Ohr hauen ließ, dass es einer Kaufmannstochter nicht gut zu Gesicht stand, das Doppelte zu zahlen als nötig?

»Katrein. Geh noch mal zum Markt. Jolanthe, gib ihr die Münzen. Ich brauche diesen Pfeffer, besorge ihn mir.«

Jolanthe zögerte. Dann entschied sie, keinen weiteren Ärger zu entfachen, zog den Beutel aus den Falten des Rockes und zählte die Münzen in die Hand der Magd. Die knickste erneut und verschwand aus dem Raum, so als sei sie froh, der schlechten Stimmung darin zu entkommen.

»Und du«, fuhr Sieglinde fort, »mach anstelle der Magd den Nachtisch. Zimtpudding, das wirst du wohl hinbekommen. Ich habe keine Zeit, alles allein zu tätigen, und ihr habt lange genug getrödelt.« Damit drehte sie sich um und begoss den Braten mit Soße, um ihn danach wieder über das Feuer zu schieben.

Zimtpudding, nun gut, dachte Jolanthe. Vor Urzeiten hatte sie so etwas einmal zubereitet, warum sollte das nicht wieder gelingen? Sie sah sich suchend um und fand auf dem Tisch zwischen Schälchen mit Mehl und Behältnissen mit Körnern ein Häufchen vorgehackter Mandelkerne, welche sie in eine Schale aus Stein tat. Dann begann sie, mit einem Stößel die Mandeln zu zerstoßen, mit Druck von oben, sodass sich die länglichen Stücke zu einer Masse verformten. Schließlich nahm sie einen Kessel, gab das Mandelmus und Wasser hinein und hängte ihn an einer Kesselsäge über das Herdfeuer. Sie stellte die Höhe ein, nahm sich einen Kochlöffel und ein Tuch, hielt den Topf fest und vermengte den Inhalt. Etwas Honig dazu, noch ein wenig mehr, nach Gefühl. Sie tat noch einen Schwung darüber, steckte einen Löffel davon in den Mund und ließ die Süße auf der Zunge zergehen. Dann rührte sie, während sie Sieglinde beobachtete, die kleine Teigfladen formte und mit Gemüse belegte. Der Topfinhalt brodelte, und Jolanthe trat an ein Regal, in dem Vorräte in unterschiedlich großen Tongefäßen aufbewahrt wurden.

»Was suchst du?«, fragte ihre Schwester hinter ihr.

»Reismehl.«

»Auf dem Tisch.«

Jolanthe drehte sich seufzend um. Wie sie diese Tätigkeit hasste. Handlanger zu sein war das eine, was ihr missfiel, doch auch wenn sie allein in diesem Reich hätte werkeln dürfen, ihr wäre die Lust vergangen allein beim Zusammensuchen der Zutaten. Sie nahm das Gefäß mit dem Reismehl, gab nach Gefühl etwas in ihren Topf und rührte erneut.

Dabei dachte sie an den Gewürzhändler und die hohen Preise, die er erzielte. Laut ihrem Informanten, kostete der Safran in Italien erheblich weniger als der, den er hier anbot, und sie konnte nicht glauben, dass allein der Transport derart aufwändig bezahlt werden musste. Für diese dünnen Fäden? Sicher, sie waren kostbar, doch das war die Seide, welche die Kaufleute im Handelshaus anboten, auch. Und die Gewürze nahmen weniger Platz ein. Die steckte man zwischen ein paar Tuchballen und fertig. Natürlich musste der Handelszug gezahlt werden, die Wegzölle, sowie der Schutz durch Berittene. Aber das galt für Tuch ebenso wie für Gewürze, und bei Tuch schien ihr die Gewinnspanne bei Weitem nicht so hoch. Dafür konnte man es schlicht nicht teuer genug verkaufen. Warum nur hatte der Vater noch nie an eine Ausweitung seines Geschäftsfeldes gedacht? Stattdessen befasste er sich seit jeher nur mit Tuch, vornehmlich mit solchem aus der Gegend.

Der Pudding kochte und Jolanthe nahm den Topf aus der Vorrichtung. Vom Regal zog sie ein paar Schalen. Sie hatte vergessen, wie viele Gäste der Vater heute und wie viele er morgen erwartete und ebenso wenig Lust, die Schwester danach zu fragen, nur um sich eine erneute Zurechtweisung einzufangen. Sie füllte einfach fünf der Schälchen voll und schob sie nach hinten an die Wand, damit sie den beiden Frauen nicht weiter im Weg standen.

Gewürzhandel, dachte sie wieder und sah die bunt gefüllten Körbchen und Gefäße vor sich. Kostbarstes Gut, ohne dass es viel Raum einnahm. Sie beschloss, mit Cornelius, dem Mitarbeiter des Kontors, darüber zu reden, sobald er aus Biberach zurück war. Schließlich kam er herum, reiste mit Münzen des Vaters zu den Webereien bis hinunter nach Friedrichshafen. Zudem sprach er mit den Fernhandelskaufleuten, wenn er im Handelshaus auf sie traf. Er würde vielleicht eine Meinung dazu haben, wie aussichtsreich ein Einstieg in den Gewürzhandel war. Ihr Vater, für den musste sie sich immer erst gute Argumente zurechtlegen, wollte sie ihn von etwas überzeugen. Deshalb würde sie sich vorher umhören.

»Du hast den Zimt vergessen!« Sieglinde hatte mit einem Löffel die Reste aus dem Topf gekratzt, in dem Jolanthe den Nachtisch angerührt hatte. »Kann man dir wirklich gar nichts anvertrauen? Du schaffst es sogar, bei einem Zimtpudding den Zimt zu vergessen!«

Du hast eben deine Stärken, dachte Jolanthe, und ich habe die meinen. Sie nahm den Becher mit den

Veilchen an sich. Die würde sie oben in ihrer Kammer vor das Fenster stellen, hier unten waren sie ohnehin nicht erwünscht, und im Kontor hatte sie bereits etliche Pflänzchen dieser Art auf den Fensterbänken verteilt. Ohne der Schwester zu antworten drehte sie sich um und verließ den Raum.

Meine Schwester, dachte Sieglinde, während sie abwesend einen Löffel Zimt über die fünf Schälchen mit Nachtisch verteilte, obwohl sie nur zwei davon brauchte. Der Vater wollte allein mit seinem Gast speisen. Meine Schwester ist mir unerklärlich. Schon als junges Mädchen hatte sie nicht verstehen können, warum Jolanthe ihr nicht im Haushalt helfen wollte, stattdessen den lieben langen Tag im Kontor herumkroch zwischen den Waren, den Büchern und den Füßen der Männer, denen sie doch nur im Weg gewesen war. Allen Belehrungen zum Trotz war sie immer wieder dort gelandet, und Sieglinde hatte das Nachsehen gehabt, allein gelassen mit den vielfältigen Arbeiten im Haushalt. Einmal, es war schon eine Weile her, zu Zeiten, kurz nachdem die Haushälterin gegangen war, hatte Jolanthe einen Tonkrug mit Mehl fallen gelassen und war weggerannt. Sie hatte es aus reiner Absicht getan, Sieglinde wusste es, sie sah das Gesicht der Schwester noch heute vor sich. Kein Erschrecken hatte sie darin erkennen können. Eher lauernde Vorsicht. Und die mit Mehl verstaubte

Küche hatte Sieglinde reinigen müssen, Jolanthe blieb bis zum Abend unauffindbar.

Nicht nur einmal hatte sie ihre Mutter dafür gehasst, dass sie so früh gestorben war und ihr die Bürde des Haushalts und das Kreuz mit dieser Schwester hinterlassen hatte. Und das Schlimmste war, der Vater duldete Jolanthes sonderbares Verhalten, so als billige er, dass sie sich auf diese Art Geltung verschaffte.

Sieglinde schob die Schüsseln mit dem Pudding beiseite. Es erübrigte sich, ihn zu probieren, sie konnte sehen, dass er missraten war und klumpte. Zudem würde der darauf gestreute Zimt sich nicht mehr mit der Masse verbinden, mit voraussehbaren Folgen für den Geschmack. Sie musste ihrem Vater deutlich machen, dass der Pudding nicht von ihr stammte.

Katrein betrat die Küche. Die Wangen gerötet, ging ihr Atem schwer, so als sei sie den Weg zum Markt und zurück gerannt.

»Hast du den Pfeffer?«

Die Magd hielt ihr einen Beutel entgegen. Sie schlug die Augen nieder, so als fühle sie sich schuldig an der Verzögerung. Wenigstens eine, die die Dinge, die angeordnet wurden, wichtig nahm.

»Du kannst den Pfeffer gleich mahlen. Gib mir das Wechselgeld.«

»Ich habe keins. Jolanthe gab mir genau den Betrag, den der Händler haben wollte, ich …«

»Schon gut«, mit einem Winken schickte Sieglinde die Magd an ihre Arbeit. Sie hätte sich denken können, dass Jolanthe die Münzen genau abzählte, ja dass sie sich an den exakten Preis sogar erinnern konnte. Nichts war ihr wichtiger als die Zahlen. »So unnütz«, murmelte Sieglinde.

Sie ließ die dunklen Pfefferkörner auf ihre Handfläche fallen und fuhr mit dem Finger dazwischen, sodass die Kügelchen herumrollten, bevor sie sie in einem Kästchen verstaute. Plötzlich horchte sie auf. Katrein hatte die Tür einen Spalt weit offen gelassen, und nun kamen Stimmen vom Flur herein. Sieglinde strich sich das Kleid glatt und nickte der Magd zu.

»Geh, bereite die Schüsseln mit Suppe vor und bring sie in die Stube. Vaters Gast ist gekommen.«

Die Suppe würde heiß genug sein, um ein wenig auf dem Tisch abkühlen zu können. Winald hatte darum gebeten, möglichst zügig zu servieren. »Mir ist's ein Rätsel, warum der Kerl überhaupt kommt, aber man will ja nicht unhöflich sein«, hatte er gemurrt.

Sieglinde trat in den Flur und sah Jolanthe bei der Haustür mit einem Mann stehen. Die Schwester lachte, den Kopf in den Nacken geworfen, die dunkelblonden Haare fielen auf ihren Rücken, verfingen sich im Stoff eines Wolltuches, das sie über die Schultern gelegt hatte. Sonst an Männern nicht interessiert, und auf einmal tut sie so aufgeregt. Sieglinde trat auf die beiden zu und musterte den Ankömmling. Sie musste zugeben, dass er Jolanthes aufgedrehtes Verhalten rechtfertigte. Ein stattlicher junger Kerl, mit einem fremdländischen Anklang in der Sprache, der die Schwester um einen halben Kopf überragte und mit Grübchen in den Mundwinkeln auf sie herabsah, seine Kopfbedeckung höflich abgenommen hatte und sie nun lässig in einer Hand schlenkern ließ.

»Mein Herr? Verzeiht, ich habe Euer Kommen zu spät bemerkt.«

Der Mann wandte sich zu ihr, und trotz des Dämmerlichts im Flur sah Sieglinde seine blauen Augen vor Vergnügen leuchten. Himmel, was hatte Jolanthe ihm nur erzählt, dass er sich so freute?

»Die Dame des Hauses?«, fragte er, und seine weiche Stimme erzeugte ein Kribbeln in ihrem Nacken, das sie wie ein angenehm kühler Hauch frösteln ließ. Sie konnte sich gut vorstellen, dass dieser Kaufmann, so jugendlich er auch wirkte, seinen Kunden damit das Geld aus der Tasche lockte.

»Wie man es nehmen will«, sie knickste, indem sie mit spitzen Fingern den Rock leicht anhob. Wollen wir doch mal sehen, wer hier mehr Eindruck schindet, dachte sie mit einem kurzen Seitenblick zur Schwester, die verstummt war.

»Meine kleine Schwester habt Ihr bereits kennengelernt, nun will ich Euch zu meinem Vater bringen, folgt mir bitte.« Bevor sie sich umdrehen konnte, stichelte Jolanthe: »Wie gut, dass du die Verhältnisse geklärt hast. Er hätte dich fast mit der Köchin verwechselt.«

Sieglinde schloss die Augen, um den stechenden Blick auszusperren, der ihre Gefühle sonst allzu sehr offenbart hätte. Sie atmete einmal tief. Sie meint es nicht so, bleib ruhig.

»Du kannst in der Küche der Magd zur Hand gehen und das Essen richten. Die Herren wollen zügig etwas auf den Tisch bekommen.«

»Tut mir leid«, Jolanthe schob sie beiseite und ging auf die Treppe zu. Ohne sich noch mal umzudrehen, ergänzte sie: »Ich habe im Kontor zu tun, die Bücher führen sich nicht von allein, weißt du?«

Sie stieg die Stufen hoch und verschwand. Es kostete Sieglinde alle Selbstbeherrschung, ihr nicht einen Fluch hinterherzuschicken. Wer nur hatte ihr diese Schwester als Strafe auferlegt und wofür?

Der Gast räusperte sich und holte Sieglinde zurück zu ihren Pflichten. Höflich entschuldigte sie sich und bedeutete ihm, ihr zu folgen. Winald saß bereits am Tisch in der Stube und blickte ihnen so finster entgegen, dass seine eng stehenden Augen noch dichter zusammenzurücken schienen. Die Hände vor seinem stattlichen Bauch verschränkt, beobachtete er, wie Katrein die Suppe auftrug. Sieglinde beschloss, die Magd auch den Rest des Mahls servieren zu lassen, und zog sich zurück, als der Vater sich erhob, um den Gast zu begrüßen. Nach Jolanthes Worten wollte sie nicht, dass ein falsches Bild von ihr entstand, und überhaupt war es für einen Haushalt wie den ihren immer gut, sich mit Personal zu schmücken. Schließlich gehörten sie nicht zu den Ärmsten der Stadt, und das sollte man – wie sie fand – immer deutlich genug zeigen.

Sie zog die Tür zu und erhaschte noch einen Blick auf Winalds Gesicht. Die buschigen Brauen waren immer noch zu einem Strich zusammengezogen, der Mund so schmal, dass er unter dem kurzen Bart verschwand. Dies würde keine entspannte Zusammenkunft werden. Was nur hatte der Vater gegen diesen sympathischen Fremden, der so aussah, als könne er nicht einmal etwas Verwerfliches denken, geschweige denn tun?

Zurück in der Küche ließen sie die Gedanken nicht los. Der Ärger über die Schwester war wie immer so schnell verraucht, wie er gekommen war. Sie konzentrierte sich auf den Braten, rührte die Soße, würzte sie und schickte schließlich Katrein mit dem Essen hinauf.

Ein alter Bekannter aus Paris, ein Kaufmann, so hatte Vater den Gast vor ein paar Tagen angekündigt. In der Tat, seine Sprache hatte diese Weichheit, einen kleinen Hauch von fremder Färbung. Vielleicht war es ein Fehler gewesen, das Essen nicht selbst zu servieren, gab es einem doch die Möglichkeit, sich im Raum aufzuhalten und zu lauschen.

Sie beschloss, den Mann auf seinem Rückweg abzupassen, und ließ die Tür zur Küche einen Spalt breit offen. Während sie auf Katrein wartete, räumte sie einen Tonkrug von einem ins andere Regal und hängte zwei der Töpfe um, wischte zum wiederholten Mal die Tischplatte. Als die Magd kam, trug sie ihr das Säubern der Gerätschaften und Schüsseln auf und fragte bewusst beiläufig: »Sie streiten nicht, oder?«

»Ich habe nicht darauf geachtet, ich wollte nichts falsch machen.«

»Schon gut.«

Schließlich hielt Sieglinde es nicht mehr aus, nahm zwei der Schälchen mit dem missratenen Nachtisch, schüttelte den Kopf darüber, dass Jolanthe fünf Schalen gefüllt hatte, und stieg die Stufen in den oberen Stock empor. Würde hin oder her, den Pudding konnte sie servieren, ohne das Gesicht vor dem Gast zu verlieren.

Sie kam nicht bis zur Stube. Gerade, als sie den Fuß hob, um die letzte Stufe zu nehmen, hörte sie laute Stimmen. Unvermittelt öffnete sich die Tür, und der fremde Kaufmann stürmte hinaus.

»Pallet, Ihr seid immer noch derselbe Stümper wie vor Jahren. Eurem Vater richtet mein herzliches Mitleid aus und lasst mich in Frieden. Wagt es nicht noch einmal, mir zu drohen. Ich habe keine Angst vor solchen Halunken, wie Ihr einer seid!« Winalds Stimme überschlug sich und endete in einem heiseren Geschrei.

Er sollte sich nicht so aufregen, dachte Sieglinde. Hastig trat sie beiseite, doch der Mann rempelte sie an, schien sie übersehen zu haben und hielt erschrocken inne.

»Verzeihung«, keuchte er und wirkte in seinem unterdrückten Ärger noch anziehender als zuvor.

»Wollt Ihr schon gehen?« Sieglinde ärgerte sich über ihre Einfallslosigkeit. »Ich habe Pudding zum Nachtisch.« Hilflos hob sie eine der Schalen und setzte ihr herzlichstes Lächeln auf. Der Mann entspannte sich. Die Tür zur Stube wurde von innen zugeschlagen.

»Kommt mit nach unten. Ihr habt ihn recht erzürnt, wie mir scheint, Herr … wie war gleich Euer Name?«

»Nennt mich Pascal, das reicht.« Ein Lächeln erschien in seinen Mundwinkeln und ließ sein Gesicht wieder weicher wirken. Sieglinde ging die Stufen hinab, in der Gewissheit, dass er ihr folgen würde. Hastig überlegte sie, ob sie ihn in die Küche bitten sollte, Katrein war sicher noch im Hof mit dem Geschirr zugange. Aber war das wirklich der richtige Ort für ein nettes Geplauder?

»Das Essen war vorzüglich. Habt Ihr es gekocht?«, fragte Pascal und betrat neben ihr den Flur.

»Die Köchin hat eine kranke Tochter und konnte nicht kommen.«

»Welch glücklicher Umstand für mich, sie hätte mich nicht besser verpflegen können als Ihr.«

»Dann verschone ich Euch mit diesem Pudding.

Den hat meine Schwester angerührt, und die konnte noch nie kochen. Die sitzt lieber im Kontor über ihren Zahlen.«

»Ach wirklich?«

»Keine Beschäftigung für eine junge Frau, findet Ihr nicht auch? Sie tut es schon viel zu lange.«

»Dann wird sie eine Menge gelernt haben.«

»Was habt Ihr mit Vater besprochen?«

Auf Pascals Stirn bildeten sich Falten, und sein Blick schien ihr bei der indirekten Erwähnung des Streits abweisender zu werden. Offenbar wollte er nicht daran erinnert werden. Trotzdem wollte sie die Frage nicht zurücknehmen, sie nicht durch eine Nettigkeit übergehen. Was hatten die beiden Männer miteinander zu schaffen?

»Nichts. Wir sind alte Bekannte.«

»Aus Frankreich?«

»Aus Paris. Aber wie es scheint, hat er mich nicht in guter Erinnerung behalten. Lasst's gut sein, holde Jungfer, und zerbrecht Euch darüber nicht Euren hübschen Kopf.«

Er wandte sich zum Gehen, und Sieglinde zerbrach sich eben doch den Kopf, nämlich, wie sie Pascal halten konnte.

»Werdet Ihr wiederkommen?«, fragte sie hastig. Die beiden Schalen in ihren Händen ließen ihr keine Möglichkeit für anmutige Bewegungen. Sie fallen zu lassen war keine Alternative.

»Bestimmt«, er öffnete die Tür. »Solch angenehme Gesellschaft wie die Eure lass ich mir nicht entgehen.« Damit verschwand er. Sieglinde lehnte sich an die Wand und atmete tief durch. Ein kleiner Sieg für mich, dachte sie. Sie sah auf den weißen Brei mit der dunkel gesprenkelten Zimtschicht darüber. Nun hätte sie die Gefäße fallen lassen können, doch sie entschied sich dagegen. Neben dem unnötigen Dreck, den es verursacht hätte, beschloss sie, dass man damit etwas Besseres anfangen konnte.

Sie ging mit beiden Schalen nach oben, um sich bei Winald nach seinem Befinden zu erkundigen und ihm zu zeigen, dass seine jüngste Tochter nicht einmal eine Nachspeise zubereiten konnte.

Kapitel 3

Im Warenhaus der Tuchkaufleute ließ der Betrieb nach. Es ging auf den Abend zu. Männer, die erfolgreich Geschäfte miteinander getätigt hatten, begaben sich gemeinsam zum Essen im nebenan liegenden Gasthaus oder luden sich gegenseitig an den heimischen Tisch ein. Sie stießen auf gelungene Handel an und tauschten Neuigkeiten aus, die von den Ratssitzungen an die Öffentlichkeit drangen, erwärmten sich für das

Thema des Bürgerrechtes, ob man es ausweiten solle oder nicht, und lamentierten über das Vorrecht der Patrizier, eine Geschlechterstube zu unterhalten, was allen Nichtangehörigen der hohen Klasse verwehrt blieb. Man munkelte über eine reiche Kaufmannsfamilie aus Augsburg, die sogar mit dem König Geschäfte machte und deren Handelsniederlassungen in jedem Land zu finden waren. »Wohin man geht, überall stolpert man über den Namen der Fugger«, murrten manche.

Oft nutzte man die Abendzeit auch dazu, weitgereiste Kaufleute nach der Sicherheit von Handelswegen oder den Preisen für bestimmte Waren in den unterschiedlichen Regionen auszufragen. Nicht zuletzt ging es um verlässliche oder säumige Handelspartner, um billige Unterkünfte unterwegs und die gesamtpolitische Lage, die Taten der Habsburger und den Thronerben Maximilian.

Im Warenhaus selbst aber kehrte Ruhe ein, die erst am folgenden Vormittag erneut gebrochen werden würde von den Kaufleuten, die mit ihren Kunden feilschten, Wechsel ausstellten oder Münzen in ihren Beutel klimpern ließen. Träger und Knechte würden die Ware, die ihre Besitzer gewechselt hatte, umschichten oder hinaustragen. Dazwischen drängten sich immer wieder städtische Aufsichtsbeamte, die die Ware siegelten, nachdem sie Herkunft und Qualität überprüft hatten.

Pascal rieb sich die Hände. Ulm war ein guter Ort für einen Kaufmann. Er vergaß gern für eine Weile den eigentlichen Grund, der ihn hergeführt hatte, obwohl, wirklich vergessen konnte er ihn nicht. Tief im Innern fühlte er sich getrieben davon. Sein Vater hatte behauptet, er sei besessen, und doch hatte er Pascal gehen lassen mit den Worten: »Tu, was du nicht lassen kannst.«

Nun war er hier, und dieser Ort gefiel ihm. Die Webereien im Umland lieferten vernünftige Stoffe, und die Stadt profitierte von den Fernhandelsstrecken sowohl in den Norden, als auch in den Süden. Da die Händler ihr Handelsgut zuerst den Ulmer Bürgern und Händlern anbieten mussten, ließ sich so manches Schnäppchen machen bei Leuten, die sich mit der Verzögerung durch die Stapelzeit vertan hatten, ihr Geld verdienen mussten und mit dem Preis heruntergingen. Das Kaufmannsblut war nicht jedem gegeben. Kein Zweifel, wenn er seine Aufgabe erledigt hatte, würde er wiederkommen, um seine Geschäftsbeziehungen auszuweiten. Er wunderte sich, dass sein Vater seit jeher Köln und Nürnberg bevorzugte, bot doch Ulm, trotz seiner geringeren Größe, mindestens ebenso viel Interessantes.

Pascal lehnte mit dem Rücken gegen die Wand, die Beine ausgestreckt und übereinandergeschlagen, und beobachtete einen Hund, der an einem Wollrest am Boden schnüffelte, dann zwischen den gestapelten Ballen am Eingang des Gebäudes verschwand. Leinen, Barchent, Baumwollgewebe, Seidenstoffe, manche gefärbt, andere noch roh, befanden sich in dem gut drei Meter hohen Raum, der unterteilt wurde von verschließbaren Bretterverschlägen und dessen Decke durch vom Alter verfärbte Balken gehalten wurde. Unten im Keller hatten die Weinhändler ihr Lager und stapelten dort ihre Fässer, oben tagte der Rat. War das Kaufhaus voller Menschen, so legte sich ein Teppich aus Geräuschen über das Geschehen. Doch jetzt, in der Ruhezeit, konnte man den Holzboden des oberen Stockwerks knarzen hören, wenn sich jemand darauf bewegte.

Im nächstgelegenen Holzverschlag feilschte ein Besitzer mit einem Kaufinteressenten, den offenbar der Abend überrascht hatte und der nun dennoch sein Geschäft erledigen wollte. Vielleicht hatte er eine weite Reise vor sich und musste heute noch aufbrechen. Mit seinem zerschlissenen Mantel sah er nicht eben wohlhabend aus, aber man durfte sich von solchen Äußerlichkeiten nicht täuschen lassen. Diese Lektion hatte Pascal als eine der ersten von seinem Vater gelernt. Dennoch hatte er sie erst am eigenen Leib erfahren müssen, bevor sie sich ihm ins Gedächtnis gebrannt hatte.

»Das ist unglaublich!«, theatralisch warf der Besitzer der Ware die Hände über den Kopf und verdrehte die Augen. »Ihr ruiniert mich!«

Pascal hatte schon schlechtere Verkäufer gesehen. Dennoch war er versucht, sich neben den Mann zu stellen und ihm ein wenig Maßhaltung mit den zur

Schau gestellten Gefühlen zuzuraunen. Er für seinen Teil bevorzugte eine undurchdringliche Miene und fuhr bislang meist gut damit. Selbst einen überdrehten Patrizier konnte man damit verunsichern.

Pascal lächelte und pfiff durch die Zähne, als der Hund zwischen der Ware wieder zum Vorschein kam. Neugierig schnüffelnd näherte sich das Tier, und Pascal kraulte es hinter den Ohren.

Er musste an das Geschäft denken, das er selbst heute in den Morgenstunden getätigt hatte, noch bevor auch nur irgendein städtischer Aufseher aus seinem Bett gefallen war, sogar bevor die am Tag davor von ihm erworbene Ware die Ulmer Stadttore erreichte. Mittlerweile waren die beiden Karren mit dem Tuch aus Biberach eingetroffen und gleich in den Besitz seines Geschäftspartners übergegangen. Er hatte das Tuch schneller an den Mann gebracht als zunächst geglaubt. Ja, er konnte sogar einen kleinen Gewinn einfahren, obwohl er nicht damit gerechnet hatte, schließlich war der Preis, den er dem Weber Karcher gezahlt hatte, eindeutig überhöht gewesen, sonst hätte der Mann niemals eingeschlagen. Er lachte innerlich bei dem Gedanken an Winalds Ärger, wenn der davon erfuhr.

Das ist gute Vorarbeit wert, dachte er. Die fehlende Siegelung? Der Käufer war ein Landsmann gewesen, kam ganz aus der Nähe von Paris und war ihm am Abend zuvor über den Weg gelaufen. Zufall, dachte er, reiner Zufall und doch so nützlich. Der Mann kannte die Ulmer Gepflogenheiten nicht. Er hatte Pascal vertraut und warum auch nicht, die Ware war in Ordnung, der Preis, den er zahlte, ebenso. Morgen schon würde der Käufer mit seiner erstandenen Fracht in Richtung Paris aufbrechen, froh über das gute Geschäft. Pascal hatte einen Wechsel auf seinen Namen im Geldsäckchen und würde ihn auf seiner nächsten Heimreise gegen bare Münzen einlösen.

Er griff in seinen Beutel und förderte eine angebissene Stulle zu Tage, die er dem Hund hinwarf. Dann machte er sich auf den Weg hinaus und betrat den Fischmarkt. Der gemauerte Fischkasten in der Mitte enthielt Wasser, und als Pascal hineinsah, zogen ein paar kleinere Fische, deren Art er nicht bestimmen konnte, ihre Bahnen. Er kühlte sich die Hände und blinzelte im Licht der Abendsonne, die auf dem Wasser Glitzerspiele trieb. Müßig betrachtete er das üppig bemalte Haus, das er gerade verlassen hatte. Er musste sich unbedingt von einem Kundigen den Sinn der Gemälde erklären lassen, es interessierte ihn. In der Tat, Ulm war eine Stadt nach seinem Geschmack. Lange nicht so groß wie Paris, doch genau das gefiel ihm, das Überschaubare.

Er war kaum zehn Schritte gegangen, da spürte er eine Hand, die seine Schulter drückte und ihn am Weitergehen hinderte.

»Was ist?« Er drehte sich um, eine Idee zu angespannt, wie er selbst bemerkte. Locker bleiben, sagte er sich, nur so bist du im Vorteil. Alles Bisherige war nur Vorgeplänkel gewesen, nun würde es ernst werden. Doch vor ihm stand nicht Winald. Stattdessen blickte er in das Gesicht eines alten Bekannten und entspannte sich wieder.

»Was treibt Euch von der Nordsee weg an die Ufer der Donau, Mathies Bornheim?«, fragte er und baute einen kleinen Lacher in seine Rede ein, der ihm selbst viel zu künstlich vorkam. Doch sein Gegenüber schien nichts von seiner vorübergehenden Nervosität gespürt zu haben, er lächelte ihn offen an. Der Kaufmann hatte sich kaum verändert seit ihrem letzten Zusammentreffen. »Wie lange sind wir uns nicht mehr über den Weg gelaufen? Ein Jahr, zwei?«

Er war immer noch genauso spindeldürr mit roten Locken und einem mit hellen Flecken übersäten Gesicht. Mathies entblößte ein tadelloses Gebiss. Pascal wusste, dass er seine Zähne sorgfältig pflegte und regelmäßig von Speiseresten befreite, wo immer es ging.

»Pascal Pallet, ich grüße Euch, mit Verlaub, Paris ist weit weg, und in dieser Ecke hier sah ich bislang weder Euch noch Euren Herrn Vater.«

»Was ich selbst bereue, ich gebe es zu. Ich hätte schon viel eher herkommen sollen und beginne gerade, diese Stadt zu mögen.«

»Es ist schön, Euch wiederzusehen.« Mathies nahm Pascal am Arm und führte ihn in eine Gasse, in der ein schief hängendes Schild vom Gasthaus zum güldenen Schaf kündete. Das Ganze sah wenig vertrauenerweckend aus, doch Pascal erinnerte sich an den guten Riecher seines Begleiters. Er schien sich hier bestens auszukennen. Sie betraten die Schankstube, und Pascal freute sich auf das Mahl in angenehmer Gesellschaft. Das rundet diesen Tag wundervoll ab, dachte er. Heute ist Gott mir gnädig.

Mathies war einer der Kaufleute, die er immer mal wieder auf seinen Reisen traf, eine ganze Zeit lang waren sie auf denselben Routen unterwegs. Sie hatten des Öfteren Geschäfte miteinander gemacht und schätzten sich als zuverlässige Partner, abgesehen von den kleinen Mauscheleien, die hier und dort üblich waren, wollte man erfolgreich Geschäfte tätigen. Mathies war genau der Richtige, den Tag bei einem guten Mahl ausklingen zu lassen und sich den neuesten Klatsch und Tratsch von den Handelsrouten erzählen zu lassen. Zudem schien er ehrlich erfreut, dass sie sich so unvermittelt getroffen hatten.

»Lasst uns den Tag genießen, oder zieht es Euch heute noch wohin?«

»Ihr seid guter Dinge, wie mir scheint. Welche Geschäfte führen Euch her? Wichtige?« Mathies winkte nach der Bedienung.

»Mein Vater sandte mich, um neue Handelspartner zu erschließen. Zudem habe ich eine kleine persönliche Rechnung zu begleichen.«

»Es geht ihm gut demnach, dem alten Herrn Pallet? Hat er sich aus dem Geschäft immer noch nicht zurückgezogen, der alte Haudegen?«

»Warum sollte er?« Pascal grinste.

Sie saßen an einem grob gearbeiteten Tisch, dessen Ritzen und Riefen an der Oberfläche von hunderten Gästen zeugten, die an ihm gesessen hatten. Während Pascal von einer Venedig-Reise berichtete, die sein Vater trotz seines hohen Alters unternommen hatte, brachte die Schankmagd Bier in Krügen und nannte die Auswahl an Speisen.

Pascal orderte Braten, Bohnensuppe, Erbsenmus und Pastete. »Heut will ich die Füße hochlegen und Gott einen guten Mann sein lassen.«

»Ein gutes Geschäft?«

»Ein sehr gutes und bei Euch? Kommt Ihr vom Norden oder vom Süden in diese Stadt?«

Mathies lächelte wieder sein strahlendes Lächeln. »Keins von beiden. Ich bin schon länger in Ulm. Habe Probleme mit säumigen Zahlungen, die ich von hier aus besser regeln kann.«

»Gibt es Neuigkeiten, die ich noch nicht kenne?«

Die Magd brachte die Speisen, und Pascal nahm einen großen Schluck von dem bitteren Gesöff, nachdem er eine der Pasteten probiert hatte.

»Im Moment sind die Hauptrouten nach Italien wieder befahrbar, wie es scheint. Das Wetter macht sich, die Pässe sind passierbar und die Straßenbanden noch zu geschwächt von den Entbehrungen des Winters, um ernste Schäden anzurichten. Vielleicht werden sie auch einfach nur abgeschreckt durch die besser bewachten Handelszüge und halten sich an die kleineren.«

»Was uns ein Vermögen kostet, aber trotzdem gut, das zu hören. Ich plane bald eine Reise dorthin. Paris verlangt nach Seide im Überfluss. Die edlen Damen lieben dieses hauchdünne Gewebe und trachten, ihre Männer damit zu bezirzen.«

»Oder die Männer anderer Frauen«, warf Mathies ein.

»Wie steht's mit den Seeräubern im Norden?«

»Seit sie diesen räuberischen Vitalienbrüdern das Nest, in dem sie hausten, ausgeräuchert haben, geht es einigermaßen. Wenn sie sich auch nicht völlig ausrotten lassen.« Mathies winkte mit seinen fetttriefenden Fingern, in denen er ein Stück Fleisch hielt. »Kein Kraut gegen gewachsen.«

»Das wundert mich.«

»Mich nicht. Der Störtebeker und Godeke Michels haben's ihnen vorgemacht. Die haben nichts zu verlieren. Kapern die Schiffe und lassen sie auf Sandbänke laufen.«

»Nichts zu verlieren, nur ihr Leben.«

»Und das ist wertlos genug.«

Wie erwartet verging die Zeit während des Gesprächs, ohne dass Pascal ein Gefühl dafür hatte, wie lange sie schon dasaßen. Sie redeten, kamen von einem Thema zum nächsten. Irgendwann fühlte er sich so satt wie schon lange nicht mehr, trank bereits den dritten Krug Bier, als ein Name fiel, der ihn aufhorchen ließ.

»Den Kaufmann Winald Kun, den kennst du?« fragte er.

»Wer kennt den nicht? Ist ein alteingesessener Sturkopf. Bleibt beim Altbewährten. Aber so lange es läuft, ist's ja gut.«

»Läuft es?«

»Sag mal«, Mathies beugte sich vor und starrte Pascal neugierig in die Augen. »Warum interessierst du dich für den Alten?« Er zog die Brauen zusammen, dann lachte er und der Stuhl knarrte, als er sich wieder zurücklehnte. »Bist am End auf Brautschau? So siehst du mir aus. Ist ein hübsches Mädchen, die Sieglinde, aber der Vater lässt keinen an sie heran. Ein knorriger Stiefel, der Kerl, wenn du mich fragst.«

Pascal nahm einen Schluck vom Bier. »Er sollte froh um einen Mann im Haushalt sein, der ihm das Geschäft weiterführen kann, wenn er zu alt dafür wird.«

»Der und zu alt? Nie. Eher wird er jeden Nachfolger in die Schranken weisen. Ist schad um die Maid. Aber du willst nicht ernsthaft was von ihr, oder? Paris hat doch sicher an holder Weiblichkeit mehr zu bieten.«

»Ich und Winald, wir haben eine Rechnung offen, sonst nichts.«

»Was Persönliches? Ich wusste gar nicht, dass du

rachsüchtig bist, erzähl mir mehr«, witzelte Mathies, doch Pascal winkte ab.

Er fühlte sich plötzlich müde vom Tag und dem, was ihn umtrieb. Schließlich hatte er bereits einen Ritt im Morgengrauen nach Biberach und zurück hinter sich. Er hätte mit Freuden die Erschöpfung in die Binsen am Boden gespuckt und mit dem Freund weiter getrunken, doch sie ließ sich nicht so einfach vertreiben. Also beschloss er, es gut sein zu lassen, und winkte dem Wirt, um zu bezahlen. Bevor er sich von Mathies verabschiedete, gab er ihm den Namen des Gasthauses, in dem er logierte, und bekam im Gegenzug die Adresse eines Ulmer Kaufmanns, mit dem Mathies verschwägert war und der ihm Obdach gewährte. Sie vereinbarten, in Kontakt zu bleiben.

Auf dem Weg ins Gasthaus liefen seine Gedanken mal in diese, mal in jene Richtung. Er sah das hübsche Gesicht von Winalds Tochter vor seinem inneren Auge, dachte an das, was er von Mathies erfahren hatte.

»So siehst du aus, mein Freund Winald«, murmelte er vor sich. »Sperrst deine Töchter ins Haus und lässt sie für dich arbeiten.«

Als er in seiner Kammer an dem kleinen Tisch saß, die Öllampe entzündet, und das flackernde Licht auf sein Kaufmannsbüchlein fiel, tunkte er die Feder in die Tinte und trug den Verkauf der Tuchballen ein, rechnete Kaufpreis und Verkaufspreis gegeneinander und trug die Zahl, die sich daraus ergab, in seine

Gewinnspalte ein. Das Essen mit Mathies hatte annähernd so viel gekostet wie diese Summe, so klein war sie, und doch bereute er sein Handeln nicht, im Gegenteil.

Er legte die Feder aus der Hand und beobachtete durch das Fenster, wie sich die Dämmerung über die Hausdächer legte. Plötzlich war es wieder da, dieses lähmende Gefühl, dieser Eindruck, im dreckigen Grund zu wühlen, ohne irgendetwas zu erreichen. Wenn ihm nicht bald etwas Wirkungsvolles einfiel, würde er nichts ausrichten gegen seinen Widersacher, ihn lediglich ein wenig piesacken. Doch das war ihm nicht genug. Er verschwendete seine Zeit, und doch konnte er von seiner Wut nicht lassen. Seit er an diesem Ort war, hielt sie ihn nur noch mächtiger gefangen als zuvor.

Kapitel 4

Es gab nichts für sie zu tun. Jolanthe stand an einem der Fenster im Kontor, die Hände hinter dem Rücken verschränkt. Sie wippte von den Fersen auf die Ballen und zurück, während sie durch die runden Scheiben drei Stockwerke hinunter auf die Straße schaute. Die Gestalten der wenigen Passanten wurden verzerrt durch die Wölbung der Gläser, die Linien der Häuser gegenüber wanden sich mit jedem Wippen vor und zurück. Zwar langweilte sie sich, doch hinunter zur Schwester wollte sie nicht gehen. Sich herumkommandieren zu lassen, womöglich den Vater und seinen Gast bedienen zu müssen, nein, sie hatte keine Lust dazu.

Hier oben war sie ihr eigener Herr. Sie hatte die Bücher aktualisiert, nun konnte sie nur auf die Ankunft von Cornelius warten. Er sollte eine neue Tuchlieferung von den Webereien aus Biberach bringen und hatte sich für heute angekündigt. Sie freute sich auf ein gutes Geschäft, das sie mit Zahlen auf Papier erfassen und festhalten konnte und das wie immer ein berechenbarer Erfolg zu werden versprach. Die Tuchballen würden im Handelshaus der Ulmer Tuchhändler lagern, dort, wo sich auch der Vater meist aufhielt, Geschäfte machte und den Burschen zur Auslieferung der verkauften Ware durch die Gegend scheuchte.

Jolanthes Welt hingegen war das Kontor hier im Haus, ein Raum, der die ganze Grundfläche des Gebäudes einnahm, die allerdings nur zehn Schritte in der Tiefe maß. Deswegen lagerten sie hier nur in Ausnahmefällen Ware. Leere Kisten stapelten sich in einem Eck, ein Schreibpult stand im Licht, das durch die Fenster hereinfiel, und an einer Seite nahm ein Regal, in dem sie die Geschäftsbücher und mathematischen Werke aufbewahrten, die ganze Wand ein.

Das Kontor lief nicht hervorragend, aber auch nicht schlecht. Die städtische Barchentherstellung zwang den Vater zwar, aus Kostengründen mit den Webereien aus dem Umland zu arbeiten, die nicht unter der Kontrolle des Ulmer Rates standen, doch garantierte sie ihm andererseits eine stetige Abnahme von Leinen, mit dem er ebenfalls handelte. Er hatte im Laufe der Jahre seine Kontakte auf- und ausgebaut, und manchmal schien es Jolanthe, als ruhe er sich darauf aus. Vergrößert hatten sie sich in all den Jahren nicht, im Gegensatz zu anderen Ulmer Kaufmannsfamilien, die ihren Reichtum immer weiter vermehrten. Wieder sah sie die bunten Körbe des Gewürzhändlers vor sich, den Mann in teure Seide gekleidet. War das nicht Hinweis genug, dass sich damit gutes Geld verdienen ließ?

Jolanthes Lehrer Vincent war genauso ein zögerlicher Mensch gewesen wie ihr Vater Winald. Vorsichtig nannte er sich selbst, doch Jolanthe hatte oft den Kopf über die beiden geschüttelt. Immer wieder lief sie ins Handelshaus, verwickelte Fremde wie Bekannte in Gespräche und erfuhr Dinge, die Vincent rundheraus bestritt. Alles Grundlegende hatte sie von ihm gelernt, Arbeiten für ihn ausgeführt, weil ihn die Augen schmerzten, und schließlich, als er zu alt für seinen Beruf wurde und sich zurückzog, die Buchführung gänzlich übernommen. Aber auf sie hören wollte er genauso wenig wie ihr Vater, in diesem Punkt waren sie sich gleich.

Jolanthe hörte auf mit dem Wippen, öffnete das Fenster und zupfte ein wenig an den Veilchen in dem Holzkasten auf dem Fensterbrett. Zu trocken, die brauchten Wasser, befand sie. Sie nahm eine Kanne vom Boden auf, goss einen Schwall über die Blumen, sodass kleine Tropfen auf den Blättern funkelten und in der Mittagsonne verdampften. Wo er nur blieb, der Cornelius?

Sie schloss das Fenster, schlenderte zum Buchregal und sah in das Werk, welches sie zum ersten Mal darauf gebracht hatte, dass man für die einzelnen Bereiche getrennte Auflistungen anlegen konnte. Sie hatte sich angewöhnt, drei Bücher nebeneinander zu führen. Eines für die Haushaltsausgaben, in das sie eintrug, wer welche Summe entnahm, eines für Vaters Tuchhandel und eines für das ein oder andere kleinere Geschäft, die sich auf ihr Betreiben hin nebenbei immer wieder ergaben. Das dritte Buch enthielt nur wenige beschriebene Zeilen. Im Grunde war Vaters Geschäft viel zu klein, um mehrere Bücher zu benötigen. So etwas wurde bei den großen Handelshäusern benutzt, die im großen Stile Fernhandel betrieben. Dort war es viel wichtiger als bei ihrem kleinen Unternehmen, den Überblick zu behalten über Waren Ein- und Ausgänge, darüber, wer noch in Zahlungsverpflichtung stand, wann wo welches Geld oder welcher Wechsel zur Verfügung stehen musste und wer bereits gezahlt hatte, ob man selbst noch Rechnungen zu begleichen hatte oder ob alles in bester Ordnung war.

Ob ein Geschäft Gewinn einbrachte oder Verlust, das musste sie allerdings genau ausrechnen, was sie gewissenhaft tat. Sie verglich den Einkaufspreis mit dem Preis der verkauften Ware sowie allen angefallenen Transport- und Lagerkosten und notierte die Summe separat. Bei einem Verlustgeschäft war es an ihr, den Vater zu warnen, und auf diesem Weg hatte sie sich hier und da ein Lob von ihm verdient, was sie stolz machte.

Dennoch waren Winalds Geschäfte überschaubar. Der Vater kannte die Weber im Umkreis gut, das war sein Vorteil. Er arbeitete seit undenklichen Zeiten mit ihnen zusammen, sie wussten, was sie an ihm hatten, und sie schätzten seine Zuverlässigkeit. Nicht einmal mit Seide ließ er sich locken, auch wenn Jolanthe bereits mehrmals versucht hatte, ihn auf den Handel mit diesem kostbaren Tuch aufmerksam zu machen.

»Unnützer Kram«, pflegte er zu antworten. »Nur wenige Reiche brauchen solchen Tand, und ebenso wenige kaufen ihn, aber warme Kleidung, die brauchen alle, und die kaufen alle.«

Jolanthe seufzte bei dem Gedanken an den glatten Stoff, den sie erst letzt bei einem Fernkaufmann im Handelshaus bewundert hatte. Sie wurde das Gefühl nicht los, dass der Vater vielleicht doch etwas übersah bei seiner Argumentation.

Ein Poltern auf der Treppe kündigte Besuch an. Da sie nicht annahm, dass es sich um diesen aalglatten Kaufmannsgast des Vaters handelte, den sie vorhin eingelassen hatte, konnte es nur Cornelius sein. In der Tat stand er bald darauf in der Tür. Er entblößte sein schütteres Haar, als er die Kappe abnahm. Seine spitze Nase war gerötet, so als habe er ein Gläschen über den Durst getrunken. Als er sprach, schien er jedoch nüchtern.

»Seid gegrüßt, Jungfer Jolanthe. Ich bin zurück aus Biberach.«

»Das sehe ich.« Jolanthe verkniff sich ein Lächeln, wollte ihm nicht das Gefühl geben, dass er sie belustigte. Sie begab sich zum Schreibpult, wo sie bereits das Buch aufgeschlagen hatte und Tinte und Feder bereitlagen.

»Wie ist es gelaufen? Ist das Tuch im Handelshaus untergebracht? Hattet Ihr Ausgaben für die Qualitätskontrolle oder den Lagerplatz?« Sie nahm die Schreibfeder auf und sah ihn an.

Cornelius räusperte sich und legte ein nahezu volles Geldsäckchen neben sie. »Eine kleine Schwierigkeit hat sich ergeben.«

»Ihr bringt das Geld zurück? Die Vorauszahlung für die Weber aus Biberach? Sind die lebensmüde geworden und haben Euch ihr Tuch geschenkt?«

»Es ist mir wer zuvor gekommen und hat den Großteil der Ware gekauft. Dies ist unsere Vorauszahlung. Der Karcher hat sie mir zurückgegeben.«

»Das kann nicht sein. Der würde so etwas nie wagen!

Er weiß, wie wichtig Vater für ihn und seine Kollegen ist, sie würden ihn nie so brüskieren.«

Cornelius ließ seine Kappe nervös durch die Finger wandern. »Wirklich, Jungfer Jolanthe, es ist mir ein Rätsel. Karcher sagt, heute sehr früh am Morgen sei ein Kaufmann gekommen und habe für die fertige Ware einen höheren Preis gezahlt als mit Eurem Vater besprochen. Da haben sie verkauft. Er hat sie gleich auf Karren verladen und wegtransportieren lassen.«

»Wer soll das gewesen sein?«

»Sie wussten es nicht oder wollten es nicht wissen.«

»Ulm hat Stapelrecht. Jeder gekaufte Ballen muss erst dort angeboten werden, bevor er weitertransportiert werden darf, also müsste man die Ballen im Handelshaus wiederfinden.«

»Im Moment herrscht viel Betrieb. Ich bezweifle, dass man sie wird finden können.«

»Eine neue Ladung müsste Vater doch auffallen.«

Cornelius zuckte nur mit seinen knochigen Schultern und schien froh, die Verantwortung abgegeben zu haben.

»Merkwürdig«, sagte Jolanthe und strich mit dem trockenen Ende der Schreibfeder über die Zeilen im Buch. »So etwas hat's noch nie gegeben. Wie will der Fremde einen Gewinn machen, wenn der Preis, den er für die Ware zahlt, viel zu hoch ist? Er wird sie nie ohne Verlust verkaufen können. Was soll das?«

»Genau das haben die Weber wohl auch erkannt, deshalb haben sie zugeschlagen und die höhere Bezahlung genommen. Ihnen war klar, dass wir nicht nachziehen würden.«

»Weil wir mit unserem Preis schon an der Grenze wirtschaften. Verdammt!«

»Flucht nicht, Jungfer Jolanthe, das steht einer jungen Frau nicht gut zu Gesicht.« Sein verschmitztes Lächeln zeigte ihr, dass seine Nervosität sich wieder gelegt hatte, nun, wo er die schlechte Nachricht losgeworden war.

»Warum seid Ihr mit den Münzen zurückgereist? Sicher hättet Ihr ein anderes Geschäft tätigen können, selbst wenn Ihr Rohmaterial mitgebracht hättet. Das wäre besser als nichts. Die Ulmer Weber nehmen uns auch gern die Wolle ab.«

Cornelius zuckte wieder mit den Schultern. »Ich hatte nicht den Auftrag. Der Herr Winald gibt mir genau vor, was ich zu tun und was zu lassen habe. Glaubt mir, ich habe gelernt, dem zu gehorchen.«

Weil es ja auch so einfach ist, dachte Jolanthe. »Dann geht und versorgt das Wenige, das Ihr bringen konntet. Mein Vater wird heute nach dem Mittag ins Handelshaus kommen.«

Cornelius verbeugte sich und verließ den Raum. So leicht möchte ich es mir auch mal machen, ärgerte sich Jolanthe. Ich werde mit Vater reden müssen.

Sie tunkte die Feder in die Tinte, um mit akkurater

Schrift den Eingang der Münzen einzutragen. Dann starrte sie aus dem Fenster und versuchte, sich einen Reim auf das Geschehene zu machen. Ein entgangenes Geschäft konnten sie verschmerzen. Doch was war, wenn es wieder geschah?

Am Nachmittag half Jolanthe der Schwester in der Küche. Sie nahm gerade den Deckel von einem schweren Tongefäß und griff nach dem Brot, das sie darin lagerten, als Geschrei von außen ertönte, so unvermittelt und so durchdringend, dass sie zusammenfuhr. Männerstimmen riefen durcheinander, was, das konnte sie nicht verstehen.

Der Vater war nach dem Mittag zum Handelshaus aufgebrochen und wurde erst gegen Abend zurück erwartet. Bis dahin wollte Sieglinde die Vorbereitungen für seine Einladung am nächsten Tag beendet haben. Sie will sich morgen in Ruhe für die Gäste herausputzen und herrichten können, dachte Jolanthe.

Von dem misslungenen Geschäft hatte sie ihrem Vater nur kurz berichtet und sich vorgenommen, jetzt am Abend nochmal ausführlicher mit ihm zu reden. Von Cornelius war er mittlerweile sicher über die näheren Umstände informiert worden. Er würde es wie einen Verrat der Biberacher Weber empfinden. Jolanthe aber sah es als gute Gelegenheit an, ihm noch einmal ein paar grundsätzliche Dinge auseinanderzusetzen. Manchmal half bei ihrem Vater allein Hartnäckigkeit, sonst nichts. Auch wenn er bei den seltenen Gelegenheiten, bei denen sie ihn überzeugen konnte, im Nachhinein so tat, als sei es seine Idee gewesen, das störte sie nicht.

»Was war das?« Sieglindes Ausdruck spiegelte Besorgnis.

»Das kam von der Straße.« Jolanthe ließ das Brot zurück in das Tongefäß fallen. Die Geräusche von draußen hielten unvermindert an, so als habe die Gruppe vor ihrem Haus haltgemacht. Ein lautes Pochen ließ sie erneut zusammenfahren. Sie rannte in den Flur. Gütiger Gott, mach, dass nichts Schlimmes geschehen ist, dachte sie.

Mit wenigen Schritten gelangte sie zur Haustür, öffnete sie und wurde von den hereindrängenden Männern beiseite geschoben. Sie hielt dagegen, drängte sich dazwischen und konnte einen Blick erhaschen auf einen Verletzten, der auf den Händen und Armen der Helfenden ruhte. Eine zerfetzte, blutverschmierte Hose und ein merkwürdig verdrehter Fuß, verkrampfte Hände, mehr konnte Jolanthe zwischen den Leibern nicht erkennen. Doch die Hände waren ihr zu bekannt, sie sah sie täglich. Ein Stöhnen wurde übertönt von einem durchdringenden Schmerzensschrei, als einer der Helfer stolperte.

»Vater«, flüsterte Jolanthe, stolperte zurück, bis sie die Wand am Rücken spürte und ihr Hinterkopf gegen den Stein prallte. Benommen blieb sie stehen.

Sie hörte ihre Schwester Anweisungen rufen. Wie ruhig ihre Stimme war, Jolanthe hatte nicht das Gefühl, überhaupt noch einen Ton aus ihrer Kehle zu bekommen. Die Männer schoben sich mit ihrer Last die Treppe hoch. Sieglinde hatte die Führung ins Schlafgemach Winalds übernommen. Die Gruppe verschwand aus Jolanthes Blickfeld, nur die Schmerzlaute des Vaters hallten in ihren Ohren. Sie starrte auf die roten Flecken auf dem Steinboden. Ihr wurde übel.

Die Zeit kroch voran wie zähflüssiges Öl. Jolanthe konnte sich nicht bewegen, aus Angst, die Hülle der Ungewissheit, die sie umgab, könnte brechen und Ungeheuerliches offenbaren, wenn sie sich auch nur einen Schritt nach vorn wagte. Erst, als die Männer zurückkamen, erwachte sie aus ihrer Starre. Sie hielt einen am Ärmel fest, krallte sich mit den Fingern in den Stoff.

»Er kann doch gehen, oder? Es ist nur eine Schürfwunde, die bluten manchmal heftig. Ihr hättet ihn nicht zu tragen brauchen, er ist stark.«

Ein mitleidiger Blick traf sie. Seine Augen sind braun, dachte sie zusammenhanglos. Sie kannte den Kerl nicht.

»Natürlich. Es sieht ein bissel schlimm aus, aber ist bestimmt …«

»Was ist geschehen?«

»Ist unter ein Fuhrwerk geraten, weiß der Himmel wie. Hat mit einem Mann gestritten, sich umgedreht. Der Fuhrmann war zu schnell, weiß der Himmel. Wird schon wieder, Jungfer. Ihr solltet besser den Medikus holen.«

Die Männer ließen sie stehen, einer zögerte noch, als sei er unsicher, ob er ihr nicht Hilfe anbieten müsse. Dann hob er entschuldigend die Arme und ging. Durch die offene Haustür fiel ein Streifen Abendsonne herein, der wie zum Hohn die roten Flecken funkeln ließ. Ein Fuhrwerk, dachte Jolanthe und presste die Hand gegen den Mund. Der Medikus, ich muss ihn holen. Er wird es wieder richten, es ist nichts Schlimmes geschehen, sonst wäre Sieglinde nicht so ruhig geblieben.

Ihr war kalt, sie fröstelte trotz der Wärme vor dem Haus. Sie rannte, ohne nachzudenken, rempelte einen Mann an, der aus einer Seitengasse trat, fing sich wieder, stolperte weiter. Sie hatte immer noch kein Empfinden für die Zeit, die verstrich, und stand so unvermittelt vor dem Haus des Medikus, dass sie zweimal prüfen musste, ob sie richtig war. Ihre Augen brannten, sie hob die Hand und klopfte mit aller Kraft gegen die Tür. Nichts geschah. Schließlich begann sie zu rufen, zu schlagen, spürte, wie ihr der Schmerz bis in die Arme zog, wenn ihre Fäuste auf das Holz trafen. Endlich öffnete die Frau des Arztes. Ein verwunderter Blick traf Jolanthe.

»Ich brauche Hilfe«, keuchte sie. »Ist der Herr Medikus da? Er muss kommen, mein Vater hatte einen Unfall!«

Die Frau legte beruhigend eine Hand auf ihren Arm und wollte sie hereinführen, doch Jolanthe riss sich los. »Er muss sofort kommen, bitte!«

Es dauerte so lange. Jolanthe sprach ein stummes Gebet, lief dabei vor dem Haus auf und ab und blickte immer wieder auf die geöffnete Tür. Als der Mann mit seiner Arzneientasche endlich erschien, fragte er: »Na, was gibt's denn für Schwierigkeiten?« Sie packte ihn an der Hand und zog ihn ohne viele Worte mit sich.

Den Medikus an ihrer Seite betrat sie schließlich das Gemach des Vaters, sah die Schwester mit nassen Tüchern hantieren, roch Blut und Schweiß und Urin und verkrampfte die Hände ineinander, als sie den reglosen Körper auf der Bettstatt liegen sah. Sie wollte rückwärts wieder heraus, aber zwang sich zu bleiben.

»Danke«, begrüßte Sieglinde sie. Ruhig wie immer wirkten ihre Bewegungen. Als der Medikus sich nun über Winald beugte, fragte sie, wie sie ihm zu Diensten sein könne.

»Wir müssen das Bein richten und schienen.«

»Jolanthe?«

Sie ging auf die Schwester zu, half ihr nach Anweisung des Medikus, das Stück Holz zu halten, mit der er den zertrümmerten Unterschenkel richten wollte, auch wenn sie nicht wusste wie. Winalds Augen waren geschlossen, er war nicht bei Bewusstsein. Es knirschte, als der Medikus das Bein dem Stock anpasste, doch die

Knochen griffen nicht mehr ineinander, rohes Fleisch überall, Jolanthe schloss die Augen und atmete tief durch. Dann blickte sie zur gegenüberliegenden Wand, um die Wunde nicht mehr sehen zu müssen, griff nach der Hand des Vaters, obwohl er das nicht spüren konnte. Ruhe bewahren, ermahnte sie sich. Nimm dir ein Beispiel an Sieglinde, verdammt! Vater ist stark, er wird das überstehen. Ist doch nur das Bein.

»Helft mir, es zu verbinden.«

Jolanthe fühlte sich nutzlos, stand nur im Weg, wurde von Sieglinde beiseite geschoben. Also ging sie in die Stube, kniete vor dem Hausaltar und sprach ein Gebet. Es ging ihr leicht von den Lippen und nahm ihr die Schwere vom Herzen. Herr im Himmel, vergib meine Zweifel.

Irgendwann hörte sie eine Tür schlagen, kurz darauf Stimmen auf dem Gang. Sie hastete hinaus und hörte den Medikus: »… gute Arbeit geleistet. Das rechte Bein sieht schlimm aus. Man wird sehen, wie er es übersteht.«

»Ich gebe ihm das Mittel gegen die Schmerzen, wie Ihr es aufgetragen habt«, antwortete Sieglinde und schaute Jolanthe an. »Da bist du ja.«

»Ich habe gebetet.«

»Auch das muss jemand tun.« Der Medikus nickte beiden zu. »Ich werde in den nächsten Tagen meinen Jungen schicken. Ihm könnt ihr dann auch meine Rechnung begleichen. Ich empfehle mich.«

Sieglinde begleitete den Mann zur Tür, schloss sie hinter sich und kam zurück zur Treppe. Von unten sah sie zu Jolanthe hoch, musterte sie, ohne ein Wort zu sagen.

»Was machen wir nun?«, brach Jolanthe schließlich das Schweigen.

»Ruhe bewahren, schlage ich vor«, antwortete Sieglinde und strich ihr aufgelöstes Haar mit einer Bewegung zurück, die müde aussah.

»Wie geht es Vater?«

»Den Umständen entsprechend.«

»Er wird sich erholen.«

»Das hoffe ich.«

»Was tun wir, wenn nicht?« Nun war sie heraus, die Frage, die sie nicht stellen wollte, weil sie doch keine Zweifel mehr haben wollte.

»Daran, meine liebe Schwester, sollten wir jetzt wirklich nicht denken. Komm und hilf mir, Vater wacht sicher bald auf.«

Mit diesen Worten stieg Sieglinde die Treppe hoch, ging an Jolanthe vorbei und verschwand im Zimmer Winalds.

Kapitel 5

Neben dem Bett auf einem Schemel brannte eine Lampe stetig und ruhig. Ihr Licht erhellte die eine Hälfte von Winalds Gesicht, die zur Wand liegende Seite befand sich im Schatten. Jolanthe rieb sich mit dem Handrücken die brennenden Augen. Mit Sieglinde hatte sie sich diese Nachtwache geteilt. Nun saß sie am Krankenbett, nachdem die Schwester in ihre Kammer verschwunden war. Die erste Hälfte der Nacht hatte Jolanthe im Bett verbracht. Sie hatte an die Decke gestarrt und keine Ruhe gefunden, ihrer Empfindung nach war sie überhaupt nicht eingeschlafen, auch wenn sie wusste, dass das täuschen konnte. Jetzt, wo sie auf diesem Schemel saß, die reglose Gestalt ihres Vaters vor sich, überkam sie Erschöpfung.

Natürlich bestand immer die Gefahr, dass jemandem etwas zustieß, oft hörte man von Unglücken. Es gab genügend Unfälle, Kaufleute wurden auf den Straßen überfallen, keiner war vor Krankheiten, die immer wieder seuchenartig um sich griffen, sicher. Doch sie hatte gehofft, Gott würde sie für's Erste verschonen, nachdem Mutter und Bruder so früh von ihnen gegangen waren. Ein Fehlglaube, wie sich nun erwies. Dabei hatte sie gebetet, jeden Tag, am Sonntag inbrünstiger und länger als alle anderen, hatte für Mutter und Bruder immer eine Kerze entzündet. Warum?

Jolanthe biss in die Knöchel ihrer Hand, nein, nein! So durfte sie nicht denken. Gütiger Gott, vergib mir meine ungebührlichen Gedanken. Sie blickte auf das reglose Gesicht ihres Vaters.

Seine Wangen waren bleich, Furchen hatten sich in seine Stirn gegraben und ihn um Jahre altern lassen. Obwohl er schlief, lag nichts Friedliches in seinem Gesicht. Jolanthe wischte sich die Tränen aus den Augenwinkeln, holte tief Luft und zwang sich zu Beherrschung. Würde Sieglinde hier sitzen und heulen wie ein kleines Kind? Nie. Was, wenn der Vater erwachte und sie mit nassen Wangen erwischte? Seinen Respekt vor ihr würde das nicht gerade heben. Einen Kaufmann darf nichts aus der Ruhe bringen, das war sein Lieblingsspruch, sein Leitsatz.

Sie lauschte auf seine regelmäßigen Atemzüge. Der Medikus hatte ein Fläschchen mit einer Arznei dagelassen. Zum Bekämpfen der Schmerzen und damit Winald ruhig schlief, wie er sagte. Auch wenn es nicht das wirkungsvollste Mittel sei, nur das andere sei ihm ausgegangen. Offenbar half es dennoch.

Jolanthe verlagerte ihr Gewicht, rutschte etwas vor, zupfte an der Bettdecke, die von Sieglinde ohnehin akkurat gelegt worden war.

»Es wird alles wieder gut werden«, flüsterte sie. »Dieser Medikus hat sich nur aufgespielt mit seinem besorgten Blick. Der wollte unser Geld, stimmt's nicht? Deshalb hat er uns ein bisschen Angst gemacht und gesagt, es sehe ernst aus, damit wir ihn wieder herholen.« Die ganzen Schürfwunden würden heilen. Das Bein auch, verdammt! Wie viele Leute brachen sich tagtäglich etwas und lebten trotzdem noch viele Jahre weiter mit zusammengeflickten Knochen? War nicht letzt erst die Runde gegangen von einem Steinmetz, der am Münster von einem Gerüst gestürzt war aus großer Höhe? Er hatte sich wieder erholt, mit Hilfe Gottes, wie er allen versicherte. Eine Pilgerfahrt hatte er unternommen mit der ganzen Familie.

Wer war es gleich gewesen, der ihr davon erzählt hatte? Jolanthe dachte nach und sah dann ihre alte Freundin Martha vor sich, wie sie in ihrem Kräutergärtlein im Hof den Boden hackte und ihr Neuigkeiten berichtete. Ja, die Kräuterfrau war's, und sie hatte den Mann behandelt. Einen Studierten konnte sich der kaum leisten.

Das Gesicht des Medikus kam ihr wieder in den Sinn, wie er die Stirn gerunzelt hatte, nachdem er das geschiente und gerichtete Bein Winalds betrachtet hatte. Sie biss die Zähne zusammen, als sie an die offene Wunde dachte, schloss die Augen, faltete die Hände und sprach leise ein Gebet.

Dann saß sie wieder da und wischte sich die Tränen aus dem Gesicht. Heulsuse! Warum musste der Vater auch so unvorsichtig sein? Vor ein Fuhrwerk laufen – Wie konnte er nur? Gestritten hatte er sich mit wem, das sah ihm ähnlich. Und jetzt standen sie da, sie und ihre Schwester. Wie lange würde sich das Kontor ohne Winald führen lassen? Was würde aus ihnen werden, wenn jemand bemerkte, was hier geschehen war? Die Tränen ließen sich nicht halten. Jolanthe gab es auf, dagegen anzukämpfen. Sie legte die Unterarme auf das Bett, den Kopf darauf und weinte lautlos.

Als sie hochschrak, glitt Morgenlicht durch die geschlossenen Fensterläden. Sie musste eingeschlafen sein. Ein Blick auf den Vater zeigte ihr, dass er unverändert schlief. Sie erhob sich, streckte die Arme, um die verspannten Muskeln zu lockern. Dann blies sie die Lampe aus, verließ die Kammer und ging die Stufen hinunter ins untere Stockwerk.

Ein Hahn krähte irgendwo in der Nachbarschaft, ein weiterer folgte. Noch fiel nicht genügend Licht in den Flur, und Jolanthe tastete sich mit den Händen an der Wand entlang, trat vorsichtig auf, um nicht eine Stufe zu verfehlen. Als sie die Tür zur Küche öffnete, sah sie einen dunklen Schatten am Tisch. Erst nach dem zweiten Blinzeln erkannte sie ihre Schwester, die mit gefalteten Händen dasaß und in die Dunkelheit starrte.

Ohne ein Wort ging Jolanthe zum Fenster, öffnete die Läden und ließ das Licht des anbrechenden Morgens herein.

»Hast du nicht geschlafen?«, fragte sie.

»Ein wenig«, antwortete Sieglinde.

»Du hast gedacht, er braucht dich vielleicht und bist deshalb wach geblieben, ist es so?« Jolanthe setzte sich ihr gegenüber.

»Du warst doch bei ihm. Warum also hätte ich das tun sollen?« Die Schwester machte eine Pause. »Ich werde Katrein schicken, um den Gästen für heute abzusagen.«

»Sie soll ihnen erzählen, Vater müsse in dringenden Geschäften nach Nürnberg. Sicher werden die Leute reden über den Unfall, doch auf diese Art glauben sie vielleicht, er sei nicht so schlimm gewesen. Wir müssen die Gerüchte in unserem Sinne beeinflussen.« Dieser Gedanke kam unvermittelt, doch sie spürte, dass es der einzig richtige Weg war.

Sieglinde musterte sie. »Wie geht es ihm?«

Jolanthe beschloss, Katrein die Anweisung persönlich zu geben. »Er schläft.«

Sie schwiegen. Jolanthe starrte auf die gefalteten Hände ihrer Schwester, die immer noch reglos auf dem Holz des Tisches lagen. Schließlich wandte sie den Blick ab. »Ich könnte Martha holen.«

»Martha von Werdenberg!« Sieglinde lachte kurz. »Die Verrückte in ihrer halb verfallenen Burg, die dort haust, so als wäre sie noch Teil eines reichen Grafengeschlechtes, und die nicht merkt, wie ihr einziger Diener vor lauter Gicht nichts mehr tragen kann.«

»Sie hat ein großes Wissen über Kräuter. Sie hat dem Mann, der vom Münster-Gerüst fiel, geholfen.«

»Ich habe noch nie verstanden, was für einen Narren du an ihr gefressen hast.«

»Sie ist eine gute Heilerin. Sie hätte Mutter retten können.«

Sieglinde starrte sie an. Einen Herzschlag lang glaubte Jolanthe, sie sei zu weit gegangen, doch dann fasste Sieglinde sich wieder.

»Vater würde die nie an sich heran lassen, das weißt du genau. Der Medikus hat seine Arbeit gut gemacht.«

Und außerdem weißt du am besten, was er braucht, dachte Jolanthe, erhob sich und schöpfte mit einem Becher Wasser aus einem Eimer. Sie trank in großen Schlucken, und es gelang ihr, sich zu beruhigen.

»Was ist, wenn es länger dauert, bis Vater wieder gesund wird?«

»Wir werden ihn pflegen.«

Jolanthe stellte den Becher zurück ins Regal. Draußen auf der Straße lief eine Magd mit zwei leeren Eimern vorbei. Ein leiser Fluch drang zum Fenster herein, als das Mädchen in seiner Eile in einen Haufen Unrat trat. Sie wischte ihre Holzpantinen am Boden ab und hastete weiter.

»Pflegen musst du ihn zusammen mit Katrein. Ich führe das Geschäft weiter«, sagte Jolanthe schließlich. »Irgendwer muss darauf achten, dass das Kontor läuft und Vater keinen Trümmerhaufen vorfindet, wenn er wieder gesund ist.«

»Cornelius wird die Dinge im Griff haben, meinst du nicht?«, erwiderte Sieglinde mit hochgezogener Braue.

»Du täuschst dich.« Cornelius, natürlich. Sah Sieglinde denn nicht, dass dieser Mensch nie und nimmer fähig war, allein über ein Geschäft zu entscheiden? »Er arbeitet nicht selbständig. Er macht nur das, was Vater ihm aufträgt.«

»Cornelius weiß schon, was er tut. Du solltest ihm nicht zu sehr zwischen den Füßen stehen. Vater wird sicher bald wieder ansprechbar sein und das Wichtigste regeln können, auch wenn er nicht aufstehen kann. Aber du hast recht, du könntest als Laufbursche zwischen den beiden dienen, damit sich Cornelius nicht immer herbemühen muss und damit wertvolle Zeit verliert.«

Jolanthe ärgerte sich. Ihr lag eine Erwiderung auf der Zunge, doch dieses Mal gelang es ihr zu schweigen. Lass es gut sein, beschwor sie sich selbst. Streite nicht. Wir sind beide erschöpft und besorgt, es bringt nichts, sich gegenseitig zu zermürben. Ich werde mit Cornelius reden, und dann sehen wir weiter, dachte sie. Was auch immer geschehen würde, sie wollte sich um die Geschäfte kümmern, und sie würde es gut machen. Ihr Vater sollte stolz auf sie sein.

Als es hell genug war, um vor die Tür zu gehen, begab sich Jolanthe unbemerkt von der Schwester auf den

Weg zum Handelshaus der Tuchkaufleute, in der Annahme, dort auf Cornelius zu treffen. Der hatte am Abend zuvor kurz vorgesprochen und von Winalds Unfall erfahren, allerdings hatte sich keine Möglichkeit ergeben, mit ihm zu reden. Die Sorge um den Vater war zu groß gewesen.

Nun, wo sich die Lage wieder etwas beruhigte, musste sie die Gelegenheit nutzen und das weitere Vorgehen abklären. Jolanthe hatte nicht vor, sich die Dinge von ihm oder Sieglinde aus den Händen nehmen zu lassen. Was wusste ihre Schwester denn schon von den Geschäften? Die Münzen waren in ihrem Beutel, deshalb konnten sie ausgegeben werden, einmal mehr für Tand als für etwas Sinnvolles.

Sie fand Cornelius in dem Verschlag, den er für Winalds Ware angemietet hatte. Auf seiner Stirn bildeten sich Sorgenfalten, als er sie sah.

»Wie geht es ihm?«

»Macht Euch keine Sorgen. Er hatte einen ruhigen Schlaf und wird sich bald erholen.« Sie wusste nicht, wen sie damit mehr belog, sich selbst oder Cornelius. Der Vater hatte am Morgen nicht so ausgesehen, als würde er bald das Bett verlassen können.

»Das freut mich zu hören. Dann werde ich ihm am Nachmittag berichten und mir neue Anweisungen holen bezüglich der Biberacher Weber. Er war sehr erzürnt über deren Verrat.«

»Das glaube ich.« Jolanthe fasste ihn am Arm. »Hört,

Winald wünscht, dass ich während seiner Genesungszeit die Geschäfte führe. Nach außen sagen wir allen, er sei schnell gesund geworden und in dringender Angelegenheit nach Nürnberg aufgebrochen. Ich habe sein Siegel.« Sie zeigte ihm den Siegelring, den sie an einer Kette um den Hals befestigt hatte. Er hatte nach der Behandlung des Arztes auf dem Tischchen neben der Lampe gelegen, und Jolanthe hatte ihn zur Verwahrung an sich genommen. Sieglinde wusste ohnehin nicht, wie wichtig dieses Siegel war.

»Es geht ihm also doch nicht gut?« Cornelius zog eine Braue hoch, so als glaube er ihren Ausführungen nicht. Kein Wunder, dachte sie. Er kennt meinen Vater viel zu gut und weiß, dass er nie etwas freiwillig aus den Händen gibt.

»Doch, doch«, beschwichtigte sie. »Aber wie Ihr wisst, führe ich sowieso die Bücher und werde jedes Geschäft mit ihm absprechen. Habt keine Sorge. Was die Biberacher angeht, reist morgen gleich in der Früh dorthin.« Sie gab ihm das Säckel voller Münzen, das er von dem Weber Karcher wieder mitgebracht hatte. »Geht aber nicht zu unseren Webern, sondern schaut Euch nach neuen Kontakten um.«

»Seid Ihr sicher …«

»Wenn der Karcher erkennt, dass sein Fehler Konsequenzen hat, wird er zu uns gekrochen kommen und sich das nächste Mal gründlicher überlegen, ob er vertragsbrüchig wird.«

Cornelius nickte. Sein mangelnder Widerspruchsgeist schien seine Skepsis zu überlagern. Typisch, dachte Jolanthe und war dieses Mal doch ganz froh darum, dass Cornelius sich nicht wehrte.

»Wen soll ich ansprechen?«

»Das überlasse ich Eurem Geschick mit Menschen. Wer weiß, vielleicht finden wir bei dieser Gelegenheit sogar einen besseren Weber als den Karcher.«

Cornelius nahm die Münzen und nickte. »Da gibt es einen, dem letzt viele Aufträge weggebrochen sind, weil seine Ware bei einer Lieferung nicht in Ordnung war. Nicht seine Schuld, will man den Gerüchten glauben, aber seine Kunden gehen dennoch auf Nummer sicher und kaufen woanders.« Er sah sie erwartungsvoll an, so als wolle er weitere Anweisungen von ihr haben.

»Vergesst nicht, den Burschen mitzunehmen. Mit den Münzen solltet Ihr nicht allein reisen.«

»Natürlich nicht.«

»Wie viel ist noch auf Lager?«

»Nur das, was Ihr hier seht.« Er nickte zu den Tuchballen hinter sich. »Barchent und etwas Leinen.«

»Gut, versucht soviel wie möglich davon heute loszuschlagen und kommt am Abend ins Kontor zur Abrechnung.«

Cornelius nickte und Jolanthe verabschiedete sich von ihm. Sie hatte nicht vor, sich selbst im Handelshaus um Kunden zu bemühen, denn zum einen erfüllte

Cornelius diese Aufgabe zu voller Zufriedenheit. Er hatte sie oft genug für den Vater erledigt. Zum anderen wäre sie als Frau zu sehr aufgefallen, hätte Fragen nach Winald heraufbeschworen. Es gab zwar einige Kaufmannswitwen, die sich im Handelshaus um die Geschäfte ihrer noch minderjährigen Söhne kümmerten, wenn aber Winald auf einmal seine Tochter schickte, dann war etwas faul, und sie durfte die Konkurrenz nicht unnötig aufmerksam machen. Wenn sie diese Fassade aufrechterhalten konnte, würde ihr Plan vielleicht gelingen.

Draußen am Fischmarkt riefen die Händler ihre Ware aus. Es roch nach Algen und brakigem Wasser, Jolanthe wich einem Haufen von Gedärm und Innereien aus, die ein Verkäufer nach dem Ausnehmen hinterlassen hatte. Unvermittelt stieß sie gegen einen Mann, spürte feinen Wollstoff an ihrer Wange und sah hoch. Pascal blinzelte ihr zu.

»Ungestüm wie immer, Jungfer Jolanthe?«

»Woher wisst Ihr meinen Namen? Ich entsinne mich nicht, ihn Euch genannt zu haben.« Sie verfluchte ihren Herzschlag, der sich rasant beschleunigt hatte, und mahnte sich selbst zu Ruhe und Vorsicht. Dieser Kerl und Winald waren sich nicht grün, und es war ganz sicher nicht weise, jemandem zu vertrauen, dem der Vater kritisch gegenüberstand – auch wenn sie die Gründe dafür nicht kannte.

»Von Eurem Herrn Vater. Ich würde gern mit ihm

sprechen, meint Ihr, er kann ein wenig Zeit erübrigen?«

»Er ist verreist«, sie zögerte, bat Gott um Vergebung für ihre Lüge und fuhr fort: »Nach Nürnberg. Ihr werdet mit Eurer Unterredung warten müssen.« Und sie hoffentlich vergessen, fügte sie in Gedanken an.

»Bedauerlich. Wohin führt Euch der Weg? Darf ich Euch ein Stück Gesellschaft leisten?«

Ohne auf ihre Antwort zu warten, griff er sich ihre Hand und legte sie über seinen Arm. Jolanthe ließ es sich gefallen und ging mit ihm auf das Ulmer Münster zu, ohne zu wissen, was sie dort sollte.

»Ihr führt Eurem Vater die Bücher, wie ich hörte«, meinte Pascal nach ein paar Schritten an Jolanthes Seite. Sie hatte sich gerade auf die Stelle konzentriert, an der ihr Arm den seinen berührte und wurde durch seine Worte abgelenkt.

»Ihr wisst zu viel von mir, das ist verdächtig.«

»Mein alter Freund Winald erzählt stolz von seinen Töchtern.«

»Von Freundschaft habe ich aber nichts bemerkt. Habt Ihr Euch nicht mit meinem Vater gestritten, als Ihr letzt bei ihm ward? Sieglinde erzählte mir so was.«

»Nicht der Rede wert.«

Elegant wich er einem herannahenden Fuhrwerk aus und zog sie mit sich in die andere Richtung.

»Woher kennt Ihr meinen Vater?«

»Wir sind alte Bekannte aus Paris. Dort komme ich her, aber nun sagt mir, wer hat Euch das Rechnen beigebracht?«

Sie kamen an das Münster und blieben stehen. Jolanthe sah an dem imposanten Bauwerk hoch und beachtete seine Frage nicht. Ihr fielen die Wasserspeier auf, eine Schlange, ein in Stein gehauenes Fabelwesen hoch zwischen den kleinteiligen Türmchen des Seitenschiffes. Unvermittelt wurde ihr die Nähe Pascals unangenehm, und sie machte sich los.

»Ich habe zu tun, Herr Pascal, und wie auch immer Ihr sonst heißen mögt.« Das Gefühl, dass er sie nicht gehen lassen wollte, war überdeutlich.

Er blickte sie an, zögerte, dann verbeugte er sich leicht. »Einen Gruß an die werte Schwester und den Herrn Vater. Wir sehen uns wieder.«

Als er sich umdrehte, sah sie ihm nach und grübelte über diese merkwürdige Begegnung. Er hatte nur freundlich sein wollen, sicher, und doch klangen seine letzten Worte in ihr nach wie eine Drohung. Sie atmete tief die von unterschiedlichen Gerüchen durchwachsene Stadtluft ein, legte erneut den Kopf in den Nacken und sah einem Wasserspeier in Form eines Lindwurms in den Rachen. Die Zuversicht, die sie noch beim Gespräch mit Cornelius erfüllt hatte, war verschwunden und machte einer unterschwelligen Sorge Platz. Auf einmal erschienen ihr die Dinge alles andere als klar und einfach. Die Bücher zu führen mit dem Vater im Rücken, hier und da ein paar Neuerungen vorzuschlagen und sich nur mit der Sturheit Winalds auseinandersetzen zu müssen, das war einfach gewesen, gemessen an dem, was ihr nun bevorstand. Es gab Feinde und Konkurrenten, das wurde ihr nun überdeutlich. Wie sollte sie sich dem stellen nur mit Cornelius an ihrer Seite? Konnte sie gestandenen Händlern trotzen, sich gegen sie und ihre Finesse behaupten? Winalds Missgeschick würde sich herumsprechen, bald sogar, das fühlte sie in ihrem kleinen Zeh. Und dann würde auch Pascal wieder vor ihr stehen, soviel war sicher.

Kapitel 6

DAS GESPRÄCH MIT IHRER SCHWESTER ging Sieglinde nicht mehr aus dem Kopf. Wie eigenmächtig Jolanthe einfach darüber bestimmte, dass sie im Kontor gebraucht wurde, nein, das ging nicht an. Dagegen musste man etwas unternehmen. Nicht nur, dass sie als junge Frau dem Ganzen nicht gewachsen war, Sieglinde missfiel ihr Widerspruchsgeist. Wie stellte sie sich das alles denn vor? Der Vater krank im Bett und sie unterwegs im Handelshaus unter gestandenen Kaufleuten, die die Welt bereist hatten und mit allen Wassern gewaschen waren? Es mochte ja angehen, dass Jolanthe gut mit Zahlen umging. Sieglinde konnte und mochte das nicht beurteilen, doch der Vater war augenscheinlich zufrieden mit ihrer Arbeit. Aber weitreichende Entscheidungen zu treffen, Ware einzukaufen und gewinnbringend zu verkaufen, nein … Es wurde Zeit, den Willen der Schwester zu zähmen, sonst, das spürte Sieglinde genau, würde sie alle ins Unglück stürzen.

Sie betrat Winalds Gemach und füllte Wasser aus einem Eimer, den sie hochgetragen hatte, in eine Waschschüssel, die neben dem Bett stand. Winald grüßte sie mit einem Brummen. Er sah schlecht aus, und das gefiel ihr gar nicht. Sie gab sich alle Mühe, ihn zu umsorgen, doch scheinbar ohne Wirkung. Das aber bestärkte sie nur in ihrem Entschluss, der sich über Nacht in ihrem Kopf gefestigt hatte, Formen annahm und ihr immer besser gefiel.

Genügend fesche Mannsbilder hatten bereits um ihre Hand angehalten. Erst letzt hatte Vico Interesse an ihr gezeigt, der ein bescheidenes Kontor seines Vaters weiterführte und ebenfalls Tuchhandel betrieb.

Pascal, warum nicht dieser Pascal, dachte sie und verzog unwillkürlich den Mund, als sie an die Szene dachte, wie der Kaufmann aus ihrer Stube gestürmt war. Seither hatte sie ihn einmal auf dem Markt getroffen und recht lange mit ihm geplaudert. Aber er und Winald waren im Streit auseinander gegangen. Es würde schwer genug sein, den Vater zu überzeugen, dass sie heiraten musste. Einen Kandidaten zu präsentieren, der ihm missfiel, würde diese Mission zum Scheitern verurteilen. Dennoch, sie musste behutsam vorgehen. Zu oft hatte der Vater bereits Heiratswillige abgewiesen, keiner schien ihm recht. Bislang hatte Sieglinde sich nicht daran gestört, nun aber standen die Dinge anders.

»Schau nicht so griesgrämig. Ich lebe noch, wie du siehst«, murrte Winald und riss sie damit aus ihren Gedanken. Fahrig griff sie zu einem Becher mit Kräutersud.

»Trinkt, Vater.« Sie hielt ihn an Winalds Lippen und wehrte seine Hand ab, mit der er das Gefäß fortschieben wollte.

»Lass mich.«

»Ihr müsst, es ist gegen das Fieber.«

»Welches Fieber? Mach mich nicht kranker, als ich bin.« Trotz seiner Worte gab er seinen Widerstand auf. Er ließ den Arm auf das Laken fallen, öffnete den Mund, um widerwillig ein paar Schlucke zu nehmen. Wie schwach er geworden ist, dachte Sieglinde. Und das innerhalb weniger Tage.

»Das Zeug brennt mir im Hals«, murrte Winald. »Und überhaupt, ist das doch alles Pfuscherei. Ich werde schon ohne diesen Kram wieder auf die Beine kommen.« Wie um seine Worte zu unterstreichen, richtete er seinen Oberkörper auf. »Verdammt!« Er verzog das Gesicht und sah Sieglinde vorwurfsvoll an.

»Das Bein, ich weiß. Legt Euch hin, das ist das Beste. Solange es nicht verheilt ist, solltet Ihr ruhen.« Seine Hilflosigkeit war ihm unangenehm, Sieglinde spürte das und versuchte es nach Kräften zu überspielen. »Trinkt das aus, dann geht es Euch besser.«

»Lüg mich nicht an, Tochter. Mein Bein brennt, als stünde ich damit bereits im Fegefeuer.« Er stöhnte, so als hätten ihn die Bewegungen angestrengt.

»Der Medikus hat es geschient, und nun muss es zusammenwachsen, sonst nichts«, beharrte Sieglinde. »Gott wird Euch bald wieder wohlgesonnen sein. Wir beten jeden Tag dafür.«

Winald schnaubte. »Wenn mir nur nicht so der Kopf dröhnen würde, dann wüsste ich wenigstens, wem ich das zu verdanken habe. Ein Fuhrmann soll mich angefahren haben, und ich weiß von nichts.«

»Ihr seid gegen den Wagen gelaufen.«

»Ich würde ihn vor den Rat zerren, so jemand gehört bestraft, wenn er durch die Gassen rast und unschuldige Bürger über den Haufen fährt.«

Sieglinde erwiderte nichts. Stattdessen bückte sie sich nach der Schüssel mit Wasser, tunkte einen Lappen hinein und wrang ihn aus. Dann wischte sie den Schweiß von Winalds Stirn.

»Das tut gut.« Winald hielt den Lappen fest. Wasser rann ihm die Wangen hinunter und benetzte das Kissen, auf dem sein Kopf lag.

Sieglinde erhob sich und wandte sich ab. Er hatte

Fieber bekommen in der letzten Nacht, und sie haderte mit der Entscheidung, ob sie den Medikus holen sollte oder man es erst einmal durch Hausmittelchen bekämpfen konnte. Wenn Jolanthe ihr nur zur Hand gehen würde!

Sie nahm den Eimer und verließ das Zimmer. Statt Katrein zum Brunnen zu schicken, trat sie den Weg selbst an, um ein bisschen die stickige Luft des Krankenzimmers aus ihren Kleidern zu vertreiben. Die Sonne schien ihr in den Nacken, als sie aus dem Haus trat. Sie ließ sich Zeit für den Weg, schlenderte an den Nachbarhäusern vorbei und grüßte eine Frau, die den Kopf aus einem Fenster im ersten Stock steckte, und ließ sich von ihr in ein kurzes Gespräch über das Wetter verwickeln.

Beim Brunnen angekommen, sah sie, dass ein Kind davor kauerte. Dreckige Lumpen hingen von seinem Körper, und die Augen, die sie aus dem verkrusteten Gesicht ansahen, waren groß vor Hunger. Angewidert trat sie die dürre Hand weg, die sich ihr entgegenstreckte.

»Was hockst du hier und belästigst anständige Leute? Weißt du nicht, dass um Almosen betteln verboten ist?«

Der Kleine kam rascher auf die Füße, als sie vermutet hätte. Vorsichtig trat sie zwei Schritte zurück, man wusste ja nie, ob diese Halunken einem nicht noch die Börse stahlen oder eine Krankheit anhängten.

»Scher dich fort! Geh zur städtischen Armenspeisung, da bekommst du, was dir zusteht.« Erleichtert stellte sie fest, dass sich der Junge von ihrem barschen Ton beeindrucken ließ und um die nächste Hausecke verschwand. Sieglinde ließ den Eimer nach unten und zog ihn mit aller Kraft wieder hoch, um das Wasser umzufüllen. Sie benetzte sich das Gesicht, dann lehnte sie sich an den Brunnenrand, blinzelte in die Sonne und war mit ihren Gedanken wieder bei ihren eigenen Sorgen. Wer wusste schon, was die Zukunft bringen würde? Sieglinde hatte nicht vor, alles allein der göttlichen Fügung zu überlassen.

Als sie zurück zu Winald ins Zimmer kam, lag der noch genauso da, wie sie ihn verlassen hatte, und starrte an die Decke.

»Vater«, begann sie. »Wir müssen reden.«

»Das tun wir die ganze Zeit, will mir scheinen.«

»Jolanthe ist mit dem Kontor überfordert. Sie schlägt sich tapfer, Ihr kennt sie ja, aber sie ist eine Frau.«

»Ich werde nicht mehr lange hier liegen. Bis ich gesund bin, wird Cornelius die Angelegenheiten regeln, Jolanthe braucht sich keine Sorgen zu machen. Du auch nicht.« Er tätschelte ihre Hand.

»Natürlich. Dennoch solltet Ihr überlegen, ob es nicht besser wäre, ich würde einen Kaufmann heiraten. Das könnte Euch so oder so entlasten, und Jolanthe hätte mehr Zeit, um häusliche Tätigkeiten zu erlernen.«

Winald antwortete nicht. Er starrte auf seine Hände, die er auf der Decke gefaltet hatte, und zeigte keine Anzeichen, ob er das Gesagte gehört hatte.

»Vater?«

Er reagierte immer noch nicht, und Sieglinde zögerte, bevor sie beschloss, es vorerst gut sein zu lassen und das Thema ein anderes Mal erneut anzusprechen. Wenn er nicht reden will, nutzt kein Zwang, im Gegenteil. Damit bringe ich ihn nur gegen mich auf, dachte sie. Pascal schien ihr auf einmal ferner denn je. Doch sie würde nicht so schnell aufgeben. Und wenn ich den eitlen Geck Vico nehmen muss, der mir beim Tanzen immer auf die Füße tritt, er ist ein Kaufmann und kann Vaters Kontor übernehmen. Ich muss Vater nur davon überzeugen.

Unvermittelt begann Winald zu sprechen. »Ich habe immer gesagt, bring mir einen Anständigen an, dann reden wir.« Seine Stimme klang müde.

Sieglinde lächelte. Also doch, du hast zugehört, dachte sie. Das ist zumindest ein Anfang.

Vier Tage war es nun her, seit die Männer den verunglückten Winald ins Haus getragen hatten, und sein Zustand verbesserte sich nicht. So gar keine Besserung und noch dazu das Fieber, das machte Jolanthe Angst. Sie hatte sich regelmäßig bei ihm in der Kammer eingefunden und an seinem Bett gesessen, auch wenn sie sich dort nutzlos fühlte. Es schien ihr, als weiche Sieglinde nie von seiner Seite, denn immer wenn Jolanthe eintrat, war die Schwester bereits da oder kam kurze Zeit später. Mit vorwurfsvollem Blick hielt sie sich dann im Hintergrund, ernsthafte Gespräche über das Kontor waren Jolanthe auf diese Art unmöglich.

Die Geschäfte liefen weiter wie bisher, keiner der Geschäftspartner oder Konkurrenten hatte bislang bemerkt, dass statt dem Handelsherrn nun dessen Tochter die Fäden in der Hand hielt. Jedem, der nach Winald fragte, erzählte sie von der kurzfristigen Reise. Cornelius vertrat sie gut in der Öffentlichkeit, und ihr kleiner Vergeltungszug gegen die Biberacher Weber schien von Erfolg gekrönt. Sie hatten einen neuen Fabrikanten an sich gebunden, der bislang mehr als zuverlässig auftrat.

All das aber wusste der Vater nicht. Sie wollte es ihm im Beisein der Schwester nicht erzählen. Was sie bei ihren Besuchen bemerkte, war der Schweiß auf seiner Stirn, seine zunehmende Schwächung. Die Sorge um ihn wuchs, und so machte sie sich auf den Weg zu Martha von Werdenberg.

Früh am Morgen hatte sie eines von Ulms Stadttoren passiert und schritt nun am Ufer der Donau entlang. Die Wassermassen flossen in verspielten Wirbeln dahin. Sie begegnete einem Schiffer, der sein Floß von zwei Pferden flussaufwärts ziehen ließ.

»Hoooooo«, feuerte er die Tiere an, ohne dass Jolanthe eine Beschleunigung erkennen konnte. Sie zogen im immer gleichen Trott voran, und der Treiber handelte vermutlich nur aus Gewohnheit.

Der Weg war aufgeweicht von einem Frühlingsregen in der Nacht. Jolanthes Schuhe sogen sich voll, und die Nässe machte ihre Füße unangenehm klamm. Sie fröstelte im kalten Wind, der die Wolken vor sich hertrieb, und zog den Umhang noch enger um ihren Körper. Trotzdem und trotz der Sorge, die sie die Schritte schneller setzen ließ, freute sie sich auf die Begegnung mit der alten Freundin. Sie sahen sich viel zu selten, scheute Martha doch den Weg in die Stadt, obwohl sie Reittiere besaß. Und Jolanthe hatte mit ihrer Arbeit im Kontor genug zu tun. Sich einfach einen Nachmittag freizunehmen, das ging nicht.

Früher, als junges Mädchen, war sie jede Woche mindestens einmal zur Burg gelaufen, um das Reiten zu lernen. Obwohl von Adel, war Marthas Familie verarmt, sie lebte im halb verfallenen Stammsitz, doch das kümmerte sie alles nicht. Sie war, wenn man es recht betrachtete, sonderbar. Für Jolanthe aber war sie der einzige Mensch, dem sie bedingungslos vertrauen konnte. Auch wenn der Vater diese Freundschaft missbilligte. Es schade ihrem Ansehen, behauptete er. Solch ein Unsinn!

Sie bog ab in den Wald und spürte ihren Puls vom schnellen Gehen. Der Weg führte nun ein Stück weit bergan. Diese Strecke empfand sie noch heute als unheimlich. Die Bäume verwehrten den Blick auf den

Himmel, das Unterholz war zwar licht, doch wenn es hier und da raschelte, wusste man nicht, ob sich dort jemand verbarg. Hier waren noch nie Wegelagerer aufgetaucht, aber man hörte genug von Vorfällen aus anderen Gegenden, um sich unbehaglich zu fühlen.

Schließlich stand sie vor einem großen Tor, dessen Pfeiler an eine halb verfallene Wehrmauer grenzten. Efeu wucherte über die Steine und ließ kaum ein Fleckchen frei. Hinter dem Tor hoben sich ein verfallener Turm und das intakte Dach eines Wohngebäudes in den Himmel. Jolanthe benutzte den Eisenring und ließ ihn mit einem dumpfen Klock auf das Holz fallen.

»Martha«, rief sie. »Ich bin's, Jolanthe!«

Das wiederholte sie so lange, bis sich das Tor öffnete und Ludwig, der bucklige Diener, sie von unten her anblinzelte.

»Ungeduldig wie immer, hm?«

»Lass mich rein, hier ist es ungemütlich. Ich hoffe, ihr habt den Kamin angefeuert.« Sie fröstelte und zog ihren Umhang fester um sich.

Ein schiefes Lächeln erschien auf Ludwigs Gesicht, und er ließ sie eintreten. Sie wartete nicht auf ihn, sie kannte den Weg. Jolanthe öffnete die Tür zum Wohnbau. Der Geruch nach Kohl schlug ihr aus der Küche entgegen, wo Liese, die Köchin, ihr Unwesen trieb, die mindestens ebenso zum Burginventar gehörte wie Ludwig, so lange war sie schon da.

Steinstufen führten Jolanthe in einen Raum, aus dem ihr behagliche Wärme entgegenschlug. Ein Feuer prasselte im Kamin, es roch angenehm nach verbrannten Kiefernnadeln. Martha saß in ihrem Lehnstuhl, den Kopf zur Seite gerollt, den Mund offen, und schnarchte. Jolanthe hielt inne, betrachtete das ehemals dunkle Haar der Freundin, das nun mehr Grau als Schwarz aufwies und das Martha mit einem Band im Nacken zusammengebunden hatte. Ihre Füße steckten in Holzpantinen, deren Spitzen abgeschabt waren. Der Umhang, in den sie sich gehüllt hatte, wies an einigen Stellen Flicken auf und ihr Rocksaum ein paar ausgefranste Stellen. Manchmal wusste Jolanthe nicht, ob es tatsächlich der Mangel an Geld oder einfach Marthas Nachlässigkeit war, was sie und ihrem Heim diesen leicht heruntergekommenen Anschein gab. Im Grunde war Marthas Heilkunst sehr gefragt, nicht nur die Ärmeren ließen sie zu sich kommen, auch mancher Bürgerliche, der dem Medikus nicht traute. Ihr Ruf war gut. Aber so eine Burg war nicht günstig im Unterhalt, wie sie immer wieder betonte. Darauf angesprochen, warum sie nicht in die Stadt zog, zuckte sie nur mit den Schultern. »Wozu? Mir gefällt's.«

»Martha, wach auf!« Jolanthe fasste sie an der Schulter und spürte, wie ein Ruck durch den Körper ging. Martha blinzelte.

»Seltener Besuch.«

Jolanthe spürte die Hitze in ihren Wangen. »Ich wollte längst mal kommen. Aber das Kontor und die ganzen Pflichten …«

»… und der weite Weg«, ergänzte Martha mit ernstem Gesichtsausdruck.

»Du könntest mich auch mal besuchen.«

»Die Gesellschaft, in der ich dich vorfinde, wäre mir unangenehm.« Nun stahl sich ein Lächeln auf Marthas Mund. Sie erhob sich. »Lass dich umarmen.«

Jolanthe ließ sich willig in die Arme nehmen, spürte die Wärme der Freundin und fühlte sich mit einem Mal ruhiger. Leichter Duft nach den Kräutern, mit denen Martha immer hantierte, stieg ihr in die Nase, hatte sich in den Kleidern festgesetzt.

»Ich brauche deine Hilfe.« Jolanthe machte sich los und setzte sich auf ein Bärenfell, das vor dem Kamin lag und von einem der vielen Ahnen Marthas als Trophäe dort deponiert worden war. »Mein Vater hatte einen Unfall.«

»Ich will nicht sagen, das geschieht ihm recht, dem alten Sturkopf, das wäre unchristlich. Außerdem weiß ich, dass du an ihm hängst. Warum auch immer. Ludwig!«

Es dauerte eine Weile, bis der Diener sich sehen ließ. In der Zeit schwiegen sie und starrten ins Feuer. »Bring uns eine warme Milch mit Honig, das Mädchen ist durchgefroren. Und nun erzähl schon«, meinte sie wieder zu Jolanthe gewandt. »Was hat er?«

»Ein verletztes Bein. Ist vor einen Karren gelaufen. Der Medikus hat es geschient, aber es will ihm einfach nicht besser gehen.«

»Ist es ein offener Bruch, sieht man den Knochen?«

Jolanthe nickte und sah, wie Martha die Stirn krauszog. »Kommst du mit mir und schaust ihn dir an?«, fragte sie hoffnungsvoll.

»Will er mich denn sehen?«

»Ich habe ihm nicht gesagt, dass ich zu dir gehe.«

»Das dachte ich mir.«

Wieder schwiegen sie. Jolanthe beobachtete, wie im Kamin ein Holzscheit auseinanderfiel und der Rauch sich knisternd mit Funken füllte. Ihr fiel es nicht leicht, so geduldig auf Antwort zu warten, und doch hatte sie das Gefühl, sich hier außerhalb der Zeit zu bewegen. Es gab keine Dringlichkeit mehr, nur das heiße Getränk, das Ludwig ihr schließlich in die Hände drückte, und das knisternde Feuer. Sie fühlte sich geborgen.

»Ich tu's dir zuliebe. Ich könnte es dir gar nicht abschlagen.«

Martha brauchte eine Weile, bis sie in ihrer Kräuterkammer das Richtige zusammengesucht hatte. Dann erklärte sie Ludwig, wohin sie ging und wann sie wiederkäme und zog Jolanthe mit sich über den Hof. Gemeinsam schritten sie den Waldweg entlang, Martha erzählte ihr von neu entdeckten Kräutern und wollte wissen, wie das Kontor sich ohne Winald führen ließ. Jolanthe antwortete auf ihre Fragen und horchte sie ein wenig aus über das, was sie vom Gewürzhandel wusste, konnte sich letztlich aber nicht richtig auf das Thema konzentrieren. Als sie schließlich in Ulm ankamen, zwinkerte die Freundin ihr zu und meinte: »Jetzt wollen wir mal sehen, ob sich der sture Bock von mir helfen lassen will.«

Er wollte nicht, zumindest zunächst nicht. Unter den tadelnden Blicken ihrer Schwester betrat Jolanthe mit Martha das Gemach des Vaters und wurde von ein paar deutlichen Verwünschungen empfangen.

»Nachdem wir uns unserer Feindschaft erneut versichert haben, lass mich nun meine Christenpflicht tun und mir dein Bein ansehen.«

Winald machte eine abwehrende Geste. »Tu, was du nicht lassen kannst.«

Als Martha den Verband und die notdürftige Schiene abnahm, hielt er still. Martha wischte sich mit dem Unterarm über die Nase und schien nachdenklich, während sie Knochensplitter und rohes Fleisch betrachtete. Sie sagte nichts. Stattdessen ließ sie sich von Jolanthe ein Fläschchen geben, das sie mitgebracht hatte. Sieglinde hieß sie, frische Bandagen bereitzulegen.

»Der Bruch ist nicht mehr schienbar, zu viele Knochentrümmer, das wird nie zusammenwachsen. Wenn ihr mich fragt, sollte das Bein amputiert werden. Man würde damit zudem sichergehen, dass es ihn nicht irgendwann vergiftet.«

»Du weißt nicht, was du redest!«, krächzte Winald.

Martha beachtete ihn nicht. »Vielleicht hilft meine Tinktur. Ich habe Birkenrinde mit eingearbeitet, die wirkt gegen Entzündungen. Wird es aber schlimmer, dann handelt.«

»Du wusstest doch beim Eintreten schon, was du mir sagen würdest«, rief Winald erbost und schrie auf, als sie die Flüssigkeit in die Wunde träufelte.

Martha zuckte mit den Schultern, nickte Sieglinde zu, damit sie das Bein erneut schiente und verband, dann verließ sie den Raum. Jolanthe eilte ihr hinterher.

»Ich weiß, was du mich fragen willst, aber lass es. Dein Vater ist unbelehrbar. Die Arzneien werden ihm Linderung bringen.«

Sie hatten die Eingangstür erreicht. Jolanthe nestelte an ihrer Börse, doch Martha hielt sie mit einer Hand zurück und gab ihr mit der anderen einen Beutel mit Kräutern für Tee.

»Lass. Ist mein Geschenk an dich.«

»Wird er wieder gesund?« Sie wusste, dass die Freundin ihr das nicht so beantworten würde, wie sie es hören wollte, dennoch war ihr die Frage herausgerutscht.

»Das weiß nur Gott. Wenn es Schwierigkeiten gibt, du weißt, wo du mich finden kannst.« Sie strich Jolanthe mit einem Finger über die Wange. »Und auch sonst erwarte ich, dass du mich mal wieder besuchst.«

Jolanthe nickte und umarmte Martha zum Abschied. Als sie die Tür schloss, besann sie sich kurz, bevor sie sich dem Gewitter stellte, das Vater und Schwester für sie bereithielten. Das Bein amputieren, es klang so einfach, und doch wusste sie, dass Winald dem niemals zustimmen würde. Und Sieglinde erst recht nicht.

Kapitel 7

Er trat bei seinem eigentlichen Anliegen auf der Stelle. Dieser Eindruck verfolgte Pascal seit Tagen. Das Einzige, was gut lief, waren seine Geschäfte, und in genau diese vertiefte er sich. Pascal war sich dessen bewusst, und dennoch konnte er nicht von seiner Idee lassen. Das Gefühl, etwas gegen seinen Widersacher Winald tun zu müssen, um mit sich selbst wieder im Reinen zu sein, war stärker als jede Vernunft. Die Schmach von damals zu tilgen, deswegen war er hier. In manchen Momenten gestand er sich ein, dass dieser Drang nicht eben ehrenwert war.

Mittlerweile hatte er ein paar vorteilhafte Kontakte eingefädelt, die zumindest seinen Vater zufriedenstellen würden. Einer dieser Kontakte führte ihn nun zum Haus des Medikus, dem er ein paar seltene Zutaten für seine Arzneien besorgen konnte. Auch Mathies hatte sich als hilfreich erwiesen, ebenso Pascals Offenheit, mit den Leuten ins Gespräch zu kommen. Sie erzählten ihm gern ihre Geschichten oder klagten über ihre Probleme. Auf diese Weise hatte er erfahren, dass der Stadtarzt erst letzt von einem Gewürzhändler übers Ohr gehauen worden war. Manchmal gestaltete es sich so einfach. Man musste sein Wissen nur vernünftig nutzen.

Pascal blieb am Münster stehen und blickte nach oben, so wie er es bei Jolanthe beobachtet hatte. Ihr Interesse an dem Gebäude hatte ihn erst auf die Idee gebracht, die vielen filigranen Bauelemente zu studieren. Die Türmchen, Wasserspeier, Fabelwesen, die Steinbögen, die sich in unterschiedlicher Form und Größe immer wiederholten, sich überschnitten oder in die Tiefe staffelten, man konnte sich verlieren in ihrem Anblick. Jolanthe hatte ihm unbewusst den Zugang zu etwas verschafft, was er als selbstverständlich wahrgenommen hatte. Ihm gefiel diese Art der Blickrichtung. Sie hatte etwas Tiefergehendes, was ihn berührte.

Er dachte an die Gespräche, die er mit beiden Schwestern geführt hatte. Jolanthes zugeknöpfte Art konnte er mit Worten nicht lockern, also hatte er sich darauf verlegt, sie zu beobachten. Ihr Verhalten verriet ihm mehr als das, was sie sprach. Lächelnd sah er einem Drachen in die steinernen Augen, dann setzte er seinen Weg zum Haus des Medikus fort.

Sieglinde hatte sich als gesprächiger erwiesen, immerhin wusste er nun sicher, wer in Winalds Haushalt und Kontor für was zuständig war. Hilfreich schien ihm dieses Wissen bislang nicht, blieb doch die Idee aus, wie er es nutzen konnte.

Abwarten, dachte er und konnte sich doch nicht so richtig damit trösten. Er konzentrierte sich auf das bevorstehende Geschäft, erreichte das Haus des Medikus und machte sich den Bewohnern bemerkbar. Dann trat er einen Schritt zurück und schaute auch hier die Fassade hoch. Ein prächtiges Gebäude zeugte vom nicht eben kleinen Geldsäckel des Arztes. Erker, deren Fenster mit Stein umrandet waren, eingearbeitete Blüten und Ranken als Verzierung. Die Butzenscheiben bestanden aus buntem Glas, das im Inneren ein fröhliches Muster auf dem Boden erzeugen musste, sobald die Sonne hereinschien.

»Ja bitte?« Eine Frau in hellem Kleid, die Haare streng unter einer Haube verborgen, musterte ihn so, als stünde sie bereits Augenblicke dort in der Tür, um ihn zu beobachten.

Pascal machte eine elegante Verbeugung und lächelte sie an. »Der Kaufmann bin ich, Pascal Pallet, werte Frau. Ich bringe dem Herrn Medikus die bestellten Zutaten.« Er beschloss, seinen Charme spielen zu lassen und fuhr fort: »Doch ein Anliegen an Euch zuvor. Ihr seid eine kluge Frau, das sehe ich sofort. Achtet darauf, der Herr Medikus sollte sich nächstes Mal gleich an uns seriöse Kaufleute halten. Nicht, dass er wieder einem dahergelaufenen Händler vertraut, dessen einziges Betreiben es ist, seine Kundschaft übers Ohr zu hauen. Ihr habt gewiss Einfluss auf ihn.«

»Übers Ohr hauen sie einen alle.« Die Frau drehte sich um und bedeutete ihm zu folgen. »Und Einfluss habe ich gewiss nicht, ich bin nur das Eheweib.«

Pascal wollte nicht so schnell aufgeben. Die Sympathie dieser Frau zu gewinnen war für ihn mindestens ebenso wertvoll wie das Vertrauen ihres Mannes. »Oh, erzählt mir nichts, gute Frau. Ich habe zwar kein Weib, aber eine Mutter und weiß sehr wohl, welchen Einfluss sie hat. Welcher Hausherr überblickt schon die Geheimnisse der Haushaltsführung?«

Sie drehte sich nicht um, und er folgte ihrem Rücken. Als sie ihn aber in die Stube geleitete und ihn vorbeitreten ließ, sah er den Anflug eines Lächelns auf ihrem Gesicht. Er verabschiedete sich mit einem Nicken von ihr. Na also.

Der Hausherr saß an einem Tisch über einen Stapel Papiere gebeugt. Er sah hoch. Die Falten auf seiner Stirn glätteten sich. Er strich über seinen weißen Bart, sodass sich die Mundwinkel verzogen, dann nickte er.

»Setzt Euch. Ich war misstrauisch, ich gebe es zu. Aber unsereins braucht Euch Händler ja nun einmal. Wie es aussieht, habt Ihr das Gewünschte besorgen können?«

Pascal ließ sich nicht lange bitten und breitete Säckchen und kleine Holzkästchen auf dem Tisch aus, öffnete jedes einzelne und sagte: »Digitalis-Pulver … Hier das Mercurius … und Mohnsaft, frisch eingetroffen aus dem Mittelmeerraum und, mit Verlaub, edler Herr, ich bin Kaufmann, kein einfacher Händler.«

»Wie gut, wie gut«, der Medikus rieb sich die Hände und zupfte wieder an seinem Bart. Pascal spürte seine Freude über die Schätze, die da vor ihm lagen. Er hatte vor, diese freundliche Stimmung auszunutzen.

»Ihr seht, was Ihr von einem ehrlichen Mann zu erwarten habt.«

»Ich lerne aus meinen Fehlern.« Der Arzt nahm einen Flakon mit Mohnsaft in die Hände und drehte ihn im Licht. »Sehr gut«, murmelte er. »Dieses Schmerzmittel hätte ich gut gebrauchen können vor ein paar Tagen. Dieser Gewürzpanscher hat's mir unterschlagen und ist schuld am Leid von Winald Kun.«

»Was ist geschehen?«, fragte Pascal mit höflichem Unterton, um seine Neugier zu verstecken.

»Ist unter ein Fuhrwerk geraten.«

»Winald Kun?« Seine Stimme geriet einen Ton zu laut. Er bückte sich nach seinem Beutel, so als habe er etwas suchen wollen, und war sich bewusst, dass er damit seine Reaktion nur ungenügend kaschierte.

»Es sah nicht gut aus für sein Bein. Für ihn selbst auch nicht. Der Schmerz, wisst Ihr? Aber da er seit

Tagen nicht mehr nach mir schicken ließ, hat er sich wohl erholt.«

Pascal nickte, mit dem Gefühl, dass das Schicksal einen Wink für ihn bereithielt. Zweifelsohne waren das Neuigkeiten, die alles veränderten.

»Er ist also wohlauf?«, fragte er, um sich noch einmal zu vergewissern.

»Ist er ein Geschäftspartner von Euch? So lasst Euch gesagt sein, es ging ihm den Umständen entsprechend, aber ich würde ihn aufsuchen an Eurer Stelle, solltet Ihr etwas mit ihm zu klären haben. Man weiß ja nie.«

Pascal schob dem Medikus das Papier mit seinen Preisberechnungen hin und meinte abwesend: »Das werde ich sicher. Zahlt Ihr gleich oder mit einem Wechsel?«

Sein Kunde bescherte ihm ein Säckchen voller Münzen, mit denen er verschiedene Wechsel auszulösen gedachte. Am Ende würde ein stattliches Sümmchen an Gewinn für ihn stehen, davon war er überzeugt. Er verließ den Arzt und beschloss, nach den Geschäften seine Kammer aufzusuchen, um dort alles zu ordnen. Die Zahlen in seinen Büchern genauso wie die Neuigkeiten mussten sorgfältig aufgearbeitet werden. Danach würde er weitersehen. Winald war also verletzt und, so wie der Arzt es darstellte, nicht eben gering. Das bedeutete einen Stillstand der Geschäfte sowie Schaden für das komplette Handelshaus Kun und war ein Angriffspunkt, an dem sich ansetzen ließ. Merkwürdigerweise empfand Pascal keinerlei Genugtuung, im Gegenteil, er hoffte auf Winalds Robustheit, die Sache durchzustehen. Auf einmal kam es ihm merkwürdig vor, noch nichts von dem Missgeschick gehört zu haben. Gerade in den letzten Tagen hatte er seine Ohren überall gehabt. Die Kunde hätte sich wie ein Lauffeuer verbreiten müssen, schließlich gab es etliche Leute, die mit Winald Geschäfte machten. Es sei denn … Das Kontor ließ sich ganz offensichtlich auch ohne Winald führen. Pascal musste nicht lange darüber nachdenken, um zu wissen, dass dabei Jolanthe die Schlüsselfigur war. Das war doch ein vielversprechender Ansatz. Später, sagte er sich. Eins nach dem anderen. Er pfiff eine Melodie und lief beschwingten Schrittes die Gasse entlang.

Sieglinde lächelte ihrem Gesicht im Spiegel zu, den sie sich mit ausgestrecktem Arm vorhielt. Ja, sie konnte sich sehen lassen. Die Vorbereitungen hatten auch lange genug gedauert, und Katrein war ihr keine geschickte Hilfe gewesen. Allein die Haube auf dem Kopf, mit Seidenbändern unter dem Kinn befestigt, hatte sie Nerven gekostet, schließlich wollte sie nicht ihr sämtliches Haar darin verstecken, es sollten zwei, drei Strähnen hervorlugen. Das grüne Tanzkleid hatte sie im letzten Jahr nach der neuesten Mode schneidern lassen. In der Taille saß es eng, ging an den Schultern in einen Umhang über, der mit Pelz besetzt war. Um

Hüfte und Beine entfaltete sich eine Stofffülle, bei der sie aufpassen musste, nicht zu stolpern. Kaum konnte man die Spitzen ihrer Lederschuhe darunter sehen, die sie mit Perlen hatte besticken lassen. Sie war zufrieden mit sich.

Einer der Knechte vom Kontor würde sie begleiten und sie zum Tanzsaal der Stadt bringen. Heute musste alles passen, und niemand sollte glauben, die Tochter vom Kaufmann Kun habe keine Möglichkeiten, sich in Szene zu setzen.

Sie hatte den Vater mit dem Thema Heirat in Ruhe gelassen, sich seine Worte zu Herzen genommen. Einen anständigen Ehemann solle sie anbringen, und genau das würde sie heute Abend tun. Die Tochter eines befreundeten Kaufmanns feierte das Erreichen ihrer Ehefähigkeit. Zu diesem Anlass würden sämtliche ledige Kaufleute zugegen sein und etliche Mädchen, die nach Männern suchten. Dass sie selbst bereits zu den etwas Reiferen zählte, störte sie nicht. Viele Männer mochten die jungen Hühner nicht, und letztlich hatte sie zwei Eisen im Feuer, die sie heute Abend erwartete und bei denen sie all ihre Weiblichkeit einzusetzen gedachte: Vico und Pascal. Einer musste doch anbeißen, wobei sie bei Pascal etwas würde nachhelfen müssen, doch sie hatte ein gutes Gefühl, nachdem sie einige Male schon so nett geplaudert hatten.

Sie stieg vorsichtig die Treppe herunter, steckte den Kopf in die Küche: »Ist der Knecht schon da?«

Katrein drehte sich vom Fenster zu ihr um. »Wartet seit einem Augenblick. Ich wollte Euch gerade Bescheid sagen.«

»Ich hoffe, er hat sich vernünftig herausgeputzt und die Fackel nicht vergessen.« Die würden sie auf dem Heimweg brauchen.

Neben dem Mann schritt sie durch die Gassen, den Rock gerafft, damit der kostbare Stoff keinen Schaden nahm. Vor dem Gebäude, in dem sich der Tanzsaal befand, trafen sie auf weitere Ankömmlinge, und Sieglinde schloss sich einer Gruppe junger Frauen an, die sie kannte. Der Knecht würde wie die anderen unter den steinernen Bögen im Erdgeschoss warten.

Sie spürte die Anspannung, als sie den festlich geschmückten Raum betrat. Die Musik hatte noch nicht eingesetzt, stattdessen schien das Stimmengewirr von der hohen Decke abzuprallen und verstärkt wieder zurückzukommen. Sieglinde richtete ihr Kleid, streckte den Busen vor und sah sich um. Die Fenster des Saales wurden verdeckt von dunkelroten Vorhängen, die das Licht von draußen aussperrten. Unzählige Kerzen in den Leuchtern, die von der Decke hingen, tauchten den Raum in ein warmes Licht. Vereinzelt erklangen Töne eines Instruments, das gestimmt wurde. Ein helles Frauenlachen übertönte das Gemurmel. Sieglinde erkannte Berta, die es offensichtlich immer noch nicht gelernt hatte, ihre Unbekümmertheit in den Griff zu bekommen. Sie hielt auf ihre Freundin zu, die sich mit drei Männern unterhielt und den Kopf zurückwarf, um erneut in viel zu lautes Lachen auszubrechen.

»Was ist so lustig?«, fragte sie mit hochgezogener Braue. Berta schien den Tadel darin nicht zu bemerken. Stürmisch umarmte sie Sieglinde.

»Ist das nicht herrlich? Diese beiden kommen aus Italien. Sie sind im Hause unseres Freundes Hartung zu Gast.« Sie nickte in Richtung des dritten Mannes. Sieglinde hatte nur einen flüchtigen Blick für sie übrig. Die Jünglinge schienen ihr noch recht grün hinter den Ohren, und sie fragte sich, was ihre Freundin an ihnen so lustig fand.

Wieder hörte sie ein paar Töne, dann setzte unvermittelt Musik ein, und das Schwatzen der Gäste wurde leiser. In der Mitte des Saales formierten sich Männer und Frauen zu einem Tanz. Sieglinde sah zu ihnen hin, das Geplapper ihrer Freundin im Ohr, als sie unvermittelt am Arm gegriffen und zu den Tanzenden gezogen wurde. Ihr blieb kurz die Luft weg, dann erkannte sie ihren Begleiter.

»Darf ich Euch zu einem Tanz auffordern, holde Jungfer?«

»Vico!« Nicht Pascal. »Musst du mich so erschrecken?«

Er lachte, entblößte dabei ein tadelloses Gebiss, das in seinem gebräunten Gesicht zu leuchten schien, genauso wie seine dunklen Augen. Der italienische Einschlag seiner Mutter war unverkennbar. Sieglinde schluckte die Enttäuschung herunter und knickste leicht, um ihm ihre Gunst zu zeigen. Dann begann der Tanz. Sie musste sich ganz auf die Schrittfolge konzentrieren. Vico ihr gegenüber nahm die Sache mit seinem südländischen Temperament unbekümmerter, was zur Folge hatte, dass er immer wieder Fehler machte, sich falsch herumdrehte oder seinen Nachbarn anrempelte. Seinen etwas zu dünn geratenen Körper hatte er in prächtigen Stoff gehüllt, was Sieglinde gefiel. Nein, an seinem Geschmack konnte sie nichts aussetzen. Dennoch ertappte sie sich dabei, sich immer wieder umzusehen. Pascal konnte sie nicht entdecken.

»Ihr seid heute ein bisschen unaufmerksam«, sagte Vico nach dem Tanz, nahm sie am Arm und führte sie zu einem Tisch, auf dem sich Pasteten, Braten und Kuchen befanden. Er winkte einem Diener, ihnen Wein zu bringen.

»Ich habe nicht gut geschlafen.«

»Vor Aufregung?«, er zwinkerte ihr zu, und sie schluckte eine ärgerliche Antwort herunter. Sei nett zu ihm, dachte sie, auch wenn er dich wie ein junges Hühnchen behandelt.

»Ein solches Ereignis wie der Tanz heute Abend, das hat man nicht alle Tage, meint Ihr nicht auch?«, antwortete sie stattdessen und drehte sich kokett.

Als er dicht neben sie auf die Bank rutschte, zwang sie sich, nicht auf Abstand zu gehen. Sie hatte keinen

Hunger, aß nur aus Höflichkeit ein paar Bissen, hielt sich stattdessen an den Wein, der ihren Kopf benebelte. Sie fühlte die Anspannung schmelzen, nahm noch einen Schluck, lachte über Vicos Scherze, die sie sonst nur wenig lustig gefunden hätte, und brachte ein paar Bemerkungen in die Unterhaltung ein, die hauptsächlich er bestritt.

»Wie geht es dem Herrn Vater?«, fragte er schließlich und räusperte sich. Sieglinde spürte, wie er unruhig die Beine bewegte, so dicht saß er neben ihr. Vertrauensvoll beugte er sich zu ihr und nahm ihre Hand. »Ihr wisst, ich würde ihn gern beeindrucken. Meint Ihr, es sei an der Zeit? Letztes Mal habt Ihr mir abgeraten, aber wie Ihr seht, ich lasse nicht locker.«

Sieglinde nahm einen Schluck Wein, dann setzte sie noch einmal an und trank den Becher leer, weil ihr Hals sich plötzlich so trocken anfühlte, dass sie glaubte, nie wieder ein Wort herauszubringen.

Dann sah sie ihn. Am anderen Ende des Saales kam er gerade vom Eingang her und schritt in die entgegengesetzte Richtung.

»Entschuldigt«, murmelte sie, erhob sich und stieg über die Bank. Sie legte Vico eine Hand auf die Schulter. »Ich komme gleich wieder.«

Sein verblüffter Gesichtsausdruck wich einem erleichterten Lächeln. »Jaja, geht nur. Wir müssen ja alle mal für kleine Jungs oder Mädchen.« Er lachte über seine Bemerkung, drehte sich herum und begann ein Gespräch mit seinem Gegenüber. Sieglinde beachtete ihn nicht weiter. Sie hastete in die Richtung, in der sie Pascal zwischen den Leuten hatte verschwinden sehen.

Sie fand ihn in einer Gruppe von Kaufleuten, die miteinander diskutierten. Als sie näher kam, verstand sie Brocken wie »… müsst Ihr das deutsche Haus in Venedig …« und »… Ulrich Fugger hat mit den Habsburgern …«. Doch Pascal schien sich am Gespräch nicht zu beteiligen.

Entschlossen stellte sie sich neben ihn und flüsterte: »Herr Pascal, wie nett, Euch hier zu sehen.« Er drehte sich zu ihr um. Als er sie erkannte, lächelte er, und sie glaubte, ein erfreutes Blitzen in seinen Augen zu erkennen.

»Mit Eurer Anmut bereichert Ihr diese Veranstaltung.«

Sieglinde spürte die Röte in ihrem Gesicht und verfluchte sich dafür. »Ihr schmeichelt mir. Wollen wir einen Tanz wagen?«

Sie sah, wie er zögerte, packte seine Hand und zog ihn mit sich. Die Tanzenden formierten sich gerade wieder neu. Sie verbeugten sich, dann begann das Lied, und Sieglinde erkannte, dass Pascal die Schritte mühelos beherrschte. Sein sehniger Körper bewegte sich mit einer Eleganz zum Takt der Musik, die Vico vermissen ließ. Warum hatte er bei ihrer Frage gezögert, wenn er so gut tanzen konnte? Waren sie nicht hier, um sich zu vergnügen? Ging sie ihm zu forsch ans Werk? Sie rümpfte die Nase, drehte sich, machte einen Schritt nach links, zwei nach vorn, drehte sich erneut. Ohne eine energische Haltung würde sie bei ihm nicht schnell genug weiterkommen. Sie beschloss, alles auf eine Karte zu setzen, und sandte Pascal Blicke, von denen sie hoffte, dass sie auffordernd wirkten. Sie wollte sich gleich nach dem Tanz um weiteren Wein kümmern. Dann konnten sie sich in eine Ecke zurückziehen und miteinander plaudern, sich ein wenig näher kommen. War es nicht ein gutes Zeichen, dass er hier war?

Als die Musik aufhörte, hakte sie sich bei ihm unter und winkte mit der anderen Hand einem Diener. »Ich möchte mich mit Euch unterhalten über Paris. Über diese Stadt habe ich schon so viel gehört.«

»Paris ist eine Stadt wie jede andere«, antwortete er ausweichend und lehnte den angebotenen Becher Wein ab.

»Der Abend hat erst begonnen, warum trinkt Ihr nicht?«

»Ich habe noch zu tun.« Behutsam löste er ihren Griff und verbeugte sich leicht. »Seht's mir nach, ich wollte nur kurz vorbeischauen, um einen Freund nicht zu enttäuschen.«

»Was habt Ihr denn zu tun?« Sieglinde umklammerte ihren Becher und wollte nicht glauben, was sie da hörte. »Kommt, ein wenig Zeit werdet Ihr für mich übrig haben.« Sie wollte sich erneut bei ihm unterhaken, doch er wich aus.

»Ihr habt hier Gesellschaft genug.« Er nickte ihr zu. »Seid mir nicht böse und hört auf meinen Rat: Trinkt nicht mehr allzu viel Wein heute Abend. Das Zeug steigt einem schneller in den Kopf, als man schauen kann.«

Er berührte sie kurz am Arm, wie um sich zu entschuldigen. Dann drehte er sich um und ging zügigen Schrittes zum Ausgang. Wie im Reflex folgte Sieglinde ihm, hielt dann inne, schalt sich selbst ein dummes Huhn, wollte sich schon abwenden, als der Ärger in ihr hochwallte und sie erstarren ließ.

Sie so abzuwimmeln, was fiel diesem Kaufmann ein! Er musste doch gemerkt haben, dass sie mehr von ihm wollte als ein kleines Plauderstündchen. Sie wusste, wie sie auf Männer wirkte, das hatte sie oft genug erproben können. Und heute hatte sie gewiss nicht wenig ihrer Verführungskunst genutzt, angestachelt von dem Wein, der ihr das beschwingte Gefühl der Sicherheit gegeben hatte. Sie war nicht betrunken! Wenn seine letzte Bemerkung darauf abzielte, so wollte sie ihn dreimal verfluchen.

Sie hob ihren Becher, trank einen guten Schluck. Dann steuerte sie auf Vico zu, um wenigstens ihn erfolgreich zu ködern. Was brauchte sie einen windigen Franzosen, wenn sie einen grundsoliden Ulmer Kaufmann am Wickel hatte, der ihr zudem schon mehr als einmal verdeckt einen Heiratsantrag gemacht hatte? Als sie Vico immer noch an demselben Platz sitzen sah, vertieft in ein Gespräch mit einem anderen Mann, fand sie seine etwas zu dünn geratene Gestalt sogar anziehend. Besser als ein Schmerbauch war es allemal, und den würde er auch in 20 Jahren nicht bekommen. Im Gegensatz zu so einem wie Pascal.

»Ihr habt erneut getanzt?«, begrüßte Vico sie. »Ich dachte schon, Ihr seid vor mir geflohen.«

»Ach was!« Sie lachte und spürte einen leichten Schwindel, sodass sie sich neben Vico auf die Bank plumpsen ließ. Sie kicherte, dann bekam sie einen Schluckauf. Vico klopfte ihr behutsam auf den Rücken, schien aber keine weiteren Anstalten machen zu wollen, den Faden ihres Gesprächs wieder aufzunehmen. Das machte sie ungeduldig.

»Ihr wolltet mich doch fragen, ob Ihr bei meinem Vater um meine Hand anhalten könnt. Nur zu.« Sie kicherte. »Ich bin sicher, er empfängt Euch wohlwollend.« Sie kicherte wieder, trank noch mehr Wein und hasste sich für ihre Albernheit, aber sie konnte nicht anders.

Kapitel 8

Jolanthe hatte am offenen Fenster des Kontors gestanden und die Blumen gegossen, als sie unten auf der Straße Heinrich Lechner, den Zunftmeister der Kaufleute, auf ihr Haus zueilen sah. Sie schloss die Augen und versuchte, ihn allein durch die Kraft ihres Willens fortzuschicken, doch vergebens. Es war also soweit, nun würden alle Ausflüchte nichts mehr helfen. Wenn der Lechner sich zu ihnen begab und Winald sprechen wollte, konnte sie die Mär von dessen Reise nicht mehr aufrechterhalten. Zu gewagt wäre das. Also würde der Zunftmeister nun sehen, dass der Vater krank und handlungsunfähig im Bett lag. Und dann?

Es klopfte energisch an die Haustür, und um Katrein nicht mit dem Mann allein zu lassen, hastete Jolanthe aus dem Raum und die Treppe hinunter. Die Magd hatte den Gast bereits eingelassen. Jolanthe unterdrückte den Drang, den Lechner rückwärts wieder hinauszuschieben. Aus welchem Grund kam er ausgerechnet jetzt?

»Jungfer Jolanthe, ich grüße Euch.«

Die dunkle Stimme hätte angenehm sein können, wenn ihr sein Besitzer nicht so unwillkommen gewesen wäre. Sie kannte den Zunftmeister nur von seinen seltenen Besuchen im Kontor und den Festen, wenn ein Zunftmitglied etwas zu feiern hatte. Wie sie den Mann einzuschätzen hatte, wusste sie nicht. Er musste sich im

Türrahmen bücken, als sie ihn in die Küche geleitete, so groß gewachsen war er. Seinen stattlichen Bauch hüllte teures Tuch ein, und um seinen Hals hing eine Kette, die ihr so wertvoll schien, als könne er damit ihr komplettes Haus erwerben mit Katrein als Dreingabe.

Er war ein einflussreicher Mann, ohne Zweifel, und sein Kontor um Längen größer als das des Vaters. Soweit sie wusste, war er groß im Fernhandelsgeschäft involviert. Was konnte sie so einem entgegensetzen? Ihre mangelnde Erfahrung? Ihr Durchsetzungsvermögen als Frau? Sie hätte fast gelacht, riss sich zusammen und beschloss, die Sache erst einmal zu beobachten. Der Mann gehörte zu Sieglinde in die Küche, und sie würde Winald warnen.

»Geh, such Sieglinde, schnell«, raunte sie Katrein zu und setzte ihr Lächeln auf für den Gast. Sie brauchte Zeit, und wenn sie dafür die Etikette verletzte, indem sie den Gast nicht gleich in die Stube führte, war es eben nicht anders zu machen.

»Was führt Euch zu uns?«, fragte sie und bedeutete ihm, sich an den Küchentisch zu setzen. Mit hochgezogenen Brauen sah er sich um, doch Jolanthe ignorierte seine Geste. Endlich einmal kam es ihr zugute, dass sie den Ruf hatte, vom Haushalt und den Pflichten einer Gastgeberin keine Ahnung zu haben. So konnte er ihr kaum böse sein. Als er ansetzte zu sprechen, erschien Sieglinde in der Tür. Auf ihrer Stirn zeichnete sich eine steile Falte, so als sei sie verärgert. Natürlich war ihr die Bedeutung dieses Besuches ebenso klar wie Jolanthe. Sie knickste.

Heinrich Lechner nickte missmutig, dann sagte er: »Man munkelt, bei Euch im Haus gebe es Schwierigkeiten. Ihr wisst, dass ich mich darum kümmern muss, das ist meine Pflicht. Ich möchte mit Eurem Vater sprechen.«

Die Stille, die daraufhin folgte, kam Jolanthe erdrückend vor. Rasch ging sie auf Sieglinde zu und drückte ihren Arm, in der Hoffnung, sie würde die Geste verstehen und mitspielen. Sie blickten sich kurz an, dann richtete sich Jolanthe an den Besucher: »Unser Vater ruht sich aus. Ich werde ihn wecken und ihm sagen, dass Ihr da seid.« Die Lüge kam schneller über ihre Lippen, als sie nachdenken konnte. Sie bat Gott um Vergebung dafür. »Ich werde sehen, ob er Euch empfangen kann.«

Jolanthe nahm zwei Treppenstufen auf einmal, dann lief sie zu Winalds Tür und riss sie auf. Ihr Vater blinzelte, als er sie so ungestüm hineinstürzen sah.

»Der Zunftmeister ist da. Er will nach dem Rechten sehen, er weiß nichts von Eurem Unfall, was sollen wir …«

»Setz dich.« Winald klopfte neben sich auf das Bett. Seine Ruhe verstärkte ihre Nervosität. Trotzdem gehorchte sie ihm, ließ sich neben ihn sinken. »Natürlich weiß der Zunftmeister nichts von meinem Unfall«, sagte er in einem Ton, als rede er mit einem kleinen Kind. »Wenn ich ihn hätte unterrichten wollen, hätte ich euch davon in Kenntnis gesetzt.«

Jolanthe schluckte die Entgegnung herunter, dass sie wohl selbst auch hätten entscheiden können, ob sie um Hilfe bitten wollten, und sagte stattdessen: »Wenn er Euch so sieht, was wird er dann tun?«

»Hol mir meine Kleider.« Winald deutete auf eine Truhe, die unter dem Fenster stand.

Jolanthe brauchte ein paar Augenblicke, um zu verstehen, auf was er hinauswollte. »Ihr könnt nicht aufstehen, Vater.«

»Hol mir die Kleider!« Mühsam setzte er sich auf, schob mit schmerzverzerrtem Gesicht das verletzte Bein über die Bettkante. Jolanthe drehte sich um und lief zur Truhe, zog wahllos Beinlinge und ein Wams heraus und brachte es zu ihm. Sie half ihm beim Anziehen. Der linke Unterschenkel war zu dick geschient und mit Bandagen umwickelt, als dass sie etwas hätte darüber ziehen können, also unterließ sie es und griff sich eine Decke, die Sieglinde auf einer zweiten Truhe abgelegt hatte.

»Ich brauche meinen Stock.« Winald deutete mit dem Kopf zu einem Gehstock, der an der Wand neben der Tür lehnte. Offenbar hatte er mit Sieglindes Hilfe bereits Gehübungen gemacht. »Wir müssen dem guten Heinrich ein kleines Schauspiel bieten, sonst wird er sich in mein Geschäft einmischen. Das dulde ich nicht.«

»Natürlich nicht«, antwortete Jolanthe und hielt

ihn. Wie der Vater in seinem Zustand Gesundheit vorspielen wollte, blieb ihr ein Rätsel, doch sie sagte nichts mehr.

»Wo ist er?«

»In der Küche bei Sieglinde.«

»Dann bring mich in die Stube und führe ihn zu mir.«

»Er glaubt vermutlich, dass Ihr auf Reisen ward. Ich habe das allen erzählt, um Fragen zu vermeiden.«

»Ich habe zwei sehr tatkräftige Töchter.« Winald lächelte, doch seine bleiche Gesichtsfarbe und der verkniffene Mund verrieten seine Anspannung.

Gütiger Gott, bitte steh ihm bei, flehte Jolanthe und biss sich auf die Lippe. Wenn der Lechner ihre Finte durchschaute, wollte sie nicht in Winalds Haut stecken.

Ihr Vater stützte sich schwer auf ihre Schultern, als sie gemeinsam über den Flur gingen. In der Stube angekommen, setzte er sich hinter den Tisch. Jolanthe arrangierte ein paar Papiere vor ihm, sodass es so aussah, als arbeite er. Dann breitete sie die Decke über seine Beine, und wischte ihm mit einem Tuch den Schweiß von der Stirn.

»Das Sitzen strengt mich an. Beeile dich!« Winald wedelte mit der Hand in Richtung Tür.

Unten in der Küche fing Jolanthe einen besorgten Blick Sieglindes auf, als sie den Zunftmeister nach oben bat.

»Mein Vater erwartet Euch. Ihm ist nicht sehr wohl, die Fahrt, auf der er sich befand, war anstrengend.«

»Ich werde ihn nicht lange behelligen.«

Er war offensichtlich ungeduldig, denn er schob sich an Jolanthe vorbei und nahm den Weg nach oben so rasch, dass sie kaum folgen konnte.

»Was tust du?«, flüsterte Sieglinde hinter ihr, doch Jolanthe legte nur den Finger auf die Lippen und bedeutete ihr, im Gang zu bleiben.

»Mein guter Heinrich, was führt Euch zu mir«, hörte sie den Vater aus dem Zimmer rufen. Seine Stimme klang kraftvoll wie schon lange nicht mehr, und als sie den Raum betrat und sich unauffällig neben die Tür an die Wand drückte, sah sie, wie Winald den Zunftmeister mit einem strahlenden Lächeln begrüßte.

»Ihr seht matt aus. Man hört hier und da, es ginge Euch nicht gut.«

»Kein Grund zur Besorgnis, mein Guter. Setzt Euch. Was wollt Ihr trinken?«

»Ich wurde unten bestens bewirtet, danke. Eure Tochter Sieglinde ist nicht nur ausnehmend hübsch, sie ist auch sehr geschickt als Gastgeberin.«

»Was führt Euch her?« Winald verschränkte die Arme vor der Brust und lehnte sich zurück. Sein Lächeln wirkte nicht gespielt, und bis auf die bleiche Gesichtsfarbe war ihm nichts anzumerken. Dennoch wollte Jolanthe ihn nicht allein lassen. Die Decke, die sie über seine Beine gebreitet hatte, war ein wenig verrutscht. Die Krücke hatte sie hinter einer Truhe versteckt.

»Ich will offen sein, ich mache mir Sorgen«, begann der Zunftmeister das Gespräch.

»Aus welchem Grund?«

»Mir wurde zugetragen, dass es mit Eurer Gesundheit nicht gut steht. Nun frage ich mich, warum ich davon über andere erfahren muss, nicht von Euch selbst.«

Winald nickte, so als habe er erwartet, dass genau dieses Thema zur Sprache kommen würde, und als sei es das Natürlichste von der Welt, dass der Zunftmeister ihn just jetzt deswegen aufsuchte.

»Ihr seht mich gesund und munter. Es gab keinen Grund, um Hilfe zu bitten, deshalb habt Ihr auch nichts von mir gehört.«

Lechner nickte. Da Jolanthe nur seinen Rücken sah, konnte sie nicht einschätzen, ob Winald ihn überzeugen konnte oder nicht.

»Ihr seid nicht mehr der Jüngste, Winald. Eure Sieglinde ist in dem richtigen Alter, um für sie einen Mann zu suchen. Warum macht Ihr es Euch nicht einfacher? Es ist hilfreich, einen fähigen jungen Kaufmann an seiner Seite zu wissen. So viel kann geschehen.«

»Eure Sorgen sind unnötig. Wollt Ihr nicht einen Becher von meinem italienischen Wein kosten? Ich habe ihn frisch eingekauft.«

Der Besucher winkte ab und nahm das Thema wieder auf. »Ihr habt keinen Sohn. Unglücklicherweise.«

Jolanthe hörte mit wachsender Unruhe zu. Die Art, wie der Vater auszuweichen versuchte, schien ihr wenig zielführend. Zudem verlängerte es das Gespräch unnötig. Sie musste etwas sagen. »Dafür zwei Töchter, die zupacken können. Ihr braucht Euch wirklich keine Gedanken um uns zu machen.«

Der Zunftmeister drehte sich zu ihr um und zog die Brauen hoch, so als missbillige er ihre Einmischung.

»Verzeiht«, sie knickste. Ihre Wangen brannten. »Doch mein Vater ist immer noch sehr erschöpft. Ihr solltet nicht zu lange …«

»Hol uns den Wein, Mädchen«, brummte Winald. Sie sah Schweiß auf seiner Stirn glänzen. Auch wenn er sie mit Nachdruck in der Stimme fortschicken wollte, sie würde nicht gehen. Sie durfte ihn jetzt nicht allein lassen.

»Hört, Winald, ich will Euch nur Gutes und biete meine Hilfe bei der Suche eines Heiratskandidaten an. Sieglinde ist eine hübsche Frau. Es sollte sich bald wer finden.«

»Heinrich, ich kümmere mich darum. Lasst es gut sein.«

»Wie Ihr meint.« Der Mann schüttelte unmerklich den Kopf. »Ihr wisst, die Zunft steht allen bei, wenn es Probleme geben sollte. Scheut nicht, Euch mir anzuvertrauen. Es ist unsere Pflicht zusammenzuhalten und ebenso, darauf zu achten, dass keiner fehl geht.«

Bloß nicht, dachte Jolanthe, als sich der Zunftmeister erhob. Er grüßte, ging dann an ihr vorbei auf den Flur, wo Sieglinde schnell zur Seite trat, um ihn durchzulassen und ihn dann zur Tür zu begleiten. Jolanthe blieb bei ihrem Vater.

»Ich muss mit euch reden.« Winalds Stimme spiegelte die Erschöpfung, die er nach der Anstrengung seiner Schauspielerei spüren musste. Er saß zusammengesunken, sodass Jolanthe fürchtete, er könne vom Stuhl rutschen. Sie eilte zu ihm, half ihm aufzustehen und brachte ihn zurück in seine Kammer.

Dort fand sich auch Sieglinde bald ein. Schweigend standen sie um das Bett, in dem Winald lag, die Augen geschlossen. Jolanthe wischte sich mit den Fingern über ihre Wangen, die glühten, so als hätte auch sie Fieber. Sie wollte nichts sagen, bis nicht der Vater die Unterredung begann, suchte den Blick der Schwester, doch die starrte auf den Boden.

»Ihr habt es gehört«, begann Winald endlich. »Die Zunft ist bereits auf uns aufmerksam geworden.«

»Er kann uns nichts tun«, erwiderte Jolanthe, froh, dass das Schweigen endlich gebrochen wurde. »Die Geschäfte laufen ganz normal, niemand hat sich bislang beklagt. Cornelius und ich, wir führen das Kontor zu Eurer vollsten Zufriedenheit, es ist alles bestens.«

»Ich werde noch ein paar Tage hier liegen, fürchte ich.« Ein schwaches Lächeln glitt über sein Gesicht.

»Meine liebe Schwester, würde es dir etwas ausmachen, wenn ich auch mal etwas sage?«, mischte sich Sieglinde ein. Ihr feindseliger Blick erschreckte Jolanthe. »Dein kleines Schauspiel von vorhin in Ehren, aber Vater hat das Aufstehen sicher nicht gutgetan.«

»Er wollte …«

»Keinen Zank!« Winald richtete sich auf und sah von einer zur anderen. »Nehmt Rücksicht, ich verbiete hier jeglichen Streit. Ich will ihn nicht hören.«

Sieglinde war mit zwei Schritten bei ihm, setzte sich neben ihn auf das Bett und tätschelte seine Hand.

»Natürlich nicht. Ich wollte doch nur sagen, dass der Zunftmeister vollkommen recht hat. Ich darf mich nicht länger meiner Verantwortung als älteste Tochter verweigern. Deshalb habe ich bereits alles in die Wege geleitet und die Gunst des angesehenen Kaufmanns Vico erobern können. Auch der Herr Pascal interessiert sich für mich. Ihr habt also die Wahl, Vater. Verheiratet mich mit einem von beiden. Dann herrscht Ordnung im Kontor und Ihr könnt in Ruhe gesund werden.«

Soso, Pascal wollte etwas von Sieglinde. Hätte ich mir denken können. Jolanthe verschränkte die Arme vor der Brust und versuchte, sich auf die Antwort des Vaters zu konzentrieren.

»Ich fürchte, der Lechner wird nicht locker lassen.« Er schien zu überlegen. »Aber dieser Pascal kommt mir nicht ins Haus. Nie mehr!«

»Vater!«, griff Jolanthe ein. »Bitte überstürzt nichts. Ich sagte doch, Cornelius und ich, wir haben alles unter Kontrolle.« Jolanthe wusste, dass sie sich wiederholte, doch sie hatte das Gefühl, etwas sagen zu müssen.

»Bring mir Vico her«, fuhr Winald mit müder Stimme fort. »Ich kenne seinen Vater gut. Hat ein kleines Kontor, aber grundsolide. Der Sohn führt es seit einem Jahr. Ist ein bisschen unerfahren, hatte ein, zwei schlechte Einkäufe. Ich kann ihm sicher einiges beibringen. Man könnte sein Kontor gut mit dem Unsrigen verbinden. Ja, bring ihn her. So bald wie möglich.«

»Das werde ich«, antwortete Sieglinde, ohne die Schwester anzusehen. Sie nötigte Winald sich hinzulegen und flößte ihm einen Trank aus einem Becher ein. Jolanthe verließ das Zimmer. Wenn Vico Sieglinde heiratete und gemeinsam mit dem Vater die Geschäfte im Kontor übernahm, welcher Platz blieb dann noch für sie?

Sieglinde folgte ihr kurze Zeit später, Jolanthe hatte am Fuße der Treppe auf sie gewartet. Mit jedem Wimpernschlag, den sie nach oben starrte, wurde sie wütender.

»Es reicht dir also nicht, Herrin über den Haushalt zu sein?«, fragte sie.

»Du lebst in einer anderen Welt, liebe Schwester.«

»Und du willst über einen Ehemann wie Vico auch noch Macht über Vaters Kontor bekommen. Dann gehört dir alles!« Sie hatte den Nagel wohl auf den Kopf getroffen, denn die Schwester wich ihrem Blick aus.

»Wach auf. Du bist ein Mädchen und willst ein Kontor leiten?« Sieglinde lachte und schob sich an Jolanthe vorbei.

»Du hättest mir vertrauen können. Ich habe in den Jahren genug gelernt. Wegen mir musst du nicht heiraten, das ist deine eigene Entscheidung.«

»Eine, die uns alle retten wird. Ich weiß am besten, was wir jetzt brauchen.«

»Das sagst du immer.« Bitter stießen Jolanthe die Worte auf. Sie wischte über die Augenwinkel und spürte die alte Rivalität stärker denn je.

»Du stürzt uns noch ins Unglück mit deiner Überheblichkeit«, war das Einzige, was Sieglinde antwortete. Dann ging sie in die Küche und schob die Tür hinter sich zu.

Kapitel 9

GLEICH AM FOLGETAG erschien Pascal, doch er hielt sich nicht lange bei Winald auf. Jolanthe vermutete, dass er wegen Sieglinde vorsprach und war nicht auf seine Neckereien eingegangen, als sie ihm bei seiner Ankunft über den Weg lief. Stattdessen verkroch sie sich im Kontor und sah ihn kurze Zeit darauf die Straße entlanghasten, so als triebe ihn Ärger an. Sie konnte sich denken, dass Winald ihn hochkant hinausgeworfen hatte, und die Genugtuung, die sie deswegen erfüllte, fühlte sich gut an.

Vico kam kurze Zeit später. Er blieb deutlich länger beim Vater. Jolanthe, die ihre Sorge nicht bezähmen konnte, schlich mit einem Vorwand ins Zimmer. Die beiden Männer beachteten sie nicht. Einträchtig saßen sie beisammen, Vico auf einem Stuhl neben Winalds Bett, und sinnierten über Geschäftspraktiken. Jolanthe kannte Vico ein wenig, und aus dem, was sie von dem Gespräch mitbekam, wurde ihr schnell klar, warum der Vater angetan war von der Idee, ihn als seinen Schwiegersohn zu bekommen. Vico schien ihr formbar und genauso rückständig in seinen Ansichten wie Winald selbst.

Sie blieb, als der Vater seinen Besuch verabschiedet hatte. Da Sieglinde ihren Zukünftigen hinausgeleitete, bekam Jolanthe die seltene Gelegenheit, mit ihrem Vater allein zu sprechen. Das beschloss sie zu nutzen.

»Wollt Ihr diesem aufgeblasenen Angeber wirklich unser Kontor überlassen?«, fragte sie. Sie war sich bewusst, dass sie sich trotzig anhörte.

»Ich überlasse ihm gar nichts. Er geht mir zur Hand, und das wird er gut tun. Zudem bringt er ein kleines Unternehmen mit ein, das darf man nicht verachten.« Winald lehnte sich in seinem Bett zurück und schien seit Tagen zum ersten Mal wieder zuversichtlich zu sein.

»Ich gehe Euch gut genug zur Hand.«

»Mein Kind, komm her.« Er klopfte neben sich auf das Bett, und Jolanthe setzte sich zu ihm. Es gab Augenblicke, in denen fühlte sie sich ihm gegenüber wie ein kleines Mädchen. Dies war so ein Zeitpunkt. Hilflos zog sie die Schultern hoch. Es war ihr nicht möglich, die Enttäuschung zu verstecken.

»Es ist nicht recht. Bitte denkt noch einmal nach.«

»Du und Sieglinde, ihr seid mir beide lieb und teuer, das weißt du. Doch die Dinge lassen sich nun mal nicht aufhalten, und mit Vico haben wir eine gute Wahl getroffen.«

»Er ist unerfahren, das sagtet Ihr selbst.«

»Ich weiß ja, du möchtest die Bücher führen. Keiner wird dir das streitig machen.« Er seufzte. »Aber denke an deine Schwester. Sie ist wahrlich alt genug. Willst du ihrem Glück im Weg stehen?«

Jolanthe schüttelte den Kopf.

»Du wirst sehen, es wird sich alles fügen. Und nun

geh. Ich brauche Ruhe, die letzten Tage haben mich angestrengt.«

Jolanthe erhob sich und sah in sein bleiches Gesicht, das vor Kurzem noch so voller Vitalität und Leben war. Die Sorge um ihn überdeckte alle anderen Empfindungen. Sie zog die Decke zurecht, dann ging sie aus dem Zimmer, geradewegs nach unten, nahm sich ihren Umhang und verließ das Haus.

Erst als sie an der Donau saß und dem trüben Wasser zusah, kam sie ein wenig zur Ruhe. Wenn Vico und der Vater gemeinsam wirtschafteten, würde es ihr noch schwerer fallen, Neuerungen durchzusetzen. Es war ja jetzt schier unmöglich. Winald war stur und verschloss sich gegen alles Neue. Doch wenn er schon kaum etwas gelten ließ, wie sehr würde Vico auf eine junge Frau hören? Im Zweifelsfall gar nicht.

Sie dachte an ihren Einfall, in den Gewürzhandel einzusteigen. Die Erkundigungen, die sie sich vorgenommen hatte, waren durch Winalds Unfall in den Hintergrund geraten, vergessen hatte sie das alles aber nicht. Sie hielt es für richtig und wichtig.

»So allein?«

Jolanthe schrak zusammen. Als sie hochblickte, sah sie, dass Pascal einen Schritt neben ihr stand. Er setzte sich, ohne ihre Zustimmung zu erbitten.

»Seid Ihr mir gefolgt?«

»Sehe ich so aus?« Er schien guter Laune zu sein.

Dass er seine Abfuhr bei Winald so schnell verdaut hatte, fand sie befremdlich.

»Was wollt Ihr von mir?«

»Eine kleine Unterhaltung. Wie es scheint, seid Ihr traurig. Vielleicht kann ich helfen?«

Jolanthe zog die Beine an, umfasste sie und legte das Kinn auf die Knie. »Wie Ihr sicher bereits wisst, wird meine Schwester den Kaufmann Vico Kunzelmann heiraten. Mein Vater ist sehr angetan von ihm. Ich vermute, das wird sich schnell herumsprechen.«

Pascal pfiff durch die Zähne und sagte nur: »Oho!«, so als sei diese Nachricht eine Neuigkeit für ihn.

Jolanthe betrachtete ihn von der Seite. Nein, er schien nicht zu schauspielern.

»Ich sollte mich für sie freuen.« Sie schaute erneut auf das Wasser und warf einen trockenen Ast, der mit einem Platschen aufschlug, um dann, halb herausragend, wegzutreiben.

»Was Ihr nicht tut, aus naheliegenden Gründen.«

»Und die wären?« So langsam gefiel ihr das Geplänkel. Es war wie ein Spiel, bei dem die Gegner ihre Einsätze so lange zurückhielten wie möglich.

»Ihr werdet im Kontor nicht mehr so schalten und walten können wie bisher.«

Jolanthe hielt die Luft an. Er hatte sie schneller durchschaut, als ihr lieb war. Er musste sie sehr gut beobachtet haben.

»Getroffen«, sagte sie nur.

»Ich könnte Euch helfen«, meinte er nach einer Pause.

»Das wäre nett von Euch, doch ich sehe nicht wie. Wir kennen uns kaum. Mein Vater scheint Euch zu hassen – aus welchem Grund auch immer. Meine Schwester …«

»Ihr könnt mir vertrauen. Ich gebe Euch mein Wort.«

»Ihr seid wirklich von Euch überzeugt, oder?« Sie musste zugeben, dass ihr das gefiel.

»Ihr seid ein guter Kaufmann, ich habe Euch beobachtet. Es wäre schade drum, Eure Fähigkeiten in den Dienst einer Gestalt wie Vico Kunzelmann zu stellen.«

Aha, dachte Jolanthe. Er ist also doch eifersüchtig. »Ich stelle meine Fähigkeiten nur in den Dienst meines Vaters.«

»Der ein wenig kränkelt, wie mir scheint.«

»Was soll das heißen?«

»Nichts. Jolanthe, macht die Augen auf. Sobald ein junger Kaufmann Eurem Vater im Kontor beisteht, habt Ihr dort gar nichts mehr zu sagen. Wollt Ihr das wirklich?«

»Was geht's Euch an?«

»Seid doch nicht so ablehnend. Ich habe Geld, führe ein eigenes Kontor und habe etliche Mitarbeiter. Ich sehe es, wenn mir ein fähiger Kopf gegenübersteht, und Ihr seid fähig. Ich biete Euch eine gute Stellung in einer von mir neu eröffneten Niederlassung an. Nur eine Bedingung habe ich: Nicht in Ulm, sondern in Köln muss sie liegen. Dort geht man etwas freier mit dem Recht von Frauen um, eigene Geschäfte führen zu dürfen. Ich würde Euch zu Beginn zur Seite stehen, Kontakte habe ich dort reichlich.«

Jolanthe streckte die Beine aus, lehnte sie sich zurück und blinzelte. Was hatte dieser Kerl ihr da gerade angeboten?

»Wie kommt Ihr dazu, mir so etwas vorzuschlagen?«

»Ihr seid ein fähiger Kopf, das sagte ich doch.«

»Ihr könnt einen Haufen fähiger männlicher Köpfe bekommen. Die würden es Euch einfacher machen.«

»Einfache Aufgaben haben mich noch nie interessiert. Ward Ihr schon einmal in Köln? Ihr würdet Euch wundern.«

Er saß so dicht bei ihr, dass sie seine Wärme spüren konnte. War er näher gerückt, ohne dass sie es gemerkt hatte, oder kam es ihr nur so vor? Sie verspürte kein Bedürfnis, auf Abstand zu gehen, und musste zugeben, seine Worte faszinierten sie allemal. Sie und in seiner Niederlassung arbeiten? Das klang so, als unterstütze Pascal Neuerungen, so als wage er hier und da etwas, statt immer dem Altbewährten zu folgen. Sie würde eine Menge lernen können, und von Köln hatte sie in der Tat schon häufiger gehört.

»Was haltet Ihr vom Gewürzhandel?«, fragte sie.

»Einträgliches Geschäft. Wie der Handel mit Seide übrigens auch. Aber nicht ohne Gefahren, man kann viel gewinnen, aber auch umso mehr verlieren.«

»Inwiefern?«

»Der Fernhandel ist nie einfach. Man muss Leuten vertrauen, die man nicht oder kaum persönlich kennt, Handelszüge können überfallen werden, dann verliert man Geld und Ware. Manchmal ist die Qualität nicht so wie versprochen. Dennoch ist es ein Markt, den man nicht aussparen darf.«

»Wenn man Geld verdienen will.«

»Das will ein Kaufmann immer. Die Frage ist nur wie viel. Will man Erfolg haben, muss man auch ein Spieler sein, einer, der etwas zu wagen weiß. Schreckt Ihr davor zurück?«

»Nein.«

Wer war dieser Franzose? Wie konnte er ihr als Frau so etwas anbieten, ganz gleich in welcher Stadt? Konnte sie einem Mann trauen, den sie kaum kannte und der zudem ein merkwürdiges Interesse an ihrer Familie zeigte? Ihr Vater lehnte ihn vehement ab.

Bei dem Gedanken an Winald sah sie dessen graues Gesicht vor sich, spürte seine Hand auf ihrer und ein warmes Gefühl der Geborgenheit. War das nicht Verrat, wenn sie jetzt ging? Würde er je noch mal mit ihr reden? Er war krank, sie konnte ihn nicht im Stich lassen. Sein ›Natürlich führst du die Bücher weiter‹ klang in ihren Ohren nach. Er brauchte sie, mit diesem windigen Hund als Schwiegersohn noch einmal mehr als jetzt.

»Ich bin nur nicht dafür gemacht, vor Schwierigkeiten davonzulaufen, und ich denke, mein Vater braucht mich nun mehr denn je.«

»Ist das ein Nein?«

»Ich bleibe hier und glaubt mir, ehe mich dieser Vico aus dem Kontor vertreibt, muss viel passieren.« Als sie es so aussprach, wusste sie plötzlich, dass sie es genauso meinte. Sie würde sich nicht unterordnen, und zudem kannte sie das Kontor. Sie saß am längeren Hebel, davon musste sie ein Neuling erst einmal vertreiben. Sie lächelte bei dem Gedanken.

»Mutig gesprochen.«

»Seid Ihr enttäuscht?«

»Nicht wirklich. Ich habe mit Eurem Sturkopf gerechnet.«

»Ihr scheint mich sehr gut zu kennen.«

Pascal erhob sich so rasch, dass sie ihn fast im Reflex festgehalten hätte. Sie wollte nicht, dass er ging.

»Wir sehen uns.« Er verbeugte sich leicht, sah ihr in die Augen und verschwand dann so lautlos, wie er gekommen war. Jolanthe blinzelte mit dem Gefühl, dass ihr Wirklichkeit und Wunschdenken eben einen Streich gespielt hatten.

Kapitel 10

Den Stoff aus grünem Samt hatte Sieglinde von Cornelius besorgen lassen, ebenso die dazu passende Borte. Er hatte dafür mit mehreren Kaufleuten verhandeln müssen, die genau die besondere Qualität im Angebot führten, die Sieglinde vorschwebte. Es war nicht billig gewesen, denn der Stoff kam direkt aus Italien, doch an ihrer Hochzeit sollte zumindest das Kleid genau ihren Vorstellungen entsprechen. Wenn es schon der Bräutigam nicht tat.

Sie stand in der Stube ihres Hauses auf einem Höckerchen und erduldete nun schon seit endloser Zeit, wie es ihr schien, dass der Schneider und sein Gehilfe an ihr herumzupften, hier und da Behelfsnähte schlossen, um das Hochzeitskleid ihrer Figur anzupassen. Weil der Stoff teuer war, gingen die beiden besonders vorsichtig damit um. Sie wollten weder etwas vergeuden, noch in die Lage geraten, wegen einer Unachtsamkeit aus eigener Tasche nachkaufen zu müssen.

»Wie lange braucht Ihr noch, Meister? Meine Beine sind steif und mein Rücken schmerzt«, sagte sie zum ungezählten Mal.

Der drahtige kleine Mann lächelte beschwichtigend, so wie die Male zuvor. Sein spitzer Bart verzog sich dabei, und seine dichten Augenbrauen hoben sich in die Höhe. Er antwortete: »Es wird. Habt noch ein wenig Geduld.«

Sieglinde verdrehte die Augen über so viel Gutmütigkeit und herrschte Katrein an: »Geh, hol mir einen Schluck Wasser.«

Die Magd, die sich im Hintergrund gehalten hatte, knickste und beeilte sich, dem Befehl Folge zu leisten. Sieglinde verspürte keinen Durst, nur den Drang, sich Luft zu machen. Letztlich hatte Katrein hier nicht herumzulungern, sie war dazu da zu arbeiten.

»Autsch!«

Der Gehilfe schaute schuldbewusst zu ihr hoch, dabei hatte er sie gar nicht mit seiner Nadel gestochen. Sieglinde gefiel sein erschrockener Blick.

»Verzeiht«, sagte er hastig.

»Passt besser auf«, antwortete sie.

Der Schneider war ihr von ihrer Freundin empfohlen worden, nachdem sie von der Hochzeit erfahren hatte. Freudig hatte Berta auf die Neuigkeit reagiert, die Sieglinde ihr offenbarte.

»Endlich. Ich dachte schon, du würdest deinen Vater nie mehr überreden können, dich einem Mann zu geben. Ich fürchtete, du würdest als alte Jungfer enden, stell dir mal vor, ich habe mir Sorgen gemacht. Jetzt freue ich mich für dich.« Das waren ihre Worte gewesen. Sieglinde hatte gelächelt und in diesem Moment tatsächlich das Gute an der Sache sehen können. Sie würde einen Kaufmann heiraten, nicht mehr nur die Tochter von Winald Kun sein, sondern diesem Haushalt mit allen Rechten vorstehen. Ihr Ansehen in der Stadt würde steigen, frisches Blut würde dem Geschäft Auftrieb geben, und wer wusste es schon, ob das Zusammenlegen der beiden kleineren Kontore nicht dazu führen würde, dass es mit dem größeren weiter aufwärts ging. Neben den reichen Kaufmannsfrauen, die am Markt wohnten, einherzuschreiten, mit ihnen zu plaudern und die teuersten Fleischstücke auf dem Markt zu bekommen, das war eine Zukunft, die sich Sieglinde in leuchtenden Farben ausmalen konnte. An guten Tagen.

Heute aber war kein guter Tag. Sie war bereits mit Kopfschmerzen aufgewacht, nichts, auch kein kaltes Wasser konnten sie vertreiben. Dieses endlose Stillstehen bei der Anprobe verschlimmerte ihre Laune. Sie merkte das und wollte nichts dagegen unternehmen.

»Vico ist ein fescher Mann«, hatte Berta gesagt. Sie hatte recht, gut gekleidet war er immer. Er wusste sich unter den Leuten zu bewegen. Doch er war Vico und nicht Pascal. Diese bittere Pille schmeckte heute umso bitterer und vermieste ihr den Tag.

»Nun könnt Ihr vom Schemel steigen. Eure Magd wird Euch beim Umkleiden helfen. Achtet auf die Nähte.«

Die Stimme des Schneiders holte Sieglinde aus ihren Gedanken. Er hatte eine eigentümliche Art, das ›s‹ auszusprechen, so als stoße seine Zunge dabei unwillkürlich an den Gaumen, ohne dass er etwas dagegen tun konnte. Sieglinde hielt es für eine Marotte.

Sie hatte nicht bemerkt, dass Katrein wieder zurück war. Verschüchtert hielt sie einen Becher mit Wasser und blickte sie an. Sieglinde nickte ihr zu, während die beiden Männer die Stube verließen. Als Katrein zögerte, fuhr Sieglinde sie an: »Willst du, dass ich bis zum Morgengrauen hier stehen muss?«

Katrein half ihr aus dem unfertigen Gewand, und zum ersten Mal an diesem Tag verspürte Sieglinde eine gewisse Erleichterung. Sie schlüpfte in ihr normales Kleid, strich die Falten glatt.

»Es ist die richtige Entscheidung. Nur, warum war Vater so gegen Pascal?«

Erst als sie den fragenden Blick der Magd sah, erkannte sie, dass sie die Worte laut ausgesprochen hatte. Doch warum auch nicht. »Sag du es mir, was hat er gegen ihn? Er ist fesch anzusehen, scheint ein guter Kaufmann zu sein. Er kommt aus angesehenem Pariser Haus.«

Katrein antwortete leise: »Ich weiß es nicht, Herrin.«

Sieglinde beachtete sie nicht, ging zu dem Hocker, auf den sie das Hochzeitskleid gelegt hatten, und strich über den Stoff. Paris, war es vielleicht das?

»Vater will einen von hier. Ein Fremder würde nicht bleiben und sein Kontor weiterführen. Ist es so?«

»Sicher, Herrin.«

Ja, genauso musste es sein, und hatte er nicht recht? Zunächst half ihr diese Erkenntnis ein wenig. Dann schüttelte sie den Kopf. »Aber er hätte doch etwas sagen können. Sicher hätte man diesen Umstand regeln können, oder nicht?« Sie drehte sich um und schritt das Zimmer ab bis zur gegenüberliegenden Wand. »Und Jolanthe macht es sich mal wieder einfach. Wirft mir vor, ich wolle alles an mich reißen. Als wenn ich nichts Besseres zu tun hätte. Und sie? Was tut sie, um das Kontor zu retten? Sag es mir!«

Sie blickte Katrein an, die die Schultern hochgezogen hatte, so als erwarte sie eine Zurechtweisung. Sieglinde spürte die Wut in sich hochkochen, auf die Demut der Magd, auf Pascal, der nicht in Ulm geboren war, auf Vico und letztlich auf Jolanthe. »Sie tut mir unrecht.« Sieglinde drehte sich um, nahm das Kleid und trug es nach unten in den Flur, wo der Schneider mit seinem Gehilfen wartete.

»Macht es anständig und liefert zum vereinbarten Zeitpunkt.«

Sie geleitete die beiden Männer hinaus, blieb in der Tür stehen und starrte ihnen hinterher. Es ist richtig, was ich tue. Alles ist besser, als Jolanthe weiter im Kontor walten zu lassen, wie sie will. Sie bringt uns nur an den Rand des Ruins.

Katrein kam die Treppe herunter, wieder den unberührten Becher in der Hand. Sieglinde sah sie an und sagte ruhig: »Kümmere dich um das Essen, ich komme gleich.«

Das Gesicht Katreins hellte sich auf bei dem veränderten Ton und machte Sieglinde ihren Ärger bewusst.

Ich darf mich nicht so gehen lassen, dachte sie. Wer sagte denn, dass ein Leben mit Pascal besser wäre als eines mit Vico? Vielleicht wäre sie enttäuscht worden. Und wenn Jolanthe sich daneben benahm und ihr Dinge vorwarf, die nicht stimmten, was konnte die Schwester ihr schon anhaben?

»Nicht mehr lange, und du hast hier gar nichts mehr zu sagen, meine Liebe.« Dieser Gedanke vertrieb auch den Rest schlechter Laune. Sie beschloss, die Angelegenheit ab sofort von dieser Seite zu betrachten. »Ich kann nicht klar denken, wenn der Ärger mir den Kopf vernebelt.« Und einen klaren Kopf, den brauchte sie. Es galt, vorsichtig zu sein und die Schwester genau zu beobachten. Vielleicht entschließt sie sich ja auch zur Heirat, dachte Sieglinde und konnte ein gehässiges Lächeln nicht unterdrücken. Ich bin gespannt, wer so eine überhaupt nehmen mag.

Pascal rülpste, um den Druck aus seinem Magen zu entlassen, während er die Gaststätte verließ, und wandte sich in Richtung Fischmarkt. Er hatte ein gutes Mahl zusammen mit seinem Freund Mathies Bornheim genossen und dabei einige Dinge besprochen, die sie gemeinsam angehen wollten. Mathies hatte von einem Überfall erzählt, der in einer der Alpenschluchten geschehen war und dem ein Teil seiner eigenen Ware zum Opfer fiel. Wie Schlachtvieh hätten sie die Begleiter des Trosses niedergemetzelt.

»Das kommt davon, wenn man entlegene Wege benutzt, nur um weniger für den Begleitschutz zahlen zu müssen«, hatte ihm Pascal entgegnet, doch Mathies hatte nur mit den Schultern gezuckt.

»Ist passiert.«

Dennoch zweifelte Pascal nicht an den Fähigkeiten seines Bekannten und freute sich auf gemeinsame Unternehmungen. Mochte Mathies manchmal ein wenig leichtsinnig mit den Dingen umgehen, er besaß ein gutes Gespür, und davon konnte man nur profitieren.

Pascal wich zwei spielenden Kindern aus, die sich um einen Ball aus Leder balgten. Auf dem Fischmarkt war wenig los, deshalb fiel ihm die kleine Gruppe neben dem Eingang zum Handelshaus der Kaufleute gleich ins Auge. Jolanthe stand dort und unterhielt sich mit drei Männern. Einer strich sich gerade nachdenklich über den Bart und musterte sie, während sie eifrig mit den Händen gestikulierte. Ihr langes Haar war zu einem Zopf geflochten, auf dem Kopf trug sie eine Haube, und die Röcke bauschten sich um Hüfte und Beine. Obwohl ihr Profil nicht so fein geschnitten war wie das ihrer Schwester, gefiel sie Pascal besser. Wie sie das Kinn vorstreckte, das hatte nichts Hochnäsiges an sich und unterstrich eher ihren Eigensinn. Er mochte Frauen, die sich zu wehren wussten.

Jetzt hielt sie den Mund und lauschte auf das, was die Männer debattierten. Was nur heckte sie wieder aus?

Er beschloss, sich nicht einzumischen und sie stattdessen allein abzupassen. Sie war der Schlüssel zu Winald und dessen Kontor. Dass sie sein Angebot, mit ihm nach Köln zu gehen, ausgeschlagen hatte – nun ja, vermutlich war das zu erwarten gewesen, auch wenn es ihn zunächst enttäuschte. Er hätte mit ihrer Sturheit rechnen müssen, die er als Stärke sah, die sie brauchen würde, wollte sie als Frau erfolgreich Geschäfte machen. Er jedenfalls würde sie nicht so schnell aufgeben. Er hatte ihre Reaktion auf sein Angebot gespürt. Sie hatte gezögert. Und das reichte ihm vollauf, um weiterzumachen.

Er sah, wie sie sich von den Männern verabschiedete und in Richtung Münster strebte. Er folgte ihr und hielt sie auf.

»Lauft Ihr vor mir fort oder drängen Euch die Geschäfte?«

Sie blieb stehen. »Ich habe Euch nicht gesehen.«

»Darf ich Euch ein Stück begleiten?«

Sie nickte und wandte sich in die Richtung, in der sie gegangen war. Er folgte ihr, betrachtete sie von der Seite und überlegte, wie er möglichst unauffällig herausfinden konnte, was sie mit den Kaufleuten zu besprechen hatte.

»Ihr trefft Euch mit anderen Männern?«

Sie lachte. »Euch muss ich keine Rechenschaft ablegen, oder?«

»Das nicht, aber es interessiert mich. Plant Ihr ein neues Geschäft?«

Sie blieb am Münster stehen und schien unschlüssig, antwortete aber nicht.

»Lasst uns noch ein wenig an die Donau gehen, was haltet Ihr davon?«, schlug er vor.

»Ich frage mich, wann Ihr Eure Angelegenheiten erledigt. Immer wenn ich Euch treffe, nehmt Ihr Euch die Zeit, mit mir zu plaudern. Habt Ihr nichts zu tun den lieben langen Tag?« Ein Lächeln stahl sich in ihre Mundwinkel.

»Ein guter Kaufmann weiß um den Wert eines guten Gesprächs«, antwortete er nur und nickte einladend in die Richtung, aus der sie gekommen waren. Zu seiner Freude folgte sie ihm.

Eine Weile sprachen sie nichts. Pascal hätte ihr von seinem Tag erzählen können, von Mathies und den gemeinsamen Plänen, die sie hatten. Er tat es nicht, denn er wollte etwas von ihr hören. Endlich begann sie ein Gespräch mit der Frage:

»Kennt Ihr Vico Kunzelmann näher?« Sie machte eine Pause. »Ich meine, wie ist er so als Mensch und als Kaufmann? Wisst Ihr das? Ihr kommt doch weit herum. Ihr habt Menschenkenntnis.«

Nun ist mir klar, was sie von den Männern gewollt hat, dachte Pascal. Er überlegte. Viel hatte er von Vico nicht gehört. Das Wenige aber reichte ihm.

»Habt Ihr bei den anderen Kaufleuten nicht genug über ihn erfahren?«

»Man kann nie genug erfahren«, antwortete sie.

»Kennt Ihr das nicht? Das Gefühl, dass es besser ist, wenn man weiß, mit wem man es zu tun hat?«

»Für einen guten Kaufmann ist das unerlässlich.«

»Seht Ihr.«

Sie überquerten den Fischmarkt und bogen in die Gasse ein, die zu einem der kleineren Stadttore führte. Um an die Donau zu kommen, mussten sie die Stadtmauern hinter sich lassen. Erst als sie am Fluss angelangt waren und einen ausgetretenen Pfad am Ufer entlangschlenderten, begann Jolanthe wieder zu reden.

»Nun? Was wisst Ihr von Vico?«

»Er ist eingebildet, glaubt mehr zu können, als er tatsächlich vermag, und pflegt den Umgang mit einflussreichen Leuten.«

»Er weiß sich in der betuchten Gesellschaft zu bewegen«, ergänzte sie mit einem Augenzwinkern. »Er weiß sich zu kleiden und das alles, obwohl das Kontor, das er übernommen hat, klein ist, kleiner noch als unseres. Man munkelt, es stünde nicht gut da.«

»Er verlegt sich mehr auf das Reden als auf das Verkaufen.« Das Spielchen gefiel Pascal, deshalb gab er den Ball an sie zurück, und sie nahm ihn auf.

»Er handelt mit Barchent und macht keine Anstalten, sich auf etwas Neues einzulassen.«

»Viel zu gefährlich.«

»Viel zu groß die Wahrscheinlichkeit, Geld zu verdienen«, meinte sie voller Ironie. Ihre Worte blieben in der Luft hängen. Pascal wartete darauf, dass sie das Gespräch wieder aufgriff.

»Was hat Euch eigentlich nach Ulm verschlagen?«

»Geschäfte.« Was sonst, hätte er fast ergänzt.

»Ihr erzähltet, dass Ihr in Köln eine neue Zweigstelle eröffnen wolltet. Warum also seid Ihr in Ulm?«

»Klug beobachtet.« Viel zu klug. Er musste sie ablenken, bevor sie noch weiter nachbohrte und er womöglich mehr preisgab, als er wollte. »Wisst Ihr, in manchem erinnert Ihr mich an meine kleine Schwester. Stolz, stur, sie will immer ihren Weg gehen, ob der gut für sie ist oder falsch, sie lässt sich nichts sagen.«

Jolanthe sah ihn interessiert an. »Vielleicht habt Ihr Eurer Schwester zu viel vorgeschrieben?«

»Bestimmt nicht. Ich habe ihr nur geholfen, keine falschen Entscheidungen zu treffen.«

»Ward Ihr erfolgreich?«

»Meistens.« Er dachte an Sophie und ihre Unbekümmertheit, mit der sie so manche Dummheit begangen hatte. Das Gefühl, sie davor schützen zu müssen, hallte heute noch in ihm nach, obwohl mittlerweile ein ganz anderer auf sie achtgab. »Nur einmal nicht, als sie unbedingt diesen Schwachkopf heiraten musste.«

»Ist sie unglücklich?«

»Noch nicht einmal das.«

Jolanthe lachte. Es war ein spontanes Lachen. »Vielleicht war der Schwachkopf dann doch der Richtige, und Ihr hattet Unrecht.«

Dieselbe Antwort hatte Sophie ihm damals gegeben. Unvermittelt wurde Jolanthe ernst.

»Ist Euer Vater stolz auf Euch?«

Er empfand diese Frage als merkwürdig, denn er hatte sich darüber noch nie Gedanken gemacht. Die Anerkennung seines Vaters war für ihn etwas Selbstverständliches.

»Natürlich. Warum sollte er nicht, ich bin ein guter Kaufmann und vertrete ihn würdig. Er ist zufrieden mit mir.«

»Habt Ihr alles von ihm gelernt?«

»Ich war ein Jahr in Venedig, habe in Augsburg bei einem befreundeten Kaufmann gearbeitet. Es ist immer gut, so viele Eindrücke wie möglich zu sammeln.«

»Das klingt so leicht.« Sie umfasste mit den Armen ihren Oberkörper, so als würde sie frieren.

»Euch wäre das auch möglich. Ihr müsstet mir nur vertrauen.«

»Fangt nicht schon wieder damit an! Ich kenne Euch doch kaum und habe meine Pflichten.«

Sie drehte sich um und strebte zurück auf das Stadttor zu. Während er ihr folgte, verflog das Gefühl der Gemeinsamkeit, stattdessen blieb die Erkenntnis, dass sie viel über ihn, umgekehrt er kaum Neues über sie erfahren hatte. Wie hat sie das angestellt?, dachte er und vergrößerte seine Schritte, um mit ihr mitzuhalten.

Sie hatten kaum das Tor passiert, da hörten sie das Keuchen eines Mannes, das Scharren von Füßen auf dem Boden, was Pascal sofort in Alarmbereitschaft versetzte. Es waren Kampfgeräusche. Kaum ein paar Schritte entfernt rangen zwei Männer miteinander, die aussahen, als kämen sie von den Lastkähnen auf dem Fluss. Der eine schlug zu und verschaffte sich somit etwas Luft. Er zückte ein Messer und stieß es seinem Gegner entgegen, der wich aus, sodass die Klinge in seine Schulter glitt. Er schrie, sein Gegner holte erneut aus. Jolanthe stand wie erstarrt da, die Hände zu Fäusten geballt. Hastig griff Pascal ihren Arm und zog sie mit sich in eine Seitengasse.

»Lauf«, flüsterte er ihr zu und spürte ihren Widerstand. Nach ein paar Schritten lief sie schneller. Sie wollte sich frei machen, doch er hielt sie unerbittlich, bis sie weit genug gerannt waren und am Rande des Fischmarktes herauskamen. Hier kann nichts mehr geschehen, dachte Pascal und gab sie frei. Ihr Atem ging schwer. Sie lehnte sich an eine Hauswand und starrte ihn wütend an.

»Was sollte das? Glaubtet Ihr, ich würde mich einmischen?«

»In der Tat«, der Gedanke war ihm gekommen.

»Man hätte wenigstens die Büttel verständigen können, bevor noch mehr geschieht.«

»Und Ihr hättet so lange mit den beiden ein Plauderstündchen gehalten?«

»Ich bin nicht naiv«, konterte sie. »Aber Ihr seid feige.«

Er spürte den Ärger, der sich nicht mehr bändigen ließ. Es war genauso, wenn er mit seiner Schwester stritt, sie konnte einen zur Weißglut treiben.

»Ich bin nicht feige, sondern vernünftig und schütze das, was mir wertvoll ist«, antwortete er. Dann lief er mit raschen Schritten auf den Fischmarkt und tauchte in der Menschenmenge unter. Er hielt seinen überlegenen Abgang nicht sehr lange durch, blieb stehen und sah sich nach ihr um. Sein Blick glitt über die Menschen, bis er Jolanthe auf dem Weg zum Kaufhaus fand.

»Stures Weibsbild«, sagte er so laut, dass sich Umstehende nach ihm umschauten. Aber es stimmte doch! Ihm Feigheit vorzuwerfen, das war etwas, was er nicht vertragen konnte. »Lern du erst mal das wirkliche Leben außerhalb dieser Stadtmauern kennen.«

Kapitel 11

JOLANTHE WAR ÜBER SICH SELBST VERÄRGERT. Wie hatte sie Pascal einen Feigling schimpfen können – und das in solch einer Situation? Sie hatte sich erschrocken über den Kampf, war entsetzt gewesen über das, was vor ihren Augen geschah. Allerdings, dass da nur ein tumber Trottel eingegriffen und seinen Kopf riskiert hätte, war nun wirklich nicht schwer zu verstehen.

»Dummes Huhn«, schimpfte sie und schritt schneller. Unvermittelt blieb sie auf dem Münsterplatz stehen. Ihr Blick fiel auf zwei Tauben am Boden, die die Schnäbel aneinander rieben und gurrten. Plötzlich hackte die eine nach der anderen und stieg mit ein paar Flügelschlägen in die Luft.

Jolanthe rieb mit den Händen ihre Wangen warm. Es war wieder kühler geworden. Sie betrachtete die am Boden gebliebene Taube und fühlte sich hilflos. Seit Tagen schon drückte ihr dieser Zustand aufs Gemüt und ließ sie anders reagieren, als sie wollte – und als sie es von sich gewohnt war. Überlegenheit, die brachte einen weiter, nicht dieses zänkische Aufbegehren gegen alles, nur weil man eins nicht ändern konnte.

»Kann man etwas nicht ändern, muss man nach Wegen suchen, um damit umzugehen«, das war ein alter Spruch von Martha. Warum ließ sie hier nicht alles stehen und liegen und ging zur Freundin? Die würde sicher einen Rat haben, einen Trost.

Ein Lastenträger rempelte Jolanthe an, sie fiel auf die Knie und griff mit den Händen in Schmutz.

»Kannst du nicht aufpassen?«, hörte sie eine wütende Stimme hinter sich.

»Selbst«, antwortete sie. »Was glaubst du, wofür deine Augen im Kopf gedacht sind?« Sie erhob sich. Ihr Kleid war beschmutzt, und ihr selbst war zum Heulen. Plötzlich mischte sich eine Frauenstimme ein, die sie sofort erkannte. »Du Dreckskerl, hilf ihr wenigstens auf die Beine, oder ich mach dir welche!«

Jolanthe fühlte sich am Arm gepackt, obwohl sie bereits wieder stand. Ein leichter Geruch nach Kräutern stieg in ihre Nase.

»Schon gut, Martha. Ich stehe ja wieder.«

»Komm mit, hier ist mir zu viel los.«

Martha zog Jolanthe mit sich in eine der schmaleren Nebengassen, in der sich die oberen Stockwerke der Fachwerkhäuser nach vorn hin verbreiterten. Ein paar Schritte weiter wurde aus einem Fenster eine Brühe ausgeleert, die sich am Boden mit dem Unrat verband, der dort vor sich hin faulte.

»Wie machst du das, Martha? Du erscheinst immer dann, wenn man dich braucht.«

»Ich will nicht sagen, dass es Zufall ist.« Martha lächelte sie an. Eine Strähne ihres störrischen Haares hatte sich aus dem Zopf gelöst und hing ihr ins Gesicht. Sie trug wie immer eines ihrer bauschigen Kleider, darüber einen Umhang, sodass sie stämmiger aussah, als sie eigentlich war.

»Gottes Fügung?«, schlug Jolanthe vor.

»Sagen wir, zwischen Freundinnen gibt es eine besondere Verbindung. Wie auch immer sie aussieht, sie sitzt hier.« Sie legte ihre Hand auf die Brust.

»Du hat dir Sorgen um mich gemacht?«

»Ich musste einer Frau im Kindbett helfen und bin nun unterwegs zu einer Schusterwerkstatt, in der sich der Lehrling die Hand an einen Schuh genagelt hat.«

Jolanthe musste lachen über die Formulierung.

»So gefällst du mir schon besser«, Martha ließ sie los und tätschelte ihren Arm. »Winald ist sicher noch nicht wieder auf den Beinen, oder?«

»Was ist das für eine Frage?«

»Eine berechtigte, wenn ich an seinen Zustand und seine Uneinsichtigkeit denke.« Marthas Blick wurde ernst. »Es geht ihm nicht besser, du kannst mir nichts vormachen. Wenn er mich lassen würde, könnte ich Maden auf die Wunde setzen, die das abgestorbene Gewebe abfressen. Aber letztlich wird er das Bein aufgeben müssen, ob er es einsieht oder nicht.«

Jolanthe biss sich auf die Lippen und schüttelte nur den Kopf. Dann besann sie sich, dass die Freundin nicht ewig für sie Zeit hatte, und wechselte das Thema.

»Sieglinde heiratet Vico Kunzelmann. Er wird das Kontor von Vater übernehmen, solange der krank ist.«

Martha zog die Brauen hoch. »Hat er für dich auch einen Mann gefunden?«

»Es war Sieglindes Wunsch. Sie hat es bei ihm durchgesetzt, weil sie glaubt, wenn sie das Kontor länger mir überlässt, werden wir untergehen.«

»Was kein abwegiger Gedanke ist.«

»Wie?« Jolanthe hatte nicht erwartet, dass Martha ihr in den Rücken fallen würde.

»Natürlich kannst du gut rechnen und hervorragend die Bücher führen. Daran zweifle ich nicht. Aber wie willst du mit anderen Kaufleuten verhandeln?«

»Dafür habe ich Cornelius.«

»Den kannst du nicht immer vorschicken.«

Das Gespräch verlief nicht so, wie Jolanthe sich das erhofft hatte. Sie wollte Verständnis. Stattdessen schlug Martha in dieselbe Kerbe wie Sieglinde.

»Sogar einer der Kaufleute will mich unterstützen. Pascal heißt er. Er findet meine Idee gut, mit Gewürzen zu handeln, und hat mir angeboten, in seinem Kontor in Köln für ihn zu arbeiten.«

Marthas Gesichtsausdruck war für Jolanthe nicht zu deuten. Misstrauen? Neugier? Beides? Sie sagte nur: »Warum tust du es nicht?«

»Ich …« Jolanthe fühlte sich ertappt. Die Erklärung, sie müsse bei Winald bleiben, ihn vor Fehlern bewahren, das Kontor vor einem tumben Schwiegersohn schützen und vor einer herrschsüchtigen Schwester, blieb ihr im Mund stecken. Sie hätte vor Martha ohnehin keinen Bestand gehabt.

»Sei vernünftig, Jolanthe. Du hast viel zu wenig Erfahrung mit der Welt, um dich als großer Kaufmann aufzuspielen. Komm hinter den Büchern hervor und fange selbst an zu spielen.«

»Wie?« Verdammt, was meinte sie?

Martha drückte noch einmal Jolanthes Arm. »Ich muss dem Jungen helfen. Komm mich besuchen, dann reden wir.« Damit drehte sie sich um und strebte mit ihrem wiegenden Gang die Gasse entlang.

Der grau verhangene Himmel versprach Regen, deshalb schlug Jolanthe den Weg nach Hause ein. In ihrer Kammer zog sie sich um, dann entfernte sie im Hof notdürftig die Flecken von ihrem Rock.

Immer noch in Gedanken beim Gespräch mit der Freundin, hängte Jolanthe das Kleidungsstück zum Trocknen auf, dann begab sie sich ins obere Geschoss und schob die Tür zum Kontor auf. Die runden Scheiben spielten mit dem diffusen Licht dieses trüben Tages. Es roch nach Papier, Tinte und nach den Leinenballen, die vor Kurzem noch in einem Eck gestapelt gewesen waren. Glücklicherweise besaß Vico keinen Buchhalter, den er hätte mitbringen können, sein Unternehmen war dafür zu klein. Bislang hatte diese Arbeit sein Vater erledigt, doch der wollte sich nun ganz zurückziehen, wie es hieß. Vermutlich hatte er sich einen Anteil ausbezahlen lassen, um davon zu leben. Ein verheißungsvoller Neustart für Vico Kunzelmann. Es schien ihr so deutlich, dass der Kerl die Gelegenheit ergriff, nicht nur eine hübsche Frau für sich zu gewinnen, sondern auch das, was hinter ihr stand. Sie fragte sich, warum der Vater das alles so hinnahm. Hatte er keine Angst? Zumindest vertraute er einem Fremden mehr als ihr, und das tat weh.

Sie schlug die Bücher auf und übertrug die letzten Rechnungen, die sie von Cornelius bekommen hatte.

Was sie erwirtschaftet hatten, konnte sich sehen lassen. Es waren keine Unsummen, jedoch auch kein Abbruch zu erkennen. Sie und Cornelius hatten sie gut gemeistert, diese Krise. Das sollte ihnen Vico erst einmal nachmachen.

»Ich gebe nicht auf!« Mit einem Ruck schlug sie eines der Bücher zu.

Sie dachte wieder an Martha und fragte sich, ob sie nicht recht hatte mit dem, was sie sagte. Was hatte sie schon für Erfahrung außerhalb dieser vier Wände? Wenn sie hingegen Pascal ansah, den Weitgereisten, den Welterfahrenen. Von der Fensterbank nahm sie ein Veilchen und steckte es sich ans Kleid. Draußen hörte sie das Quietschen eines vorbeifahrenden Fuhrwerks und die Rufe des Mannes, der die Pferde antrieb.

»Reisen müsste ich können«, sagte sie und klopfte mit einem Finger auf das Holzpult. »Erfahrungen sammeln in Augsburg, Nürnberg und … ja, auch in Köln. Ich muss mehr von der Welt erleben. War es nicht das, was Martha meinte?« Ihr Blick fiel auf die Schatulle, in der sie das Haushaltsgeld verwahrte.

»Geh voran, wage etwas«, hörte sie Martha sagen und verdrehte die Augen.

»Ja, ja. Sag mir bitte auch wie. Ich kann hier nicht weg!«

Andererseits, ein eigenes Geschäft zu tätigen, ganz allein, ganz unabhängig, das würde Geld bringen und die anderen aufhorchen lassen. Und wenn der Vater nichts von Gewürzen hören wollte, was hinderte sie daran, es ohne ihn zu versuchen? Sie war überzeugt davon, dass es gelingen konnte. Gewürze ließen sich wegen ihrer geringen Größe leicht von Italien hertransportieren und noch leichter zu einem satten Gewinn verkaufen. Sie brauchte nur die nötigen Münzen und die nötigen Verbindungen. Die Zeit drängte und um ihr kaufmännisches Geschick zu beweisen, musste sie etwas wagen.

Ihre Finger wanderten zur Schatulle, sie öffnete sie und schob mit der Fingerspitze das Geld hin und her. Warum nicht? Es steht mir ein Anteil zu für das, was ich in den letzten Tagen geleistet habe, für das, was ich überhaupt hier leiste.

Sie nahm sich einen Schilling und ließ ihn in die Rocktasche gleiten. Im Buch vermerkte sie den Kauf von Lebensmitteln als Gegenwert. Das würde sie fortan täglich tun, um sich eine genügend große Summe für ein eigenes Geschäft anzusparen.

Und wisst ihr was, ich hätte das schon längst tun sollen.

Es kam der Tag von Sieglindes Hochzeit, und Jolanthe war froh, dass sie die Trauungszeremonie nicht miterleben musste. Sie wollte so wenig wie möglich an den Feierlichkeiten teilhaben. Dem Vater musste sie helfen, in den Saal im Haus der Kaufleute zu kommen. Dort würde er, in einen Lehnstuhl gepackt, die Gäste und das Brautpaar erwarten. Sobald er Zeichen der Erschöpfung zeigte, war es ihre Aufgabe, ihn unbemerkt wieder nach Hause ins Bett zu schaffen. So hatten sie es vereinbart.

Nun lief sie neben einem schmalen Pferdekarren, auf dem Winald in Decken gehüllt saß und sein bleiches Gesicht in die frische Luft hielt. Seine Finger umschlossen den Rand des Karrens, um sich festzuhalten. Die Räder quietschten, die Achsen knarrten, und der Gaul, der das Gefährt zog, schnaubte in regelmäßigen Abständen. Sein Besitzer führte ihn, schritt neben ihm her und trottete in der gleichen Art wie das Tier.

Jolanthe zog den Stoff ihres Umhangs ein wenig fester um sich. Ihr tat es weh, den Vater so hilflos zu sehen. Sein Bein wurde nicht besser, sie hatte es gesehen, als sie Sieglinde beim Verbandwechseln helfen musste, weil die Magd am Brunnen Wasser holte. Um die Wunde herum hatte sich das Fleisch an kleinen Stellen braun verfärbt und stank erbärmlich, trotz der Salbe, die Sieglinde auftrug. Es sah aus, als würde das Gewebe ganz langsam bei lebendigem Leib vertrocknen.

Sie erreichten das Handelshaus. Der Wagen blieb an einer Seite stehen, wo er warten würde. Jolanthe half Winald auf die Straße. Er lehnte sich schwer auf sie und den Mann mit dem Pferdewagen, als sie ihn die Treppen zum Festsaal hochzogen.

»Vielleicht wär es doch besser, den Medikus noch einmal nach dem Bein sehen zu lassen«, keuchte sie.

»Unsinn! Sieglinde versorgt mich hervorragend. Sie weiß, was ich brauche.« Winalds Stimme klang fest trotz der Anstrengung.

Jolanthe biss sich auf die Unterlippe und schwieg. Sie half ihm bis zu seinem Sessel am Kopf der Tafel, breitete Decken über seinen Beinen aus und strich ihm mit einem Tuch den Schweiß von der Stirn. Dann sah sie sich um.

Der Saal war so groß wie das gesamte Gebäude, und seine Decke stützten in regelmäßigen Abständen Holzpfähle, auf denen oben die Querbalken ruhten. Zur Straße hin ließen etliche Butzenscheibenfenster das Licht hinein. An einem Ende hatten Musiker ihre Instrumente ausgepackt. Jolanthe hörte die Klänge einer Laute und die Töne einer Flöte, die aus dem Takt dazwischen spielte. Die Wände des Saales waren mit Girlanden aus Stoff geschmückt. Lange Tafeln luden zum Verweilen ein und ein freier Platz in der Mitte zum Tanz. Jolanthe wusste, wie teuer dieses Fest den Vater zu stehen kam. Sie hatte die Summe gesehen, die er entnommen und in das Kontorbuch eingetragen hatte. Gesprochen hatte er mit ihr darüber nicht, und sie war erleichtert, dass er Sieglinde keine freie Hand gegeben hatte. Ihre Wünsche für diesen Tag hätten die entnommene Summe um einiges überschritten. Das Kontor aber konnte nicht alles verkraften. Zumindest in diesem Punkt war auf den Vater immer noch Verlass – und das beruhigte Jolanthe.

Langsam füllte sich der Raum mit Gästen. Gelächter brandete auf, als ein Gaukler seine Späße trieb. Sieglinde und Vico waren schmuck anzusehen, das musste Jolanthe zugeben. Während des Mahles saßen sie neben dem Vater, die Wangen der Schwester röteten sich je mehr sie dem Wein zusprach. Offenbar gelang es Vico, sie mehr als einmal zum Lachen zu bringen. Jolanthe, auf der anderen Seite Winalds, aß kaum etwas. Stattdessen beobachtete sie die Mägde, die immer neue Platten mit Speisen auftrugen wie Pasteten, Braten, Fladenbrote, Gänsekeulen, Gemüsekuchen. Sie füllten die Krüge mit Wein und Bier.

Genauso wie sie bin ich hier nur als Handlanger, dachte sie und betrachtete verstohlen den Vater von der Seite. Er lachte, hob seinen Becher, und bis auf sein bleiches Gesicht schien er ganz der Alte zu sein. Wie gut er sich im Griff hatte.

Nun begann das Brautpaar den ersten Tanz. Die Gäste klatschten und reihten sich ein. Sämtliche Kaufmannsfamilien Ulms hatten sich eingefunden, ihre Töchter herausgeputzt, denn so manche sah es als Möglichkeit, die Mädchen zu präsentieren, um passende Ehemänner zu finden. Sie trugen kunstvoll um den Kopf gewundene Hauben und Kleider, mit Pelzbesatz am Saum oder Stickbordüren, sowie Halsketten aus Perlen oder Schmuck aus Gold. Die Stimmung war ausgelassen. Einer der Kaufleute verwickelte Winald in ein Gespräch, und Jolanthes Blick wanderte zum Eingang. Sie beobachtete, wie Pascal den Saal betrat und musste unwillkürlich lächeln bei seinem Anblick. Doch er bemerkte sie nicht, blieb kurz stehen und strebte dann auf das Brautpaar zu. Sieglinde nutzte die Gelegenheit, sich von Vico zu lösen, und zog Pascal beiseite.

Wie vertraulich sie miteinander sprachen. Wie eng sie beieinander standen. Als Pascal Sieglinde eine Hand auf die Schulter legte, wandte Jolanthe sich ab und schob ihren Teller von sich, auf dem das Fleisch immer noch unberührt lag. Die Hilfsbedürftigen Ulms würden sich freuen über die Reste des Mahls, die traditionell an sie verteilt wurden. Sie erhob sich, wollte raus an die frische Luft und spürte, wie sie jemand zurückhielt, bevor sie den Saal verlassen konnte.

»Warum hast du es so eilig?« Pascal blickte sie an, eine Braue hochgezogen. Unwillkürlich musste sie daran denken, wie sie ihn bei ihrem letzten Zusammentreffen einen Feigling geschimpft hatte. Ob er ihr das übel nahm?

Sie schob diesen Gedanken beiseite und beschloss, ganz nüchtern mit ihm zu reden. Schließlich war er eine wertvolle Verbindung für sie zur Welt der Kaufleute, und das war es, was sie für ihr Vorhaben brauchte, sobald sie das nötige Geld beisammen hatte. Was sich allerdings als schwieriger herausgestellt hatte als gedacht. Viel zu langsam sammelten sich die Münzen in ihrer geheimen Schatulle.

»Es ist stickig hier drinnen.«

»Dann lasst uns ein wenig Luft holen.« Er bedeutete ihr vorauszugehen. Vor dem Gebäude blieben sie stehen. Jolanthe rieb die Hände aneinander, um sich aufzuwärmen. Sie hatte ihren Umgang nicht mitgenommen. Sie tat ein paar Schritte zurück in den Eingangsbereich des Hauses, um nicht allzu sehr im Wind zu stehen.

»Euer Vater hält sich bemerkenswert.«

»Es geht ihm gut. Gefällt Euch das Fest?«

»Ich bin nur gekommen, um Eurer Schwester zu gratulieren.«

Und um zu bedauern, dass Ihr sie nicht bekommen habt?, ergänzte Jolanthe in Gedanken, um sich gleich darauf zur Ordnung zu rufen. Pascal war nützlich. Sie musste sich so gut es ging bei seinem Wissen bedienen. Mit Gewürzen und dem Fernhandel kannte sie sich nicht aus, er schon. Also war es an der Zeit, jegliches kindische Gehabe abzulegen.

»Ich wollte mich noch entschuldigen für meine unpassenden Worte letzt.«

Pascal sah sie verwundert von der Seite an und sagte nur: »Schon vergessen.«

Es half nichts, sie war nicht in der Stimmung für eine Plauderei. Er schien ebenfalls mit den Gedanken woanders, sah zum Platz vor dem Gebäude und schwieg.

»Ihr seid sicher nicht gut auf meinen Vater zu sprechen«, sagte Jolanthe schließlich.

»Was?« Sein forschender Blick berührte sie unangenehm. »Wie kommt Ihr darauf?«

»Nur so, ich meine …«, sollte sie ihn nach Sieglinde fragen? Nein, entschied sie. Warum konnte sie dieses Thema nicht einfach sein lassen und ihn stattdessen über Safran und Pfeffer löchern?

»Euer Vater ist ein sehr seriöser Kaufmann, dem auch von mir nur Respekt gebührt.« Seine Haltung blieb so steif wie seine Worte.

Jolanthe wunderte sich immer noch über seine plötzliche Angespanntheit. »Ich muss wieder hoch, man wird mich vermissen.«

Er nickte ihr zu. Als sie die Treppe hochstieg, hatte sie das Gefühl, sein Blick würde sie von hinten durchbohren, doch als sie sich umdrehte, war Pascal bereits fort.

Kapitel 12

Vico hatte sich lediglich einen Tag Eingewöhnungszeit gegönnt. Seither hielt er sich viel zu oft bei Jolanthe im Kontor auf, wie um seinem Schwiegervater zu beweisen, dass er es ernst meinte, wenn er sagte: »Macht Euch keine Sorgen, ich kümmere mich um das Geschäft.«

Mindestens ebenso oft saß er bei Winald, der nun mehr Zeit in einem mit Kissen ausgepolsterten Sessel verbrachte statt im Bett. Immer noch kam der Vater nur humpelnd mit einer Krücke voran. Es bereitete ihm Schmerzen, Jolanthe sah es, wenn er sich zu ihnen an den Tisch gesellte und sich auf den Stock gestützt durch den Raum quälte. Er aß nur wenig, und das sah man ihm mittlerweile allzu deutlich an. Seit Katrein bei den Verbandswechseln half, hatte Jolanthe die Wunde nicht mehr gesehen. Sieglinde schirmte Winald erfolgreich ab.

Als sie beobachtete, wie Katrein im Morgengrauen die verschmutzte Wäsche richtete, um sie am Fluss zu waschen, hatte Jolanthe spontan entschieden, ihr zu helfen. Sie musste raus aus diesen vier Wänden.

Hastig lief sie neben der Magd die Gasse entlang, einen großen Korb mit Wäsche vor sich, dessen hartes Weidengeflecht ihr am Bauch rieb mit jedem Schritt, den sie tat. Sie grüßte die Nachbarin, die ihr freundlich zunickte mit den Worten:

»Wie schön, dass bei Euch nun Ordnung eingekehrt ist.«

Als wenn es die vorher nicht gegeben hätte, dachte Jolanthe. »Es war an der Zeit«, antwortete sie gerade so freundlich wie nötig.

»Die Sieglinde hat so einen feschen Mann verdient. Ich freue mich für sie.«

Und für dich wird sich auch noch einer finden, ergänzte Jolanthe in Gedanken.

»Mein Vater hat gründlich überlegt, wem er sie gibt«, sagte sie und spürte das Gewicht des Korbes in den Armen. Sie wollte weiter. Katrein war ein paar Schritte voraus gelaufen und stehen geblieben. Nun sah sie erwartungsvoll zu ihr her. Die Magd wusste, dass sie nicht allzu lange für diese Arbeit brauchen durfte, sonst würde Sieglinde ihr das als Trödelei anrechnen.

»Und für dich wird sich auch noch einer finden.« Die Frau wollte noch weiterreden, aber Jolanthe deutete entschuldigend mit dem Kopf auf die Wäsche und hastete weiter. Im Moment habt ihr alle Oberwasser, aber wartet es ab. Irgendwann kommt die Reihe wieder an mich und dann …

Sie durchquerten eines der Stadttore und gelangten an einen der Waschplätze, an dem ein paar Frauen bereits Kleider und Hemden im Wasser der Donau wuschen. Kleine Kinder spielten zwischen ihnen Fangen, wurden barsch zurechtgewiesen, wenn ihr Spiel zu übermütig geriet. Jolanthe und Katrein grüßten und setzten ihre Körbe neben dem Wasser ab. Katrein begann während der Arbeit ein Gespräch mit einer anderen Magd, doch Jolanthe hörte nicht zu. Sie kniete sich nieder, tunkte ein Hemd in das Wasser, rieb es mit Seife ein und schrubbte es über dem Waschbrett. Ihre Haut sog das Nass auf wie der Stoff, und die Ärmel ihres Kleides hingen schwer an den Armen.

Sie dachte an eine Szene im Kontor, bei der Vico Einsicht in die Bücher verlangt hatte und wieder und wieder nachhakte, so als habe er alles Wissen und sie keines. Wenn es nach ihm ginge, würde sie unter Sieglindes Aufsicht endlich kochen lernen, hatte er ihr an den Kopf geworfen. In dieser Hinsicht hatte er die Ansichten seiner frisch Angetrauten ohne Änderungen übernommen.

»Er spielt sich auf«, sagte sie zu sich und spülte den Stoff mit kräftigen Bewegungen aus. Neben sich hörte sie Katrein keuchen bei dem Versuch, aus einem Kleid das Wasser auszuwringen.

Jolanthe fuhr sich mit dem Handrücken über die Nase und dankte Gott dafür, dass der Vater seine Prinzipien hatte und diese auch beibehielt. Das allein sicherte ihr die Stellung bei den Büchern. Sie konnte nur hoffen, dass Vico es irgendwann einsah und nachgab.

Er und Sieglinde verstanden sich erstaunlich gut, zumindest soweit Jolanthe das beurteilen konnte. Der Schwester gefiel es, von Nachbarn und Bekannten mit Wohlwollen bedacht zu werden. Zudem hatte sie herausgefunden, dass ihr Ehemann sich wie selbstverständlich in den angesehenen Kreisen Ulms bewegte. Jolanthe hatte das Leuchten in den Augen Sieglindes gesehen, wenn Vico beim Essen von bekannten Persönlichkeiten aus dem Rat erzählte, mit denen er gesprochen hatte.

Gemeinsam mit Katrein legte sie die gewaschenen Kleidungsstücke zurück in die Körbe. Der Rückweg wurde erheblich anstrengender, mehrmals mussten sie innehalten und die schwere Last absetzen. Ein Hund schnüffelte an der Wäsche. Jolanthe verscheuchte ihn mit Händeklatschen, gerade als er sein Bein heben wollte.

Im Hof hängten sie die nassen Kleidungsstücke auf zwischen Holzpfählen gespannte Leinen, dann ging Jolanthe ins Haus, blieb unschlüssig im Flur stehen und starrte auf ihre schrumpeligen Hände. Und nun? Sie fühlte sich körperlich müde, doch ihr Geist blieb ruhelos wie zuvor. Sie stieg die Stufen zum nächsten Stockwerk hoch, lief auf den knarrenden Holzdielen den Gang entlang und zögerte vor der Tür, die zum Kontor führte. Der Raum, der ihr sonst immer Zuflucht gewesen war, ihr Geborgenheit gab, hatte sich innerhalb weniger Tage zum Abbild ihrer Niederlage verwandelt. Sie strich mit dem Zeigefinger über das Holz, fuhr vom linken Türrahmen zum rechten und zurück.

Unvermittelt wurde die Tür aufgerissen. Sie blinzelte in die Helligkeit. Vico stand vor ihr und zog eine Braue hoch, ganz langsam, so als erübrige sich jede weitere Geste.

»Dachte ich es mir, dass hier draußen wer steht. Ich habe deine klugen Bemerkungen bereits vermisst.«

Das glaubst du doch selbst nicht, dachte sie, antwortete nichts, zog nur die Schultern hoch. Dann ließ sie wieder locker. Vico schob sich an ihr vorbei.

»Wohin gehst du?«, fragte sie.

»Geschäfte, mein Kind«, antwortete er ihr, ohne sich umzudrehen. Er nahm die Stufen nach unten und polterte in die Küche. Sie hörte ihn mit Sieglinde reden.

Geschäfte also, dachte Jolanthe. So leicht kommst du mir nicht davon. Sie hielt sich im Dunklen des Flurs und spähte vorsichtig in den unteren Stock. Vico verließ die Küche, nahm sich seinen Umhang vom Haken, zupfte seine Kleidung zurecht und verließ pfeifend das Haus.

Jolanthe folgte ihm. Die Ärmel klebten zwar immer noch feucht an ihrer Haut vom Waschen am Fluss, aber das ließ sich nun nicht ändern. Auf der Gasse beobachtete sie, wie Vico kräftig ausschritt. Jolanthe zog die Kapuze ihres Umhanges hoch und folgte ihm. Sie hielt sich dicht an den Häusern, um rasch in einer Nische verschwinden zu können, doch er drehte sich nicht um. Er schlug den Weg zum Handelshaus ein. Zumindest soweit schien er die Wahrheit gesagt zu haben, er wollte Geschäfte machen.

Sie folgte ihm in die Gasse mit den zahlreichen Gasthäuern und sah, wie er die Treppen einer Gaststube erklomm und im Haus verschwand. Und nun? Sie näherte sich dem Gebäude, zögerte. Aus den Fenstern, die gegen die Winterkälte mit Tierhäuten überspannt waren, hörte sie Stimmen. Der Gasthof schien jetzt um die Mittagszeit gut gefüllt. Sie zog die Kapuze weiter ins Gesicht und öffnete die Tür. Dann blieb sie am Eingang stehen und schaute sich um. Eine Magd schlängelte sich zwischen den Tischen hindurch, in beiden Händen Schalen mit Braten und einen halben Laib Brot unter den Arm geklemmt. Es roch nach Eintopf und Bohnen. Die Wärme eines offenen Feuers ließ die Luft stickig wirken. Vico hatte sich zu einer Gruppe gut gekleideter Männer an einem der Fenster gesetzt. Noch hatte er sie nicht bemerkt, zu vertieft war er in das Gespräch, aber es blieb eine Sache von Augenblicken, bis er hochschauen konnte und sie im Eingang stehen sah. Also zog sie sich wieder zurück, empfand die kühle Luft draußen als angenehm.

Nur, viel erfahren hatte sie nicht. Vico traf sich mit Kaufleuten, nun gut, schließlich war das seine Aufgabe. Wenn sie wenigstens hören könnte, was die Männer sprachen. Sie sah die Gasse entlang und hatte eine Idee. Langsam schritt sie das Gebäude ab und blieb an dem Fenster stehen, an dem sie Vico vermutete. Sie hielt den Atem an und horchte.

»… einen profitablen Fang getan«, sagte eine unbekannte Männerstimme. Wie gut, sie konnte die Worte verstehen. Sie lehnte sich an die Wand, das Gesicht immer noch verborgen, und hoffte, unauffällig genug zu wirken. Drinnen ging das Gespräch weiter.

»Wenn nur der Alte dich machen lässt. Man hört, er habe es nicht gern, wenn man sich in seinen Handel einmischt.«

»Wir verstehen uns.« Vicos näselnden Ton konnte sie deutlich erkennen.

»Ob das reicht?«

»Er wird sich zurückziehen. Die Gesundheit.«

»Dann kommen wir doch einfach zum Geschäft«, meldete sich ein Mann, dessen Stimme Jolanthe bislang noch nicht gehört hatte. »Wie ist das mit der Barchentlieferung? Habt Ihr die in die Wege geleitet?«

»Natürlich. Schon am gestrigen Tag. Ihr könnt sicher ein, dass alles zu Eurer Zufriedenheit erledigt wird.« Vico schien zu zögern. Er räusperte sich, dann fuhr er fort: »Es ist nur … wir sollten noch einmal über den Preis reden.«

Der andere Mann lachte. »Was passt Euch daran nicht?«

»Ihr müsstet etwas mehr zahlen. Die Beschaffungskosten sind doch höher, als ich dachte.«

Jolanthe erinnerte sich an einen Streit am gestrigen Nachmittag, als sie Vico vorgerechnet hatte, wie viel sie für eine Barchentbestellung bezahlen mussten und wie viel er deshalb beim Käufer dafür mindestens verlangen musste. Er hatte den Transport und dessen Kosten übersehen. Bislang hatte er nur mit Ulmer Webern zusammengearbeitet, nie mit auswärtigen, deswegen der Fehler, den er nicht eingesehen hatte. Im Gegenteil, er hatte recht hochmütig reagiert und Jolanthe damit in Rage gebracht. Sieh an, dachte sie nun. Hat mein Einwurf also doch geholfen.

»Der Preis bleibt, wie er ist.« Der fremde Mann lachte erneut, so als amüsiere ihn Vico. »Oder glaubt Ihr, ich lasse mich übers Ohr hauen? Es gibt genügend Kaufleute in Ulm, die mir Barchent besorgen können, ich brauche Euch nicht.«

»Natürlich.« Vico sprach so leise, dass sie ihn kaum verstehen konnte. Er würde doch jetzt nicht so einfach nachgeben? Auf Kunden, an denen sie nichts verdienten, konnten sie getrost verzichten. Sag ihm das!

»Also wie abgemacht, morgen im Handelshaus. Ich bekomme die bestellte Ware und Ihr den vereinbarten Preis.«

»Wie Ihr meint.«

Er lässt sich tatsächlich über den Tisch ziehen, einfach so, dachte Jolanthe fassungslos.

»Ist alles in Ordnung mit Euch?« Jolanthe spürte eine Berührung an ihrer Schulter und schrak zusammen. Sie blickte hoch und sah das Gesicht einer älteren Frau, die sie besorgt musterte. »Ihr steht da schon eine ganze Weile.«

»Mir war nur etwas unwohl, aber es geht wieder, danke.« Jolanthe drehte sich weg und zwang sich dazu, langsam zu gehen. Sie wollte nicht noch mehr Aufmerksamkeit auf sich ziehen. Auf dem Weg nach Hause kühlte die Wut in ihr ab, und als sie vor der Haustür stand, erkannte sie deutlicher denn je: Vico war drauf und dran, sie alle zu ruinieren.

Sie hatten einen wunderschönen Frühlingstag für ihren Ausflug erwischt, und Sieglinde musste zugeben, dass Vico sich alle Mühe gab, ihren Wunsch nach Glasfenstern zu erfüllen. Winald hatte er ein stattliches Sümmchen abgetrotzt mit der Begründung, ein gestandenes Kontor müsse auch nach außen einen gewissen Reichtum repräsentieren, das würde den Respekt der anderen erhöhen. Nur die Räume des Kontors besaßen bei ihnen bislang Fenster aus Butzenscheiben. Alle anderen wurden mit ölgetränktem Papier vor eindringender Kälte geschützt. Nun also waren sie auf dem Weg zum Stadtglaser, um die gesamte Vorderfront des Kunschen Hauses mit Glasfenstern auszustatten. Natürlich freute sie sich darüber, dennoch fühlte sie sich unzufrieden. Zu sehr hatte sich ihr Leben in den letzten Tagen verändert. Vicos Anwesenheit in ihrem Haus und ihrem Bett bedurfte einiger Umstellung, die sie noch nicht gänzlich hinter sich gebracht hatte. Vor allem das, was nachts zwischen den Laken geschah, war wenig dazu angetan, ihr Freude zu bereiten. Die Hochzeitsnacht blieb als schmerzhafte Erinnerung in ihrem Kopf. Schmerzhaft und entwürdigend, als die Frauen das Laken kontrollierten, ob auch Blut daran klebte. Natürlich tat es das, sie war jungfräulich in die Ehe gegangen, so wie es erwartet wurde.

Seither tat die Angelegenheit weniger weh, doch Vico legte eine Ausdauer an den Tag, die ihr nicht gefallen konnte. Ihre Freundin Berta hatte ihr versichert, das ließe nach. Ein paar Wochen müsse sie schon warten. Spätestens mit der ersten Schwangerschaft würde sich die Lust der Männer abkühlen, meinte sie. Das war ein zweiter Aspekt, der Sieglinde an dem Spielchen missfiel. Natürlich wollte sie Kinder bekommen, aber das Gebären, das machte ihr Angst. Zu sehr hatten sich die Schreie der Mutter in ihr Gedächtnis gebrannt in der Nacht, als sie starb an der Geburt ihres Sohnes. Sieglinde musste sich eingestehen, dass sie schlicht Angst davor hatte, ein Kind auszutragen.

Und Jolanthe?, dachte sie, während sie neben Vico durch Ulms Fischerviertel schlenderte und beobachtete, wie ein Fischer seinen Holzkahn auf der Blau mit gleichmäßigen Bewegungen voranruderte. Die müsste doch nun endlich sehen, wo ihr Platz ist und wo nicht. Sie lachte.

»Ich hoffe, du lachst nicht über mich.« Vico drehte sich zu ihr, das Gesicht gerötet vom Wind, der durch die Gassen pfiff.

»Wie weit ist es noch?«, fragte sie zurück.

»Der Weg erscheint einem oft länger, als er ist«, antwortete ihr Mann. »Doch wenn du die Schönheit der Dinge genießt, die dir unterwegs begegnen, dann bist du flugs dort, wo du hin willst, vor allem, wenn du dich in netter Begleitung befindest.«

Sieglinde verdrehte die Augen und schwieg. Manchmal redete Vico solch einen Unsinn, dass man ihn nur machen lassen konnte und besser nichts darauf erwiderte. Es war ihr relativ bald aufgefallen, dass er auch sprach, wenn er nichts zu sagen hatte. Vielleicht musste man das ja als guter Kaufmann. Vielleicht war der Vater deshalb nie über sein überschaubares Kontor hinausgekommen.

Zunächst hatte sie nicht eingesehen, warum dieser Gang zum Glaser überhaupt nötig war. Als sie damals das Glas für die Fensterscheiben im Kontor bestellt hatten, war der Mann eigens hergekommen, um sie zu beraten. Dieses Mal aber schien das nicht zu gehen, zumindest versicherte Vico, man müsse ihn in seiner Werkstatt aufsuchen, und das sei doch auch ein netter Ausflug für sie beide. Sieglinde hatte den Eindruck, dass ihr Mann es sich häufig einfacher machte, als er sollte.

Immerhin hatte er ihr den Weg zu neuen Fenstern geebnet, denn der Vater hatte seine Einwände schnell fallen gelassen. Ein kleiner Hinweis von ihr während des Essens eingestreut, er habe für ihre Hochzeit nur das Nötigste ausgegeben, hatte vermutlich dazu beigetragen. Sein schlechtes Gewissen siegte über seinen Geiz und, ja, als Geiz empfand sie sein Verhalten. Andererseits ging es ihm auch nicht gut in den letzten Tagen, und Sieglinde war froh, seiner schlechten Laune für eine Weile zu entkommen.

Sie erreichten die Werkstatt des Glasers und wurden von ihm freundlich empfangen. Vico unterhielt sich angeregt mit ihm und nickte zu allem, was der erzählte, so als sei es etwas ganz Besonderes, was er gerade erfuhr. Der Glaser zeigte ihnen, wie er mit Hilfe eines Eisenkolbens, den er im Feuer zum Glühen brachte, Blei zusammenlöten konnte, das er mit einem Hammer in Form brachte, damit es die einzelnen Butzenscheiben zusammenhielt. Das erwärmte Glas trennte er mit einem Kröseleisen.

Schließlich ging das Gespräch über zum Geschäftlichen, und sie mischte sich ein, um ihre Vorstellungen darzulegen. Ihr wurde ein fertiges Fenster vorgeführt, bei dem die runden Butzenscheiben bereits durch Blei miteinander verbunden und in einen mit Wachs zum Glänzen gebrachten Holzrahmen gepasst worden waren. Mehrere der Scheiben waren grün gefärbt, das gefiel ihr. Sie ließ Vico verhandeln und kümmerte sich nicht um die Summe, die genannt wurde. In der Vorstellung damit beschäftigt, wie das Haus wohl von der Straße aus wirken würde mit solchen Fenstern, strich sie mit dem Finger über die glatte Oberfläche und lächelte. Doch, dieser Ausflug war es wert gewesen.

Sie hätte eigentlich zufrieden sein müssen, dennoch schlich sich die schlechte Laune auf dem Rückweg erneut in ihr Gemüt.

»Was macht Jolanthe eigentlich im Kontor? Sie hockt den ganzen Tag vor ihren Büchern, zu irgendwas muss das doch nutze sein«, fragte sie Vico schließlich.

»Nun ja«, antwortete er. Als er nicht weiter redete, wurde Sieglinde ungeduldig.

»Warum sorgst du nicht dafür, dass sie damit aufhört?«

»Dein Vater will es so.«

»Mein Vater«, fuhr sie ihn unwirsch an. »Brauchst du ihn denn für jede Entscheidung? Er ist krank, er braucht Ruhe, um sich zu erholen. Du sitzt ohnehin viel zu oft bei ihm.«

»Sieh mal«, Vico räusperte sich. »Deine Schwester weiß eine Menge über die Vorgänge im Kontor. Ich muss mich erst einarbeiten. Das wird eine Weile dauern.«

Sieglinde schüttelte den Kopf. Doch plötzlich blieb sie stehen und hielt den Gedanken fest, der ihr unvermittelt gekommen war. Natürlich, es war so einfach.

»Du wirst die Geschäfte doch ohnehin nach und nach übernehmen. Sobald Vater wieder gesund ist, seid ihr zu zweit, spätestens dann braucht ihr Jolanthe nicht mehr. Lass dir von ihr alles erklären und erzähle ihr selbst nur das Nötigste. Irgendwann wird sie überflüssig sein.« Sie spürte, dass Vico sie von der Seite ansah, und erwiderte seinen Blick.

»Du willst, dass ich ihr Vertrauen gewinne«, meinte er schließlich mit einem Lächeln.

Sieh an, so dumm ist er gar nicht, dachte Sieglinde. »Sonst wird sie ihr Wissen kaum mit dir teilen. Sobald du sie nicht mehr brauchst, verweigerst du ihr den Zutritt.«

Er nickte langsam. »Was mich nur verwundert ist deine Abneigung gegen deine Schwester.«

Sieglinde schüttelte den Kopf. »Nein, mein Lieber. Das Gegenteil ist der Fall. Ich mache mir Sorgen und Vorwürfe, sie an meiner Mutter statt nicht richtig erzogen zu haben. Welcher Mann wird eine Frau nehmen, die sich im Haushalt nicht zu bewegen weiß. Ich will meinen Fehler wieder gutmachen.« Sie spürte, dass er ihr glaubte, und plötzlich war der Unmut, der sie den Tag über verfolgt hatte, verflogen.

Kapitel 13

JOLANTHE SCHRITT NEBEN VICO durch das Gerberviertel Ulms. Sie hielt sich den Ärmel vor die Nase. Der stechende Geruch ließ sich dadurch kaum mildern. Sie kamen an einer Gruppe von Männern vorbei, die Tierhäute enthaarten, indem sie das Leder in Bottichen mit Urin einweichten. Fertige Stücke befanden sich an Seilen, wo sie nach der langwierigen Gerbprozedur und dem Waschen in fließendem Wasser zum Trocknen aufgehängt wurden. Jolanthe war nur selten in dieser Ecke Ulms gewesen. Wenn man nicht musste, dann trieb man sich nicht bei den Gerbern und ihrem Gestank herum.

Das Ziel, das sie anstrebten, das Viertel der Weber, hatte sie zwar schon gesehen, war aber noch nie in einer der Werkstätten dort gewesen. Umso mehr hatte es sie gereizt, auf Vicos Vorschlag einzugehen. Auch wenn sie sein Stimmungsumschwung misstrauisch machte. Am Morgen hatte er sie mit einem freundlichen Lächeln im Kontor begrüßt und sie im Plauderton gefragt, ob sie denn wisse, wie die Stoffe, die sie verkauften, hergestellt wurden. Sein Angebot, ihr eine Ulmer Weberwerkstatt zu zeigen, mit der sein Vater seit jeher zusammenarbeitete, konnte sie kaum ausschlagen. Zu groß war ihre Neugier. Dennoch blieb sie vorsichtig. Es wäre zu einfach gewesen, anzunehmen, dass Vico endlich eingesehen hatte, wie wertvoll ihre Arbeit im Kontor war. Zwar hätte das ihre Sorgen auf schnellem Weg gelöst, sie wusste aber, dass die einfachen Dinge meist einen Haken hatten. Wie ein knackiger roter Apfel, dem man von außen nur an einem kleinen Loch ansehen konnte, dass er innen wurmstichig war.

»Ich möchte Euch meine Schwägerin vorstellen«, begrüßte Vico den Weber, der gut einen Kopf kleiner war als er und in dessen ergrauten Bart sich dunkle Strähnen mischten. Der Mann musterte Jolanthe, so als frage er sich, was ein Weib bei ihm in der Werkstatt zu suchen habe.

»Seid gegrüßt«, sagte Jolanthe höflich, ohne sich durch seinen kritischen Blick verunsichern zu lassen.

Sie kannte diese Reaktion nur zu gut und hatte irgendwann aufgehört, sich daran zu stören. Es dauerte meist nicht lange, dann nahmen ihre Gegenüber sie ernst.

»Sie ist in Vertretung meines Schwiegervaters mitgekommen«, fuhr Vico fort. »Soll sich anschauen, wie Ihr so wirtschaftet, schließlich wollen wir weiter Geschäfte mit Euch machen.«

»Mein Vater kauft Leinen bei den Biberacher Webern. Ist das nicht viel billiger?«

Vico verschränkte die Hände vor dem Bauch, als wisse er nicht wohin damit. Genauso wenig schien er mit ihrem Einwurf umgehen zu können.

»Biberacher Weber.« Der Mann spuckte aus. »Die machen es vielleicht billiger, aber besser sicher nicht.«

»Seht«, Jolanthe setzte ihr Lächeln auf und spürte, wie sie an Boden gewann. »Ihr müsst den Rohstoff auf dem Markt kaufen. Die Biberacher aber haben größere Manufakturen und damit mehr Möglichkeiten. Sie stellen das Garn selbst her. Sind also billiger, denn so weit außerhalb der Stadt haben sie weniger Abgaben, und zudem machen sie sich gegenseitig Konkurrenz. Das drückt den Preis.«

»Und der Transport?«, mischte sich Vico ein.

»Fällt in den Kosten geringer aus. Man darf nur nicht vergessen, ihn zu berechnen«, gab sie zurück und musste zugeben, dass sie den kleinen Triumph genoss. Vico hatte sie lange genug gegängelt, er sollte nicht glauben, dass ein wenig Freundlichkeit von seiner Seite alles wieder gutmachen würde. Nein, sie misstraute ihm und fand das richtig so.

»Dann will ich Euch zeigen, wie ein Ulmer Weber so arbeitet.« Der Mann führte sie vorbei an fertigen Tuchballen, die bereits ein städtischer Aufseher mit Bleiplomben versiegelt hatte und die nun darauf warteten, ins Handelshaus gebracht zu werden. Weitere Tuchballen lagen nur lose verschnürt herum. Jolanthe fiel das auf, und sie wunderte sich darüber.

»Warum sind diese Tuche hier unterschiedlich behandelt, die einen versiegelt, die anderen nicht?«

Der Weber strich mit der flachen Hand über den Stoff, dann sah er sie an, und sie hatte das Gefühl, sein Ton war ein bisschen freundlicher als vorher.

»Ihr habt einen guten Blick. Der wird Euch vielleicht auch die Antwort geben auf Eure Frage. Tretet näher, fasst beide Stoffe an.«

Jolanthe tat wie geheißen und strich über einen versiegelten Ballen, dann über einen unversiegelten. Letzterer schien ihr rauer, gröber als der andere.

»Die Gesiegelten sind von höherer Qualität?«, fragte sie aufs Geratewohl.

»Und deshalb gehen die anderen an die Färberei. Sie werden gebleicht oder eingefärbt.«

Interessant, dachte sie bei sich und war Vico nun doch dankbar dafür, dass er sie hergebracht hatte. Er hatte recht, wenn man mit etwas handelte, sollte man über dessen Herstellung und Beschaffenheit informiert sein, es reichte nicht, seine Nase nur in die Bücher zu stecken. Sie spürte einen Anflug von schlechtem Gewissen für ihren Seitenhieb gegen ihn von vorhin. Warum auch immer er plötzlich so freundlich zu ihr war, Häme hatte er nicht verdient. Jeder machte einmal einen Fehler, auch Vico sollte für seine nicht zu sehr bestraft werden. Solange sie sich nicht häuften.

Sie betraten einen weitläufigen Raum, in dem sich drei Webstühle befanden, an dem junge Frauen arbeiteten. Der Weber führte sie an den nächststehenden. Jolanthe sah interessiert zu, wie die Gehilfin an dem Gerät hantierte. Mit den Füßen trat sie auf hölzerne Pedale, während ihre Hände so flink ein Schiffchen mit dem Querfaden hin und her bewegten, dass sie kaum folgen konnte. Zwischen Holzstreben waren etliche Fäden gespannt über eine kompliziert aussehende Konstruktion, die über Winden an der Decke befestigt war. Neben dem Webstuhl lagen in einer Kiste Knäuel mit ungefärbtem Garn. Staub lag in der Luft sowie das gleichmäßige Knarzen der Pedale.

»Wollt Ihr einen Versuch wagen?«, fragte der Weber und sah sie an.

»Nichts lieber als das«, antwortete Jolanthe und setzte sich neben die Frau, die in ihrer Arbeit innehielt, ein Stück auf der Bank für sie Platz machte und ihr das Schiffchen gab. Doch schon bald hatte Jolanthe sich in den Querfäden so verheddert, dass sie es aufgab. Sie strich mit dem Finger über das bereits fertige Gewebe und sagte: »Ihr beeindruckt mich. Das ist wirklich sehr lehrreich.« Sie blickte zu Vico und schenkte ihm ein Lächeln. Er erwiderte es.

Im Hinausgehen fragte sie Vico: »Warum handeln wir nur mit ungefärbtem oder gebleichtem Tuch? Ich habe auf dem Markt so wundervoll farbenprächtige Stoffe gesehen.«

»Dein Vater lehnt das ab. Er will nur mit den Webern aus dem Umland zusammenarbeiten.«

»Weil sie billiger sind. Aber sie lassen die Stoffe nicht färben, dieser hier schon.«

»Ich wäre einverstanden mit einer diesbezüglichen geschäftlichen Veränderung.«

»Hast du mich deshalb hierher gebracht? Weil du Verstärkung gegen meinen Vater brauchst bezüglich des Handels mit Ulmer Tuch?« Er zwinkerte nur, antwortete aber nicht. »Wir könnten die Stoffe auch selbst färben lassen.«

Er zuckte mit den Schultern. »Zu viel Aufwand. Warum nicht gleicht dort kaufen, wo es das fertige Produkt gibt?«

Als sie wieder auf dem Rückweg waren, blieb Vico an einer Abzweigung stehen, die hin zum Marktplatz führte.

»Du findest den Weg nach Hause von hier aus, oder?«, fragte er und rückte seine Kappe zurecht.

»Du kommst nicht mit?« Jolanthe hielt ihr Gesicht in die Frühlingssonne und atmete tief, um den Staub der Werkstatt aus ihrem Körper zu bekommen.

»Ich muss mit Cornelius reden. Er ist im Handelshaus. Es gibt noch einiges zu tun heute.«

»Dann komme ich mit.« Sie hakte sich bei Vico unter und spürte seinen Widerstand. Aber sie wollte sein Zögern nicht beachten und zog ihn einfach mit sich, in der Hoffnung, sie habe es sich nur eingebildet. Zu sehr gefiel ihr die neue Rolle, bei der sie um Rat gefragt wurde.

Pascal verabschiedete sich mit einem Schulterklopfen von Mathies, mit dem er soeben über eine Beteiligung an einem Handelszug der Ravensburger Handelsgesellschaft gesprochen hatte. Die Spitzen seiner Schnabelschuhe wippten, als sein Freund sich beschwingten Schrittes entfernte. Pascal strich sich über das Kinn, um dann mit dem Zeigefinger nachdenklich auf seine Lippen zu klopfen. Verlockend war es, das Angebot von Mathies.

Die Alpenpässe konnte man nach einem rauen Winter wieder passieren, und Mathies hatte davon gehört, dass die Ravensburger sich auf eine Reise nach Italien vorbereiteten. Pascal hatte sich Bedenkzeit ausgebeten. Ein paar Ballen Seide aus Venedig konnte er gut gebrauchen, aber die Sache war lukrativer, wenn er im Gegenzug etwas lieferte, was er unten zu einem guten

Preis losschlagen konnte. Dafür allerdings hatte er im Moment nicht die nötigen Mittel. Im Übrigen hatte er noch nie gänzlich fremden Kaufleuten vertraut. Er würde also jemanden vom Kontor aus Paris mitschicken müssen, denn er selbst war unabkömmlich. Auch wenn es letztlich günstig gewesen wäre, wenn er sich dem Zug angeschlossen hätte. »Sie haben gute Konditionen, die Ravensburger«, hatte Mathies ihm versichert. Er würde seinen Vater informieren müssen. Dann konnten sie weitersehen.

Als Pascal das Handelshaus betrat, schlugen ihm die aufgeregten Stimmen der Kaufleute entgegen. Ein vielstimmiges Gelächter erklang, das übertönt wurde vom Geschrei eines Mannes, der sich offenbar geprellt fühlte. Pascal schlenderte durch die Gänge zwischen den abgetrennten Lagerplätzen der Tuchkaufleute. Er hätte nicht sagen können, ob er bewusst den Weg zu Winald Kuns Verschlag genommen hatte, und sah schon von Weitem Jolanthes Gestalt in bauschigen Röcken, den Kopf hoch erhoben und die Hände in die Hüften gestemmt, sodass sich ihre Schultern nach oben zogen. Ihre Haltung drückte Anspannung aus. Jolanthe gegenüber hatten sich Vico und Cornelius aufgebaut, der eine schien verärgert, der andere hatte sich halb gedreht und blickte zu den Barchentballen im Lager hinter sich, so als wolle er nachzählen, wie viele dort vorhanden waren, um so dem Zorn Jolanthes zu entgehen.

Pascal konnte nicht verstehen, worüber sie stritten, und wollte nicht näher herangehen. Ich werde sie abpassen, dachte er und nahm sich vor, dieses Mal mehr von ihr zu erfahren. Nicht so wie bei ihrer vorletzten Begegnung, bei der er mit dem Gefühl zurückblieb, ihr vieles über sich erzählt zu haben und im Gegenzug so gar nichts von ihr in Erfahrung gebracht zu haben. Dabei war er darauf angewiesen, dass sie ihm so viel wie möglich mitteilte. Normalerweise fiel es ihm auch nicht schwer, die Menschen zum Reden zu bringen.

»Dieses Mal nicht, ah so. Wann dann?« Er hörte, wie Jolanthes Stimme die Einwände Vicos übertönte. Unvermittelt drehte sie sich weg und lief in Pascals Richtung. Einen Mann, der ihr versehentlich in die Quere kam, schob sie mit dem Arm beiseite und erntete einen verwunderten Blick. Pascal tat zwei rasche Schritte und stellte sich ihr in den Weg. Damit sie nicht, den Blick zu Boden gerichtet, dennoch an ihm vorbeirauschte, ohne ihn wahrzunehmen, griff er nach ihren Schultern und hielt sie fest. Mit einem Schnaufen blieb sie stehen. Nun musste sie ihn ansehen. Eine Zornesfalte hatte sich zwischen den Augenbrauen eingegraben, ihre Mundwinkel zeigten nach unten, sie wand sich unter seinem Griff, aber er ließ sie nicht los, bis ein kleines Lächeln den Ärger aus ihrem Gesicht vertrieb.

»Nicht so stürmisch«, sagte er. Endlich stand sie still. Er hätte seine Hände von ihren Schultern nehmen können, aber er wollte es nicht. Stattdessen zog er sie ein unmerkliches Stück weiter zu sich heran.

»Ich weiß, ein Kaufmann ist ein schlechter Kaufmann, wenn er die Ruhe nicht behält.« In ihrer Stimme mischte sich Enttäuschung unter den Ärger, den er immer noch deutlich herauszuhören glaubte.

Pascal warf ein Blick über ihre Schulter und sah, dass Vico sie beobachtete.

»Lasst uns draußen weiterreden«, sagte er und gab sie nun doch frei. »Es ist stickig hier drinnen.«

Sie folgte ihm, blieb am Fischkasten stehen, strich sich die zerzausten Haare aus dem Gesicht und tunkte ihre Hände in das Wasser, das eiskalt sein musste. Ihr schien es nichts auszumachen. Pascal lehnte sich neben sie und schwieg. Er spürte, dass die Gelegenheit günstig und Jolanthe zu aufgewühlt war, um lange schweigen zu können.

Hier draußen hatten sie leidlich ihre Ruhe. Der Fischmarkt fand nur zweimal in der Woche statt, und so war auch der Fischkasten heute nur mit klarem Wasser gefüllt.

»Ihr haltet mich bestimmt für zu ungeduldig.« Jolanthe zog ihre Hände aus dem Wasser, sodass es leise plätscherte. Die Tropfen perlten ab, kurz hielt sie über dem Wasser inne und trocknete sich dann an ihrem Umhang ab. Pascal nahm ihre rechte Hand in seine und sagte: »Eiskalt.«

Sie entzog sich ihm. »Erst tut Vico so, als sei ihm

meine Meinung wichtig, aber wenn es um richtige Entscheidungen geht, darf ich nicht mitreden!«

»Das ist ärgerlich«, antwortete Pascal.

»Dass Cornelius mir nicht beisteht, das hab ich mir ja denken können. Er macht das, was man ihm aufträgt, und will seine Ruhe.« Jolanthe sah Pascal kurz in die Augen, wie um sich zu vergewissern, dass er ihr zuhörte. Natürlich tat er das! »Ist doch wahr. Warum respektieren sie mich nicht? Warum tun sie bloß so, als interessiere sie meine Meinung? Mein Vater ist nicht besser, der lässt mich die Bücher führen, aber wenn ich ihm eine Neuerung vorschlagen will, heißt es immer, ich solle mir meinen Kopf nicht zerbrechen.«

»Ihr wisst, was ich von Euch und Eurem Können halte.«

»Und so langsam glaube ich, mit Eurem Urteilsvermögen kann es nicht ganz soweit her sein.«

Pascal musste lachen. Ihr Ärger begann ihn zu amüsieren. »Ihr seid albern, und das wisst Ihr. Wenn Ihr selbst nicht von Euch überzeugt wäret, würdet Ihr Euch nicht so über Euren Schwager ärgern.«

Er sah, wie sie sich auf die Lippen biss und vermutete, dass sie ein Lächeln verhindern wollte. Schließlich gab sie es auf. »Ihr habt recht, wollt Ihr das hören? Vater sieht nicht, dass Vico kein Gespür für den Handel hat. Er lässt sich über den Tisch ziehen, selbst Vater hat in der kurzen Zeit schon Fehler von ihm ausmerzen müssen mit Hilfe seiner guten Beziehungen. Doch es folgen keine Konsequenzen. Warum sieht er nicht das Offensichtliche und handelt danach? Warum erkennt er nicht, dass ich besser bin als Vico?«

Pascal betrachtete ihr Profil, das energisch vorgeschobene Kinn, die neckische Haarsträhne, die sich aus dem Zopf gelöst hatte und nun in ihrem Mundwinkel klebte. Er freute sich über ihre Offenheit, und auch wenn ihm klar war, dass der Ärger ihre Zunge löste, so bildete er sich ein, dass sie nicht jedem soviel Vertrauen entgegengebracht hätte wie ihm in diesem Moment. »Ihr müsst ihm beweisen, dass Ihr es besser könnt.«

»Das sagt sich so leicht.« Sie schob die Strähne aus ihrem Mundwinkel hinters Ohr.

»Ihr hattet doch die Idee, mit Gewürzen zu handeln.«

»Gebt mir Geld, und ich steige ein.«

Pascal wusste nicht, ob sie das ernst meinte, beschloss aber, die Gelegenheit beim Schopfe zu packen. Eine bessere Möglichkeit, sie ein kleines Stück weit an sich zu binden, würde er nicht bekommen, also galt es, sie festzuhalten.

»Ihr wisst, dass Ihr Euch von mir jederzeit helfen lassen könnt. Ich gebe Euch Geld, wenn Ihr wollt.«

Sie schüttelte energisch den Kopf. »Ich komme schon allein zurecht. Schulden mache ich nicht.«

»Manchmal muss man als Kaufmann ein Wagnis eingehen, um weiterzukommen.«

»Das könnt Ihr so halten, schließlich seid Ihr einer.«

Ihr Ton missfiel ihm, er wollte nicht Zielscheibe ihres Ärgers werden. »Denkt drüber nach«, meinte er nur und verbeugte sich leicht. In der Stimmung, in der sie war, würde er nichts weiter erreichen, und er wusste, wann es besser war zu gehen. Er hatte sich kaum abgewandt, da sagte sie: »Würdet Ihr mir mit den Gewürzen helfen?«

Er hielt inne und drehte sich wieder zu ihr um.

»Übungen auf dem Trockenen bringen wenig, wie wollt Ihr dabei lernen? Nehmt Geld von mir an und probiert es aus, dann will ich Euch gern unterstützen.«

Sie tat ihm nicht den Gefallen zuzustimmen. Stattdessen schüttelte sie nur den Kopf und zog die Schultern hoch. Er ärgerte sich über ihre Sturheit, und doch tat sie ihm leid, wie sie da so stand und den letzten Schritt Vertrauen zu ihm nicht aufbringen konnte.

»Ich werde das Geld schon irgendwie bekommen. Helft Ihr mir dann?«

»Natürlich«, antwortete er mit einem Seufzen. Was auch immer sie vorhatte, er durfte sie nicht vor den Kopf stoßen. Beim nächsten Mal hatte er vielleicht mehr Erfolg. Schließlich war er ein guter Kaufmann und konnte auf den richtigen Augenblick warten, er hatte die Geduld.

Kapitel 14

IM GRUNDE HÄTTE SIE ES vorhersehen müssen, aber Jolanthe hatte die Augen vor den Tatsachen verschlossen, so wie es in diesem Haus jeder zu tun schien. Winald konnte immer noch nicht auftreten, das kranke Bein zog er hinter sich her, auf die Krücke gestützt. Und trotz der Worte von Martha hatte sie sich eingeredet, es würde wenigstens nicht schlimmer. Schließlich sah er wirklich besser aus und kräftiger. Jolanthe konnte es kaum fassen, als sie nun die um die Wunde dunkel verfärbte Wade des Vaters erblickte. Vereinzelte hellrote Stellen wurden umgrenzt von vertrocknet wirkendem Fleisch, das den Knochen darunter nur noch unzureichend umhüllte. Es sah aus wie von einem Tier angefressen. Und der Gestank ließ sie die Luft anhalten.

Sie war in Winalds Kammer gekommen, um mit ihm über den farbigen Stoff zu reden, und hatte Sieglinde dort vorgefunden, die gerade den Verband wechselte. Stumm starrte sie auf die Wunde.

Sieglinde wollte sie beiseite schieben, doch Jolanthe ließ es nicht zu. Sie sah ihrem Vater in die Augen. In seinem Ausdruck lag etwas, was sie noch nie bei ihm gesehen hatte. Sie brauchte eine Weile, um es zu deuten. Der verkniffene Mund und die tiefe Falte auf der Stirn, die sich eingegraben hatte und nicht mehr weichen wollte. Seine ohnehin dichten Brauen schienen ein Stück näher zusammengerückt. Er war verzweifelt. Sie verfluchte sich selbst, dass sie so lange nicht nach ihm gesehen hatte. Stattdessen ließ sie sich immer wieder von Sieglinde abwimmeln. Um Ruhe bemüht, sagte sie: »Wir müssen den Medikus holen.«

»Er will es nicht«, antwortete Sieglinde. »Du hast dich die ganze Zeit nicht darum gekümmert, warum mischst du dich nun ein und weißt alles besser?«

Jolanthe ließ Winald nicht aus den Augen. So entging ihr sein Nicken nicht, auch wenn es nur knapp ausfiel. Sie nahm seine Hand, drückte sie kurz und verließ dann das Zimmer.

Sie hatte nicht vor, den Arzt um Rat zu fragen, hier konnte nur noch eine helfen – und das war Martha. Jemand musste sie holen und zwar so schnell wie möglich. Auf der Treppe kam ihr Cornelius entgegen. Den Blick gesenkt, wollte er ihr Platz machen, um sie vorbeizulassen. Es schien ihm unangenehm zu sein, ihr allein gegenüberzustehen. *Vermutlich weil er sich auf Vicos Seite geschlagen hat bei dem Streit im Handelshaus*, dachte sie. Plötzlich hatte sie eine Idee, wie sie dieses schlechte Gewissen für sich nutzen konnte. Er würde keinen Widerstand wagen, auch dann nicht, wenn er ihre Forderung missbilligte.

»Winald geht es sehr schlecht. Leiht Euch ein Pferd und holt Martha von Werdenberg, schnell!«

Cornelius blickte nach oben zur geschlossenen Tür von Winalds Kammer, so als wolle er etwas sagen, und schwieg dann doch. Schließlich nickte er. Jolanthe legte ihre Hand auf seinen Arm, während sie in knappen Worten den Weg erklärte. Sie schloss mit: »Es sieht ernst aus, ich kann mich hoffentlich auf Euch verlassen.«

»Ich sollte besser den Medikus holen, nicht das Kräuterweib.«

»Ihr holt Martha! Sagt ihr, das Bein ist schwarz verfärbt und stinkt gotterbärmlich. Sie wird wissen, was zu tun ist. Ich verlasse mich auf Euch.«

Offenbar waren ihre Worte eindringlich genug gewesen, denn Cornelius drehte sich um und hastete die Stufen wieder hinab. Als er verschwunden war, blieb Jolanthe im Flur stehen und haderte mit der Angst, ob Martha überhaupt kommen würde. Und wenn sie kam, was würde sie zu alldem sagen? Dass man sie zu spät geholt hatte und das, obwohl sie rechtzeitig gewarnt hatte? Jolanthe biss sich auf die Unterlippe und starrte auf den Steinboden, dessen mittlere Platten blankgescheuert waren von den vielen Schuhen, die im Laufe der Zeit darüber gestrichen waren.

»Ich sollte Vertrauen in Martha haben. Sie wird mich nicht im Stich lassen«, sagte sie laut, um sich selbst zu beruhigen. Dann faltete sie die Hände, um ein stummes Gebet zu sprechen.

Um einen Gang zum Medikus vorzutäuschen und weil sie jetzt nicht auf Sieglinde treffen wollte, nahm sich Jolanthe ihren Umhang aus der Truhe, legte ihn über die Schultern und verließ das Haus. Sie ging die

Straße entlang in Richtung der Donau und zählte die Häuser, an denen sie vorbeikam. An einer Ecke hörte sie von Weitem zwei zankende Frauenstimmen und machte kehrt, um ihnen nicht über den Weg zu laufen. Ziellos wanderte sie umher, zählte mal Fenster einer Hausfront, mal Passanten, die ihr begegneten. Als sie glaubte, nun sei genug Zeit verstrichen, ging sie zurück zum Kunschen Haus und setzte sich auf die Stufen davor. Ihr war es gleich, ob die Nachbarn sie so sahen und sich über sie wunderten. Sie stützte die Ellbogen auf die angezogenen Knie und schaute einem Spatz zu, der auf dem Boden in einer Wasserpfütze badete. Mit den Flügeln spritzte er das Wasser um sich, schüttelte sich, wiederholte die Prozedur. Jolanthe schob sich den Handballen in den Mund, biss darauf, um die Tränen zu verhindern. Sie schrak zusammen, als sie eine Stimme über sich hörte.

»Es wird alles gut, glaub mir.« Martha beugte sich zu ihr und drückte ihr kräftig die Schulter. »Komm, steh auf und hilf uns.«

Jolanthe bemerkte eine dritte Gestalt. Der Mann stand neben Cornelius und führte eine große lederne Tasche mit sich, deren Gewicht bewirkte, dass er sich unmerklich nach links neigte. Er hatte einen ungepflegten Bart, ein rundes Gesicht und kräftige Oberarme.

»Ich hab den Wundarzt mitgebracht. Wir haben keine Zeit mehr zu verlieren, das Bein muss weg«, sagte Martha und schob sich an Jolanthe vorbei ins Haus.

Oben in Winalds Kammer erstickte Martha jeden Widerspruch im Keim, indem sie sagte: »Wenn du überleben willst, musst du loslassen, sonst wird dich das Bein vergiften. Sieglinde, besorg mir heißes, abgekochtes Wasser.«

Der Wundarzt breitete wortlos sein Werkzeug aus. Er öffnete ein Fläschchen und träufelte eine Flüssigkeit auf ein Tuch, das er Martha hinhielt. Die nahm das Tuch und wickelte es um ein kleines Holzstück. Als sie es Winald zeigte und erklärte, er solle es in den Mund nehmen und fest darauf beißen, tat er es widerstandslos. Diese Bereitschaft ängstigte Jolanthe am meisten. Ihr Vater gab sich sonst nicht so schnell geschlagen, und wenn er etwas nicht wollte, konnte man es kaum gegen seinen Willen durchsetzen.

Sieglinde kam mit dem Wasser zurück, und Martha erklärte ihnen, dass sie Winald würden festhalten müssen. Eine seinen Oberkörper, eine das gesunde Bein und eine den Oberschenkel des verletzten Beines. Jolanthe verfolgte die Vorbereitungen mit wachsendem Unbehagen. Schließlich band Martha das Bein ab. Der Wundarzt holte eine Säge sowie etliche Scheren, Nadeln und Klammern aus seiner Tasche. Jolanthe spürte, wie ihr Hals eng wurde. Ein flaues Gefühl machte sich in ihr breit, und sie hoffte inständig, dem allen Stand halten zu können. Dann dachte sie an ihren Vater und riss sich zusammen.

Sie hatte es die ganze Zeit vermieden, auf die Wunde

zu schauen, und war nun erleichtert, dass Sieglinde, die das Bein festhielt, ihr die Sicht verdeckte. Die Geräusche der Werkzeuge gingen unter in Winalds erstickten Schmerzenslauten und zerrten an Jolanthes Neven. Durchhalten, dachte sie. Es wird alles gut werden. Sein Oberkörper bäumte sich hoch. Jolanthe stemmte sich mit aller Kraft gegen ihn. Ihre Hand wanderte zu seiner, doch er hatte sich so sehr ans Laken geklammert, dass sie seinen Griff nicht lösen konnte. Martha achtete darauf, dass er fest auf das Holz biss und schob es immer wieder nach. Jolanthe spürte Feuchtigkeit auf den Wangen. Sie merkte, dass ihr die Tränen aus den Augenwinkeln liefen und nicht zu stoppen waren. Das Tuch, dessen Rand sie sehen konnte, färbte sich rot. Das Geräusch der Säge fraß sich in ihr Bewusstsein. Sie keuchte unter der Anstrengung, den Vater ruhig zu halten. Ihr Bauch schmerzte vor verkrampfter Anspannung. Ganz unvermittelt ließ der Widerstand nach. Sie schaute erschrocken auf Martha, doch die lächelte nur.

»Er ist ohnmächtig. Das ist gut für ihn.«

Jolanthe schloss die Augen, als Sieglinde sich von ihrem Platz wegbewegte. Der Wundarzt schnaubte, und das Knacken der Knochen ließ Jolanthe die Augen wieder öffnen. Sie sah rotes, rohes Fleisch und Blut und spürte die Übelkeit, die sich nicht mehr zurückdrängen ließ. Hastig sprang sie auf.

»Jolanthe!«

Sie musste hier raus, an die frische Luft, an den Brunnen, frisches Wasser. Sie gelangte nur bis in den Flur, da kam ihr Mageninhalt hoch, spritzte in einem Bogen auf den Dielenboden. Ihr Körper verkrampfte sich wieder und wieder und sie erbrach so lange, bis nur noch Flüssigkeit kam.

»Ich hoffe, dass du das selbst wegputzt«, hörte sie Sieglindes Stimme hinter sich, und der Unterton erschreckte sie. Er war voller Verachtung.

Sie konnte nicht antworten. Ihr Mund brannte, ihre Kehle fühlte sich rau an, und ihre Gedanken waren nicht klar genug. Jolanthe hörte das Schlagen einer Tür, dann war sie wieder allein auf dem Flur. Sie schleppte sich die Treppe hinunter. Ich muss den Dreck wegwischen, dachte sie und konnte keinen anderen Gedanken mehr zulassen, nur diesen. Sie schaffte es tatsächlich, den Dielenboden mit vier Eimerfüllungen so zu säubern, dass es nicht mehr roch. Erschöpft ließ sie sich von Katrein, die das Wasser vom Brunnen geholt hatte und das Schmutzwasser unten entsorgte, den letzten Eimer abnehmen. Sie hatte sich gerade erhoben, da hörte sie die Stimme ihrer Schwester. Sie klang wütend.

Die Tür wurde aufgerissen. Martha kam heraus. Nun konnte Jolanthe die Worte Sieglindes verstehen.

»Keinen Pfennig mehr bekommt er als ihm zusteht! Ich habe ihn nicht geholt, und Vater hat ihn nicht darum gebeten, dass er ihn verstümmelt!«

Der Wundarzt folgte Martha, seine Tasche wieder mit einer Hand gepackt. Was er wohl denken mochte?

»Wie geht es ihm?«, fragte sie.

»Er ist wieder wach, aber noch benommen«, antwortete Martha. »Wird schon, keine Sorge. Ich habe selten so einen zähen Mistkerl gesehen wie Winald Kun.« Sie drehte sich zu dem Mann um. »Ihr werdet Euer Geld bekommen, und wenn ich die fehlenden Münzen selbst drauflege.«

Sieglinde schloss die Tür zur Kammer von innen. Was sie mit Winald redete, war nun nicht mehr zu verstehen.

»Folgt mir ins Kontor«, sagte Jolanthe und erkundigte sich bei dem Mann nach dem Betrag, den sie ihm schuldete, dem ganzen, wie sie betonte.

Martha verstellte ihre Stimme und ahmte Sieglinde nach: »Der Kerl bekommt keinen Heller mehr, als Vater ihm geben will, und du Kräuterweib scher dich fort. Ich hoffe, es freut dich, dass du deinen Willen bekommen hast!« Martha schüttelte den Kopf. »Mädchen, deine Verwandtschaft wird mir so langsam unsympathisch.«

Jolanthe öffnete das Kästchen mit den Münzen für den alltäglichen Gebrauch und zählte die verlangte Summe auf den Tisch, schob sie auf ihre Handfläche und übergab sie dem Wundarzt.

»Ihr sollt wissen, dass ich Euch sehr dankbar bin.

Vergebt meinem Vater. Er wird einsehen, dass Ihr ihm geholfen habt.«

Der Mann nickte nur und ließ die Münzen mit leisem Klimpern in seine Börse gleiten.

Sie begleitete die beiden hinunter, und als der Wundarzt sich von ihnen verabschiedet hatte, hielt Jolanthe Martha zurück.

»Warte! Dies ist für dich. Ich bin dir so dankbar.«

Martha zog ihre Hand zurück, als Jolanthe ihr die Münzen geben wollte.

»Hör auf damit! Du beschämst mich, und das solltest du nicht tun. Du weißt, dass ich immer für dich da bin, wenn du mich brauchst. Du wirst Schwierigkeiten genug haben, Winald zu erklären, warum du dem Arzt doch die verlangte Summe gegeben hast.« Sie drückte Jolanthes Schulter. »Komm mich bald besuchen. Ich muss nun zu meinem Gaul, den hab ich am Stadttor gelassen, und der wird mich so langsam vermissen.« Damit umarmte sie Jolanthe und machte sich mit einem Winken auf den Weg.

Jolanthe blieb zurück und lehnte sich an den Rahmen der Tür, weil ihr die Knie nachgaben und der Magen rumorte. Was auch immer nun geschehen würde, Martha hatte in einem unrecht. Mit Winald würde sie nicht über das Geld streiten, dazu fühlte sie sich im Moment nicht in der Lage. Nicht nach dem, was der Vater gerade mitgemacht hatte, und nicht nach Sieglindes Vorwurf. Sie würde im Kontorbuch den von ihm bewilligten geringeren Betrag eintragen und den Rest mit ihrem zurückgelegten Geld aus der Schatulle in ihrer Kleidertruhe auffüllen. Also würde sie von Neuem sparen müssen. Das Geschäft mit den Gewürzen rückte in weite Ferne. Sie mochte nicht daran denken, was Pascal dazu sagen würde.

Kapitel 15

Pascal hatte sich früh am Morgen an einem der Stadttore mit dem Boten verabredet, dem er die Schriftstücke, die er an seinen Vater geschrieben hatte, übergab. Er schärfte ihm ein, auf direktem Weg und eilig nach Paris zu reisen. Die Zeit drängte, denn die Ravensburger würden nicht ewig für ihre Vorbereitungen brauchen. In der Hoffnung, der Vater würde einen kontoreigenen Boten mit ein paar Wechseln nach Ulm schicken, hatte er sich bereits nach lukrativer Ware umgesehen, die er dem Handelszug der Ravensburger Handelsgesellschaft mitgeben konnte, um sie vom Kontormitarbeiter in Venedig verkaufen zu lassen. Seine unverbindlichen Anfragen zeigten bereits erste Wirkung. Er hatte von einer frisch in Augsburg eingetroffenen Ladung Kupfer und Zinn gehört, die ihn sehr interessierte. Darum würde er sich kümmern müssen, vorerst aber wollte er sich wieder seinem anderen wichtigeren Anliegen widmen. Sein Gespräch mit Jolanthe am gestrigen Tag hatte sich im Nachhinein durchaus als vielversprechend herausgestellt. Deshalb lenkte er nun seine Schritte in Richtung des Kunschen Hauses. Er wollte sich ein wenig in Jolanthes Nähe herumdrücken, in der Hoffnung, ganz zufällig auf sie zu stoßen. Also, dass ich Euch so bald schon wiedertreffe, das hätte ich nicht gedacht – so etwas in der Art würde er sagen.

Kräftig schritt er aus und nickte nach hier und dort, um die Leute zu grüßen, die ihm begegneten, gleich, ob er sie kannte oder nicht. In der Straße, in der Jolanthe lebte, blieb er ein paar Häuser vorher stehen und lächelte einer Frau zu, die im ersten Stock gerade Decken am Fenster ausschüttelte. Er beschloss, das als Gelegenheit zu nehmen, um sich unauffällig hier aufzuhalten.

»Gott zum Gruß! Ein schöner Frühlingstag, will ich meinen.«

Die Frau hielt in der Bewegung inne. Die Decke hörte auf, Wellen zu schlagen und hing ruhig an der Hauswand herunter. Sie antwortete: »Es wird Zeit, dass es wärmer wird, meint Ihr nicht auch?«

»Die Alpenpässe seien passierbar, heißt es. Ein untrügliches Zeichen, dass der Sommer nicht mehr weit sein kann.«

»Ah, Ihr seid Kaufmann. Mein Gatte sprach auch bereits davon.«

Pascals Neugier war geweckt, er trat einen Schritt an das Haus heran und verstrickte die Frau in ein Gespräch. In dessen Verlauf erfuhr er vom Weinhandel des Hausherrn und davon, dass der soeben einen edlen Tropfen aus Frankreich importiert hatte. Ein möglicher Ersatz, wenn das mit dem Zinn nicht klappt, dachte er und erfragte den Namen des Kaufmanns, frohlockend über den sich vielleicht neu ergebenden Kontakt. Schließlich verbeugte er sich leicht und verabschiedete sich.

Als er sich umdrehte, fiel sein Blick auf die Eingangstür des Kunschen Hauses, und er erkannte Sieglinde, die zu ihm hersah. Offenbar kam sie von einer Besorgung und wollte gerade das Haus betreten, hielt aber inne und schien auf eine Reaktion von ihm zu warten. Seit ihrer Hochzeit mit Vico hielt er sich fern von ihr, nun aber hatte er keine Wahl, als sich zu ihr zu gesellen.

»Was habt Ihr hier zu suchen?«, empfing sie ihn. »Mit Jolanthe könnt Ihr nicht sprechen.«

Offenbar hatte Vico ihr erzählt, dass er Pascal und Jolanthe zusammen gesehen hatte. Obwohl sonst so wortgewandt, fiel ihm nun keine Antwort ein. Die Abneigung, die ihm entgegenschlug, hatte er nicht erwartet.

»Natürlich rede ich auch gern mit Euch«, sagte er schließlich und fand sich wenig originell. »Es ergab sich schon so lange nicht mehr.«

Sieglinde zog ihre Brauen zusammen, was ihrem sonst so hübsch anzusehenden Gesicht eine unschöne Note gab. Vielleicht lag es auch an ihrem Blick, mit dem sie ihn musterte. Eine Kälte lag darin, die ihm nicht gefiel.

»Lasst die Finger von meiner Schwester, ich rate es Euch. Einen Fremden wie Euch will hier niemand sehen, und im Übrigen, falls ihr es noch nicht bemerkt habt, sie interessiert sich für keinen Mann.«

»Nur für ihre Bücher, ich weiß.« Pascal fuhr sich über das Kinn und überlegte, wie er sich aus dieser unangenehmen Begegnung verabschieden konnte, ohne Sieglinde noch mehr gegen sich aufzubringen. Er konnte nicht erkennen, was sie so verärgert hatte.

»Dieses Kontor hier wird von meinem Mann Vico Kunzelmann geführt. Mit ihm setzt Euch in Verbindung, wenn Ihr etwas von uns wollt.«

Sie betrat das Haus und schlug die Tür hinter sich mit Schwung wieder zu. Pascal blinzelte, rieb sich erneut das Kinn und beschloss, dass dieser Ausflug hierher nicht so verlaufen war, wie er sich erhofft hatte. Er ging ein paar Schritte und hörte auf einmal ein leises: »Pssst, hier bin ich.«

Ein Blick nach rechts, aber zunächst konnte er nichts erkennen.

»Na hier!«

In dem schmalen Durchgang, der zwischen zwei Gebäuden geblieben war, sodass man von der Straße aus zu den dahinterliegenden Gärten und Höfen gelangen konnte, erkannte er Jolanthe. Er trat näher und sah eine Katze auf ihrem Arm, die sie mit flacher Hand streichelte, erst über den Kopf, den das Tier ihr mit geschlossenen Augen entgegenhielt, dann weiter über den Nacken, den Rücken bis zum Schwanz und dann wieder von vorn. Er hörte das zufriedene Schnurren.

»Kommt her«, Jolanthe rückte ein Stück weiter in das Dämmerlicht, sodass er Platz neben ihr fand, ohne gleich von der Straße aus gesehen zu werden.

»Eure Schwester hört uns hier nicht?«, fragte er vielleicht ein wenig zu direkt. Doch diese Frage war ihm wichtig.

»Sie hat es Euch ganz schön gegeben, was?« Jolanthe verzog einen Mundwinkel. Die Katze schnurrte weiter. »Nun wisst Ihr's von offizieller Stelle, wer hier das Sagen hat.«

»Vor allem weiß ich wer nicht.« Er kraulte die Katze mit dem Zeigefinger unter dem Kinn und berührte dabei wie unabsichtlich Jolanthes Arm. Er mochte ihre Wärme, ihre Nähe und die Bewegung, mit der sie die Katze streichelte.

»Meinem Vater wurde das Bein abgenommen«, sagte sie so unvermittelt, dass er seine Hand zurückzog.

»Ist das eine gute oder eine schlechte Nachricht?«

Sie zögerte kurz. »Eine gute, hoffe ich. Der Medikus war bei ihm. Mein Vater hat viel Blut verloren und war davor schon nicht mehr kräftig. Er hat Schmerzen, aber es sieht besser aus, sagt der Medikus. Das verlorene Blut bewirke auch eine Reinigung der aus dem Gleichgewicht geratenen Säfte.«

»Er wird sich sicher erholen.« Dieser alte Knochen war zäh. Wenn eines sicher schien, dann das.

»Sieglinde hat mich heute Morgen beschimpft, weil ich Martha, die Kräuterfrau, geholt habe. Sein Bein hätte nicht amputiert werden müssen, sagt sie.« Sie bückte sich, um die Katze auf den Boden zu lassen. Pascal vermutete, dass sie mit dieser Bewegung verhindern wollte, dass er ihren Gesichtsausdruck sah. Er beschloss, dass Ablenkung nicht verkehrt war, und wechselte das Thema. »Wolltet Ihr nicht, dass ich Euch mit den Gewürzen helfe?«

»Ich habe keine Möglichkeit, welche zu kaufen. Kommt mir nicht wieder mit Eurem Angebot. Ich mache keine Schulden.« Sie richtete sich auf.

»Nein, ein anderes Angebot. Als guter Kaufmann müsst Ihr zwar auf andere vertrauen lernen, aber ich sehe auch, dass Ihr Euch vielleicht noch zu unsicher im Handel bewegt. Ihr müsst noch lernen.«

»Was wollt Ihr mir damit sagen?«

»Es hat sich ergeben, dass ich in den nächsten Tagen nach Augsburg reisen muss. Begleitet mich, und ich werde Euch das Wichtigste zeigen.«

Er spürte, wie sie die Luft anhielt. Die Katze strich um ihre Beine und miaute als Aufforderung, sie weiter zu streicheln. Jolanthe ging in die Knie, lehnte sich mit dem Rücken gegen die Wand und kam der Aufforderung nach. Pascal wollte gerade erneut ansetzen, als sie sagte: »Wie könnte ich Euch bei so etwas begleiten? Eine Frau gemeinsam mit einem fremden Mann? Mein Ruf ist zwar nicht sonderlich gut, aber zumindest betitelt mich keiner als Hure, und das soll auch so bleiben.«

»In Ulm erfährt niemand etwas davon, und in Augsburg kennt man uns nicht. Ich gebe Euch als meine Cousine aus. Ihr müsstet Euch lediglich dazu überwinden, mich etwas vertraulicher anzusprechen.«

Er hörte ihr leises Lachen, und wieder sagte sie eine ganze Zeit lang nichts. Schließlich hielt er es nicht mehr aus, ging in die Knie und sah ihr ins Gesicht.

»Ich meine es ernst. Ich will Euch helfen, weil ich sehe, wie ihr hier behandelt werdet, und weil ich sehe, dass sie Euren Wert nicht anerkennen. Ihr seid besser als mancher Kaufmann, glaubt es mir. Ihr müsst nur endlich damit beginnen, als einer zu handeln. Zögert nicht mehr, sondern lasst Euch auf dieses Abenteuer ein. Was habt Ihr denn sonst für Alternativen?«

»Ich weiß nicht, ob ich Euch trauen kann.«

»Ein guter Kaufmann geht Wagnisse ein, und ein sehr guter Kaufmann schätzt die Situation so ein, dass er bei den Wagnissen gewinnt.«

Sie blickte ihn an. Das Dämmerlicht in diesem Gang zwischen den Häusern ließ ihre Konturen verschwimmen, dennoch konnte er erkennen, dass sie mit sich rang.

»Diese Idee ist verrückt, aber sollte ich tatsächlich die Dummheit begehen, ihr zuzustimmen, könnte ich Sieglinde und dem Vater sagen, dass ich ein paar Tage zu Martha auf die Burg gehe.«

»Schön. Dann müssen wir nur noch ein Pferd für dich besorgen.«

»Keine Sorge, lieber Cousin, darum musst du dich nicht kümmern.«

Der Streit am Abend mit Sieglinde, der auf Jolanthes Eröffnung hin folgte, war kurz und heftig gewesen. Die Schwester missbilligte Jolanthes Tun. Statt sich bei Martha nur noch mehr unnützes Zeug einreden zu lassen, solle sie sich lieber endlich auf das besinnen, was einer Frau anstand. Schließlich habe sie, Sieglinde, einen Ehemann und den kranken Vater zu versorgen. Katrein und die Köchin könnten Hilfe gebrauchen. Jolanthe hatte nicht an sich halten können bei dieser so vieldeutigen Aussage.

»Du lässt mich nicht einmal mehr zu Vater rein, wie soll ich mich dann um ihn kümmern? Ist doch klar, dass alles an dir hängen bleibt, du reißt ja auch alles an dich!«, hatte sie Sieglinde angebrüllt. Zu spät fiel ihr der triumphierende Ausdruck der Schwester auf, ja sie hatte sich provozieren lassen. Und zum Vater durfte sie nach ihrem Ausbruch erst recht nicht. »Sonst kommst du wieder mit deinen dubiosen Geschäftsideen an, das will er nicht, und ich werde es verhindern, dass du ihn aufregst, glaub mir das.«

Gibt es kein Kraut gegen dieses Weib?, fragte sich Jolanthe, als sie die Tür des Hauses hinter sich zuzog. Über den Dächern breitete sich der erste Schimmer Morgenlicht aus. Auf der Straße streunte ein Hund, der an einem Haufen Unrat schnüffelte und weiterlief. Jolanthe zog die Kapuze ihres Umhangs ins Gesicht und hüllte sich eng in den Stoff. Kühl war es noch, vor allem so früh am Morgen. Der Sommer streckte nur tagsüber hier und da seine Fühler aus. Gänzlich angekommen war er noch nicht.

Jolanthe blies die kalte Luft vor sich her, als sie sich auf den Weg zum Stadttor machte. Mehr noch als der Streit machte ihr der Ausdruck in Sieglindes Augen zu schaffen. Sie konnte sich nicht erinnern, dass Sieglinde ihr je soviel Abneigung entgegengebracht hatte wie in letzter Zeit. Seit ihrer Heirat, genau genommen, vielleicht auch schon seit dem Unfall des Vaters.

Tatsache war, dass sich der Vater durch Jolanthes Handeln wieder auf dem Weg der Besserung befand. Er erholte sich von der Amputation, der herbeigeholte Medikus versicherte, alles liefe seinen Gang, und vermutlich war es in der Tat gut, wenn er ein paar Tage nichts vom Kontor zu hören bekam. Diese Gedanken trösteten Jolanthe nur wenig darüber hinweg, dass sie ihn sehen wollte, mit ihm reden wollte, den Irrtum, dem hier alle aufzusitzen schienen, erklären wollte. Das, was sie tat, sollte zum Besten des Kontors sein, zu seinem Besten. Wenn das keiner sehen wollte, so würde sie dafür sorgen, dass sie die Augen aufmachen mussten. Allen voran ihre Schwester Sieglinde!

Sie schob den Riemen ihres Beutels wieder auf die Schulter, von der er zu rutschen drohte. Dann schlenderte sie weiter. Es gab keinen Grund zur Eile, die Stadttore würden erst mit dem beginnenden Morgen geöffnet. In Bewegung zu bleiben aber half ihr, ihrer Unruhe Herr zu werden. Nun ja, auch nicht wirklich, dachte sie.

In der Nähe des Stadttores drückte sie sich an einer Hausecke herum und wartete darauf, dass die Wachen die schweren Holztore aufschoben. Sicher sammelten sich auf der anderen Seite bereits die Bauern aus dem Umland mit ihren Karren, denn heute war Markttag. Doch auf der innerstädtischen Torseite stand nur sie. Gut so, dachte sie. Sie wollte von niemandem angesprochen werden. Einen ganzen Tag hatte sie sich von Pascal auserbeten, um mit Martha das Wichtigste besprechen zu können, bevor er morgen früh in ihrer Burg eintraf. Dann würden sie gemeinsam nach Augsburg weiterreiten. Er hatte ihr ein Mietpferd besorgen wollen in dem Stall außerhalb der Stadtmauern, wo er sein eigenes Pferd untergebracht hatte. Jolanthe lehnte ab. Er sollte kein Geld für sie ausgeben. Und zudem wollte sie ihre Freundin von jetzt an in all ihre Schritte einweihen, ihre Hilfe und ihren Beistand nicht länger ausschlagen, so etwas war töricht. Je früher Martha erfuhr, worum es ging, desto besser. Außerdem besaß sie ein Pferd, das sie Jolanthe leihen konnte.

Sie hörte Stimmen vom Turm, dann das Knirschen von Metall auf Holz, mit dem der Riegel zurückgezogen wurde. Zwei Männer stemmten sich gegen die Torflügel und schoben sie nach außen auf.

»Zurück!«, hörte sie den einen brüllen. »Verflucht, zurück mit euch!«

Die ersten Karren passierten das Tor. Jolanthe zwängte sich gegen den Strom nach draußen und machte sich auf den Weg zur Burg. Die Vögel in den Baumkronen stimmten ihr Frühlingslied an. Auf dem Wasser der Donau ankerten Lastkähne, die hier zur Nacht vertäut worden waren, um am Tag darauf ihre Reise fortzusetzen. Jolanthe schritt schnell aus und spürte, wie die gedrückte Stimmung zumindest zum Teil von ihr abfiel, auch wenn sich der Ärger so tief in ihr eingenistet hatte, dass er nicht mehr fortzudenken schien.

Bei Marthas Zuhause angekommen, nahm ihr Ludwig den Beutel ab, während die Freundin sie kräftig umarmte. Wie gut das tat. Erst als Martha sich ihre Zusammenfassung der Ereignisse mit ernstem Gesichtsausdruck – und ohne sie auch nur einmal zu unterbrechen – angehört hatte, kamen Jolanthe Zweifel, ob ihr Mut nicht eher Torheit war.

»Natürlich leihe ich dir ein Pferd, ganz gleich, was für Dummheiten du damit anstellst«, sagte Martha, und als sie Jolanthes fragenden Blick bemerkte, fügte sie an: »Wer ist dieser Kerl, dieser Pascal?«

Ja, wer war Pascal? »Ein Kaufmann aus Frankreich, der mir hilft, seit Vater krank ist. Ich habe dir doch von ihm erzählt.«

»Und welchen persönlichen Nutzen zieht er daraus?«

»Keinen? Er ist freundlich?«

»Deinen schnippischen Ton behalte bei dir, ja?«

»Entschuldige.« Jolanthe biss sich auf die Lippe und schwieg. Natürlich war ihre Entgegnung unpassend gewesen, aber musste Martha ausgerechnet die Schwachstelle ihres Planes ansprechen? Wenn sie weiter nur zweifelte und zauderte, dann wurde das nie was mit ihrem Erfolg als Kaufmann. Pascal hatte recht! Und letztlich hatte Martha ihr doch erst geraten voranzugehen. Sie standen immer noch im zugigen Eingangsbereich, und Martha schüttelte den Kopf.

»Du bist sicher, dass niemand etwas erfährt? Wenn sich in Ulm herumspricht, dass du mit einem fremden Mann unterwegs bist, dann weißt du, was dir blüht.«

»Vater findet keinen Ehemann mehr für mich. Dann muss ich auf ewig für Sieglinde Böden schrubben.«

Martha lachte. »Na gut, Böden schrubben kannst du auch bei mir. Du willst also eine weite Strecke reiten? Dann solltest du dich heute noch an den Pferderücken gewöhnen.«

Martha nahm sich ihren Umhang und scheuchte sie mit einer Handbewegung nach draußen.

»Pascal ist ein guter Mann. Ich spüre das, Martha. Und wenn ich jetzt nicht handle, wird mich Sieglinde mit Billigung des Vaters an irgendeinen dahergelaufenen Handwerker verhökern.«

Martha blieb stehen und blickte sie an. »Ich mach mir Sorgen, Mädchen, das ist alles. Und so wenig ich von Winald halte, verhökern wird er dich nicht. Das weißt du.«

Im Stall roch es nach Stroh und Pferd. Es schien Jolanthe wärmer als draußen, so als heizten die Tiere die Holzwände auf mit ihrer Körperwärme. Martha besaß zwei Pferde und einen Maulesel, den sie selbst bevorzugt ritt, vermutlich weil er nicht so groß war und sie es meist nicht eilig hatte. Nun trat sie zu einem Braunen und klopfte ihm auf den Hals. Das Tier schnaubte, kräuselte die Lippen und suchte in ihrer Rocktasche nach Leckereien.

»Meine Jungs sind alle nicht mehr ganz jung, aber dieser wird dich sicher tragen.«

Als Jolanthe in die Kammer gehen wollte, die sich dem Stall anschloss, hielt Martha sie zurück. »Keinen Sattel. Du wirst heute ohne reiten, das ist eine gute Übung.«

»Meinst du, da bleibe ich oben? Es ist lange

her, dass ich auf einem Pferd saß«, fragte sie etwas besorgt.

Martha antwortete nur: »Das verlernt man nicht.«

Von wegen! Bis sie auf dem Pferderücken anlangte, das dauerte und benötigte Marthas ganze Kraft zum Schieben. Sie setzte sich im Männersitz auf das Tier, weil es sicherer war, als beide Beine auf einer Seite zu behalten, das hatte Martha ihr von Beginn an erklärt. Sie hielt nichts von dem einseitigen Sitz, den man den Frauen oft aus Schicklichkeit aufzwang und mit dem sie kaum Schenkeldruck auf das Tier ausüben konnten, somit auch weniger Gewalt darüber hatten.

Jolanthes Röcke bauschten sich in einem Stoffballen vor ihr, und das war ungewohnt, denn als Mädchen hatte sie Martha in alten Beinlingen von Ludwig reiten lassen. Sie griff nach dem Zügel und schmiegte die Schenkel an den Bauch des Pferdes. Martha schien nichts von ihrer Unsicherheit mitzubekommen, denn sie fragte unvermittelt: »Wenn du nach Augsburg gehst, um dort zu lernen, wie man Geschäfte macht, von welchem Geld willst du was kaufen. Gibt er es dir?«

Jolanthe starrte die Freundin an und wollte erwidern, dass sie gerade andere Probleme habe, nämlich das Gleichgewicht auf dem Gaul zu halten, der nun von Martha geführt eine Runde über den Hof trottete. Aber sie dachte an ihre unpassende Reaktion von vorhin und hielt sich zurück.

»Ich hatte ein paar Münzen zurückgelegt, aber das reicht nicht. Ich werde ein Schmuckstück verkaufen.«

Martha antwortete nicht. Stattdessen ließ sie das Pferd los und gab ihm einen Klaps auf die Kuppe, sodass es antrabte. Jolanthe verkrampfte und brauchte etliche Runden, um sich wieder sicher zu fühlen, doch dann lief es halbwegs, auch wenn sie keine Ahnung hatte, wie sie bis nach Augsburg kommen sollte. Zum Glück war Marthas Pferd gutmütig. Morgen würde sie einen Sattel benutzen.

»Es scheint mir, als bliebest du oben, gut«, erlöste sie Martha endlich. »Ich unterstütze dein Bestreben mit dem eigenständigen Handel, und vielleicht hast du recht und ich bin zu misstrauisch«, fügte sie an. »Aber lass mich den Kerl morgen begutachten und hör dir danach an, was ich zu sagen habe. Versuche nicht immer als Einzelkämpfer durch dein Leben zu gehen, du hast Freunde, die dir gern helfen. Einverstanden?«

Jolanthe nickte. Zu mehr war sie nicht fähig, weil ihr plötzlich die Tränen in die Augen stiegen.

»Zur Not komme ich eben mit. Muss eh mal wieder raus aus der Hütte hier.«

Kapitel 16

Sieglinde hielt das zappelnde Huhn, das ihr die Nachbarin verkauft hatte, unter dem Arm geklemmt und hastete auf den Hof. Dort hatte sie alles für die Schlachtung vorbereitet. Ein Schemel stand neben dem Klotz, auf dem sie sonst Brennholz zerkleinerten.

»Katrein!«, rief sie und nochmal: »Katrein, wo steckst du!«

Die Magd lief aus der Hintertür und auf sie zu. Noch bevor sie eine Entschuldigung wegen der Verzögerung stottern konnte, bedeutete Sieglinde ihr, sich auf den Schemel zu setzen und das Tier zwischen den Beinen festzuklemmen, um es zu halten. In der einen Hand die Axt, die sie bereitgelegt hatte, griff sie mit der anderen den Kopf, fixierte das Tier so, damit sie den Hals gut erreichen konnte, und hielt inne. Sie spürte die Kraft des Huhns, das sich mit aller Macht wehrte. Einen kurzen Augenblick genoss Sieglinde ihre Macht über Leben und Tod. Dann ließ sie das Beil niedersausen und fing das Blut in einer Schale auf. Schließlich gab sie Katrein Anweisung, das Huhn zu rupfen und auszunehmen. Sie selbst wusch sich an einem großen Kübel und drehte dem Geschehen auf dem Hof den Rücken zu.

Im Haus nahm sie sich die blutige Schürze ab und tat sie zur Wäsche, die gekocht werden musste. Der Korb hatte sich bereits gut mit Kleidungsstücken gefüllt, die zu stark verschmutzt waren, um sie im Fluss zu waschen. Sie würden bald einen Kochtag einlegen müssen. Sieglinde seufzte.

Von oben drang der Ruf ihres Vaters herunter. Sie hörte ein Poltern und seufzte erneut, während sie sich am Geländer der Treppe hochzog. Wenn das so weiterging, würde sie krumm werden und ihre Haut verschrumpeln, noch ehe sie richtig gelebt hatte. Der Gedanke, sich eine zweite Magd zu holen, kam ihr in letzter Zeit immer häufiger in den Sinn. Noch war die Zeit nicht reif, noch lebte Jolanthe hier. Wenn sie doch nur auf immer zu dieser Martha verschwinden würde! Wir zwei sind eine zu viel in diesem Haus. Nein, sie schüttelte den Kopf. Martha und Jolanthe, die beiden heckten etwas aus, das spürte sie im kleinen Finger. Und dieser Pascal hatte ebenfalls seine Hände im Spiel. Sie musste vorsichtig sein und hatte doch das Gefühl, mehr und mehr im Trüben zu fischen. Dabei hatte alles so gut begonnen nach ihrem klugen Zug mit der Heirat.

»Was ist, Vater?«, fragte sie, als sie die Tür zu seinem Gemach aufschob. Er saß auf der Bettkante, hilflos, weil ihm die Krücke auf den Boden gefallen war und er sich nicht ohne den Halt des zweiten Beines danach bücken konnte. Er weiß noch nicht, wie er damit umgehen soll. Wenn er sich doch nur nicht so anstellen würde, dachte Sieglinde und bückte sich.

»Gib mir meine Kleider«, sagte Winald. »Ich habe es satt, hier herumzuliegen. Außerdem habe ich Hunger.«

Sieglinde zog seine Beinlinge aus der Truhe, dann ein Hemd und reichte ihm alles.

»Lasst doch, Vater, ich bringe Euch das Essen hoch. Ihr kommt nicht mit den Krücken die Stiege hinunter.«

Als Antwort bekam sie nur ein Schnaufen. Winald war gerade dabei, sich die Beinlinge anzuziehen. Er streifte das Hemd über. Sein Körper sah immer noch ausgezehrt aus, aber sein Wille war zurück, das war unverkennbar.

»Ich fühle mich, als hätte mein Gesicht seit Jahren kein Wasser mehr gesehen.« Er nickte in Richtung der Waschschüssel. Sieglinde erhob sich, goss aus einer Kanne Wasser in das Gefäß und tunkte einen Lappen hinein. Während Winald sich Gesicht und Arme säuberte, hielt sie ihm das Gefäß, sodass er immer wieder nachtunken konnte. Er fuhr sich mit dem Lappen über den Bart, einmal, zweimal.

»Ich will, dass die Magd mir Bart und Haare auf ein erträgliches Maß stutzt und mir beides wäscht.«

»Das wird sie«, antwortete Sieglinde und setzte in Gedanken hinzu: Wenn Ihr die Stiege hinunter bis auf den Hof humpeln könnt, damit ich hier oben nicht all die Haare auf dem Boden habe.

Winald ließ sich die Krücke geben und stützte sich

darauf. Er schwankte im Bemühen, das Gleichgewicht zu finden, doch er blieb stehen.

»Dieses verfluchte Kräuterweib!«

»Jolanthe hat sie geholt«, antwortete Sieglinde, doch zu ihrer Enttäuschung sagte er nichts dazu, humpelte stattdessen zur Tür und versuchte sie zu öffnen. Sieglinde sprang ihm zur Hilfe. Statt wie angekündigt den Weg zur Stiege zu nehmen, hinkte er den Gang entlang und zwängte sich durch die halb geöffnete Tür der Stube. Sieglinde hörte seinen schweren Atem und mutmaßte, dass er selbst eingesehen hatte, dass er die Treppe noch nicht überwinden konnte.

Sie schob ihm einen Lehnstuhl zurecht und sagte wie beiläufig: »Es geht Euch doch besser.«

Winald zog seine buschigen Brauen zusammen und musterte sie. »Ich bin ein Krüppel. Du erkennst das so gut wie ich, und so werden es auch alle anderen wahrnehmen.«

»Jolanthe …«, begann Sieglinde, aber er unterbrach sie.

»Deine Schwester ist manchmal zu gutgläubig. Ich habe es ihr so oft schon gesagt, wenn sie mit ihren wirren Ideen ankommt, wie man dieses oder jenes Geschäft besser tätigen könnte. Vico sollte sie besser im Auge behalten, ich kann es ja nicht mehr.«

Sie hörte die Bitterkeit aus seiner Stimme und wusste, dass der Zeitpunkt günstig war nachzusetzen. »Ich habe Angst, dass er ihr nicht genügend Grenzen setzt, Vater. Es wird Zeit, dass Ihr wieder gesund werdet. Stellt Euch vor, statt hier zu helfen, ist Jolanthe einfach verschwunden.«

»Wohin?«

»Zu Martha von Werdenberg.«

»Verfluchtes Kräuterweib!«

»Und dieser Pascal scheint sich auch um sie zu bemühen.«

Winald starrte auf seine Hand. »Ich sollte ihr endlich einen Ehemann suchen, damit sie versorgt ist.«

»Aber nicht diesen Pascal«, antwortete Sieglinde. Alles, nur das nicht. Der würde sie alle über den Tisch ziehen wie kein anderer. Man musste sich ja nur ansehen, wie er sie, Sieglinde, behandelt hatte.

»Ehe dieser Kerl auch nur noch einen Fuß in mein Haus setzt, stecke ich es lieber selbst in Brand. Der soll sich zum Teufel scheren. Und das Kräuterweib kann er mitnehmen.«

Sieglinde lächelte ihn aufmunternd an. »Ich bringe Euch das Essen, geduldet Euch ein wenig.«

Als sie die Tür hinter sich zuzog, hörte sie, wie Winald vor sich hinfluchte. »Ein Krüppel«, war das Einzige, was sie verstand, doch sie wertete seine Wut als gutes Zeichen.

Sie kam natürlich nicht mit. Das lag nur in zweiter Linie daran, dass Martha der Aufbruch zu kurzfristig geschah. »Ich kann weder Ludwig noch Liese so ohne

Vorbereitung allein lassen«, schob sie als Begründung vor, doch Jolanthe kannte ihre Freundin. Sie wusste, dass Pascal genügend Eindruck bei ihr gemacht hatte. Sie hatte gesehen, wie Marthas Wangen sich röteten, als Pascal sie mit seinem französischen Charme umgarnte. »Das ist ein guter Junge«, hatte sie Jolanthe schließlich zugeflüstert. »Bei dem bist du sicher.«

Neben dem guten Jungen war Jolanthe dann den langen Weg geritten, hatte sich mit wachsendem Interesse die Berichte über seine Reisen angehört und sich dabei tapfer auf dem Pferd gehalten. Ihn vertraulich anzureden fiel ihr erstaunlich leicht, so sehr hatte sie sich bereits an seine Gegenwart gewöhnt. Als endlich die Stadtmauer mit den zahlreichen Türmen und den Dächern und Kirchen dahinter in der Ferne zu sehen war, rieb sich Jolanthe erleichtert den Rücken. Mit jedem Schritt, den die Pferde voran taten, wuchs die Silhouette der Stadt vor ihnen, die Mauern wurden wuchtiger, die Kirchtürme höher. Es war ein ungewohnter Anblick nach den vielen kleinen Dörfern und Gehöften, die sie passiert hatten.

Vor den Toren Augsburgs stiegen sie in einer Herberge ab, in der Pascal die Tiere gut untergebracht wusste. Jolanthe hatte nicht mehr viel essen können, so müde war sie. In ihrer Kammer sank sie auf die Matratze aus Stroh und schlief augenblicklich ein.

Erst am folgenden Morgen erkannte sie, dass sie eine eigene Kammer für sich allein bewohnte. Sie richtete sich auf und blinzelte ins Morgenlicht. Selbst die befürchteten Schmerzen nach dem Ritt hielten sich in Grenzen, so gut hatte sie geschlafen. Welch ein Luxus. Den hätte sie sich allein nicht leisten können, doch Pascal hatte am Abend darauf bestanden, und sie war offenbar zu müde gewesen, um ihm noch etwas entgegenzusetzen.

»Ich habe deiner Freundin versprochen, gut auf dich acht zu geben, und das Versprechen halte ich«, hatte er behauptet.

Ganz gleich, was es kostet? Der Punkt ging an ihn, doch sie wollte nicht Jolanthe heißen, wenn dies nicht das erste und letzte Zugeständnis bleiben würde, das sie ihm gab. Einmal mehr fragte sie sich, was ihn dazu trieb, ihr so zu helfen.

Sobald sie wieder in Ulm ankam, würde sie zu Martha gehen und mit ihr darüber reden. Jetzt, wo die Freundin Pascal kannte, würde ein nüchternes Gespräch ohne Vorurteile möglich sein. Obwohl, vermutlich eher nicht. Martha war nicht mehr unvoreingenommen, darauf mochte sie wetten.

Pascal klopfte an die Tür ihrer Kammer und wartete, bis sie sich angekleidet hatte. Nachdem sie im Schankraum Brot und Käse miteinander geteilt hatten, musste Jolanthe sich mit mehr Energie Freiraum verschaffen, als sie erwartet hatte. Pascal wollte sie nicht allein ziehen lassen. Und sie wollte nicht, dass er sah, wie sie sich Geld beschaffte. Es würde ihr schwer genug fallen, den

Schmuck ihrer Mutter zu veräußern, da musste nicht noch jemand auf sie einreden, sie solle doch das Geld von ihm nehmen, statt Dummheiten zu begehen. Sie wehrte sich, bis Pascal gar nichts mehr sagte.

Schweigend durchquerten sie das Stadttor und schritten zwischen Marktfrauen mit Kiepen auf dem Rücken und Händlern, die ihre Handkarren zogen, in Richtung Marktplatz. Dort blieb Pascal stehen und hob Jolanthes Kinn an, sodass sie ihm in die Augen sehen musste. »Dies hier ist der Perlachplatz. Merke dir das gut, damit du die Leute danach fragen kannst«, schärfte er ihr ein.

»Wir sehen uns am Mittag genau hier.« Jolanthe zog den Kopf zurück und verschränkte die Arme vor der Brust. Sie versuchte, möglichst unnachgiebig zu schauen, weil sie keine Lust auf endlose Diskussionen hatte, bei denen sie beide keine Handbreit nachgeben würden.

»Du findest wieder her?«

»Ich finde vor allem, du solltest mir mehr zutrauen, lieber Cousin.« Obwohl sie seinen Widerstand spürte, fragte er nicht noch einmal nach dem Warum und was sie vorhabe, sondern nickte nur und schenkte ihr ein knappes Lächeln.

»Wage es nicht, dir etwas zustoßen zu lassen. Ich habe die Verantwortung für dich, und nicht nur Martha wird mich steinigen, wenn ich dich nicht heil zurückbringe, Jolanthe Kun.« Damit drehte er sich um und verschwand zwischen den Menschen, die sich um die Marktstände drängten.

Jolanthe blies eine Haarsträhne aus dem Gesicht. Dann lockerte sie ihre Haltung und schaute sich um. Größer schien ihr hier alles zu sein, weitläufiger als in Ulm. Doch sie konnte nicht sagen, ob es daran lag, dass Augsburg tatsächlich größer war, oder daran, dass ihr alles so fremd vorkam. Obwohl es das auch nicht wirklich traf. Wenn sie über den Markt blickte, die Rufe der Marktfrauen und der Händler im Ohr, das geschwätzige Innehalten der Leute in Grüppchen, um Neuigkeiten auszutauschen, dann hatte sie das Gefühl, gleich einem Bekannten über den Weg zu laufen. Wenn sie aber hoch sah auf die angrenzenden Häuser, die prachtvollen Bauten mit den Giebeln und Erkern, den bunt verglasten Fenstern und den steinernen Verzierungen darunter, dann fühlte sie sich fremd. Es war aufregend, keine Frage.

»Perlachplatz«, sagte sie vor sich hin. Das konnte sie sich leicht merken. Sie straffte ihre Schultern, legte ein Lächeln auf die Lippen und sagte sich, dass diese Stadt auch nicht anders war als ihre Heimat und die Leute sicher hier ebenso freundlich wie dort, und schritt zu einer Gruppe Frauen, die in ihrem Habitus leicht als Nonnen auszumachen waren. Hier kam sie allerdings nicht weit mit ihren Erkundigungen, doch es dauerte nicht lang, da hatte ihr eine Magd den Weg zu einem Goldschmied erklärt, der gewiss Augsburgs bester war, wie sie beteuerte. Vermutlich ein Verwandter oder Bekannter von ihr, doch das störte Jolanthe nicht.

Auf ihrem Weg prägte sie sich besondere Gebäude ein, versuchte jeden Richtungswechsel zu behalten und dankte Gott, dass der Handwerker sich nicht weit ihres Ausgangspunktes in einer kleinen Werkstatt niedergelassen hatte. Er saß an seiner Werkbank und sah hoch, als sie den Laden betrat. Eine Talglampe brannte, obwohl es helllichter Tag war. Jolanthe sah filigrane Werkzeuge, Hämmerchen, kleine Zangen auf dem Tisch verstreut. Dazwischen Goldplättchen und eine kleine Schale mit funkelnden Edelsteinen. Im Hintergrund reihten sich Trinkgefäße aus Silber auf einem Regal. Vermutlich bestellte Ware, bereit zum Abholen.

»Seid gegrüßt«, sagte sie munterer, als ihr zumute war. Um nicht in ihrem Entschluss zu wanken, nestelte sie rasch an ihrer Börse und zog einen Armreif heraus. Sie hatte nicht viel von ihrer Mutter behalten. Neben den wenigen Bildern im Kopf zwei, drei Schmuckstücke und etwas Kleidung. Es tat weh, von dem Wenigen etwas herzugeben.

»Guter Mann, was zahlt Ihr mir für dieses wertvolle Stück. Ich bin seiner überdrüssig, müsst Ihr wissen«, sagte sie fester, als sie sich fühlte.

»Ihr wollt dafür ein neues Schmuckstück erwerben? Ich hätte gerade eine wundervolle Kette, die ich Euch überlassen könnte.«

Der Goldschmied erhob sich und kam hinter dem Tisch hervor. Von der Statur her ohnehin nicht besonders groß, hielt er sich leicht nach vorn gebeugt, sodass sie das Gefühl bekam, er schaue von unten zu ihr hoch. Sein linkes Auge wurde halb verdeckt vom Augenlid. Dafür blickte das rechte umso wacher. Jolanthe beschloss, zum Schein zunächst auf sein Angebot einzugehen und ließ sich die Kette zeigen. Zwei Gliederstränge wanden sich umeinander und mündeten in einer Fassung, in der ein winziger roter Stein funkelte. Jolanthe strich mit dem Finger darüber und versuchte, sich nicht anmerken zu lassen, wie beeindruckt sie war.

»Ihr würdet diesen Armreif dafür eintauschen?« Sie konnte es sich nicht vorstellen, zu plump wirkte ihr Schmuckstück gegen die filigrane Kette, die er ihr anbot.

»Sagen wir, fast.« Er ging zum Eingangsbereich und drehte den Reif im einfallenden Tageslicht. Steile Falten bildeten sich auf seiner Stirn, so als müsse er sich konzentrieren. Jolanthe spürte den Drang, ihm das Erbstück ihrer Mutter aus den Fingern zu nehmen, sich zu entschuldigen, es sei ein Irrtum gewesen, sie wolle gar nicht verkaufen. »Mir gefällt Eure Kette. Ich werde sie im Auge behalten. Wie viele Münzen gebt Ihr mir für den Armreif?«

Er nannte eine Summe, mit der sie zufrieden sein konnte. Es überstieg ihre Kräfte, ihn noch höher zu handeln, sie wollte es hinter sich bringen. Als sie wieder draußen auf der Straße stand, blinzelte sie die Tränen weg und versuchte, die Sache von der guten Seite zu sehen. Ihre Geldbörse war durch den Verkauf des Reifs gut gefüllt. Nun konnte sie endlich beginnen mit ihren Geschäften, zumindest an den Münzen sollte es nicht mehr scheitern. Hätte das Mutter nicht auch so gewollt?, fragte sie sich und wusste, wenn sie ehrlich war, keine Antwort.

Jolanthe schritt die Gasse entlang, kam an eine Kreuzung und wusste nicht mehr weiter. Erst jetzt erkannte sie, dass sie vergessen hatte, den Goldschmied nach dem Weg zurück zum Perlachplatz zu fragen. Sie wollte nicht umkehren, wandte sich stattdessen nach links und ging einfach weiter. Nichts erkannte sie wieder. Das Gefühl der Einsamkeit kam unvermittelt, und auch der Griff an ihr gut gefülltes Säckel half nicht.

Kapitel 17

Pascal hatte Mühe, seine Unruhe zu verbergen. Warum musste Jolanthe darauf bestehen, allein loszuziehen? Was verbarg sie vor ihm? Er wollte den Vormittag nutzen, um ihr die Stadt zu zeigen, das kam nun nicht mehr in Frage. Es enttäuschte ihn, aber der Hauptgrund, warum er beschloss, ihr zu folgen, war ein anderer. Er konnte nicht dulden, dass sie Geheimnisse vor ihm hatte. Also verschwand er nur zum Schein zwischen den Marktständen, um sich sogleich in einem Bogen unbemerkt wieder zu nähern. Sie sprach gerade mit einer Gruppe von Nonnen, als er sie entdeckte. Er wartete ab, versteckt hinter der rückwärtigen Abdeckung eines Töpferstands. Jolanthe hatte ihre einfache Reisekleidung vom Tag zuvor ausgetauscht gegen ein wertvolleres Gewand, das ihrem Stand als Tochter eines Ulmer Kaufmanns entsprach. Die letzten beiden Tage hatte sich die Sonne häufig sehen lassen, und die Temperaturen waren gestiegen, was Jolanthe offenbar dazu veranlasst hatte, ihren Umhang in der Herberge zu lassen. Ihr blaues Kleid war aus guter Wolle gefertigt und entweder nicht oft getragen oder gut gepflegt. Die ausgestellten Ärmel schwangen mit den Bewegungen ihrer Hände mit, wenn sie gestikulierte. Nun wandte sie sich einer Magd zu, die sie angesprochen hatte. Pascals Neugier überdeckte den Unmut über ihre Eigenmächtigkeit.

Unvermittelt beendete sie das Gespräch und schlug den Weg vom Platz weg in eine Gasse ein. Er folgte ihr. Bei der Werkstatt eines Goldschmieds hielt sie inne und betrat den Laden. Pascal ging nicht davon aus, dass sie ein Schmuckstück erwerben wollte. Vielmehr dämmerte ihm, sie wolle eines verkaufen, um zu Geld zu kommen, um nicht auf seine Großzügigkeit angewiesen zu sein. Zugegeben, diese Aussicht erleichterte ihn wegen ihrer Harmlosigkeit, und er beschloss, den Umstand zu nutzen.

In einem Durchgang zu einem Hof versteckte er sich und wartete ab. Es dauerte nicht lange, da kam sie aus der Werkstatt, hielt inne, so als zögere sie. In der Hand hielt sie einen Beutel, den sie abwog und dann unter ihren Röcken versteckte. Als sie sich umblickte, zog Pascal sich weiter in den Schatten zurück. Er konnte sie nun nicht mehr sehen, doch die Gefahr, von ihr entdeckt zu werden, war ihm zu groß. Er wollte ihr nicht sein Misstrauen erklären müssen. Langsam zählte er bis 50 und wagte sich wieder nach vorn. Jolanthe war verschwunden. Gut so, dann konnte er nun seinen eigenen kleinen Handel abschließen.

Mit dem Goldschmied wurde er schnell einig, und der überzogene Preis, den der Mann für Jolanthes Armreif wollte, ließ sich ohne Schwierigkeiten drücken, als er ihm erzählte, die junge Frau, die ihm das gute Stück verkauft habe, käme zwar gut gekleidet daher, aber sie sei eine Betrügerin. Sie habe den Schmuck ihrer Herrschaft gestohlen. »Überlasst mir den Reif zu dem Preis, den Ihr gezahlt habt, und ich bewahre Stillschweigen. Ihr bekommt keine Schwierigkeiten.«

Der Goldschmied schien froh, ihn wieder loszuwerden. Als Pascal die Straße betrat, hörte er ihn hinter sich über unmögliche Frauenzimmer fluchen.

Pascal schlug den Weg zum Perlachplatz ein in der Annahme, Jolanthe bereits dort vorzufinden. Er traf sie nicht an. Auch nachdem er den gesamten Platz nach ihr abgesucht hatte, wurde er nicht schlauer. Als sie ihn am Arm berührte, schrak er zusammen und hätte sie vor Erleichterung fast an den Schultern genommen und geschüttelt. Sie hakte sich bei ihm unter.

»Ich habe mich verlaufen«, erklärte sie, und ihm schien, als sei sie froh, seine Nähe zu spüren. »Dabei habe ich mir wirklich alles gut eingeprägt. Einmal falsch abgebogen, und man findet sich nicht mehr zurecht. Das ist ärgerlich.«

»Dies hier ist nicht Ulm«, antwortete er. »In einer fremden Stadt findet man nicht irgendwann wieder an eine Ecke, die man kennt. Man muss die Leute ansprechen.«

»So schlau bin ich auch. Trotzdem stand ich plötzlich an einem Fluss, den ich noch nie gesehen habe.«

»Der Lech.«

»Der Bootsmann, den ich nach dem Weg fragte, hat sich einen Spaß gemacht und wollte mich mitnehmen nach Regensburg. Eine wunderschöne Stadt, wie er schwärmte.«

»Mir scheint, du hast irgendwann jemanden gefunden, der dir zurück geholfen hat«, antwortete er, doch sie reagierte nicht darauf, sah sich stattdessen das Menschengewirr auf dem Platz an. Er hätte gern gewusst, was sie gerade dachte.

»Wir werden jetzt zu Anselm Grünbach gehen. Ich habe ihm gestern Abend eine Nachricht zukommen lassen. Er erwartet uns.« Pascal kannte diesen Kaufmann nicht, wusste nur, dass er sich hauptsächlich im Fernhandel engagierte und da gute Kontakte in den Norden pflegte. »Sein Heim befindet sich nicht weit vom Perlachplatz. Er gehört also zu den wohlhabenderen Kaufleuten, wie es scheint.« Das musste er ihr nicht näher erklären. Auch in Ulm lebten die Reichsten in der Nähe des Marktplatzes.

Jolanthe ließ sich von ihm zu dem Haus führen. Eine adrett gekleidete Magd brachte die Besucher in den ersten Stock, klopfte an die Tür und ließ sie ins Kontor eintreten. Anselm Grünbach war ein schlanker Mann von vielleicht 30 Jahren. Er schritt ihnen entgegen, streckte Pascal die Hand hin, deutete vor Jolanthe eine Verbeugung an. Sein Lächeln wirkte aufgesetzt und geschäftsmäßig. Pascal machte sich nichts vor, spätestens, als er den festen Händedruck seines Gastgebers spürte, wusste er, dass er es mit einem energischen Mann zu tun hatte. Seine Schnabelschuhe liefen in den Spitzen so lang zu, dass sie an den Knien hochgebunden werden mussten. Seine Beinlinge waren von kräftigem Grün und das Hemd, das er trug, unverkennbar aus Seide. So manch einen mochte das beeindrucken.

Pascal beobachtete Jolanthe, wie sie knickste. Er meinte, einen bewundernden Blick wahrzunehmen. Ja, ihr Gegenüber war ein fesch anzusehender Mann.

Wollen wir doch mal sehen, wie er sich beim Handeln schlägt.

Sie ließen sich an einem großen Tisch nieder, auf dem lediglich ein Tintenfass mit Feder und ein paar leere Blätter lagen. Ein dickes, in Leder gebundenes Buch bewahrte Anselm auf einem Stehpult auf. Das Kontorbuch mit den Bilanzen, ohne Zweifel.

»Es ist mir eine Ehre, Euch und Eure Base bei mir zu sehen«, begann der Kaufmann, unterbrach sich jedoch, um abzuwarten, bis die Magd mit Wasser vermischten Wein serviert hatte. Dann zwinkerte er Jolanthe zu, hob das Glas. Erst nachdem er getrunken hatte, sprach er weiter. Pascal tauschte mit ihm die üblichen Floskeln der Höflichkeit aus, bis Anselm zum Punkt kam.

»Ihr habt von meinem Kupfer und Zinn gehört? Ein gutes Geschäft, jedoch seid Ihr nicht der Einzige, der Interesse daran zeigt. Ihr werdet mir einen vernünftigen Preis bieten müssen.« Er lächelte.

Pascal erwiderte: »Natürlich.« Insgeheim dachte er, dass der Kerl offenbar doch nicht so gewitzt war, wie er dem ersten Anschein nach schien. Mögliche weitere Interessenten bei einem Geschäft zu erwähnen, trieb den Preis in die Höhe. Doch Pascal hatte Erkundigungen eingezogen, die Ware lag schon länger auf dem Stapel, als dem guten Anselm Grünbach lieb sein konnte. Offenbar glaubte er, einem Kaufmann aus dem fernen Ulm könne man alles erzählen.

»Meine Base kommt aus Paris, um mich zu besuchen. Ich zeige ihr interessante Städte. Natürlich verbinde ich solche Dinge gern mit lukrativen Geschäften.«

»Natürlich«, antwortete Anselm und lächelte erneut in Richtung Jolanthe. Pascal spürte ihre Anwesenheit fast körperlich. Er bedachte sein Gegenüber mit einem freundlichen Blick. Er wird sich durch nichts verunsichern lassen, ging ihm durch den Kopf.

»Euer Kupfer und auch das Zinn locken mich. Ich habe gute Möglichkeiten, sie nach Italien zu schaffen«, sagte Pascal.

»So lasst uns doch dieses Geschäft gemeinsam betreiben. Ich habe die Ware, Ihr die Kontakte«, meinte Anselm Grünbach und forderte Jolanthe mit einer Geste auf, sich bei dem Gebäck zu bedienen. Ich sollte sie öfter mitnehmen, dachte Pascal. Sie stellt sich als wunderbare Ablenkung heraus. Die Leute werden unvorsichtig. Bewusst schwieg er eine ganze Weile, ohne auf Anselms Vorschlag einzugehen.

»Habt Ihr auch Gewürze?«, ertönte unvermittelt Jolanthes Stimme neben ihm und brachte ihn aus dem Konzept, nicht nur, weil sie seinen französischen Akzent so gekonnt nachahmte.

Anselm zog eine Braue hoch und verbarg sein Erstaunen, indem er sich mit der Hand über den Mund strich. »Ich überlasse Euch sehr gern ein wenig Pfeffer. Nehmt es an als mein Gastgeschenk, auf dass es Eure Küche bereichere.«

»Ich meinte, größere Mengen. Ich würde Euch gern Pfefferkörner und Safranfäden abkaufen.«

»Verzeiht«, mischte Pascal sich ein und ärgerte sich über Jolanthes Vorwitzigkeit. »Meine Base handelt mit Billigung ihres Vaters ebenfalls. In kleinem Rahmen. Bei uns in Paris ist das nicht unüblich.«

Anselm nickte und musterte Jolanthe. Schließlich antwortete er: »Ihr handelt mit Gewürzen?« Die hochgezogene Braue ihres Gegenübers wirkte gönnerhaft.

»Ich möchte mich darin versuchen.«

Pascal beobachtete Jolanthe von der Seite und musste zugeben, dass sie eine sehr geschickte Rolle angenommen hatte. Eine unbedarfte junge Frau konnte man leicht über den Tisch ziehen. Sie weckte aber ebenso Beschützerinstinkte. Wie bei mir, fuhr ihm durch den Kopf, doch er verdrängte den Gedanken.

»Na, wie viel habt Ihr Euch denn so vorgestellt? In der Tat hat mir gerade ein Kaufmann aus dem Süden eine ganz frische Fuhre als Teil seiner Bezahlung überlassen. Wollt Ihr sie sehen?« Mit einem raschen Seitenblick zu Pascal erhob er sich und schritt an ein Regal, aus dem er zwei Kästchen zog. Er kam zurück, öffnete sie und ließ Jolanthe einen Blick hineinwerfen. Pascal sah aus dem Fenster, so als interessiere ihn das alles nicht. In Wirklichkeit aber wartete er gespannt auf den Fortgang. Jolanthe prüfte, dann verzog sie die Mundwinkel zu einem strahlenden Lächeln.

»Ihr seid ein angesehener Kaufmann. Ich vertraue auf Euer Wort.«

»Nun denn.« Anselm schloss die Kästchen und stellte sie vor sich auf den Tisch. »In Anbetracht der Tatsache, dass ich immer interessiert an neuen Geschäftskontakten bin, mache ich Euch ein gutes Angebot. Zehn Schillinge für den gesamten Safran und für die Pfefferkörner vier Schillinge.«

»Gebt mir den halben Kasten zu fünf Schillingen und legt einen guten Schwung Pfefferkörner ohne Aufpreis dazu.«

Anselm musterte sie kurze Zeit, dann sagte er: »Einverstanden.«

Der Preis schien Pascal nicht überteuert, aber er wusste, dass man noch mehr herausholen konnte. Er hatte dem Kaufmann gut zugehört. Der Satz, ein anderer habe ihm den Safran als Bezahlung gegeben, hatte ihn hellhörig gemacht. »Den übrigen Safran solltet ihr der jungen Frau ebenfalls überlassen«, mischte er sich ein. »Wenn Ihr nicht mit Gewürzen handelt, werdet Ihr für eine so geringe Menge schwerlich einen Abnehmer finden, ohne allzu großen Aufwand treiben zu müssen.« Er sah am Gesichtsausduck seines Gegenübers, dass er genau den Punkt getroffen hatte.

Anselm zögerte. Dann sagte er zu Jolanthe gewandt: »Ich gebe Euch den gewünschten Pfeffer und den gesamten Safran für neun Schillinge. Wäre das genehm?«

Pascal nickte und fing einen erstaunten Blick Jolanthes auf. Das sind die Feinheiten des Handelns, dachte er. Die Schwachstellen des Gegenübers suchen und nutzen. Laut sagte er: »In Ordnung. Nun zu uns. Der Weg über die Alpen ist beschwerlich«, begann Pascal, um den Vorschlag Anselms zu übergehen. Ein gemeinsames Vorgehen kam nicht in Frage, entweder er überließ ihm Kupfer und Zinn oder er konnte sich selbst einen Handelszug organisieren. »Gerade letzt erzählte mir ein Freund, er habe seine Ladung samt und sonders an Wegelagerer verloren. Und das trotz hoher Sicherheitsgebühren. Sie werden immer dreister, die Strolche. Hinzu kommt die Jahreszeit. Ihr wisst sicher sehr wohl, dass im Frühjahr die Wege manchmal kaum passierbar sind. Die Wagen brauchen länger, das treibt die Preise in die Höhe.« Er redete noch eine Weile so weiter und hängte schließlich seine Vorstellungen von Ware und dem, was er dafür bezahlen wollte, hintenan. Sie brauchten nicht lange, feilschten noch ein wenig hin und her, wurden sich handelseinig und schlugen schließlich ein. Er werde das Kupfer und die Gewürze abholen lassen, sagte Pascal, und Anselm versicherte ihm zum Abschied, dass er jederzeit wieder willkommen sei.

»Meinte er das ernst?«, fragte Jolanthe, als sie wieder in Richtung Perlachplatz gingen. »Ich kann mir nicht vorstellen, dass er dich wiedersehen will, nachdem du ihn so über den Tisch gezogen hast.«

Sie hatte sich wieder bei ihm untergehakt. Das

und die Freude über das gute Geschäft ließen ihn beschwingt ausschreiten.

»Wer weiß? Wir werden sehen. Ich bin ein Kaufmann. Und du bist auch nicht von schlechten Eltern, meine hilflose, kleine Base.«

Sie knuffte ihn in die Seite, und er wirbelte sie einmal im Kreis herum, um sie dann wieder sittsam neben sich zu ziehen, damit sie sich unterhaken konnte. Verdammt, dachte er, sie ist klug, sie ist schön und die Tochter von Winald Kun. Hätte sie sich keinen anderen Vater suchen können?

Kapitel 18

AUF DEM RÜCKWEG nach Ulm erzählte Jolanthe von sich und ihrem Leben. Sie berichtete vom Vater und davon, wie undankbar er darüber war, dass Martha ihm das Leben gerettet hatte. Sie redete sich in Rage über die Engstirnigkeit Winalds, fühlte sich verstanden in Pascals Entgegnungen, seinen Anmerkungen und Nachfragen. Und sie schimpfte über Sieglinde.

Jolanthe rechnete Pascal hoch an, dass er nicht wieder von Köln anfing und dass sie doch mit ihm kommen könne dorthin. Alles sträubte sich dagegen, wenn sie an diese Möglichkeit dachte. Auf diese Art verging die Zeit so schnell, bis sie schließlich vor Marthas Burg ankamen. Natürlich bestand Martha darauf, Pascal zu bewirten, doch der lehnte in seiner freundlichen Art ab, er müsse einige Dinge bezüglich seiner in Augsburg getätigten Geschäfte regeln. Jolanthe wusste, dass das keine Ausrede war, und doch wollte sie nicht, dass er ging. Das »Bleib doch noch« war ihr herausgerutscht, noch bevor sie darüber nachgedacht hatte, was sie da sagte.

Pascal strich ihr eine Haarsträhne aus dem Gesicht. »Wir sehen uns, kleine Base.«

Sie stellte sich auf die Zehenspitzen und küsste ihn auf die Wange. Er roch nach Reise und nach Pferd und ganz leicht nach einem Duftwasser mit sehr angenehmer Note. Hastig zog sie ihr Pferd mit auf den Hof. Hinter sich hörte sie Martha mit Pascal scherzen, aber sie drehte sich nicht um. Sie wollte ihn nicht vermissen, und doch tat sie das bereits, als sie den Stall betreten hatte und seine Stimme nicht mehr hören konnte.

Später saß sie mit Martha am Feuer des offenen Kamins und ließ sich einen frisch gebackenen Gemüsekuchen schmecken. Sie erzählte der Freundin, wie sie den Reif verkauft hatte, dann beinahe nicht zurückgefunden hätte und wie sie mit Pascal zu dem Kaufmann gekommen war.

»Ich habe Safran und Pfeffer erstanden.«

»Und was willst du damit tun? Euer Essen würzen?«

»Das würde für die nächsten zwei Jahrzehnte reichen.«

»Du könntest mir was abgeben. Liese kocht manchmal etwas fad.«

»Du wirst mir helfen. Ich will den Safran auf dem Markt verkaufen und brauche jemanden, der immer am Stand sein kann, ohne dass er sich verdächtig macht. Sieglinde oder Katrein dürfen mich nicht da sehen und auch niemand, der es ihnen zutragen könnte.«

»Verstehe.«

»Wir nehmen deine Kräuter hinzu.«

»Wir haben bereits eine Kräuterhändlerin auf dem Markt.«

»Es gibt auch einen Gewürzhändler dort. Und genau das werden wir ausnutzen. Vertrau mir.«

»Dir vertrauen?« Martha zwinkerte. »Ich glaub, du bist zu häufig mit windigen Franzosen zusammen.«

»Och, Martha.«

»Keine Angst, natürlich bin ich dabei. Wie geht es deinem Vater?«

Sie saßen bis tief in die Nacht beisammen, und Jolanthe fragte sich, warum sie nicht in den Jahren zuvor viel häufiger die Nähe der Freundin gesucht hatte. Es tat so gut, bei ihr zu sein, mit ihr zu scherzen und ihre Unterstützung zu spüren. Sie fühlte sich, als sei sie aus einem Dämmerschlaf erwacht, endlich bereit zu kämpfen für das, was sie für richtig hielt. Es war ein gutes Gefühl.

Am folgenden Morgen machte sie sich auf den Heimweg. Die Gewürze hatte sie bei Martha zur Verwahrung gelassen, lediglich ihren Beutel mit der guten Kleidung trug sie bei sich. Das Laufen fiel ihr nicht leicht, denn der zweite Ritt in so kurzem Zeitraum machte sich nun doch bemerkbar. Ihre Beine fühlten sich an, als würden sie ihr Gewicht nicht mehr lange tragen können, und sie spürte bei jedem Schritt ein Ziehen im Gesäß. Dennoch blieb ihre Stimmung beschwingt. Sie nickte den Flößern am Ufer zu und den Händlern, die die Donau auf der Brücke überquerten. Den Wachen am Tor wünschte sie einen wundervollen Tag und der Nachbarin gutes Gelingen bei ihrem Kuchen, von dem sie erzählte, nachdem Jolanthe sie gegrüßt hatte. Als sie sich ihrem Heim näherte, wunderten sie die drei Männer, die eine Werkzeugkiste von einem Karren hoben. Zunächst dachte sie, es würden Arbeiten am Nachbarhaus ausgeführt, doch dann erkannte sie, dass es sich bei den Gerätschaften auf dem Wagen um Glasfenster handelte und diese vor ihrem Haus abgeladen wurden. Vico stand in der offenen Tür und beobachtete die Arbeiten.

»Wir haben bereits Butzenscheiben an den Kontorfenstern«, sprach sie ihn von hinten an, so laut, dass er zusammenschrak.

»Aber nicht in den übrigen Stockwerken.«

»Das kostet ein Vermögen!« Jolanthe verschränkte die Arme vor der Brust, um Ruhe bemüht.

»Wie war dein kleiner Ausflug? Geht es dir nun besser?«

»Ich war nicht krank.«

»Nein, krank ist hier jemand anderes«, sein süffisantes Lächeln kam von oben herab. Jolanthe biss einmal kräftig die Zähne zusammen, bevor sie weitersprach.

»Wie geht es Vater?«

»Es würde ihm besser gehen, wenn seine jüngere Tochter sich nicht immer vor den Aufgaben drücken würde, die für sie gedacht sind.« Sieglinde schob sich neben ihren Mann und blickte ebenfalls auf Jolanthe hinunter, weil sie zwei Stufen höher stand. »Schön, dass du wieder da bist.«

»War das deine Idee, das mit den Glasfenstern?«

»Wir müssen mit der Zeit gehen.«

»Man wird heutzutage nicht mehr ernst genommen, wenn man sich nicht ansehnlich präsentiert«, sprang Vico ihr bei. »Wir müssen mit den Besten der Ulmer Kaufleute mithalten, sonst sind wir bald aus dem Geschäft.«

»Draußen sind wir, wenn ihr das Geld weiter so vergeudet. Von welchen Münzen wollt ihr neue Ware bezahlen, wenn ihr sie alle für die Verschönerung des Hauses verschwendet? Werft es ins Feuer, das hat die gleiche Wirkung!«

»Du solltest dir überlegen, ob du hier die Ratgeberin spielen kannst.« Sieglindes Stimme hatte sich eine Tonlage nach oben verschoben.

Es hatte keinen Sinn, die Sache noch weiter zuzuspitzen. Doch Jolanthe konnte sich nicht bremsen in ihrem Zorn. »Wie habt ihr Vater das abgetrotzt? Niemals würde er freiwillig solch einer Verschwendung zustimmen.«

»Natürlich hat er zugestimmt«, antwortete Sieglinde. »Was glaubst du denn, dass wir das heimlich machen, er eines Morgens in der Küche steht und sich wundert, warum es nicht mehr zieht?«

Irgendeine Mauschelei musste es gegeben haben, das sah Jolanthe an Vicos Blick. Nur welche?

»Vielleicht habt ihr ja behauptet, Vico könne diesen Luxus bezahlen.«

»Es ist genügend Geld da, nun regt euch nicht auf«, ging Vico dazwischen. »So teuer ist das Glas heute nicht mehr, und wie soll ich meiner Frau eine solch sinnvolle Sache ausreden, wenn sie doch recht hat mit allem? Nun lasst mich die Männer hier beaufsichtigen, damit wir am Ende alle Freude am Ergebnis haben.«

Jolanthe wandte sich ab, schob sich an ihrer Schwester vorbei und polterte die Treppen hoch. Irgendwann wird sich das alles rächen, glaubt mir, dachte sie voller Zorn und brachte es nicht fertig, ihrem Vater Guten Tag zu sagen. Sie hörte ihn in der Stube mit jemandem sprechen und nahm es als Ausrede, ihn nicht stören zu wollen. Sie musste sich erst beruhigen, bevor sie ihm unter die Augen trat.

Es dauerte nicht lange, bis Jolanthe sich wieder auf den Weg machte. Sie wusste, sie durfte dem gemeinsamen Essen am Mittag nicht fernbleiben. Mit dem Vater aber musste sie unbedingt vorher reden.

Sie traf ihn in der Stube an, wo er auf seinem Lehnstuhl saß, ein paar Papiere in den Händen, und auf ein Gemälde starrte, das ein düsteres Schlachtgetümmel zeigte. Es fühlte sich ungewöhnlich an, den Vater endlich einmal allein sprechen zu können, nach all den Tagen zuvor, bei denen Sieglinde ihn nie aus den Augen gelassen hatte, sobald sich Jolanthe in der Nähe aufhielt. Das ließ sich nun, wo er wieder gesund war, nicht mehr aufrechterhalten.

»Vater?« Sie musste ihn zweimal ansprechen, ehe er reagierte, so sehr hielten ihn seine Gedanken gefangen. »Ich bin zurück. Seid Ihr wohlauf? Hat der Medikus noch einmal nach Euch gesehen?«

»Ja, ja«, er bedeutete ihr, sich zu setzen. »Warum hast du mir nicht gesagt, dass du dich entfernst? Ich möchte nicht, dass du dich ohne meine Erlaubnis aus dem Haus schleichst.«

Diesen Vorwurf hatte sie erwartet. »Ich hatte eine Auseinandersetzung mit Sieglinde. Sie wusste Bescheid.«

»Unabhängig davon, dass ich keinen Streit zwischen euch beiden haben will. Es gibt nichts, worüber ihr unterschiedlicher Meinung sein müsstet, merke dir das. Was hattest du bei dem Kräuterweib verloren?

Lässt du dich immer noch von ihr beeinflussen?« Seine Stimme klang weniger verärgert als müde und resigniert. Jolanthe beschloss, seinen Vorwurf zu überhören. Es brachte nichts, mit ihm darüber zu debattieren, welche Auseinandersetzungen zwischen ihr und ihrer Schwester notwendig waren und welche vielleicht nicht. Sie hatte ihn Wichtigeres zu fragen.

»Ich bin seit meiner Kindheit regelmäßig zu Martha gegangen, Ihr könnt mir das nicht versagen. Sie ist wie eine Mutter zu mir«, fügte sie hintenan, um ihr Argument zu verstärken.

»Das ist es ja. Deine Schwester und ich, wir führen einen Gutteil deiner mangelnden Erziehung darauf zurück. Ich hätte dem eher Einhalt gebieten sollen. Aber auch ich habe deine Mutter vermisst.«

Natürlich hatte er das. Warum sonst hatte er sich nie ein neues Eheweib gesucht? Jolanthe hatte dies vor einiger Zeit erkannt.

»Ihr wisst von den neuen Fenstern?«

»Sind sie bereits angebracht? Ich hatte noch keine Gelegenheit, es mir anzuschauen. Die Treppe ist immer noch sehr mühselig für mich.«

Wie schön, er lässt sich ablenken, dachte Jolanthe und fuhr fort: »Vater, ein solcher Luxus ist für uns doch unbezahlbar.«

»Es kostet nicht so viel heutzutage.«

Das waren Vicos Worte. »Wie könnt Ihr das zulassen? Sieglinde trägt ein neues Kleid. Meines Wissens hatte sie sich erst zur Hochzeit eine neue Garderobe schneidern lassen.«

»Sie ist eine hübsche junge Frau und will ihrem Mann Ehre machen. Du solltest dir auch mal wieder etwas Nettes kaufen.«

»Es wäre billiger, wenn sie die Kleider nicht extra vom Schneider anpassen ließe.«

»Was besorgt dich. Tochter? Wir haben genug Geld. Immerhin hat Vico seinen Einsatz mitgebracht. Er kann mit seinen Gulden tun, was ihm beliebt.«

Und wenn es Winalds eigenes Geld gewesen wäre, dann hätte er strenger darüber gewacht? Jolanthe glaubte nicht daran, dass Vicos Schatulle derart reich bestückt war.

»Nachdem sein Vater sich reichlich bedient hatte. Wie viel kann da noch übrig sein? Er ist ein lausiger Kaufmann, Vater, habt Ihr das immer noch nicht bemerkt?«

Winald winkte ab. »Er wird sich machen, es ist eine Frage der Zeit.«

Wo war sein Kampfgeist geblieben, wo sein Widerspruch und wo seine Stärke? Jolanthe kannte ihren Vater nur als Fels in der Brandung, ein sturer Bock fürwahr doch auch einer, der Halt bot und Sicherheit. Es tat ihr weh, ihn so lustlos zu sehen.

»Habt Ihr in den letzten Tagen die Kontorbücher geprüft?«

»Das ist deine Aufgabe, die ich dir anvertraut habe

in der Annahme, dass du sie nicht tagelang vernachlässigst.«

Verdammt, dachte Jolanthe und biss sich auf die Unterlippe. Nun sind wir wieder am Ausgangspunkt angelangt. Laut sagte sie: »Martha brauchte meine Hilfe. Ich konnte sie ihr nicht ausschlagen. Ich werde nun gehen und die Bücher prüfen.«

Winald nickte nur und starrte erneut auf das Gemälde. Vielleicht fühlte er sich wie ein verwundeter Soldat, verstümmelt und zu nichts mehr nutze, aber gütiger Gott, er lebte, er war wohlauf, wofür brauchte ein Kaufmann zwei Beine!

»Ihr dürft Euch nicht so hängen lassen, Vater«, sagte sie, kurz bevor sie aus dem Raum floh. Sie wollte seine Antwort nicht abwarten, wollte weder Zorn noch Schulterzucken, sie wollte nur, dass er nachdachte über ihre Worte.

Kapitel 19

Mit Hilfe von Marthas Köchin Liese und dem Faktotum Ludwig hatten sie sich einen Marktstand gezimmert, der über ihren Köpfen sowie hinter ihnen durch eine Tuchbahn Schutz bot. Jolanthe würde sich jederzeit hinter dem Tuch verstecken können, sollte es notwendig werden und jemand an ihren Stand treten, der sie dort nicht sehen durfte.

Nun zogen sie und Martha noch vor dem Morgengrauen los mit einem Handkarren, auf dem sie alles verstaut hatten, was sie für ihren Marktbesuch brauchten. Am Stadttor wurden sie ohne Umstand eingelassen, nachdem Martha ihre Kräuter vorgezeigt hatte. Die Kästchen mit Safran und Pfeffer verbarg sie in einer eingenähten Tasche unter ihren Röcken.

»Wir wollen doch keine unnötige Aufmerksamkeit wecken«, hatte sie beschlossen und überzeugte Jolanthe, dass sie sicher niemand durchsuchen würde.

»Na, neue Einnahmequelle aufgetan, Martha?«, witzelte einer der Torwächter.

»Warte, bis es dir in deinen Gelenken zieht«, antwortete sie. »Dann werde ich dir deinen Spott unter die Nase reiben statt der guten Ringelblumensalbe auf Beine und Füße.« Sie winkte neckisch wie ein junges Mädchen und zog mit Jolanthe den Wagen voran. Jolanthe beobachtete die Freundin von der Seite. Ihre geröteten Wangen und das Lächeln, das auf ihren Lippen lag, zeugten davon, dass ihr die Sache Spaß bereitete. Wie gut, dachte Jolanthe. Martha ist mir eine treue Verbündete, jetzt muss mein Vorhaben nur noch gelingen. Ob es das tat, lag nun in Gottes Hand. Pascal wollte sie erst nach diesem Tag über den Fortgang ihres kleinen Geschäftes benachrichtigen. Sie hoffte, dass sie nicht allzu viel würde beschönigen müssen.

Auf dem Marktplatz angekommen, leuchtete der Himmel bereits in hellroten Farben. Sie zogen das obenauf liegende Gestänge des Marktstandes hinunter und banden die einzelnen Stäbe wie vorgesehen zusammen. Jolanthe arbeitete konzentriert, sodass sie das Treiben um sich nur nebenbei wahrnahm. Ein Töpfer drapierte seine Gefäße auf einem soliden Tisch ihnen gegenüber, vereinzelt hasteten Mägde mit ihren Körben vorbei, früh losgeschickt, um das frischeste feilgebotene Gemüse zu besorgen, das fetteste Huhn für den Sonntagsbraten oder die gelungensten Pasteten. Jolanthe hatte darauf geachtet, dass sie sich an einem Ort niederließen, der in der Nähe des Platzes war, an dem der Gewürzhändler meistens stand – wenn er da war. Nicht in direkter Sichtnähe, aber dennoch nur ein paar Schritte entfernt, sodass die Kunden ihre und seine Preise noch im Kopf hatten, wenn sie von einem zum anderen gingen. Sie brauchten eine Vergleichsmöglichkeit, damit sie bemerkten, um wieviel billiger Jolanthe ihren Pfeffer anbot. Sie wollte die Leute anlocken, die Marktbesucher sollten sich freuen über den günstigen Pfeffer, das Gefühl bekommen, bei ihr sei alles sehr billig zu erstehen, was nicht der Fall war, denn beim teuren Safran plante sie einen guten Gewinn ein.

Sie bockten den Karren auf einer Seite hoch, sodass er sich als Verkaufstisch nutzen ließ. Dann breiteten sie Marthas Kräuter und ein paar harmlose Salben aus – ganz rechts im Eck das Kästchen mit Safran. Die Pfefferkörner hatte Jolanthe hingegen gut sichtbar in einer Schale geordnet auf die Tischmitte gestellt.

Schließlich schickte sie Martha los, Erkundigungen einzuholen. Wie verabredet sollte sie die heutigen Pfefferpreise des Gewürzhändlers erfragen. Es kam Jolanthe vor, als ließe sich die Freundin ewig Zeit. Als sie wieder auftauchte, hatte sie gute Nachrichten.

»Er ist da und schreit seine Preise in die Luft. Ich musste nicht fragen.«

»Wie viel verlangt er für den Pfeffer?«

Martha nannte den Preis. Jolanthe rechnete kurz, dann bestimmte sie: »Gut, dann nehmen wir die Hälfte.«

»Ich hoffe, du weißt, was du tust.«

»Dessen kannst du sicher sein«, antwortete Jolanthe und hinderte die Freundin daran, weiter zu sprechen, indem sie ihr die Fingerspitzen auf den Mund legte. Martha brummte und gab sich geschlagen.

Gut so, denn Jolanthe hatte die Sache gut durchdacht. Sie verkaufte hier und da Pfeffer an eine Magd, hob ihren günstigen Pfefferpreis hervor und in der Tat sagte so manche, der Gewürzhändler sei aber erheblich teurer. So ließen sich einige dazu überreden, sich auch den teureren Safran anzusehen und die, die ohnehin dafür geschickt wurden, kauften ihr die Fäden ab, und das, obwohl sie den Safranpreis, um den niedrigen Pfefferpreis auszugleichen, zu hoch angesetzt hatte. Ihre Kunden achteten nicht darauf.

Dennoch schien ihre Rechnung nicht aufzugehen, denn bei Weitem kaufte nicht jeder neben dem Pfeffer auch Safran. Die dunklen Körner gingen langsam zu Neige, wohingegen das Kästchen mit Safran noch viel zu voll war. Sie wollte sich schon eine gute Erklärung für Pascal zurechtlegen, als unvermittelt ein teuer gekleideter Mann vor ihrem Stand anhielt, ein Ratsherr, seinem Aussehen nach. Jolanthe plauderte mit ihm, bis der Mann sagte: »Ich hörte, Ihr habt ausgesucht guten Pfeffer?«

Sie beschloss, die Gelegenheit beim Schopfe zu packen und antwortete: »Wir haben reine Safranfäden, zusammen mit dem Pfeffer ein günstiges Angebot.« Sie nahm das Kästchen und führte ihre Schätze vor. Der Mann schien beeindruckt, doch Jolanthe ließ sich nicht täuschen. Sie war sicher, dass er von ihrem billigen Pfeffer gehört hatte.

»Mich wundert's, wie Ihr mit Euren Kräutern soviel Geld verdient, um Safran und Pfeffer anzubieten.«

»Ach, so sehr viel mussten wir gar nicht dafür zahlen, wisst Ihr. Ein reisender Händler gab's uns mit.« Die Lüge ging ihr leicht von den Lippen, und sie bat Gott um Vergebung dafür.

»Lasst noch mal sehen. Ist er wirklich echt?«

»Gibt es auch falschen?« Jolanthe sah ihren Kunden ungläubig an und dachte: Ein klein wenig noch, dann hab ich ihn. Der Mann prüfte erneut und noch bevor er ihr ein Angebot unterbreiten konnte, raunte sie ihm zu:

»Ich gebe Euch das ganze Kästchen für 30 Schilling und die restlichen Pfefferkörner obenauf.«

Falten bildeten sich auf seiner Stirn, als er die Brauen hochzog. Jolanthe fürchtete abermals, zu weit gegangen zu sein. Sie biss sich auf die Unterlippe und zwang sich zur Ruhe. Der Mann wiegte den Kopf hin und her, so als überlege er. Endlich schlug er ein. Er zahlte ihr die Münzen auf die Hand, die sie rasch in ihrem Säckel verschwinden ließ. Als er mit dem restlichen Pfeffer und dem Safrankästchen abgezogen war, schaute sie Martha an. Die verdrehte die Augen.

»Kaufmannspack! Mit allen Wassern gewaschen. Es hätte schiefgehen können.«

»Aber das ist es nicht.« Jolanthe blieb wenig Zeit, sich zu freuen, denn ihr Blick fiel auf die Gestalt von Katrein. Hastig drehte sie sich um, ging in die Hocke, um vom Tisch zum Teil verdeckt zu werden, und tat so, als sortiere sie etwas in einem Korb. Sie hörte Martha mit einer Kundin, die sie kannte, scherzen und bewegte sich leicht, um aus den Augenwinkeln zu sehen, wie Sieglinde sich am Töpferstand gegenüber umschaute. Auch das noch, dachte Jolanthe. Ihre Schwester hatte einen Teller der teuren, glasierten Ware in den Händen und betrachtete ihn. Sie wird doch nicht! Die Freude über ihren gelungenen kleinen Handel schwand gänzlich. Ich verkaufe meinen Schmuck, um die Kasse des

Kontors zu füllen, und meine Schwester gibt die Münzen mit vollen Händen wieder aus, ohne Gedanken.

»Sie sind jetzt weitergegangen«, hörte sie schließlich Marthas Stimme. Jolanthe erhob sich, sah die Freundin an und sagte: »Keinen Pfennig von meinem verdienten Geld werde ich in die Kontorkasse tun!«

»Ich hoffe, du hast nicht mal im Traum an so was gedacht«, antwortete Martha. »Wenn du Geschäfte machen willst, brauchst du Geld, um Ware zu kaufen. Willst du, dass deine Schwester es vorher ausgibt?«

»Das mit dem Pfeffer und dem Safran war nur der Anfang.«

»Weißt du, dass ich ein klein wenig stolz auf dich bin?« Martha zwinkerte, doch Jolanthe wiegelte ab.

»Warte, bis ich mich wirklich bewähren konnte. Dies hier war noch nicht genug.«

»Wenn du nur nicht immer dieses schlechte Gewissen gegenüber deinem Vater entwickeln würdest. Du fühlst dich schuldig, wo du es nicht bist. Ich jedenfalls helfe nur dir und nicht dem Pack, das sich deine Familie nennt, merk dir das.«

Ich kann nicht leugnen, dass es mir lieber gewesen wäre, sie wäre fort geblieben, dachte Sieglinde wohl nun schon zum hundertsten Mal. Aber die Schwester würde ihr diesen Gefallen nicht tun. Wenn sie irgendetwas erkannt hatte in den letzten Tagen, dann dies. Und wenn sie ehrlich war, an Jolanthes Stelle hätte sie auch nicht locker gelassen. Was erwartete sie für ein Leben, wenn sie so mir nichts, dir nichts verschwand? Jetzt werde ich auch noch Mitleid mit ihr bekommen, schimpfte sie mit sich selbst. So weit kommt es noch. Sie ist alt genug, sie weiß selbst, dass es einfacher wäre, sie würde sich fügen.

Sieglinde befand sich mit Katrein auf dem Weg zum Markt. Sie folgte der Magd, die ihr von den neuen Gefäßen erzählt hatte, die der Töpfer auf seinem Stand stehen hatte. Sieglinde hatte bereits vor einiger Zeit beschlossen, dass die stumpfen, braunen Teller und Becher, erst recht die Holzschalen, zu wenig her machten für Gäste, die sie bewirteten. Was sollte ein hochangesehener Kaufmann denken, wenn sie mit abgeschlagenem Geschirr ankam? Dass er sich im Haus vertan hatte, ganz sicher. Die Fenster an der gesamten Straßenfront waren ein Anfang gewesen, aber das reichte nicht. Und so wenig sie sich an Vicos Gegenwart in ihrem Leben gewöhnen wollte, wenigstens in diesem Punkt waren sie sich einig. Man musste etwas darstellen nach außen, sonst wurde man nicht wahrgenommen.

Vico hatte ihr großzügig Münzen aus der Schatulle des Kontors gegeben, als sie ihn darum bat. Sie wusste nicht, ob das Geld aus seinem Erbe kam oder ob er es aus Vaters Rücklagen nahm, doch das war ihr im Grunde auch gleich. Solange er versicherte, es wäre genug da, glaubte sie ihm, warum auch nicht.

Sie wechselte ein paar Worte mit dem Töpfer, der ihr erklärte, wie er den Glanz auf die glasierte Ware bekam. Es interessierte sie nicht, deshalb ließ sie ihn reden, während sie mit den Fingerspitzen über die glatte Oberfläche eines Tellers strich. Wunderschön. In ihrem Geist sah sie eine festlich gedeckte Tafel mit diesem Geschirr und grünen Gläsern für den Wein. Für wie viele Teller würde das Geld von Vico reichen?

»Herrin, schaut, dort drüben ist die Kräuterfrau«, flüsterte ihr Katrein ins Ohr. Sieglinde drehte sich um, sah Martha hinter einem Stand mit Kräutern und Salbentiegeln.

»Sie wird nicht mehr genügend Kunden haben, dass sie ein neues Geschäft beginnen muss.« Es interessierte sie nicht, deshalb wandte sie sich erneut dem Töpferstand zu und überblickte das Angebot. Sie suchte sich die schönsten Stücke heraus und gab dem Händler alle Münzen, die sie bei sich führte, auf dass er ihr zeige, wie viel sie dafür mitnehmen könne. Sie ließ ihn die Sachen verpacken.

»Meine Magd wird mit einem Träger zurückkommen und alles abholen.«

Als Antwort verbeugte sich der Töpfer leicht, und Sieglinde machte sich auf den Weg zum Handelshaus, damit Cornelius den Transport organisieren konnte. Es war ihr zu wichtig, sie wollte damit Katrein nicht allein lassen.

Auf dem Weg schwieg Katrein, und so wanderten Sieglindes Gedanken zurück zu Jolanthe. Wenn ich nur wüsste, was sie vorhat. In der Tat aber ließ sich die Schwester nicht durchschauen und schon gar nicht überwachen, zumindest nicht von ihr.

Das Wort blieb in ihren Gedanken hängen. Überwachen, das wäre die Möglichkeit. Nur weil sie selbst das nicht konnte, hieß das nicht, dass es nicht jemanden gab, der ihr unauffällig folgen konnte, sie ausspionieren, in Erfahrung bringen, was sie tat, mit wem sie sich traf. Nur wer? Würden Münzen ausreichen, oder war es nicht sicherer, jemanden zu suchen, auf den sie persönlich Einfluss nehmen konnte? Vico? Nein, viel zu auffällig, außerdem würde er nur den Kopf schütteln über ihr Ansinnen. Er sah in Jolanthe keine Gefahr. Cornelius … Ja. Der kannte zuverlässige Boten. Es war besser, ihn dafür einzuspannen, dann trug er die Verantwortung, wenn etwas schiefging.

Im Kaufhaus der Tuchkaufleute herrschte das übliche Durcheinander, das sie so hasste. Dies war ein Ort für Männer und deren Gehabe. Sie hielt sich bewusst gerade und lächelte nur knapp, wenn sie jemand grüßte. Der Blicke war sie sich bewusst, und wäre der Ort nicht so laut und hektisch gewesen, sie hätte sie genießen können. So aber war sie froh, als sie Cornelius beim Verschlag ihres Kontors antraf. Er verhandelte gerade mit einem Mann, der einen Umhang aus grobem Stoff trug, und sie bedeutete ihm, dass er sein

Geschäft beenden solle, bevor er sich ihr widmete. Das Warten ärgerte sie, doch sie wollte keinen Zeugen für ihre kleine Unterhaltung.

»Entschuldigt, das war ein Biberacher Weber, der die Ware früher liefern kann als vereinbart. Ich werde einen Transport hinschicken müssen.«

»Auf dem Markt ist ein Töpfer, ich habe bei ihm gekauft, treibt einen Burschen auf, den Ihr mit Katrein hinschicken könnt.«

Er nickte eilfertig, entfernte sich und brauchte nicht lange, um mit einem Träger zurückzukommen. Da Sieglinde keine Münzen mehr bei sich trug, befahl sie Katrein, den Träger bei Ankunft von Vico bezahlen zu lassen. Sie atmete auf, als die beiden verschwanden.

»Ihr habt sicher einen Augenblick Zeit für mich.« Sie wusste, dass Cornelius nicht widersprechen würde, und so fuhr sie fort, ohne seine Antwort abzuwarten: »Es gibt etwas Wichtiges, das ich mit Euch besprechen muss.«

»Ist es Euch hier genehm, oder sollen wir anderswo …?«

Sieglinde machte eine abwehrende Handbewegung, die Cornelius verstummen ließ. Hier in dem Lärm und unter den vielen Leuten konnten sie unauffällig reden, und das war wichtig.

»Ihr wisst, dass meine Schwester Jolanthe, als mein Vater den Unfall hatte, sehr wertvolle Arbeit im Kontor geleistet hat.«

»Oh ja, das hat sie«, Cornelius nickte, um seine Worte zu bestätigen. Sieglinde kam das übertrieben vor, doch sie schluckte ihren Unmut herunter. »Der Weber von eben zum Beispiel, den hat sie …«

»Ich weiß. Sie ist über sich hinausgewachsen.« Die Unterbrechung zeitigte Wirkung, denn Cornelius schwieg erneut. Das Letzte, was Sieglinde hören wollte, war eine Lobeshymne auf ihre Schwester. Kurz kam ihr der Gedanke, dass Cornelius vielleicht doch nicht der richtige Mann für die Aufgabe war, die sie ihm zugedacht hatte. Sie beschloss, vorsichtig zu sein.

»Nun aber ist mein Ehemann da, und er greift meinem Vater, wo er kann, unter die Arme. Ich denke, wir alle können sehr zufrieden mit dieser Situation sein.« Sie registrierte, dass Cornelius lediglich nickte. Kein Lob, keine überschwängliche Zustimmung. »Meine Schwester aber ist das nicht. Sie kann sich nicht abfinden damit, dass ihre Rolle nun eine andere sein muss, Ihr versteht?«

Cornelius strich sich mit der Hand über die Stirn. Endlich sagte er: »Mir ist es auch aufgefallen, mit Verlaub. Auch ich dachte mir, ihr Handeln ist nicht eben schicklich.«

Wie gut, dachte Sieglinde und spürte sicheren Boden. »Ich habe den Verdacht, dass dieser französische Kaufmann keinen unerheblichen Anteil daran hat, dass sie sich so unmöglich aufführt.«

»Dieser Pallet, den Euer Vater nicht ausstehen kann?«

»Wisst Ihr, warum?«

Cornelius schüttelte den Kopf. »Und Ihr meint, er hat ungebührlichen Einfluss auf Eure Schwester?«

»Ich bin mir da sehr sicher. Wir müssen etwas dagegen tun. Wir müssen sie schützen. Nicht nur sie, auch wir sind in Gefahr. Niemand weiß, was dieser fremde Kaufmann will.«

»Vielleicht hat er ein Auge auf das Mädchen geworfen.«

Sieglinde zog eine Braue hoch. »Und wenn, müssten wir Jolanthe umso mehr beiseite stehen.«

»Wie kann ich Euch dabei behilflich sein?«

Sieglinde fiel es nicht schwer, ihren Plan schmackhaft zu machen. Cornelius war bereit zu helfen. Sie schärfte ihm ein, Stillschweigen gegenüber allen anderen zu bewahren und nur ihr zu berichten, was er herausfinden konnte.

»Eurem Vater habe ich sehr viel zu verdanken«, sagte er schließlich. »Wenn ich in diesem Fall etwas tun kann, so erfüllt mich das mit Freude und Stolz.«

»Fein«, antwortete Sieglinde und schenkte ihm ein strahlendes Lächeln.

Kapitel 20

Sie hatten sich am Fluss verabredet, am Morgen, als sie sich zufällig über den Weg gelaufen waren. Deshalb eilte Jolanthe nun durch die Gassen in Richtung Donauufer. Trotz der Vorfreude darauf, Pascal vor ihrem erfolgreichen Handel zu berichten, war ihre Stimmung nicht so fröhlich, wie sie hätte sein können. Sie hatte das Gefühl, beobachtet zu werden, sie konnte sich nicht erklären warum. Das Kribbeln zwischen ihren Schulterblättern, das in Abständen immer wiederkehrte, konnte nicht die Ursache sein.

Als ein kalter Hauch ihren Nacken streifte, drehte sie sich zum wiederholten Male um. Bislang hatte sie nie etwas Verdächtiges gesehen, und jetzt war die Umgebung bis auf einen alten Bettler leer. In Lumpen gehüllt, mit zottigen Haaren, humpelte er die Straße entlang in ihre Richtung. Seine Füße waren in schmutzige Tücher gepackt und sein Blick auf Jolanthe gerichtet. Er schien ihr so durchdringend, als wolle er sich direkt in ihre Gedanken graben. Sie atmete tief durch und hastete weiter, fiel in Laufschritt und rannte ein paar Gassen entlang. Außer Atem hielt sie schließlich inne und stellte fest, dass sie allein war. Niemand hinter ihr, niemand vor ihr. Sie wischte sich mit der flachen Hand den Schweiß von der Stirn.

Fröhlich sein!, befahl sie sich. Was wird Pascal denken, wenn ich ihm so entgegentrete, abgehetzt, mit wildem Blick um mich schauend. Sie musste lächeln. Na also, geht doch, dachte sie und machte sich wieder auf den Weg.

Sie durchquerte das Tor am Metzgerturm und fand sich auf einer Wiese wieder, die an die Donau grenzte. Sie ging ein paar Schritte bis zu einem Baum, der sich über das Wasser wölbte und dessen Stamm eine Sitzfläche bot. Das war der Platz, an dem sie sich schon einmal getroffen hatten, und in der Tat saß Pascal dort und ließ die Beine baumeln. Er sah aus wie ein zu groß geratener Junge.

»Hallo, kleine Base«, begrüßte er sie und klopfte neben sich, damit sie sich zu ihm gesellte. Sie rutschte den Stamm entlang und setzte sich neben ihn. Sie saßen so eng, dass Jolanthe die Wärme seines Körpers spürte. Sie schaute auf das träge dahinziehende Wasser, auf dem in Ufernähe zwei Enten schaukelten.

»Wie ist es dir ergangen mit deinem Safran?«

Täuschte sie sich oder schwang ein spöttischer Unterton in seiner Stimme?

»Ich habe fast 30 Schilling Gewinn gemacht, zieht man ab, was ich für die Ware gezahlt habe.«

»Alle Achtung«, antwortete Pascal. Mehr sagte er nicht, was Jolanthe leise ärgerte. Ein bisschen mehr Begeisterung hätte sie schon erwartet.

»Willst du nicht wissen, wie ich das geschafft habe?«, fragte sie.

»Ich schätze, du hast ihn verkauft.«

Jolanthe presste ihre Beine zusammen, um so die gemeinsame Kontaktfläche mit Pascal zu verringern. Es zog in ihren Oberschenkeln, doch sie ließ nicht locker.

»Ich habe mit Martha zusammen einen Stand mit Kräutern auf dem Markt aufgebaut. Dazu den Pfeffer zu einem sehr günstigen Preis verkauft. So habe ich die Kunden angelockt und das, was ich beim Pfeffer verloren habe, auf den Safran draufgeschlagen. Keiner hat es gemerkt.«

»Schlau.«

Sie schaute ihn von der Seite an.

»Ehrlich«, setzte er hinzu, als er ihren Blick bemerkte. »Du hast dich wacker geschlagen und einen guten Gewinn gemacht. Aber ich habe auch nichts anderes erwartet.«

»Du hast nicht geglaubt, dass ich scheitern könnte?«

»Ich bin ehrlich mit dir. Für dich sind das große Summen, mit denen du nun gearbeitet hast. Und dein Erfolg sei dir auch unbenommen. Aber wenn du wirklich etwas bewirken willst, dann muss dein Einsatz höher sein. Du musst richtig einsteigen und dazu gehört, dass du nicht selbst auf dem Markt stehst, um deine Ware zu verkaufen.«

»Ich habe den Schmuck meiner Mutter verkauft! Mehr habe ich nicht, wo glaubst du, soll ich sonst beginnen, wenn nicht ganz unten?«

»Nimm Geld von mir und zahle es mir zurück, sobald dein Handel erfolgreich war. Dieses Angebot gilt immer noch.«

»Was ist, wenn ich nicht erfolgreich bin und das Geld verliere?«

»Du darfst nicht zu zögerlich sein und nicht immer zweifeln.«

»Das ist keine Antwort.«

»Es ist eine Antwort. Denk mal drüber nach.«

Jolanthe musste locker lassen, ihr linkes Bein schmiegte sich wieder an das von Pascal. Durch den Stoff ihres Rockes hindurch glaubte sie, seine Wärme zu spüren.

»Ich habe im Kontor keine Verfügungsgewalt. Mein Vater und Vico entscheiden, was eingekauft wird. Entweder es geht mit dem Wenigen, was ich besitze, oder gar nicht.«

»Ich glaube an dich. Das mit den Gewürzen ist ein guter Ansatz. Hier, das ist für dich, und dann bitte ich dich, mir zu folgen, ich will dir was zeigen.«

Pascal drückte ihr einen in ein Seidentuch eingeschlagenen Gegenstand in die Hand. Sie erspürte die harten Konturen mit den Fingern und wusste plötzlich, was sie da hielt, noch bevor sie den Stoff zur Seite schlagen konnte. Sie spürte Tränen in den Augenwinkeln und zwinkerte sie weg.

»Woher wusstest du?«

»Ich bin ein aufmerkamer Beobachter.«

In der Tat, das war er. Jolanthe schob den Armreif, der einst ihrer Mutter gehört hatte, über ihr Handgelenk und beschloss, ihn nie wieder abzunehmen. Ein Talisman, der zu ihr zurück gefunden hatte. Sie wischte mit dem Handrücken über die Augen und hoffte, dass Pascal diese Geste nicht mitbekommen hatte. Sie schämte sich für ihren Ärger von vorhin. Aus seiner Sicht argumentierte er ja richtig. Nur war es sie, der es schwerfiel, sich darauf einzulassen.

»Was wolltest du mir zeigen?«, fragte sie um einzulenken, doch er lächelte nur und meinte:

»Abwarten. Lass uns noch ein wenig die Ruhe hier genießen.«

Pascal führte sie zum Münster, prüfte einen Seiteneingang, fand die Tür unverschlossen und winkte Jolanthe durch.

Dürfen wir das?, ging es ihr durch den Kopf, doch sie wagte nicht nachzufragen. Zu still war es um sie herum in dem Vorraum, in dem sie sich nun befanden. Sie befürchtete, die hohe Decke würde ihre Stimme verstärken. Pascal schloss die Tür. Damit verschwand der letzte Rest Außenwelt. Jolanthe fröstelte, bekreuzigte sich und sprach stumm ein kurzes Gebet.

Pascal schob sie auf eine Treppe zu, die sich in Drehungen nach oben wand. Er nickte aufmunternd. Sie nahm die ersten Stufen und sah sie weiterlaufen bis zur nächsten Biegung. Sie ging noch ein Stück, doch der Anblick änderte sich nicht. Steinstufen, die sich im Kreis wanden und hinter der Mauer verschwanden.

»Du musst schon etwas zügiger laufen, sonst kommen wir nie oben an«, flüsterte Pascal hinter ihr und berührte sie sanft am Rücken. Jolanthe nahm die Stufen schneller, immer im Kreis und immer weiter nach oben. Durch die länglichen Fensteröffnungen, die bis zu ihren Knien reichten, sah sie, wie sie sich immer weiter vom Boden und dem Treiben auf dem Markt entfernten. Ein leichter Schwindel setzte sich in ihrem Kopf fest, sie vermochte nicht zu sagen, ob er von der sich windenden Treppe kam oder vom Blick nach unten. Sie zwang sich, die Fenster zu ignorieren und schaute nur auf die ausgetretenen Stufen vor sich. Eine nach der anderen nahm sie. So langsam kam sie außer Atem, und auch wenn sie längst wusste, wohin ihr Weg führte, so konnte sie dennoch nicht abschätzen, wie lange er noch dauern würde.

»Alles in Ordnung?«, hörte sie Pascals Stimme hinter sich.

»Das ist doch nicht erlaubt, was wir hier tun«, antwortete sie.

»Keine Sorge.«

Keine Sorge, na der Kerl war sonnig. Und warum scheuchte er sie überhaupt hoch auf einen Turm? Was bezweckte er damit? Jolanthe machte den Fehler, doch wieder durch eines der Fenster zu schauen. Ihr schwindelte, sie musste sich an der kalten Wand abstützen.

»Das ist ungewohnt, ich weiß«, beruhigte Pascal sie. »Wir sind gleich oben, geh einfach, sieh nicht hinunter.«

Er redete weiter, erzählte ihr irgendeine Anekdote, von der er gehört hatte. Sie konnte ihm nicht folgen, dennoch lenkten seine Worte ab, und sie wurde wieder ruhiger.

Die Treppen endeten unvermittelt. Sie betraten eine Plattform. Weiter vorn sah Jolanthe Baugerüste und einen Kran, der Steine über eine Winde hochzog auf die nächsthöhere Ebene. An Baugerüsten kletterten Arbeiter, riefen sich etwas zu.

»Keine Sorge, die arbeiten dort hinten, die sehen uns nicht«, beruhigte sie Pascal.

»Hast du den Baumeister bestochen? Oder warum traust du dich hier hoch?«

Jolanthe legte die Hände auf die Steinbrüstung und hielt den Atem an. Wind pfiff um ihre Nase, doch was sie am meisten beeindruckte, war der weite Blick auf grüne Hügel, Spielhausdächer von Dörfern. Pascal legte den Arm um sie und hielt sie.

»Es ist beeindruckend, gib es zu«, sagte er leise in ihr Ohr. Sein Atem kitzelte sie.

»Sag doch endlich, wen hast du bestechen müssen, damit wir hier hoch dürfen?«

Er lachte. »Dort hinten, siehst du die hohen Berge? Dahinter liegt Italien. Die Handelszüge ziehen tagelang über Pässe, lassen sich von einheimischen Schutzpatrouillen begleiten oder organisieren gleich selbst welche. Wegzölle müssen entrichtet werden, und oft geht es neben den Wegen tiefer hinab als hier. Gesetzlose warten nur darauf, dass ein Fehler gemacht wird, damit sie zu reicher Beute kommen. Und dann, wenn man endlich die Ebene des Südens sieht und sich am Ziel wähnt, sind es auch noch mal ein paar Tagesreisen bis nach Venedig.«

»So wie du es erzählst hat, man das Gefühl, man sei dabei gewesen.«

»Ich war dabei. Schon oft. Glaub mir, es ist keine leichte Reise, die macht man nicht wegen drei Pfefferkörnern und fünf Fäden Safran.«

»Worauf willst du hinaus?« Jolanthe rückte ein Stück von ihm ab.

»Weißt du«, antwortete er und zog sie erneut zu sich. »Du hast es doch eben gesehen, wenn man seinen Standpunkt verändert, dann verändert sich auch der Horizont. Wir sind lediglich ein paar Stufen hinaufgestiegen, und nun sehen wir die Alpen. Wären wir noch höher, könnten wir bis Venedig blicken. Ich stelle mir oft vor, dort oben zu fliegen wie ein Vogel, alles zu überblicken.«

»Und damit alles unter Kontrolle zu haben? Was sollte das bringen?«

»Muss denn immer alles einen Sinn und Zweck verfolgen?«

»Vielleicht nicht, aber in diesem Fall bin ich mir sicher, dass du einen im Kopf hast.«

»Du bist zu schlau.«

»Nein, du zu durchsichtig.«

Sie schwiegen eine Zeit lang, und Jolanthe wehrte sich nicht mehr gegen seine Nähe.

»Du hast Kaufmannsblut in dir«, nahm er schließlich den Faden wieder auf. »Und du bist genug Spielerin, um das Risiko nicht zu fürchten. Du weißt es nur noch nicht.«

»Unsinn!« Etwas sträubte sich in ihr gegen seine Worte. Sie konnte es nicht konkret fassen.

»Wenn du erfolgreich handeln willst, dann musst du bereit sein, Risiken einzugehen. Heutzutage zum Beispiel reist keiner mehr mit vollen Münzschatullen den Weg dorthin.« Er zeigte in Richtung der Berge am Horizont. »Wir führen Wechsel mit uns und vertrauen auf sie, und es geht.«

»Komm zum Punkt.«

»Die neuen Methoden im Handel, die um sich greifen, werden in Kürze genauso einen Umbruch bedeuten, wenn nicht noch mehr. Die Kaufleute, die dem Alten verhaftet bleiben, werden nicht mehr mithalten können. Im Fernhandel kommt es darauf an, als Erster vor Ort zu sein, um Ware billig einzukaufen. Billiger wird sie, je mehr ich abnehme, und das geht irgendwann nur noch mit geliehenem Geld.«

Darauf wollte er also hinaus. Ich hätte es mir denken können.

»Kaum einer kann so große Summen aufbringen,

um mal eben eine komplette Schiffsladung Baumwolle zu erstehen. Hat er durch geliehenes Geld dennoch die Möglichkeit, gehen sämtliche Kaufleute, die nach ihm kommen, leer aus. Ich bin mir sicher, du kannst die Folgen davon selbst erkennen.«

Natürlich konnte sie. Wenn nur einer mit Baumwolle in die Heimat reiste, so konnte er nahezu beliebig ihren Preis bestimmen.

»Die Zeiten stehen im Wandel. Wir müssen bereit sein, Wagnisse einzugehen, wenn wir wirklich etwas verdienen wollen. Fahre ich mit den Mitteln, die mein Unternehmen hergibt, nach Mailand und will Seide erstehen, so kommt mir ein besser Betuchter zuvor und kauft mir die Ladung vor der Nase weg. Glaub mir, wenn dein Vater in seinem Kontor weiterhin nur auf seine kleinen lokalen Barchentgeschäfte setzt, dann wird das euer Untergang sein. Ich weiß, dass du mehr kannst. Trau dich.«

Jolanthe lehnte sich ein wenig über die Brüstung und starrte nach unten. Der Schwindel setzte wieder ein, doch sie hielt ihm stand, erlaubte sich keinen Rückzug. Langsam wich die Beklemmung einem euphorischen Gefühl der Weite und Freiheit. Hatte Pascal recht?

»Ich leihe mir kein Geld. Schon gar nicht bei dir.«

»Denk über meine Worte nach«, antwortete Pascal. Plötzlich spürte sie seine Hand an ihrer Wange. Sie sah ihn an. »Ich werde dir nichts aufdrängen.« Seine Stimme war sanft geworden. Er ließ sie los und entfernte sich von ihr. »Wir müssen zurück«, rief er, als sie zögerte. Ein letzter Blick nach unten, und sie folgte ihm.

Jolanthe und Pascal trennten sich vor dem Münster. So als wisse er, dass sie das Gehörte überdenken musste, verschwand er mit einem Gruß, der ihr viel zu knapp vorkam für die Nähe, die sie oben auf dem Turm gespürt hatte. Unsinn, das war keine Nähe, er wollte mich nur festhalten, weil er gemerkt hat, dass ich Angst habe in so großer Höhe.

Sie war an der Seite des Münsters vorbeigeschlendert und hielt nun an, um hochzusehen. Die Arbeiter auf den Gerüsten waren von hier unten nur als kleine Figuren erkennbar. Ihre Gespräche hörte man gar nicht. Ob sie Gott dort oben näher waren? Sie selbst hatte nichts gespürt, nur den Luftzug und Pascals Wärme. Geschickt hatte er das eingefädelt, das erkannte sie. Sie an einen solch ungewohnten Ort zu führen, lenkte zumindest so weit ab, dass sie sich gegen das, was ihr erzählt wurde, weniger wehren konnte. Hätten wir auf einer Wiese gesessen, wäre ich abweisender gewesen, dachte sie. Und doch, vielleicht hatte er recht?

Sie lenkte ihre Schritte in Richtung Handelshaus. Wenn sie irgendwo Pascals Worte prüfen konnte, dann dort. Vor dem Haus hatte sich eine Gruppe Kaufleute zusammengefunden, die miteinander debattierte. Jolanthe kannte sie alle. Sie blieb unauffällig stehen und schob sich dazwischen, ohne zu grüßen. Sie wollte die Kaufleute nicht auf sich aufmerksam machen.

»Es ist eine Schande! Ich wiederhol's noch einmal«, rief der Kaufmann Neidhardt und schlug mit der Faust in die flache Hand.

»Dass der Kaiser das zulässt! Mit seinen Schulden treibt er uns alle in den Abgrund.«

»Ein Unsinn. Wir sind eine freie Reichsstadt, uns treibt niemand in den Ruin.«

»Höchstens die neue Art, Geschäfte zu machen«, mischte sich Jolanthe ein und erntete erstaunte Blicke. »Ich meine, die Fernkaufleute, sie machen doch auch Schulden, um möglichst viel Ware zu erwerben, oder nicht? Mein Vater sagt immer, Schulden sind schlecht.« Sie wusste, dass sie sich ungebührlich benahm. Eine Frau mischte sich nicht so forsch in ein Männergespräch. Doch zum einen kannten die Männer sie, und zum anderen hoffte sie, ihre Neugier an dem neuen Thema geweckt zu haben. Die Atmosphäre war aufgeheizt genug, um ein neues Streitthema gierig aufzunehmen.

»Nun ja, ganz so ist es ja nicht«, begann Kaufmann Neidhardt.

»Nicht?«, unterbrach ihn der Fütterer. »Von wegen, der Hochreitner ist fast bankrott gegangen durch solche Geschäfte. Ich hingegen schwöre auf den Barchent- und Tuchhandel, der hat unsere Stadt reich gemacht, und der wird uns den Wohlstand erhalten.«

»Viele sagen aber, das althergebrachte Denken halte den neuen Zeiten nicht stand«, warf Jolanthe dazwischen und entfachte damit eine rege Diskussion, in der sie als Zuhörerin verschwinden konnte.

Schließlich gab einer zu: »Ich habe durch ein Kreditgeschäft fast alles verloren. Es war ein Wagnis. Ich habe Seide aus China geordert, bezahlt, und die ist mir auf der Reise hierher verfault. Was macht man dann? Kein Geld, keine Ware, und der Gläubiger sitzt einem auf der Pelle.«

»Hast du sie im Winter transportiert? Da ist es in den Alpen viel zu feucht.«

»Und was ist mit den Fugger-Brüdern und den Medici? Die wissen, wie man an Reichtum kommt, und sie haben keine Scheu, Geld zu leihen.«

»Ich habe guten Gewinn mit einem Salzgeschäft machen können. Die im Norden können vom weißen Gold nicht genug bekommen zum Einlegen ihrer Fische. Aber glaubt ihr, ich schicke einen Handelszug dorthin mit einem einzigen Fass? Allein die Wegzölle, dann die bewaffnete Begleitung zum Schutz. Glaubt mir, es ist nichts Schlechtes daran, mit geliehenem Geld zu arbeiten. Man muss nur mit Köpfchen investieren.«

Die Debatte wurde immer heftiger, und Jolanthe fand, dass es an der Zeit war, sich zurückzuziehen. Sie hatte genug gehört, um genauso schlau zu sein wie zuvor. Letztlich musste sie selbst entscheiden – und zudem, wer war sie denn? Eine junge Frau, die mit einem kleinen Geschäft ein wenig Kapital erwirtschaftet hatte. Sie hatte genau das nicht, was man brauchte, um mit Köpfchen zu investieren: Erfahrung. Die Sache mit dem Salz kam ihr in den Sinn, und sie dachte darüber nach, dass der Kaufmann recht hatte, Salz wurde immer gebraucht. Nur wussten das nicht auch genügend andere Kaufleute und versuchten, dort einzusteigen? Nein. Sie würde weiter von unten nach oben arbeiten, langsam aber sicher ihr Geld vermehren in der Hoffnung, dass Sieglinde und Vico Vaters Kontor nicht ruinierten, bevor sie mit ihren Geschäften messbaren Erfolg zu verzeichnen hatte. Das war ein Punkt, der sie wieder zum Nachdenken brachte. Ihr lief die Zeit davon, wohl wahr. Vielleicht sollte ich beides probieren, im Kleinen weiter mit dem eigenen Geld Gewürze kaufen und verkaufen und im Großen noch einmal auf Vater einwirken. Salz, das wäre doch auch ein lukratives Geschäft für ihn. Und etwas Neues würde ihn von seinen Grübeleien ablenken.

Als sie sich abwandte, sah sie Cornelius am Eingang zum Handelshaus stehen. Er beobachtete sie. Sie wunderte sich, über seinen besorgten Ausdruck, grüßte ihn, erhielt aber nur ein kurzes Nicken als Antwort. Dann eben nicht, dachte sie und machte sich auf den Heimweg.

Kapitel 21

Sie sassen beim Essen, und die Stimmung schien für Jolanthe besser als sonst zu sein, auch wenn sie nicht genau erfassen konnte, woran das lag. Die Köchin hatte ihnen Blancmanger zubereitet, mit Fisch, statt wie sonst üblich mit Huhn. Es schmeckte hervorragend mit einem leichten Hauch von gestoßenen Veilchen. Jolanthe brach sich ein Stück vom ofenwarmen Brot ab und tunkte es in die Mischung aus Reis, Fisch, Mandeln und Ziegenmilch. Sie beobachtete Sieglinde, die sich mit Vico eine ganze Weile über die neuen Teller und Becher unterhalten hatte und nun still neben ihrem Mann saß, der sich Winald zugewandt hatte. Der feingeschnittene Mund der Schwester trug heute einen bitteren Zug, und das wunderte Jolanthe. Wo Sieglinde doch alles bekommt, was sie will. Jolanthes Blick glitt weiter zu Vico. Seine ausladenden Gesten sollten wohl vertuschen, dass er wie üblich nichts zu sagen hatte. Dieser Gedanke war gemein, natürlich, aber es geschah so häufig, dass er erzählte und erzählte. Letztlich verlor man den Überblick, und wenn er fertig war, wusste man nicht, was er eigentlich hatte sagen wollen. Sie schaute wieder auf ihre Schwester. Ihre Blicke trafen sich, wichen einander aus. Ob Sieglinde mit ihrer Wahl zufrieden war? Jolanthe hätte es nicht sagen können, Vico und sie gingen stets höflich miteinander um, wenn andere zugegen waren. Nach

Jolanthes Eindruck tat Sieglindes Mann alles, was seine Frau von ihm verlangte. Was also wollte diese mehr? Vielleicht das Gefühl, das ich spüre, wenn Pascal mich berührt, dachte sie, um sich gleich darauf ein dummes Huhn zu schimpfen.

Das Gespräch von Winald und Vico lief in geschäftliche Bahnen. Jolanthe horchte auf. Sie selbst hatte noch am Morgen einen mageren Barchenthandel in das Kontorbuch eingetragen, bei dem Vico nicht genügend herausgehandelt hatte.

»Die Zeiten sind schwierig«, sagte Vico. »Wir sollten mehr auf die Weber in Ulm setzen.«

Winald winkte ab. Offenbar hatten die beiden dieses Thema bereits ausreichend erörtert. »Hör endlich auf mit diesem Unsinn!«, murrte er. »Ich habe dir deutlich gemacht, worauf es in unserem Kontor ankommt. Halte dich daran, und die Geschäfte werden laufen.«

Ein unangenehmes Schweigen breitete sich aus. Die gute Stimmung war von einem Augenblick zum nächsten verschwunden. Jolanthe musterte den Vater verstohlen. Die Falte zwischen seinen Brauen hatte sich tiefer eingegraben, so schien ihr. Ungnädig war er geworden und ungeduldiger als früher auch. Sie richtete sich auf und ergriff das Wort:

»Ich würde nicht die Zulieferer wechseln, sondern das Handelsgut.« Alle blickten von ihrem Essen hoch und starrten Jolanthe an. Sie setzte ihr unverbindliches Lächeln auf und hielt sich noch ein wenig gerader, die Schultern gestrafft. Sollten sie doch schauen.

»Du hast eine Idee, wie wir unser Geschäft besser führen könnten?«, fragte Vico und lehnte sich mit verschränkten Armen zurück.

»Ihr müsst Salz kaufen und in den Norden transportieren. Salz wird dort oben in Massen benötigt, um den gefangenen Fisch haltbar zu machen.«

»Woher weißt du das nun wieder?«, fragte Sieglinde.

»Ich höre zu, wenn die Kaufleute im Kaufhaus miteinander debattieren.«

»Und da hat dir einer das mit dem Salz erzählt? Wer und was hat er gesagt?«, fragte Winald. Seine Stimme zeugte von ehrlicher Neugier. Jolanthe hatte nicht erwartet, ihn so leicht für das Salz interessieren zu können. Ein Hoffnungsschimmer?

»Er hat sich sehr dafür ausgesprochen, sein Augenmerk auch auf andere Ware zu lenken, die hier oder dort benötigt wird, ich glaube, der Neidhardt war es. Hat wohl schon eine Menge mit dem Salz verdienen können.«

»Unser Metier ist der Tuchhandel«, mischte sich Vico ein. »Da kennen wir uns aus.«

»Schon gut«, beschwichtigte Winald und nahm einen Schluck Wein, den er erst einmal eine ganze Weile im Mund behielt, so als wolle er den Geschmack bis aufs

Äußerste auskosten. Endlich schluckte er und sprach weiter: »Jolanthe, du hast ein gewisses Geschick mit den Büchern, das lässt sich nicht leugnen, aber du solltest dich vom Kaufhaus fernhalten. Es ist nichts für junge Frauen.«

Also doch nicht. Wie hatte sie auch nur einen Wimpernschlag lang glauben können, der Vater würde auf das, was sie sagte, eingehen? Das hatte er noch nie auf Anhieb getan und würde es auch jetzt nicht tun. Er schien seit seinem Unfall nur noch sturer in seinen Ansichten geworden zu sein. Aber sie hatte nicht vor, so schnell aufzugeben.

»Wenn ich nur nicht zu so einem Krüppel geworden wäre!« Unvermittelt schlug Winald mit der Faust auf den Tisch, sodass alle zusammenschraken. »Wenn ich mich nur selbst wieder um die Geschäfte kümmern könnte, dann würde ich zu unseren Zulieferern reiten und ihnen Beine machen.«

Als sie das Essen beendet hatten, bedeutete Winald Jolanthe zu bleiben, während die anderen den Raum verließen. Er sah müde aus, wie er so dasaß und sich das Kinn kratzte. Auch die Falten auf seiner Stirn hatten sich vertieft, obwohl seine Hautfarbe wieder gesünder wirkte. Er tat ihr leid. Jolanthe spürte das Bedürfnis, zu ihm zu gehen, sich an ihn zu schmiegen und von ihm wie früher beruhigend über den Kopf streichen zu lassen. Doch sie war kein kleines Mädchen mehr. Deshalb blieb sie sitzen und wartete.

»Dieses vermaledeite Bein. Es tut weh, obwohl es nicht mehr da ist. Das geht nicht mit rechten Dingen zu.« Winald sah sie so durchdringend an, dass sie den Blick senken musste.

»Es geht Euch doch wieder gut, Vater.«

»Den Umständen entsprechend.«

»Warum überdenkt Ihr meinen Vorschlag mit dem Salz nicht? Beachtet, dass die Fischer im Norden große Mengen benötigen. Sie brauchen Kaufleute, die ihnen Nachschub liefern, ständig. Es wäre wirklich besser, wenn …«

»Wenn der Neidhardt das so herumerzählt, glaubst du nicht, dass sich da bereits genügend Händler angesprochen fühlen? Wenn es wirklich eine solche Goldgrube wäre, würde er schweigen und sein Geschäft allein erledigen.«

»Es war eine hitzige Diskussion.«

»Du bist unerfahren und solltest lernen, dich zurückzuhalten. Du meinst es gut, doch es ist nicht nötig, sich Sorgen zu machen.«

»Oh doch!« Jolanthe richtete sich auf. »Sorgen sind sehr wohl nötig, weil Vico und Sieglinde mehr ausgeben, als durch den Handel hereinkommt. Vater, Ihr überprüft doch die Bücher, Ihr müsst das doch sehen.«

»Eine vorübergehende Angelegenheit. Du bist geschickt mit den Zahlen, Jolanthe, aber manchmal glaube ich, du machst dir zu viele Gedanken über das, was du dort einträgst. Zum Handeln muss man geboren sein. Das kann man nicht erlernen.«

»Aber ich bin gut darin!« Sie musste an sich halten, um ihm nicht von ihrem Geschäft mit dem Safran zu erzählen. Noch durfte er nichts davon wissen, zu groß war die Gefahr, dass er ihr die Umtriebigkeit verbot.

»Du bist eine junge Frau. Du gehörst nicht ins Tuchkaufhaus. Vor allem eins: Traue nicht jedem, der dir zu Sachen rät, die du nicht überschauen kannst. Nicht immer sind solche Ratschläge frei von Hintergedanken, mit denen sich der, der rät, einen Vorteil verschafft.«

Jolanthe dachte an Pascal, wie sie mit ihm oben auf dem Münsterturm gestanden hatte, seine Nähe, sein Versuch, sie von seinen Ideen zu überzeugen. Was trieb ihn an, sich so um sie zu kümmern? Diese Frage bekam mit den Worten des Vaters eine andere Bedeutung.

Winald fuhr fort: »Der Familie hingegen kannst du vorbehaltlos trauen.«

»Also auch Vico?«

»Natürlich. Der gehört nun auch dazu. Wir wollen nur dein Bestes.«

Ausgerechnet Vico, dachte Jolanthe. Ehe ich mich diesem unfähigen Tropf unterwerfe, traue ich doch lieber Pascal, auch wenn der mir was verschweigt, das spüre ich. Ich spüre aber auch, dass er es ehrlich meint! Vater hat unrecht.

»Also kein Salzhandel?«

»Ich dachte, ich hätte mich deutlich ausgedrückt. Halte dich aus den Geschäften heraus.«

Jolanthe bat darum, sich zurückziehen zu dürfen. Auf dem Weg in ihre Kammer dachte sie nach. Spätestens als sie die Tür hinter sich geschlossen hatte, wurde ihr klar, dass sie nur zwei Möglichkeiten hatte. Sie konnte dem Rat des Vaters folgen, sich nur noch um die Bücher kümmern und zusehen, wie Vico ein Geschäft ums andere ruinierte und Sieglinde die Rücklagen des Kontors weiter verbrauchte. Sie konnte aber auch Pascals Rat folgen und ein Wagnis eingehen. Ich könnte es euch allen zeigen. Ihr wisst doch gar nicht, wozu ich fähig bin. Ihr Unglück war nur, dass sie es selbst nicht wusste.

Jolanthe betrat das Badehaus mit gemischten Gefühlen. Sie kannte es, weil es zu den besseren Häusern Ulms gehörte, in denen sich vornehmlich Kaufleute, Patrizier und andere gut Betuchte einfanden. Dementsprechend teuer war auch der Eintritt.

Bereits im Vorraum herrschte feuchtwarme Luft, und der Duft nach Lavendel und Seife überlagerte alles. Jolanthe zog sich aus und legte ihre Kleider sorgfältig ab. Dann betrat sie den eigentlichen Baderaum. Sie war nicht zum ersten Mal hier, das öffentliche Baden war sie gewohnt, im Allgemeinen genoss sie diese angenehmen Auszeiten. Doch heute fühlte sie sich in ihrer Nacktheit befangen. Sie blickte sich um. In durchscheinende Gewänder gekleidete Bademägde huschten zwischen den Badezubern hin und her, bedienten die Badenden mit Speisen und Getränken, die diese auf quer liegenden Holzbrettern abstellten. Die schulterhohen Zuber waren unterschiedlich groß, je nachdem, mit wie vielen man gemeinsam ins Wasser steigen wollte.

Es war noch zu früh am Tag, erst gegen Abend würden sich alle füllen. Dennoch mischten sich Männer- und Frauenstimmen in der feuchten Luft, Gelächter zeugte von ausgelassener Stimmung. Ein Mädchen blieb vor Jolanthe stehen und wollte sie zu einem der Zuber führen, doch sie winkte ab, sah sich stattdessen weiter um. Sie entdeckte Pascal in einem der hinteren Zuber, in dem er allein saß, mit dem Rücken zum Eingang, sodass er sie nicht sehen konnte. Warum auch immer er diese Pose gewählt hatte, sie fühlte sich dennoch nicht wohler, als sie über die nassen Holzplanken schritt. Warum hatte er sie ausgerechnet hierher bestellt? Bei ihm angekommen, berührte sie ihn an der nackten Schulter, sodass er sie bemerkte und sich zu ihr umdrehte. Sie spürte seine Blicke auf ihrem Körper, so als würde er sie berühren. Es war ihr nicht unangenehm.

»Schön, dass du gekommen bist.«

»Es war gewagt, den Jungen zu unserem Haus zu schicken. Was wäre gewesen, wenn mein Vater oder Vico ihn abgefangen hätten?«

»War es nicht. Er hatte seine Anweisungen.«

Sie stieg auf den Hocker und kletterte über den Holzrand des Zubers. Das warme Wasser prickelte auf der Haut, als sie eintauchte. Sie schloss die Augen, tauchte unter und berührte dabei mit ihrem Bein das von Pascal. Es fühlte sich an, als liefen Ameisen auf ihrer Haut. Sie zog ihr Bein nicht zurück, auch nicht, als sie wieder auftauchte. Es fühlte sich zu gut an, und auch er rührte sich nicht.

Wasser tropfte ihr vom Kinn, kitzelte sie an den Schläfen, dort, wo es von den Haaren herunter rann. Sie wischte sich mit beiden Händen über das Gesicht. Dann begutachtete sie die Speisen auf dem Holzbrett vor sich. Sie schienen noch unberührt.

»Hast du auf mich gewartet?«

»Sehnsüchtig.«

Sie sah ihn an und hielt seinem Blick stand. Täuschte sie sich oder war die Berührungsfläche ihrer Waden ein Stück weit größer geworden? Sie zog ihr Bein zurück und bedauerte es im gleichen Moment. Was tue ich hier?, fragte sie sich.

»Erst auf einen Turm, nun ins Wasser, ich werde das Gefühl nicht los, dass du etwas erreichen willst mit diesen ungewöhnlichen Orten.« Sie nahm sich ein Stück gebratenen Aal und kaute darauf herum.

»Sei nicht so misstrauisch.«

»Bin ich nicht.« Mit einem Schluck Wein spülte sie den Fisch hinunter und stellte fest, dass der Wein außerordentlich blumig schmeckte. Besser als das billige saure Gesöff, das es anderswo oft gab.

»Du weißt, was ich von dir will. Ich verschweige dir nichts. Ich mag dich und lade dich deshalb an unterschiedliche Lokalitäten ein. Immer nur unten am Fluss, das ist doch nichts.«

Sein schelmisches Grinsen sagte ihr alles. »Du nimmst mich auf den Arm.«

»Tät ich gern, wenn dieses dumme Brett nicht zwischen uns wäre.«

Wie gut, dass es da ist, dachte Jolanthe und spürte das Brennen auf ihren Wangen. Himmel, sie benahm sich wirklich wie ein dummes Huhn. Was sollte Pascal von ihr denken?

Jolanthe biss in einen Fleischfladen und schmeckte Walnuss heraus. Sie hielt Pascal die andere Hälfte hin. »Probier mal.«

Als er sich vorbeugte, um das Essen mit seinen Lippen aus ihren Fingern zu fischen, spürte sie ihn wieder, kurz nur, doch deutlich. War das Wasser so heiß oder kochte sie im Inneren? Sie musste die Situation ins Unverfängliche retten.

»Die Lage im Kontor hat sich verschärft. Es ist kaum noch Geld da.«

»Du kennst die Mittel und Möglichkeiten, die es gibt.«

Sie wurden unterbrochen vom Bader, der von Zuber zu Zuber ging, um sich nach dem Befinden seiner

Kundschaft zu erkundigen, und der auf diesem Wege nun bei ihnen stehen geblieben war.

»Ihr führt eine hervorragende Badestube«, lobte Pascal. »Mit Verlaub, Eure Köchin leih ich mir gern mal aus.«

Jolanthe beobachtete ihn, wie er mit dem Mann scherzte und dabei seinen Becher Wein hob, um auf ihn zu trinken. Der Drang, ihm die feuchte Haarsträhne von der Wange zu streichen, wurde so übermächtig, dass sie ebenfalls nach ihrem Becher griff, um ihre Hände zu beschäftigen. Was ist das, schimpfte sie mit sich selbst. Warum vertraue ich ihm so unbesehen? Habe ich den Verstand verloren? Gehe ich zu sehr nach meinem Gefühl? Die Erinnerung daran, wie Pascal sich bei ihrem Vater um Sieglinde bemüht hatte, kam wie ein ungebetener Gast durch die Hintertür und verscheuchte jeglichen Wunsch, Pascal zu berühren. Sei vorsichtig, dachte sie bei sich. Ganz gleich, was du angehst, pass auf!

Der Bader entfernte sich, und Pascal prostete ihr zu. Jolanthe trank nur einen kleinen Schluck aus Angst, der Wein könne ihr zu sehr zu Kopf steigen.

»Welche Maßnahmen willst du denn nun ergreifen?«, fragte Pascal.

Was nun?, dachte sie. Lass ich mir von ihm helfen oder nicht? Habe ich eine Wahl?

»Nimmst du meinen Schmuck als Pfand und gibst mir Geld dafür? Ich besitze nicht nur diesen Armreif.«

Pascal zog seine Stirn kraus und musterte sie, so als

traue er seinen Ohren nicht. Doch dann zuckte er die Schultern. »Wenn du meinst, dass das reicht. Verrätst du mir auch, was du damit vorhast?«

Jolanthe biss sich auf die Unterlippe. Ja, das war eine gute Frage, was plante sie? Wenn sie das nur selbst gewusst hätte, wäre es ein Leichtes gewesen, ihm das anzuvertrauen. Aber sie wusste es nicht. Salzhandel? So verlockend das klang, aber es war ihr zu sehr Neuland. Sie wäre wiederum auf die Kontakte anderer angewiesen.

»Ich werde dir Bescheid geben«, antwortete sie nur, stellte ihren Becher auf das Brett und tauchte erneut unter.

Kapitel 22

CORNELIUS SASS BEI Sieglinde in der Küche. Viel hatte er nicht zu berichten gehabt, nur dass Jolanthe sich mit Pascal traf und das öfter als gut sein konnte. Nun sah er sie mit besorgt zusammengezogenen Brauen an, so als erwarte er neue Anweisungen.

»Zuerst macht er mir den Hof, und als er gemerkt hat, dass er nichts erreicht, hat er sich an Jolanthe gehalten. Dieser Pascal ist gefährlich«, sagte Sieglinde mehr zu sich selbst als zu ihrem Gegenüber.

»Er ist ein erfolgreicher Kaufmann, das bestätigt mir jeder, den ich gefragt habe. Doch alle wissen es nur vom Hörensagen.«

»Er kommt aus Paris und weilt schon viel zu lange hier in Ulm. Wer führt sein Kontor daheim?«

»Sein Vater, wie es scheint.«

»Wisst Ihr etwas über ihn? Hat er etwas mit meinem Vater zu schaffen?« Es war ein Stochern im Dunkeln, doch irgendwo musste sie ansetzen. Cornelius schüttelte den Kopf. Sieglinde verschränkte die Arme und stand auf. Sie ging zum Fenster und starrte durch die runden Butzenscheiben, welche die Konturen des Geschehens dahinter verzerrten. Sie strich mit dem Finger über die glatten Bleiumrahmungen und dachte nach, doch ohne Ergebnis. Als sich Cornelius räusperte, wurde sie seiner wieder gewahr und drehte sich um.

»Macht weiter so. Wir werden etwas finden.« Mit einem Wink entließ sie ihn.

Als er die Küche verlassen hatte, stützte sie sich mit beiden Händen auf die Arbeitsplatte und starrte auf die Riefen und Schnitte der Oberfläche. Was auch immer hinter alldem steckte, war Pascal der treibende Faktor oder ihre Schwester? Was ging zwischen den beiden vor? Sie war nicht gewillt zu glauben, dass Jolanthes Taten rein uneigennützig waren, nein, die beiden ergänzten sich auf eine Art, und jeder verfolgte seine eigenen Pläne.

Ich muss diese Verbindung verhindern, es ist mir zu gefährlich, zu undurchsichtig. Am Ende will Pascal nur an Vaters Kontor, wo soll das noch enden? Sie hasste das Gefühl, die Fäden, die sie so fest in ihren Händen geglaubt hatte, einen nach dem anderen entgleiten zu sehen. »Ich erwische euch. Glaubt ja nicht, dass ihr mir überlegen seid!«

Mit dem Fuß schob sie einen Metalleimer in Richtung Herd, bückte sich und nahm einen Handbesen. Vorsichtig, um sie nicht zu sehr aufzuwirbeln, fegte sie die Asche aus der Vertiefung auf eine Schaufel und ließ sie in den Eimer rieseln. So vorsichtig sie auch vorging, es staubte dennoch. Ihre Fingerspitzen färbten sich grau. Kleine weiße Wölkchen stiegen mit jeder Bewegung auf, um langsam wieder in sich zusammenzufallen.

»Sieglinde!«, die Tür schlug auf und mit einem Knall gegen die Wand, sodass Sieglinde zusammenzuckte und die Schaufel mit einem kurzen Knall zu Boden fiel. Sie musste husten, als der Staub hochstieg. »Mein Weib, ich habe dir etwas zu zeigen. Eine Überraschung.« Vicos Stimme kam selbst dann durch die Nase statt durch den Mund, wenn er aufgeregt war und laut sprach.

Sieglinde zog die Schultern hoch, wie um sich zu wappnen vor so viel Antrieb. Sie sah ihn an, erhob sich, und ehe sie sich versah, hatte Vico sie in den Flur gezogen, um ihr einen Umhang um die Schultern zu legen. »Was hast du vor?«

»Frag nicht weiter, folge mir.«

Auf dem Weg die Straße entlang bemerkte Sieglinde, dass ihr Mann sich nur mit Mühe ihrem langsameren Schritt anpassen konnte, so ungeduldig war er. Zugegeben, Neugier erfüllte sie. Vielleicht wollte er ihr eine Freude machen, das war ihm schon ein, zwei Mal gelungen und gehörte zu den Lichtblicken ihrer Verbindung.

Sie erreichten den Münsterplatz, überquerten ihn, bis Vico vor einem leerstehenden Gebäude anhielt, einen Schlüssel zückte und ein zweiflügliges Holztor zum Platz hin öffnete. Dahinter kam ein leerer Raum zum Vorschein, der bis in die Tiefe des Hauses reichte und sich hinten in dunklen Ecken verlor.

Was sollte das? Sieglinde verschränkte die Arme vor der Brust und blickte an der Hausfassade empor. Die geschlossenen Läden ließen das Haus abweisend wirken. Sie konnte sich nicht daran erinnern, wer der Besitzer war, meinte aber, dass das Gebäude schon eine ganze Weile leer stand. Sie hatte sich immer darüber gewundert, schließlich befand es sich in repräsentativer Lage. Wollte Vico hier mit ihr einziehen? Wozu?

»Nun komm schon«, winkte Vico sie ins Innere.

Sie betrat den Steinfußboden, der schon geraume Zeit weder Wasser noch Besen gesehen hatte. Spinnweben hingen in den Ecken sowie quer durch den Raum und kitzelten sie an der Nase, wenn sie durchschritt, ohne es rechtzeitig zu bemerken.

»Ich verstehe nicht«, sie musste husten. Schon wieder Staub, der ihr die Kehle austrocknete. »Ich werde nicht aus Vaters Haus wegziehen.«

»Ach, Sieglindchen, das musst du doch nicht.« Vico nahm sie bei den Händen und wirbelte sie im Kreis, was sie sich gefallen ließ. »Dies hier wird mein neues Ladengeschäft. Ich habe den unteren Stock vorhin angemietet. Der Besitzer war froh drum, dass überhaupt etwas mit dem Haus geschieht.«

»Ein was?« Sie hatte sich verhört, ganz sicher.

»Ein Kaufladen mit allem, was die reichen Patrizier Ulms begehren.«

»Du willst dich als Trödler betätigen? Bist du von Sinnen?«

»Bernstein, Pelze, Seide, exotische Gewürze, Schmuck und Glaswaren aus Italien, das sind keine Waren, die ein Trödler sich leisten könnte.«

Das Lächeln wich nicht aus Vicos Gesicht. Sieglinde hätte sich gern gesetzt, doch nicht einmal einen verdammten Hocker hatte er in seinem Kaufladen. »Du *bist* von Sinnen.«

»Mein Weib, nun überleg, ich habe Kontakte zu den Fernkaufleuten, die besorgen mir die Ware. Ich bewege mich zudem in der gehobenen Gesellschaft, ich weiß, was die Herrschaften benötigen und glaub mir, sie werden kommen, sobald sie von meinem Ladengeschäft für gehobene Ansprüche erfahren, weil sie hier alles an einem Fleck vorfinden und nicht immer von einem Kaufmann zum nächsten laufen müssen.«

»Was ist mit dem Kontor? Wer macht die Arbeit dort?«

»Dein Vater, ich, deine Schwester. Dies hier«, er machte eine ausholende Handbewegung. »Dies hier wird dein Reich sein. Bis zum Mittag bedienst du hier die Kundschaft.«

Wie viele Torheiten hatte Vico noch auf Lager? Sie sollte in diesem Raum stehen und sich erniedrigen vor den hohen Herrschaften, denen sie ebenbürtig werden wollte? Nie würde auch nur eine der Frauen sie eines ernsthaften Blickes mehr würdigen, stünde sie in diesem Laden und priese Trinkgläser aus Venedig an. Was dachte sich Vico?

»Nie!« Mehr hatte sie dazu nicht zu sagen. Sie wandte sich zur Tür, wollte zurück auf den Platz gehen, doch Vico hielt sie zurück, indem er ihr den Weg verstellte.

»Warte, es ist alles nicht so einfach.«

Sie konnte vor Wut nicht antworten und starrte ihn deshalb nur an. Es gab Momente, in denen sie bereute, nicht eine andere Lösung gefunden zu haben statt der Heirat mit Vico. Dieser gehörte eindeutig dazu.

»Ich erkläre es dir.«

»Das ist nicht nötig«, stieß sie hervor. »Ich sehe, du hältst mich für nicht ausgelastet. Lass dir versichern, ich habe im Haushalt ausreichend zu tun, und wenn ich erst *deinen* Nachwuchs großziehen muss, habe ich Aufgaben genug.«

»Darum geht es nicht.« Er war ernst geworden, ohne dass sie den Stimmungsumschwung bewusst mitbekommen hätte. »Ich wollte dich damit verschonen, Frauen sollten sich um solche Dinge keine Gedanken machen, aber du musst es wohl doch erfahren. Das Kontor läuft schlecht.«

»Das sind die Worte von meiner Schwester. Nur weil Jolanthe uns ständig damit in den Ohren liegt, musst du das nicht übernehmen. Seit wann redest du ihr nach dem Mund?«

»Die Verkäufe gehen nicht sehr gut. Dein Vater weigert sich, meine Vorschläge anzunehmen. Ich sage ihm, wir arbeiten mit Ulmer Webern zusammen, er verneint. Er sieht die Möglichkeiten nicht.«

»Er führt das Kontor seit langer Zeit und war nie damit in Schwierigkeiten.« Sie wollte nicht glauben, was Vico da sagte.

»Die Schwierigkeiten werden sich sicher wieder legen.«

»Dann tu was dafür, statt hier Hirngespinsten nachzuhängen.«

Sieglinde schob ihren Mann beiseite und floh hinaus ins Licht, das die durch Wolkenfetzen scheinende Sonne auf den Münsterplatz warf. Noch nie hatte sie sich so gedemütigt gefühlt, noch nie! Vater würde im Kontor wieder das Ruder übernehmen müssen, und sie persönlich würde dafür sorgen, dass das bald geschah. Er hatte genug gejammert, nun war seine Schonzeit vorbei. Weder ihre Schwester noch ihr Ehemann würden weiter nach ihrem Gusto Unsinn treiben können.

Jolanthe stand stocksteif. Vor wenigen Augenblicken hatte sie das untere Geschoss des leerstehenden Hauses am Münsterplatz betreten, und nun konnte sie nicht glauben, was sie sah. Ein Ladengeschäft mit importierten Luxusgütern? Hier in Ulm? War das töricht oder genial?

Sie blickte sich um. In den Regalen lagen teure Seidenstoffe in Blau, Grün, dunklem und hellem Braun, derart geschickt drapiert, dass sie dem Eintretenden sofort ins Auge fielen. Sie hingen über das Holz, zum Teil übereinander und ineinander verschlungen. Ein anderes Brett war Glasgefäßen von unterschiedlichstem Aussehen gewidmet. Eine mit dunklen Punkten verzierte Karaffe besaß einen so feinen hoch geschwungenen Ausguss, dass Jolanthe sich nicht vorstellen konnte, wie so etwas hergestellt wurde, ohne zu zerbrechen. Sie traute sich nicht einmal, es zu berühren. Teuer sahen auch sie aus, die Glasgefäße, Jolanthe vermutete ihre Herkunft in Murano, in dem das hochwertigste Glas Italiens hergestellt wurde. Auch einen Spiegel sah sie und daneben einen Korb mit mehreren Brillen. Weiterhin fand sie neben noch leeren Regalteilen welche, in denen Borten, Stickwaren und Perlen zur Verschönerung von Kleidung lagen. Waschgeschirr aus Messing, Duftwässerchen in originellen Flacons, Felle auf einem Stapel, Bernstein, aus dem man Schmuck anfertigen lassen konnte, Tonflaschen, in denen sie Wein vermutete, der, so wie es aussah, aus Griechenland importiert worden war.

»Das ist unglaublich!«

»Schön, dass du da bist.« Vico trat ihr aus dem hinteren Teil des Raumes entgegen, der mit einem Vorhang vom übrigen Laden abgetrennt war. Es schien ihr, als habe er nur darauf gewartet, dass sie sich in Ruhe einen Überblick verschaffte, um dann zur rechten Zeit in Erscheinung zu treten.

»Was soll das bedeuten?« Er hatte sie hierher bestellt, ohne weitere Erklärung. Sieglinde war in den vergangenen Tagen schlechter gelaunt gewesen als sonst, vor allem ihrem Ehemann gegenüber verhielt sie sich merklich kühl. Jolanthe hatte kaum eine Möglichkeit gefunden, sich aus dem Haus zu stehlen, denn neben ihrer Arbeit im Kontor an den Büchern musste sie Sieglinde dabei helfen, die Zimmer im Frühjahrsputz von Grund auf zu reinigen.

Zunächst hatte Jolanthe geglaubt, Vico wolle mit ihr über seine Frau reden. Als wenn sie als ungeliebte Schwester in diesem Fall irgendeine Einwirkungsmöglichkeit gehabt hätte, ausgerechnet sie. Nun aber stand sie in diesem Laden, und ihr dämmerte, dass das heimliche Zusammentreffen andere Hintergründe hatte.

»Ein Wandteppich?« Sie blieb vor einer kleineren Tapisserie stehen, die Vico in Augenhöhe an ein freies Stück Wand gehängt hatte.

»Ein günstiges Stück aus Oudenaarde in den Niederlanden. Dort produzieren sie billiger als in Brüssel, wie mir der Händler versicherte. Wenn sie gut gehen, wird er nachliefern.«

Günstig? Sie wusste nur, dass in Ulm vor allem die wirklich Reichen und die, die so gelten wollten, Wandteppiche erstanden. Gut, dieses Stück war klein – aber dennoch. Das Muster aus Dreiecken, geschlungenen Bändern, Blüten, Streifen und Rauten konnte nicht leicht herzustellen gewesen sein.

»Und hier habe ich Seife aus Genua, gemacht mit Olivenöl, und ein paar Ikonen aus kretischer Herstellung. Außerdem kann man bei mir feinstes italienisches Papier erwerben.« Er deutete auf einen Holzkasten.

Jolanthe blickte in die angegebene Richtung und erkannte, dass im hinteren Teil die Regale leer geblieben waren. Noch, vermutlich.

»Das ist unglaublich«, sie wiederholte sich, aber sie wusste einfach nichts anderes zu sagen, geschweige denn, das Gesehene einzuordnen.

»Ich habe dich hergebeten, um dir etwas vorzuschlagen.«

Sofort war die Vorsicht zurück, sie brauchte sie gar nicht bewusst zu rufen.

»Was?«, antwortete sie und musterte ihn. Ihr fiel

auf, dass sie an ihm noch nie zuvor eine solche Begeisterung für etwas erlebt hatte.

»Wir müssen mit dem Kontor neue Wege gehen, das sagst du doch selbst immer wieder. Nun habe ich etwas gefunden und hoffe auf deine Hilfe. Ich habe die Kontakte zu den Fernhändlern sowie zu der reichen Gesellschaft Ulms. Ich weiß, was den Leuten gefällt, was sie haben wollen. Wenn sich erst herumspricht, dass man die Dinge hier am Münsterplatz erstehen kann, alle an einem Ort, dann werden wir einen guten Gewinn erwirtschaften.«

Er wollte ihre Hilfe? Seit wann behandelte er sie auf Augenhöhe – und überhaupt, wie sollte diese Hilfe aussehen?

»Wer hat das alles hier bezahlt?« Sie wusste, dass das Geld nicht aus der Schatulle des Kontors kam, solch große Summen hatten sie zum einen nicht, und zum anderen hätten größere Abgänge nicht an ihr vorbei und somit nicht ohne Zustimmung ihres Vaters ausgegeben werden können.

»Ich habe es mir geliehen. Ein befreundeter Kaufmann, der nebenbei Geldgeschäfte tätigt. Absolut vertrauenswürdig.«

Er wich Jolanthes Blick aus. Sie wollte nicht fragen, wie hoch sich Vico verschuldet hatte, wenn sie die Dinge in einem Laden sah, wollte sie es gar nicht wissen, sie konnte es sich denken.

»Auf deinen Namen?«, fragte sie stattdessen und

registrierte mit Grauen, dass Vico ihr erneut auswich.

»Ich hatte keine andere Wahl. Du weißt, wie stur dein Vater ist.«

Gott steh uns bei, dachte sie nur. Wenn Vico solche Summen mit dem Kontor als Sicherheit geliehen hatte, dann war das ihr Ruin, sollte irgendetwas nicht so laufen, wie er es plante. Wenn sie sich umsah, kam ihr das mehr als wahrscheinlich vor.

»Du könntest dich zur Abwechslung um die Geschäfte des Kontors kümmern, das wäre auch eine Lösung.« Als ich deine Hilfe brauchte, hast du mich nicht unterstützt, dachte sie. Und nun soll ich dies hier mittragen? Dieses Abenteuer mit ungewissem Ausgang?

»Dein Vater lässt es doch nicht zu. Er geht nicht mehr ins Handelshaus, um sich nicht zeigen zu müssen, stattdessen befehligt er mich herum, dies darf ich tun, jenes nicht. Selbst mitdenken ist unerwünscht. Manchmal behandelt er Cornelius besser als mich.«

»Weil der fähiger ist«, antwortete Jolanthe leise, doch Vico hatte es sehr wohl verstanden. Er musterte sie, so als sei ihm nicht klar, wie er nun reagieren solle. Offenbar entschied er sich weiter für Freundlichkeit.

»Es geht so nicht weiter. Das Kontor braucht Geld und muss neue Wege beschreiten.«

»Sieh an.«

»Und deshalb bin ich mir sicher, dass du mir hilfst in meinen Bemühungen.«

Nein, so hatte sie sich die neuen Wege nicht vorgestellt. Andererseits, war bei ihrer Lösung nicht auch zu Beginn eine Verschuldung vonnöten? War sie somit so viel besser als Vicos Wahl?

»Was soll ich tun?«, fragte sie und versuchte dabei unverbindlich zu erscheinen. Bloß keine zu frühen Zugeständnisse oder Ablehnungen, erst einmal schauen, was er will.

»Während ich die Geschäfte des Kontors im Blick behalte und mich um den Ankauf von neuer Ware für den Laden sowie die Bewerbung der bereits vorhandenen bemühe, verkaufst du hier.«

Das saß. Gleichberechtigte geschäftliche Partnerschaft? Von wegen. Sie war verwöhnt von Pascals Wertschätzung, das war das Problem.

»Ich soll mich hier hinstellen und wie eine Hökerin die Waren unter die feine Herrschaft bringen?«

Vico verdrehte die Augen. »So unterschiedlich ihr Schwestern doch seid, aber in manchen Dingen verhaltet ihr euch gleich. Was habt ihr nur dagegen, hier zu stehen und zu verkaufen? Hökerinnen verschachern billigen Tand. Siehst du hier desgleichen?«

Nicht nur, dass er sie von oben herab behandelte, sie war zudem auch noch zweite Wahl? Sieglinde hatte bereits abgelehnt? Kein Wunder, dieses Mal musste sie ihr ausnahmsweise recht geben.

»Weißt du, Vico, am besten jeder von uns macht sein Geschäft allein. Du braucht mich nicht vor Vater zu unterstützen, ich halte mich aus deinen Dingen heraus. Wer auch immer am Ende Erfolg hat, der entscheidet das weitere Geschick.« Es kam einer Kampfansage gleich, das war ihr klar. Aber ebenso klar war ihr, dass diese Entwicklung unausweichlich war.

Kapitel 23

JOLANTHE SASS AUF DER UMFASSUNG des Brunnens und sah hoch zu den Figuren an der Fassade des Kaufhauses. Karl der Große, der Kaiser, wegen seines Ansehens und seiner Wichtigkeit thronte er in der Mitte. Ihn umrahmten die Könige von Ungarn und Böhmen sowie die sechs Kurfürsten. All das hatte ihr Vater erklärt, als sie ein kleines Mädchen gewesen war und staunend vor dem Gebäude stand. Sie lächelte bei dem Gedanken daran, wie sie voller Ehrfurcht das erste Mal an der Hand Winalds das Kaufhaus betreten durfte. Sie hatte sich sehr wichtig gefühlt und sich nichts sehnlicher gewünscht, als in dieser großen Halle ihre selbstgefertigte Kette aus Knochenperlen zu verkaufen. Sie wollte wie die Männer ihre Ware anpreisen. Der Vater hatte sie mit einem Schmunzeln zurückgehalten. Im Grunde hatte sich daran bis heute nichts geändert. Nur das väterliche Schmunzeln war verschwunden.

Ihr Blick glitt höher. Im zweiten Stock, hinter den mit Türmchen verzierten Fenstern, tagte regelmäßig der Rat in seinem Sitzungssaal. Jolanthe stützte sich mit beiden Händen auf die Brunnenumrandung und lehnte sich vor, ließ die Beine baumeln. Sie riss sich los vom Anblick der Fassade und schaute auf den Eingang zu der Tuchkaufhalle im unteren Stock. Ihr schien es, als säße sie schon ewig hier, doch Pascal hatte sich bislang nicht blicken lassen. Dafür war Cornelius bereits dreimal an ihr vorbeigekommen. Sie aber wartete weiter, mochte ihr Kontormitarbeiter noch so neugierig zu ihr herüber starren, sie würde bleiben, bis sich der zeigte, mit dem sie reden musste.

Zu ihrem Glück hatte Sieglinde letztlich kein Eckchen im Haus mehr gefunden, das noch reinigungsbedürftig hätte sein können. Nun konnte Jolanthe endlich etwas tun. Vicos Schulden blieben beängstigend, ganz gleich, wie man es drehte und wendete. Wenn er scheiterte, würden die Gläubiger ihnen alles nehmen. Was das für Vater bedeuten würde, mochte sie sich nicht vorstellen. Sein Lebenswerk, alles, wofür er gearbeitet und gekämpft hatte, auf diese Art zerstört zu sehen, würde ihn treffen, mehr noch als das verlorene Bein.

Wie viel wusste Sieglinde von alldem? Wäre es in ihrem Sinne gewesen, wenn Jolanthe Vico nachgegeben und in seinem Laden Waren verkauft hätte? Dann wäre sie zumindest aus dem Weg gewesen und hätte die Finger vom Kontor gelassen. »Das denkst du dir so, meine Liebe«, sagte sie leise, ließ den Blick nicht vom Eingang des Kaufhauses und stieß mit den Fersen regelmäßig gegen den Brunnen.

»Du siehst aus, als erwartest du jemanden.« Pascal erschien so unerwartet neben ihr, als habe er sie bereits eine Weile beobachtet. Sie sah in seine Augen. Er hielt ihren Blick fest. Sie wandte sich ab, fühlte sich verlegen.

»Ich muss mit dir reden, aber nicht an diesem Ort«, lenkte sie das Gespräch auf das Wesentliche und sprang von der steinernen Umrandung. Wie selbstverständlich schlugen sie den Weg durch das Stadttor zur Donau ein und schlenderten am Fluss entlang. Pascal schwieg geduldig.

Endlich überwand sie sich und sagte: »Ich brauche jetzt das Geld. Als Pfand gebe ich dir alle Wertsachen, die ich besitze.« Und ein paar Schmuckstücke von Sieglinde. Die wird es schon nicht merken.

»Hast du ein Geschäft in Aussicht?«

»Salz.« Sie hatte nachgedacht und war zu dem Schluss gekommen, dass dies das Erfolgversprechendste war. Sie würde sich an den Kaufmann Neidhardt halten, mit ihm reden und entweder mit ihm gemeinsame Sache machen oder es auf eigene Faust versuchen. »Der Neidhardt kauft das Salz in den Salinen und lässt es in den Norden transportieren. Dort geben sie ihm einen guten Preis, weil sie für das Einlegen der Fische ständig Nachschub brauchen.«

»Ich möchte dir einen Rat geben, darf ich das?« Sein verschmitztes Lächeln passte zu seiner Vorsicht, die er in seiner Formulierung gebrauchte. Warum fragte er? Bislang hatte er kein einziges Mal gezögert, wenn es darum ging, ihr Ratschläge zu erteilen.

»Du willst mir das Geld nicht geben? Erst drängst du mich, willst es mir aufnötigen und nun?«

»Du bekommst es.«

»Dir passen meine Bedingungen nicht? Glaub mir, sie sind nicht verhandelbar. Ich werde dir das Geld zurückzahlen, oder du behältst den Schmuck.«

»Das weiß ich.«

»Wir werden alles schriftlich festlegen. So oder gar nicht.«

Er blieb stehen und blickte über den Fluss, an dessen Ufer ein Fischer in seinem Boot saß und seine Netze flickte. Jolanthe beobachtete ihn. Es ärgerte sie, dass Pascal sich so wenig von ihr aus der Reserve locken ließ. Unvermittelt und ungebeten kam ihr das Bild von seinem nackten Körper in der Badestube in den Sinn. Sie spürte, wie ihre Wangen glühten.

»Warum bleibst du nicht bei deinen Gewürzen?«, fragte er.

»Das …« Sie wusste keine Antwort.

»Mir gefiel die Idee. Du hast zudem erste Erfahrungen sammeln können. Warum bleibst du nicht dabei?«

»Wo soll ich sie im großen Stile herbekommen?«

»Aus Venedig.«

»Ja, natürlich, aus Venedig. Ich schicke am besten Cornelius hin, damit er für mich einkauft und, wagemutig wie er ist, auf einem Gaul zu mir bringt quer über die Alpen.«

»Ich werde in Kürze nach Venedig reisen.«

»Und kaufst die Gewürze für mich ein?« Das wollte sie nicht. Dann wäre es sein Geschäft mit seinem Geld und seinen Verbindungen.

»Ich nehme dich mit.«

Noch schlimmer. Heimlich nach Augsburg zu reisen und sich als seine Base auszugeben, war eine Sache. Aber wie sollte sie bis nach Venedig kommen, ohne dass es jemand bemerkte?

»Du bist verrückt. Pass auf, dass sie dich nicht in den Narrenturm sperren.«

»Ich bin sicher, du holst mich wieder heraus.«

»Dann bist du sicherer als ich. Und eingebildet auch noch. Glaubst du, du würdest mir fehlen?«

»Ich nicht. Aber mein Geld.«

Es reichte. Selbst wenn das nur Neckereien sein sollten, die Situation war zu ernst. Sie wollte sich von ihm nicht vorführen lassen. »Salz. Ich kaufe Salz. Und das Geld, das du mir gibst, wird mit dem Pfand aufgewogen.«

Nun sah er sie schon wieder so eindringlich an, doch dieses Mal hielt sie seinem Blick stand. Endlich sagte er: »Ich wollte dich nur necken und bin sicher, dass du das weißt. Denke über meinen Vorschlag nach. Das ist meine einzige Bitte.«

»Ist es auch deine Bedingung?«

»Nenn es, wie du willst, und gibt mir bis morgen Bescheid.«

Er wollte sich abwenden, doch Jolanthe konnte ihn so nicht gehen lassen. Nach Venedig zu reisen mit ihm, wie dachte er sich das?

»Wie soll ich für eine solch lange Reise von zu Hause fort, ohne dass sie wissen, was ich tue?«

»Du hast eine Freundin, die in einer halb verfallenen Burg wohnt und dir sicher hilft.«

»Ebenso wie dir?«

»Sie weiß nichts von meinen Plänen, falls du das meinst. Ich wollte diese Reise nicht selbst antreten, doch vorhin bekam ich Nachricht von meinem Vater. Er kann keinen Mitarbeiter dafür entbehren. Du erinnerst dich an die Ware, die ich in Augsburg erstanden habe? Die muss nach Venedig, und dort wartet eine Fuhre Seide auf mich.«

»Ist das allein nicht zu gefährlich?«

»Wer sagt, dass man allein reisen muss?«

Jolanthe schüttelte den Kopf, und doch war es bereits ein halbes Nicken, sie wusste das, es hatte keinen Sinn, es zu leugnen. Der Vorschlag hörte sich zu aufregend an, nach der großen Möglichkeit, es allen zu beweisen.

»Du weißt darüber mehr als ich.«

»Und wenn du zusagst, werde ich dich in mein Wissen einweihen. Wusstest du, dass angehende Fernkaufleute gern ein Jahr in Venedig im deutschen Haus verbringen, um ihre Lehrzeit abzurunden?« Er nickte ihr zum Abschied zu und ergänzte: »Ich höre morgen von dir.« Damit drehte er sich um und ließ sie stehen.

Venedig. Keiner aus ihrer Familie war je dort gewesen. Wie sie es bewerkstelligen sollte, diese Reise anzutreten, wusste sie nicht, aber sie würde mit Martha reden. Es wurde Zeit, die Freundin wieder zu besuchen.

Sieglinde zog den Faden durch den Stoff und vollendete die Rose auf ihrer Stickarbeit. Sie strich mit dem Finger über die durch die Stickerei entstandenen Unebenheiten im Stoff. Ihr gefiel, was sie fühlte. Das Muster war ihr sehr regelmäßig gelungen, kein Stich daneben. Sie sah hoch, blickte durch die Butzenscheiben der Stube auf die Fassade des gegenüberliegenden Hauses und dachte an Jolanthes Auseinandersetzung mit dem Vater am vorigen Abend. Ohne dass die beiden im Zimmer es bemerkten, hatte Sieglinde die Tür vom Flur aus einen Spalt breit geöffnet und so dem Gespräch lauschen können. Winald hatte Jolanthe rundweg verboten, ein paar Wochen zu Martha in den Wald zu gehen. Angeblich war diese krank, behauptete die Schwester. Sieglinde wunderte sich darüber, dass der Vater die Scheinheiligkeit dieser Ausrede nicht durchschaute. Jolanthe heckte etwas aus, das war Sieglinde sofort klar geworden. Sie hatte Cornelius Bescheid gegeben, damit er Jolanthe nicht aus den Augen ließ. Und in der Tat, am Morgen war die Schwester verschwunden.

Winald hatte getobt. Sieglinde hatte ihn beruhigt, ihm erklärt, es gebe Spannungen und dass es für Jolanthe besser sei, eine Weile fort zu sein. Vielleicht käme sie dann zu Ruhe und Einsicht.

»Sie wird bald ganz fortgehen und zwar mit einem Ehemann«, hatte Winald schließlich geantwortet. Sieglinde hatte nur genickt. Nun lächelte sie und nahm ihre Stickarbeit wieder auf. Sie würde Mittel und Wege finden zu verhindern, dass ein weiterer Kaufmann ins Haus kam. Einstweilen war es gut, dass die Schwester fort war.

Eine Weile stickte sie weiter, dann wurde die Unruhe in ihr zu groß. Sie erhob sich. Cornelius musste jeden Augenblick zurückkommen, und sie brannte darauf zu erfahren, ob er etwas herausgefunden hatte. Sie ging zum Fenster, öffnete es und sah hinunter auf die Gasse. Ein Mädchen hastete dort entlang, neben sich einen jungen Burschen, der gestikulierend auf sie einredete. Vielleicht war es besser, unten auf Cornelius zu warten, ihn abzupassen, damit niemand hörte, was sie zu besprechen hatten.

Sie verließ die Stube. Im unteren Stock öffnete sie die Haustür und spähte hinaus. Nur ein verlauster Köter ließ sich blicken, das Paar war verschwunden. Sie nahm einen Lappen und einen Eimer mit Wasser und begann, die Scheiben von außen zu putzen, obwohl sie das gemeinsam mit der Schwester erst vor wenigen Tagen getan hatte. Sie verlor bald die Lust an dieser unnötigen Tätigkeit und zupfte stattdessen welke Blätter von den Pflanzen, die in Kästen auf den Fenstersimsen wuchsen. Endlich konnte sie aus den Augenwinkeln Cornelius' Gestalt herbeieilen sehen. Sie ließ alles stehen und winkte ihn hinein, dann auf direktem Weg in die Küche.

»Was habt Ihr zu berichten?«

»Sie haben sich alle bei der Burg versammelt, auch dieser Kaufmann.«

»Pascal.«

Cornelius nickte und zog sich einen Schemel heran, um sich zu setzen. »Könnte ich einen Schluck Wasser bekommen? Der Ritt war anstrengend«, fragte er mit einem Blick, der um Verzeihung ob seiner Unhöflichkeit bat. Sieglinde füllte einen Becher mit frischem Wasser, gab ihn ihrem Gast und forderte ihn mit einem Nicken auf fortzufahren.

»Es sieht so aus, als planten sie eine Reise. Ein Schmied kam, um die Hufe der Pferde nachzusehen, und sie haben Satteltaschen ausprobiert. Offenbar ganz neu gefertigt. Dieser Pascal hat sie mitgebracht.«

»Eine Reise? Wie interessant.« In der Tat freute sie sich nicht wenig über diese Information. Je mehr Fehler Jolanthe machte, desto angreifbarer wurde sie.

»Wohin?«

»Ich weiß es nicht.«

Sieglinde lief ein paar Schritte im Raum umher und dachte nur: Ich muss etwas unternehmen, ich muss.

»Immer dieser Pascal, wir müssen etwas tun.«

»Sagt mir was.«

»Ihr reist ihnen hinterher. Wo auch immer sie hinziehen. Und Ihr haltet Kontakt mit mir.«

»Aber meine Arbeit im Kontor, ich kann doch nicht ...«

»Meinem Vater erkläre ich, dass Ihr eine Zeit lang unpässlich seid.«

»Ich habe noch nie in meinem Leben meine Arbeit wegen Unpässlichkeiten vernachlässigt!«

»Schon gut, dann findet heraus, wohin sie reisen, ich werde meinen Gatten dazu bringen, Euch an diesen Ort zu schicken wegen dringender Geschäfte. Besser?« Sie sah die Erleichterung auf Cornelius' Gesicht. Wie gut, dass er so pflichtbewusst war, das machte ihr Anliegen einfacher. Dennoch, sie würde vorsichtig vorgehen müssen, um ihn zu überzeugen. Manchmal war er, trotz seinem Willen zu gehorchen, allzu moralisch. Sie setzte sich also neben ihn, legte eine Hand auf seinen Unterarm und sagte: »Passt auf, ich habe einen Plan.«

Es gelang ihr tatsächlich, die Unausweichlichkeit zu verdeutlichen, auch wenn es eine Weile dauerte, aber schließlich nickte Cornelius.

»Und wenn Pascal bei der Sache ernsthaft zu Schaden kommt, denkt dran: Er ist eine große Gefahr für uns«, gab sie ihm mit auf den Weg, als er sich verabschiedete. Sie würde ihm noch genaue Instruktionen geben, sobald sie wusste, wohin die Reise ging. Aber vorerst war der Boden bereitet, und das war das Wichtigste.

Kapitel 24

MARTHA HATTE DARAUF BESTANDEN mitzukommen. Weder Pascals sanfter Hinweis darauf, es könne für sie beschwerlich werden, noch Jolanthes trotziges Aufbegehren, sie brauche keine Aufpasserin, konnten sie davon abhalten. Martha gab Pascal einen Stoß in den Rücken mit der Antwort: »So alt bin ich nun auch wieder nicht.« Und Jolanthe wurde von ihr mit erhobenem Zeigefinger zurechtgewiesen mit den Worten: »Du wirst noch dankbar dafür sein, dass ich dabei bin. Lass mir meinen Spaß.«

Jolanthe hatte die Hand ihrer Freundin festgehalten und sie gedrückt. Sie hatte sich Sorgen gemacht, ob Martha ihre Kräfte nicht überschätzte. Doch nun, wo sie unterwegs waren, schien sich die Ältere fast besser zu halten als sie selbst.

Sie waren zu dritt in Richtung Alpen geritten, um dort mit dem Handelszug der Ravensburger zusammenzutreffen. Pascals Waren hatte er bereits Tage zuvor in dieselbe Richtung verschifft, sodass diese bereits angekommen waren, als Jolanthe, Pascal und Martha eintrafen. In dem kleinen Städtchen, in dem sie sich seither aufhielten, war alles darauf ausgerichtet, die Reisenden zu beherbergen. Etliche Gasthäuser gab es, die nicht nur den Menschen und ihren Tieren Unterschlupf boten, sondern auch sichere Lager für die transportierte Ware.

Die Leute ihres Handelszuges packten gerade um, sodass im frühen Morgengrauen die Maultiere beladen werden konnten. Jolanthe staunte über die Ausmaße. Außer ihnen reisten noch 20 weitere Kaufleute mit dem Zug, dazu die Bewaffneten und die Knechte. Sie spürte eine Aufregung, die sie in der Form noch nicht kannte. Seit sie aufgebrochen waren, hatte sie das Gefühl, genau das zu tun, wofür sie bestimmt war. Sie betrachtete fremde Landschaften, an denen sie vorbeizogen, sie beobachtete Menschen auf den Äckern oder Reisende, die sie trafen. Dieses Unterwegssein übte einen Reiz aus, dem sie sich nicht entziehen konnte. Und kein Gedanke an die beschwerliche Reise, die ihnen noch bevorstand, konnte dieses Gefühl trüben.

Bislang kamen sie gut voran. Das einzige Problem war ihr wundgerittenes Hinterteil.

Jolanthe schlenderte mit Martha durch die Gassen

des Ortes. Sie hatten nichts weiter zu tun, als auf die Abreise zu warten. So vertrieben sie sich die Zeit damit, ihre Umgebung kennenzulernen. Im Grunde sahen die Fachwerkhäuser hier nicht anders aus als zu Hause in Ulm, nur alle etwas kleiner. In den Hinterhöfen wuchs Gemüse, vorn hatte so mancher Bewohner die Fensterbänke mit Blumen geschmückt. Hier und da türmte sich Unrat, doch es war deutlich zu sehen, dass man sich Mühe gab, seiner Herr zu werden, damit die kaufkräftigen Reisenden nicht allzu oft hineintraten. Im Hintergrund der Häuser schoben sich die Silhouetten der Berge in den Himmel.

»Dieser Anblick ist so faszinierend«, sagte Jolanthe zum wiederholten Mal, blieb stehen und reckte den Kopf hoch, um die Gipfel zu erspähen. Unten noch von Bäumen bewachsen, dünnte der Bewuchs nach oben aus und ließ schroffen Felsen übrig.

»Wie geht es deinem Hintern?«, gab Martha zurück.

»Gut, ich sagte das bereits«, antwortete Jolanthe. Sie hatte bei ihrer Ankunft über Schmerzen geklagt. Die Freundin hatte eine Salbe aus ihrem Gepäck gezaubert, so als habe sie damit gerechnet. Jolanthe hätte gern gewusst, was Martha noch alles für Schätze verbarg, doch die antwortete nicht auf diesbezügliche Fragen.

»Ich möchte dir nur zeigen, dass ich schon jetzt meine Nützlichkeit unter Beweis stelle. Und wir sind noch gar nicht richtig losgezogen.«

»Sag, und du bist wirklich mit uns gekommen, weil du Venedig kennenlernen möchtest?«, fragte Jolanthe, während sie sich an einem Brunnen mit eiskaltem Wasser erfrischten.

»Nicht, um es kennenzulernen, sondern, um es wiederzusehen.«

»Du bist früher schon dort gewesen?«, bohrte Jolanthe nach.

»Das ist mein zweiter Grund, euch zu begleiten. Ich will mit euch meine Erfahrung teilen. Ach, übrigens, wie geht's deinem Hintern?«

Jolanthe musste lachen, weil Martha sie so aufzog. »Schau, diese kleine Kirche. Was für wunderbar bunte Fenster sie hat.«

»Ja, der Ort scheint mir reich zu sein, kein Wunder, so viele Kaufleute wie hier herumlaufen. Und alle lassen sie ein paar Münzen da.«

Genau das taten sie ebenfalls am Abend. Die ganze Gruppe, die gemeinsam reiten würde, versammelte sich in der Gaststube an einem langen Tisch und ließ Speisen und Wein auffahren.

»He, Wirt, nächstes Mal bestellt Euren Wein bei uns, wir handeln vorzüglichen französischen, der dieses Gesöff hier weit in den Schatten stellt«, rief einer der Männer, den Jolanthe als viel zu jung einschätzte, um mit Verantwortung für Ware auf eine solche Reise zu gehen.

»Wird vom Vater nach Venedig geschickt, um dort

im deutschen Haus seine Ausbildung zu vollenden«, raunte Pascal ihr zu, so als habe er ihre Gedanken gelesen. Sie hatte ihn den ganzen Tag nicht gesehen. Nun saß er dicht neben ihr. Das tat gut.

»Holde Maid, was hat Euch zu uns verschlagen?«, fragte ihr Gegenüber. Seine schiefe Nase schien einmal gebrochen gewesen zu sein, und auch die kleine Narbe am Kinn zeugte von einem unruhigen Leben.

»Mein Cousin«, sie deutete auf Pascal, »nimmt mich mit, damit ich meine Schwester besuchen kann.«

»Auf eine solch gefährliche Reise?« Er lehnte sich vor. »Ihr wisst auch wirklich, was Euch bevorsteht?«

»Natürlich.« Natürlich nicht, aber das musste sie dem Kerl ja nicht aufbinden.

»Wir werden durch enge Schluchten wandern, bei denen man besser vom Pferd steigt, um es zu führen. Manch einer hat schon die Kontrolle verloren über sein Tier und ist abgestürzt. Wenn uns ein Gewitter überrascht, so betet, dass wir rasch Unterschlupf finden. In den Bergen ist die Natur gefährlich. Und wenn wir keinem betrügerischen Hospizbetreiber in die Hände fallen, was Gott verhindern möge, dann sind da noch die Wegelagerer, die immer ihre Möglichkeit suchen. Vor allem bei einem solch reich bestückten Handelszug wie dem Unsrigen.«

»Wir haben bewaffnete Begleitung«, warf sie ein.

»Auch dafür betet, dass die ausreicht. In den gefährlichen Gegenden bekommen wir Einheimische als Begleitschutz hinzu, die uns zugleich durch das unwegsame Gelände führen. Natürlich lassen die sich das gut bezahlen.« Er rieb den Zeigefinder gegen den Daumen. »Habt Ihr ein Amulett?«

Er zog ein Schmuckstück aus seiner Tasche und reichte es ihr. Es war ein kleines Kreuz mit roten Steinen verziert an einer langen Kette.

»Wovor schützt Euch das?« Sie wollte es ihm zurückgeben, doch er winkte ab.

»Vor jeglichen Gefahren und, glaubt mir, davon kann es auf einer solchen Reise viele geben. Ihr solltet es behalten. Euer Cousin wird mir einen angemessenen Preis dafür zahlen. Ihm ist es sicher wichtig, seine Verwandtschaft gut über die Berge zu bringen.«

Sein Lächeln entblößte eine Reihe halbwegs passabler Zähne. Ein Schmuckhändler, dachte Jolanthe. Will mich für dumm verkaufen.

»Ich habe bereits ein Amulett.« Sie schob ihm das Kreuz über den Tisch zu. »Seht, dieser Armreif, er wurde vom Bischof geweiht und ist mit seither dienlich.« Was nicht stimmte, aber gut klang.

Er musterte das Schmuckstück an ihrem Arm, den sie ihm hinhielt. Pascal hatte darauf bestanden, dass sie den Reif weiter trug. Der Mann nickte anerkennend. »Dennoch. Dieses Kreuz zusätzlich – und Ihr werdet Euer Ziel ganz sicher gesund und munter erreichen.«

Der Kerl ist hartnäckig, dachte Jolanthe. Um Zeit zu gewinnen, nahm sie sich ein Hühnerbein und nagte das Fleisch ab. Pascal hatte ihr nahegelegt, heute Abend gut zu essen, zumal unklar sei, wann sie wieder ein solches Festmahl vorgesetzt bekämen. Also aß sie, obwohl sie bereits satt war, und dachte dabei nach. Unvermittelt kam ihr eine Idee. Der Kaufmann führte sicher nicht nur fertigen Schmuck mit sich, den er betuchten Frauen anzudrehen versuchte. Dafür würde sich eine solche Reise nicht lohnen, er hatte gewiss auch anderes zu bieten.

»Führt Ihr auch Perlen mit Euch?«, fragte sie ihn und versuchte, möglichst unschuldig zu schauen.

Der Mann blickte sie erstaunt an. »Warum wollt Ihr das wissen? Glaubt mir, eine Perle hat keinerlei Schutzwirkung.«

»Aus Interesse.«

»Dann lasst Euch gesagt sein, die Perlen kommen den umgekehrten Weg und zwar von Venedig her. Sie werden in Indien und Ceylon gewonnen, ebenso wie Smaragde und Rubine. Wenn Ihr Euch dafür interessiert, so fragt im deutschen Haus in Venedig nach, aber ich sag's Euch gleich, auch als Rohstoff sind sie nahezu unbezahlbar.«

Er hatte nun einen belehrenden Ton angeschlagen und sprach, wie er wohl zu seiner Tochter reden würde, aber Jolanthe störte das nicht. Sie konnte nicht genug erfahren über sein Metier und fragte ihn weiter aus. Schließlich war er so in Fahrt, dass er ihr einen Händler verriet, wo sie die Perlen zu einem guten Preis erwerben konnte. Jolanthe war zufrieden über die Ausbeute an Informationen. Sie trank einen Schluck Wein und nahm sich von der Pastete. Ihr Bauch fühlte sich zum Platzen an, aber es schmeckte, und die Gesellschaft gefiel ihr, zudem hatte Pascal gesagt …

Martha stupste sie von der Seite an und raunte ihr zu: »Sei vorsichtig mit dem Wein, du willst doch morgen auf dem Pferd bleiben.«

Jolanthe musste kichern, hielt sich die Hand vor den Mund und bekam einen Schluckauf.

»Siehst du«, raunte Martha wieder. »Aber glaub nicht, dass ich ein Mittelchen gegen das habe, was dir morgen bevorsteht, wenn du dich jetzt nicht zurückhältst.«

Jolanthe hörte auf zu kichern und schob den Becher von sich weg. Martha hatte ja recht.

Die ersten Tage auf der Reise durch die Alpen kamen sie gut voran. Berghänge zu beiden Seiten nahmen dem Blick die Weite. Wenn die Sonne am Himmel stand, so erwärmte sie nur für kurze Zeit Mensch und Tier, um bald darauf wieder hinter der Bergsilhouette zu versinken. Die Maultiere verschwanden unter den Lasten, die sie trugen, und trotteten hintereinander über die ausgetretenen Wege, dazwischen die Bewaffneten und die Kaufleute auf ihren Pferden. Sie schlugen ein gemächliches Tempo an, denn jeder wusste, was ihnen noch in höheren Regionen bevorstand.

Pascal ritt am Ende der Gruppe, vor sich Martha. Der Tag neigte sich dem Ende zu. Bis auf eine kurze Rast am Mittag ging es gleichförmig langsam voran, immer stetig bergauf. Ihr Ziel, ein Hospiz, in dem sie übernachten konnten, rückte näher, genauso wie die dunklen Wolken, die die Berggipfel verschwinden ließen und die ihren Anführern seit einer Weile Sorgen bereiteten. Sie versuchten, das Tempo zu forcieren, bislang ohne Wirkung. Ihr Tross war zu groß und schwerfällig, die Strecke ging zu stetig bergauf.

Pascal fixierte Marthas Rücken und versuchte nicht an den möglichen Unbill zu denken, der ihnen mit einem Gewitter in den Bergen bevorstand. Das bunte Muster ihres Kleides diente ihm als Konzentrationspunkt für seine Überlegungen. Er war froh, dass Martha beschlossen hatte, sie zu begleiten. Sie kannte die Gefahren und Unwägbarkeiten einer solchen Reise, wusste, mit welchen Schwierigkeiten sie würden zu kämpfen haben. Er war froh, dass auch sie nun auf Jolanthe aufpassen konnte, deren Unbekümmertheit ihm ab und an Probleme bereitete. Gut, woher sollte sie auch wissen, worauf sie achten musste, wenn sie kaum je aus Ulm herausgekommen war. Andererseits konnte er nicht ständig um sie herum sein – und er wollte es auch nicht. Es war ihm ohnehin schon zu viel, wie sehr er sich um sie sorgte. Er wollte nicht öfter an sie denken, als er es sowieso schon tat, das war nicht gut und nicht richtig.

So abgeklärt und klug sie in manchem war, bei anderen Dingen ging sie ihm allzu sorglos zu Werke. Die Frage, wie sie allein als Frau unter Männern reisen sollte, schien sie sich zum Beispiel nie gestellt zu haben. Für ihn hatte sich das Problem mit Marthas Beteiligung gelöst. Sie als Begleiterin, das entband ihn von unangenehmen Erklärungen.

Er hatte Jolanthe in den letzten Tagen unauffällig beobachten können. Ihre Neugier, mit der sie die fremde Umgebung aufnahm, ihre Begeisterung hatte etwas Unverbrauchtes. Und doch debattierte sie am Abend hart mit den Kaufleuten und verhielt sich mehr wie ein Mann als eine Frau. Er mochte ihre Widersprüchlichkeit. Und wenn sie sich über vieles keine Gedanken zu machen schien, sondern einfach tat, was sie für richtig hielt, mit einer Zielstrebigkeit, die ihm imponierte, dann beneidete er sie um ihre Unbekümmertheit, ihre Art, sich nicht um Konventionen zu scheren. Er konnte das nicht. Es fehlte ihm etwas, und in Augenblicken wie diesem wurde ihm dieser Mangel schmerzhaft bewusst. Jolanthe würde ihre Zeit nicht mit Rachefeldzügen vergeuden. Sie würde nicht einmal Verständnis dafür haben, dass jemand das tat.

Über diese Grübeleien hinweg bekam Pascal nur am Rande mit, dass das Donnergrollen sich verstärkte. Erst als Rufe zu ihm drangen, schrak er hoch. Die Maultiertreiber schlugen mit Ruten auf die Tiere ein, trieben sie voran auf dem holprigen Weg. Das Grollen hielt sich noch in der Ferne, aber es hörte sich bedrohlich an. Pascal schloss zu Martha auf und fragte: »Reicht es noch bis zu diesem Hospiz, was meinst du?«

»Unsere Führer scheinen das zu glauben, sonst würden wir nicht in diesem Tempo weiterreiten.«

»Und was glaubst du?«

»Ich glaube, dass hier ein Kloster in der Nähe ist, das Pilger aufnimmt. Reite zu dem Holzkopf da vorn und sag ihm einen schönen Gruß von mir. Auf Frauen hört er wohl nicht.«

»Dabei ist das manchmal durchaus zu empfehlen.« Er zwinkerte, doch sie blieb ernst und schickte ihn mit einem Nicken in die Richtung ihres Anführers.

Erste Tropfen prasselten hernieder. Unvermittelt war das Grollen so nah, als habe es in der nächsten Schlucht gelauert, um sich auf sie zu stürzen. Pascal schob die Kapuze seines Umhangs über seinen Kopf, während er mit den anderen Männern redete. Er spürte, dass sein Pferd nervös wurde, es schlug mit dem Kopf, die Ohren zuckten vor und zurück, es schnaubte.

Sie beschlossen, das Kloster aufzusuchen. Pascal vermutete, dass nicht nur seine Argumente die anderen überzeugten, sondern auch die Heftigkeit, mit der die Natur die Menschen bedrohte. Er sah den ersten Blitz über sich, als sie zum Tor eingelassen wurden. Er erleuchtete den Himmel, kurze Zeit später krachte es ohrenbetäubend. Die Mönche, sonst nur auf Pilger eingestellt, nahmen sie dennoch auf. Bald hockten sie gemeinsam im Gästehaus. Die Tiere wurden von den Knechten im Stall versorgt. Ihre Umhänge hatten sie am Feuer zum Trocknen aufgehängt und lauschten dem Donnern, dem Sturm und dem Regen, der gegen die geschlossenen Holzläden schlug.

»Unwetter sind in den Bergen heftiger als anderswo«, sagte Martha leise. Pascal hatte darauf bestanden, dass die Frauen bei ihnen blieben in der Nacht.

»Aber gleich so?«, Jolanthe hatte eine Decke um sich geschlungen und starrte in ein Talglicht, das auf dem Tisch vor ihr brannte. Sie hatte Brot und Suppe kaum angerührt. Pascal schob ihre Holzschale ein Stück auf sie zu.

»Du musst bei Kräften bleiben.«

»Ich habe keinen Hunger.«

»Doch, den hast du.«

Sie lächelte schräg, und ihm fiel ihre bleiche Gesichtsfarbe auf. Offenbar hatte sie mehr Angst, als sie zugeben wollte. Er selbst verspürte keine Sorge mehr, seit sie sicher im Kloster saßen.

»Hier passiert uns nichts«, mischte Martha sich ein. »Er hat recht, du musst essen.«

Jolanthe griff nach dem Brotstück, machte endlose Pausen zum Kauen und hielt erneut inne, als ein Donnerknall alle zusammenzucken ließ.

»Morgen wird die Luft frisch und klar sein«, sinnierte Martha. »Es wird ein guter Reisetag.« Sie machte eine Pause. »Falls wir die Umhänge bis dahin trocken bekommen.«

Leises Beten drang aus einer Ecke zu ihnen, dort, wo sich der jüngste Kaufmann zurückgezogen hatte. Auch Pascal schloss die Augen und sprach ein stummes Dankesgebet dafür, dass der Herrgott sie sicher hierher geleitet hatte. Sie blieben sitzen, bis das Grollen nur noch in der Ferne zu hören war und Jolanthe mit Heißhunger ihre Schüssel leer aß. Dann legten sie sich auf die Strohmatten am Boden. Pascal starrte in die Dunkelheit und konnte nicht schlafen. Er sah einen Schatten zur Tür huschen. Vermutlich jemand, der auf den Abort wollte. Als plötzlich der spitze Schrei einer Frau erklang, blinzelte er zunächst nur vor Schreck. Er wusste, wer da geschrien hatte. Mühsam kam er auf die Beine und rannte zur Tür, doch draußen herrschte nur stille Nacht. Pfützen glitzerten im Licht des Mondes, der sich durch die Wolkenfetzen schob. Ihm wurde eiskalt.

»Jolanthe? Sag was!« Er konnte kaum atmen. Hektisch wandte er sich nach links, dann nach rechts – wohin? Wo konnte sie sein? Was war geschehen? Der Abort, kam ihm in den Sinn, und er hastete in dessen Richtung, als er um eine Hausecke bog und in jemanden hineinrannte. Er bekam einen Ellbogenstoß in die Brust, wurde zurückgeworfen.

»Jolanthe?«, keuchte er und wusste doch, dass er es mit einem Mann zu tun hatte. Einem Mann, der eine

Frau festhielt. Er konnte ihre Silhouette mit dem langen, offenen Haar erkennen, das durch die Luft wirbelte, als sie sich wehrte. Der Mond verschwand wieder und hinterließ Dunkelheit. Pascal stürzte sich vor, bekam jemanden am Arm zu fassen. Er roch ungewaschen und nach Schweiß. Ich darf nicht zuschlagen, sonst treffe ich vielleicht Jolanthe. Doch es war nicht Jolanthe, die er hielt. Die Faust, die sich in seinem Magen grub, war hart. Ein stechender Schmerz durchzog seinen Unterleib. Pascal stöhnte, eine Welle von Übelkeit überkam ihn, doch er blieb stehen, bekam den anderen am Genick zu packen, drückte ihn mit seinem Arm nach unten. Der Mann schnaubte. Pascal spürte einen Tritt gegen sein Bein, er verlor das Gleichgewicht, fluchte, musste seinen Gegner loslassen. Der Schatten rannte über den Klosterhof und verschwand in der Dunkelheit.

»Pascal, was wollte der von mir?«, keuchte Jolanthe.

Er lag am Boden. Eine weiche Hand fuhr über seine Wange, dann über seine Lippen. Atem kitzelte ihn, und als ihre Lippen seine berührten, streifte sie mit ihrer Nase seine Wange. Sie ging auf Abstand. Bleib, dachte er. Mach weiter. Er hielt sie fest, zog sie zu sich hinunter und küsste sie erneut. Er spürte ihren Widerstand, der schwacher wurde, dann wieder stärker.

»Lass! Ich liege in einer Pfütze und werde klatschnass.«

Sein Unterleib begann wieder zu schmerzen. Frauen, dachte er und erhob sich mühsam. Er wollte nicht mehr denken, nicht mehr fühlen. Es wurde ihm alles zu viel. Erst die Sorge um Jolanthe, dann diese Zuneigung, all das wollte er nicht mehr ertragen. Er musste schlafen, der Rest, den würde er auf morgen verschieben. Wie hatte Martha so schön gesagt: Morgen wird die Luft klar und rein sein. Ein guter Tag zum Reisen. Oh ja und zum Nachdenken, Ordnung in die Dinge bringen auch, ganz sicher.

Kapitel 25

Als Jolanthe am Morgen erwachte, musste sie nur ein-, zweimal blinzeln, um die Bilder von der Nacht wieder vor Augen zu haben. Zuerst das Gewitter, das sie in einer solchen Heftigkeit noch nie erlebt hatte. Sie konnte sich erinnern, einmal in Biberach bei der Tante auf dem Hof zu Besuch gewesen zu sein für ein paar Tage. Da waren sie von einem Unwetter überrascht worden, als sie auf dem Feld arbeiteten. Etliche Meter weiter spaltete ein Blitz eine Eiche in zwei Hälften. Sie hatten sich auf den Boden gedrückt, durchnässt vom Regen, und Jolanthe hatte die Gefahr gespürt, so als würde sie ihr mit eisiger Hand in den Nacken greifen.

Hier in den Bergen aber schien das Donnergrollen wie der Zorn Gottes über sie zu kommen. Die Berge hatten gespenstisch gewirkt im Licht der Blitze.

Jolanthe starrte auf den Boden, auf dem sich Sonnenlichtflecken ausbreiteten, dort, wo das Licht durch die Ritzen der Läden fiel. Martha schien Recht zu behalten, der Tag würde wunderbar werden.

Sie warf einen vorsichtigen Blick zur Seite, dort wo Pascal neben Martha schlief. Beide hatten sich in ihre Decken gewickelt und die Augen geschlossen. Pascals Atem ging regelmäßig, sie konnte seine Schulter sehen, der Stoff seines Hemdes war schlammverspritzt. Auch wenn sie es lieber geträumt hätte, aber der Überfall und alles, was danach gekommen war, schien wirklich geschehen zu sein. Sie wusste nicht, wie sie damit umgehen sollte. Leise erhob sie sich und stieg über die Schlafenden, um zur Tür zu gelangen. Auf dem Hof hörte sie den Gesang der Mönche aus der nahen Kirche. Hoch schraubten sich die Stimmen, um dann wieder in die Tiefe zu fallen und von Neuem zu beginnen. Jolanthe atmete tief die kühle Luft ein und ging zu einem Brunnen. Den leeren Eimer schob sie über den Rand, er polterte gegen die Brunneneinfassung, bis das Seil sich straffte. Sie ließ ihn hinunter ins Wasser und zog ihn gefüllt wieder hoch. Die Winde quietschte bei jeder Umdrehung. Mit dem Wasser wusch sie Gesicht und Arme, trank ein paar Schlucke, es war eiskalt und schien direkt aus dem Berg zu kommen. Schließlich machte sie sich daran, ihr Kleid notdürftig zu säubern und die Flecken auszuwaschen. Niemand musste wissen, was ihr geschehen war. Sie wollte keine Fragen beantworten, weil sie selbst keine Antworten wusste.

Wer nur hatte sie gestern festgehalten, ihr die Hand auf den Mund gepresst, sodass sie kaum atmen konnte? War es einer der Mönche gewesen, der die Anwesenheit von Frauen nicht ertrug, ohne sich an ihnen zu vergreifen? Konnte das möglich sein? Dass ein Mann Gottes sich derart versündigte, hörte man immer wieder. Der Mann hatte hinter ihr gestanden, sie hatte Schweiß und ungewaschene Haut gerochen, kein Wort hatte er mit ihr gesprochen. Sie blickte sich um. Der Klosterhof war leer. Langsam trockneten die Pfützen. Beim Abort konnte man die Spuren ihres nächtlichen Kampfes sehen. Jolanthe ging in die Hocke und suchte den Boden ab, doch er gab nichts preis, was ihr weiterhalf.

»Was gefunden?«

Jolanthe schrak zusammen, als sie die Stimme neben sich hörte. Erst im zweiten Moment erkannte sie Pascal.

»Nichts«, antwortete sie und starrte weiter nach unten, um ihn nicht ansehen zu müssen.

»Heute werden wir gut vorankommen auf unserem Weg«, sagte er in unverbindlichem Ton, sodass sie doch hochblickte und sich aufrichtete. Aber er wich ihr ebenso aus wie sie zuvor ihm. Na schön, dachte sie enttäuscht. Zumindest in diesem Punkt sind wir uns einig. Das, was gestern geschehen ist, sollten wir vergessen.

»Ja, sicher.« Sie wandte sich um, zögerte, wollte ihn nicht einfach so stehen lassen. »Kommst du mit?«

Zum Frühstück wurde ihnen im Gästehaus warmes, frisch gebackenes Brot serviert und der harte Bergkäse, den sie in letzter Zeit so oft zu essen bekamen. Die Stimmung unter den Reisenden hob sich, als sie das gute Wetter bemerkten. Nachdem sie sich gestärkt hatten und die Tiere wieder beladen waren, brachen sie auf. Erneut ging es die schmalen Wege entlang, über hölzerne Brücken, immer weiter bergan. Wenn der Abgrund auf einer Seite zu tief wurde, zwang Jolanthe sich, nach vorn zu schauen. Manchmal hielt sie das nicht durch und blickte hinab. Dann spürte sie Schwindel und einen Anflug von Druck im Kopf. Meist passierten sie diese Streckenabschnitte zu Fuß und führten die Pferde hinter sich. Jolanthe kam das entgegen, sie wollte nicht auch noch auf so einem unberechenbaren Tier hocken, wenn es an einer Seite steil bergab ging. Lieber schob sie sich zwischen Pferd und Felswand und starrte nach vorn, zählte jeden Schritt und dachte an die schönen Dinge, die sie auf der Reise bislang erlebt hatte. Davon gab es schließlich genug. Manchmal aber irrten ihre Gedanken auch zu dem nächtlichen Überfall, und sie wurde das Gefühl nicht los, dass ihre Erklärung mit dem Mönch zu einfach war. Es hatte sich noch keine Gelegenheit ergeben, mit Martha darüber zu sprechen, aber sie nahm sich vor, die Freundin am Abend beiseite zu ziehen. Sie musste wissen, was geschehen war.

Die Sonne hatte sich schon lange hinter den Berggipfeln versteckt. Jolanthe zählte die Schritte, weil sie sich müde fühlte. Sie hoffte, dass sie bald ihren nächsten Rastplatz erreichen würden. Die Männer bevorzugten Hospize, die sich auf die Reisenden eingerichtet hatten. In freier Natur zu nächtigen, barg zu viele Gefahren, allen voran ein Überfall durch Räuber. Diese Strategie hatte allerdings zur Folge, dass sie manchmal gewaltige Tagesstrecken zurücklegen mussten.

Der Weg schlängelte sich bereits eine ganze Weile am Abgrund entlang. Jolanthe hielt ihr Pferd am Zügel, was brav hinter ihr her trottete. Sie sah Martha vor sich um eine Wegbiegung laufen, dann verschwand auch ihr Reittier. Jolanthe fluchte über die glitschigen Steine, auf denen sie rutschte, wenn sie nicht aufpasste. Ein Gebirgsbach hatte am gegenüberliegenden Hang eine tiefe Schlucht gegraben, die Wassermassen fielen fast senkrecht herunter. Sie sah Gämsen oben an einem Grat entlangwandern. Kleine Geröllbröckchen lösten sich und polterten in die Tiefe.

Martha kam wieder in Jolanthes Blickfeld und mit ihr die davor laufenden Maulesel mit den Knechten, die sie führten. Über das Schnauben der Tiere hinweg hörte Jolanthe ein Grollen, ganz leise nur. Es hörte sich nicht an wie ein Gewitter, und auch sonst lag nichts Bedrohliches in dem Geräusch, doch Martha vor ihr blieb stehen, so als habe sie eine Ahnung. Sie blickte nach oben.

»Vorsicht!«, kam ein Ruf von hinten. Jolanthe folgte der Blickrichtung der Freundin. Wie erstarrt stand sie da, während ein Felsbrocken den Hang hinunter fiel, hier und da aufschlug, die Richtung änderte und weiterhüpfte wie ein übermütiges Kind.

»Nicht!« Jolanthe gellte ihr eigener Schrei in den Ohren. Ihr Pferd riss sich erschrocken los, die Zügel hinterließen eine brennende Spur auf ihrer Handfläche. Sie stürzte nach vorn und bekam Martha an der Schulter zu fassen, wollte sie nach hinten ziehen, sie aufrütteln, sie dazu bringen, sich zu bewegen. Doch es war zu spät. Mit einem dumpfen Knall schlug der Stein auf den letzten Felsen auf, bevor er erneut hochsprang und auf sie zu wirbelte. Martha drehte sich, stieß Jolanthe zu Boden, sie spürte, wie sie den Halt verlor und aufschlug. Dann wurde es schwarz um sie herum.

Als sie wieder erwachte, hielt ihr jemand ein feuchtes Tuch an die Stirn. Es brannte an der Stelle, ihr Kopf schmerzte höllisch.

»Was ist geschehen?«, brachte sie hervor, obwohl ihr Mund wie ausgetrocknet war.

»Du bist mit dem Kopf auf einen Stein gefallen«, antwortete Pascal. Sie sah sein besorgtes Gesicht und versuchte zu lächeln. Das Wort Stein brachte die Erinnerung.

»Martha!« Jolanthe versuchte sich aufzusetzen, doch Pascal hielt sie zurück.

»Bleib liegen! Du musst erst richtig zu dir kommen.«

»Was ist mit Martha?«, flüsterte Jolanthe und kämpfte gegen den Schwindel an, der die unbedachte Bewegung verursacht hatte.

»Sie lebt.«

Das war eine beängstigende Antwort. Lieber hätte sie gehört: »Es geht ihr gut.« oder »Es ist ihr nichts geschehen.« Erneut versuchte Jolanthe sich loszumachen, vergeblich. Ihr wurde übel. Jolanthe traten Tränen in die Augen, sie hielt sich an Pascals Arm fest und hörte seine ruhige Stimme.

»Es wird alles gut. Wir bringen euch in Sicherheit. Das Hospiz ist nicht weit. Dort könnt ihr ausruhen.«

Es wird alles gut, dachte sie, als sie die Augen schloss und in einen Dämmerzustand hinüberglitt. Alles gut.

Sieglinde spürte das Holz der Kirchenbank, auf der sie kniete, schmerzhaft an den Unterschenkeln. Sie blieb dennoch in der Stellung, die Augen geschlossen, die Hände gefaltet. Stumm bat sie um Beistand für die Familie, auch für Jolanthe, die bezog sie ausdrücklich mit ein. Schwacher Weihrauchgeruch vom letzten Gottesdienst lag in der Luft, und die Mauern schienen die Kälte des Winters gespeichert zu haben, um sie nun nach innen abzugeben. Sieglinde sprach erneut ein Gebet, bewegte die Lippen dazu, versuchte sich ganz darauf zu konzentrieren. Als sie das Gefühl hatte, dass es genug war, richtete sie sich auf, setzte sich auf die Bank und streckte die Beine von sich. Eine Weile saß sie da, bewegte die Füße, um den Schmerz zu vertreiben. Dann erhob sie sich und trat zu dem kleinen Tisch mit den Kerzen. Sie nahm eine aus dem Holzkästchen, kramte in ihrer Börse nach einer Münze und tat sie in den Kasten daneben. Die Kerze entzündete sie an einer anderen, hielt das Flämmchen hoch auf Augenhöhe und sah hinein.

»Für dich, meine Schwester. Ich wünsche dir ein gutes Leben.« Sie betonte das Wort Leben, wie um sich selbst zu vergewissern, dass Jolanthe nichts zustoßen würde.

Dann verließ sie das Münster, nachdem sie sich mit Weihwasser bekreuzigt hatte. Sie hatte Gott danken wollen dafür, dass er dem Vater die Kraft gegeben hatte, sich von seiner Krankheit zu erholen. Das Geld war immer noch knapp, aber zumindest hatte Winald wieder die Geschäfte in die Hand genommen, wohl, weil ihr unvernünftiger Ehemann immer weniger für das Kontor tat, was ihr missfiel, was sie aber im Moment nicht ändern konnte. Und noch war der

Vater ja da. Winald hatte ihr versprochen, dass alles so werden würde wie früher. Sie glaubte nicht daran, denn zumindest eines würde sich nicht mehr ändern: Sie war nun Ehefrau und würde sicher bald Mutter werden. Zudem gab es etwas anderes, das sie selbst unbedingt ändern wollte, und das betraf ihre Schwester. Jolanthe hatte lange genug Einfluss im Kontor ausgeübt, diese Zeit sollte nun ein für alle Mal vorüber sein.

Sieglinde trat auf den Münsterhof und schaute sich um. Das geschäftige Treiben auf dem Marktplatz stand im Gegensatz zu der Stille, die in der Kirche herrschte. Sie wollte zur Ruhe kommen, nicht wieder sofort hineingerissen werden in den Strudel von Verantwortung, Ärger und Resignation. Es war an der Zeit, dass Gott wieder seine Hand über sie hielt, das zumindest fand sie.

Sie verschränkte die Arme und beobachtete eine Horde Kinder beim Fangen spielen. Noch mehr Unruhe. Ihre Sorge, auch bei ihr könne es bald soweit sein, hatte sich in den letzen Tagen verstärkt. Sie hatte die Hebamme um Rat gefragt. Die hatte ihr den Leib abgetastet und bestätigt, dass die Anzeichen günstig dafür stünden, dass ihr Körper gerade ein Kind austrage. Sieglinde hasste diese Vorstellung, und sie hasste die Frau, die ihr freudestrahlend Glück gewünscht hatte.

»Doch, wartet bis Ihr es erzählt«, hatte sie ihr zugeraunt. »Zu Beginn nimmt uns der Herrgott leider viel zu oft unsere Leibesfrucht, also betet, schont Euch und kommt bald wieder zu mir.«

Sie betete, ja, allerdings dafür, dass der Herrgott sie dieses eine Mal nicht verschonte. Sie würde Vico fortan zu den Huren schicken, und alles wäre wieder gut.

Zwei der Rotzlöffel fingen an, sich um eine Brezel zu balgen, die sie am Stand des Bäckers zugesteckt bekommen hatten. Mit drei Schritten war Sieglinde bei ihnen, hielt sie an den Oberarmen fest und zog sie auseinander.

»Wie könnt ihr hier solch ein Geschrei veranstalten? Die Brezel wird gerecht geteilt!«

Sie nahm dem einen das Gebäck aus den schmutzigen Fingern und brach es durch. Dann sah sie die Kinder an, die mit großen Augen zurückschauten. Bei diesem Anblick musste sie wider Willen lächeln. Es stimmte, Kinder waren ein Geschenk Gottes. Wenn nur ihr Weg in die Welt nicht so beschwerlich wäre – vor allem für die Mutter. Sie nickte und gab den beiden je eine Hälfte. Dann strich sie über die Kinderköpfe und wandte sich ab.

Sie ging an Marktständen vorbei, bis ihr Blick auf Vicos Ladengeschäft fiel. Ihr Mann verbrachte mittlerweile viel zu viel Zeit dort und auf der Suche nach Kostbarkeiten, die er seiner Kundschaft feilbieten konnte. Es laufe gut, beteuerte er ein ums andere Mal. Sieglinde beschloss, ihn ein bisschen zu beobachten. Sie suchte sich eine Hausecke, an der sie sich unauffällig anlehnen konnte, und tat so, als erfreue sie sich am Treiben auf dem Marktplatz. Den Eingang von Vicos Laden konnte sie auf diese Art gut überblicken. Mit wachsendem Erstaunen sah sie, wie Kundschaft ein- und ausging und wer alles darunter war. Sogar die vornehme Frau eines Patriziers konnte sie ausmachen. Kurz trat Vico nach draußen und plauderte mit einer Dame, die er zuvor aus dem Laden geleitet hatte. Sie gestikulierte und lachte, dann verabschiedete sie sich mit einem kleinen Winken und schickte ihren Knecht voran, der ihre Einkäufe trug. Vico hatte erzählt, er habe einen Verkäufer angestellt, der den Laden betreue, doch schien es so, als mache ihm der Verkauf selbst viel Freude.

Er macht das gut, musste Sieglinde zugeben. Sie konnte nicht sagen, wie lange sie da so gestanden hatte. Unvermittelt verspürte sie die Lust, ihren Mann in seinem Ladengeschäft zu besuchen, löste sich von der Hauswand, tat ein paar Schritte und hielt inne. Nein, das war keine gute Idee. Er sollte nicht glauben, sie billige sein Tun. Dafür war zu viel in der Schwebe. Sie dachte an Cornelius, der gerade unterwegs war, hinter Jolanthe her. Er hatte Sieglinde eine Nachricht zukommen lassen, und sie hatte nur den Kopf schütteln können über so viel Unverfrorenheit. Jolanthe reiste nach Venedig, gab es denn so etwas? Sie brauchte nur in Vaters Kontor zu gehen und ihm brühwarm alles zu erzählen und die Schwester wäre ein für alle Mal aus dem Weg. Doch das schien ihr nicht sicher genug. Was, wenn der Vater auch diese Unmöglichkeit durchgehen ließ? Sieglinde hatte beschlossen, die Gelegenheiten zu nutzen, die sich ihr boten, und solange, wie sie nicht wusste, ob sie erfolgreich war oder nicht, würde sie auch ihren Ehemann auf Abstand halten. Geduld, daran hatte es ihr noch nie gemangelt. Und sie hatte nicht vor, ihre Schwester jemals wiederzusehen.

Kapitel 26

Sie hatten Martha so gut es ging versorgt und zum Hospiz gebracht. Auch einen der Kaufleute hatte der Steinschlag erwischt. Ihn schienen mehrere Quetschungen zu quälen, zudem eine Kopfverletzung. Sein Pferd hatte gescheut und ihn gegen die Felswand gedrückt. Mit Glück im Unglück war er auf der richtigen Seite des Tieres gelaufen, sonst hätte es ihn in den Abgrund geschoben. Nun lag er schon seit drei Tagen in einer Kammer, und sein Zustand besserte sich nur langsam. Es war klar, dass die anderen eine Entscheidung treffen mussten, was den Fortgang der Reise betraf. Drei Tage Pause empfanden sie als genug, sie mussten weiter, wollten ihre Geschäfte abwickeln.

Jolanthe war mit Abschürfungen und Prellungen davongekommen, die ihr mittlerweile kaum noch

Schmerzen bereiteten. Der Schreck wog schwerer. Am ersten Tag nach dem Unfall wollte sie keine Berge mehr sehen und verfluchte ihren Wagemut, sich auf so eine Reise zu begeben.

Nun saß sie mit der Freundin vor dem Hospizgebäude in der Sonne. Martha stöhnte, als sie ihr Gewicht verlagerte. Der Fels hatte sie am Oberkörper getroffen. Nach einer durchwachten Nacht hatte Martha schließlich in einer schmerzhaften Prozedur selbst festgestellt, dass sie sich wohl ein paar Rippen gebrochen oder zumindest angeknackst hatte. Jolanthe hatte an ihrem Bett gekauert und gebetet, keinem war es gelungen, sie dort fortzubringen. Den ganzen folgenden Tag über hatte sie nach Marthas Anweisungen die Salbenwickel auf ihrem Brustkorb erneuert. Am zweiten Tag hatte die Kranke sich einfach erhoben und behauptet, das Liegen helfe sowieso nichts. Zudem müsse sie sich um den verletzten Kaufmann kümmern, mit Mühe zwar, aber es ging. »So etwas geschieht auf einer solchen Reise«, hatte sie nur gesagt. »Sei froh, dass unser Pascal für solch gute Begleitung gesorgt hat, sonst hätten wir schon längst mit Strauchdieben zu kämpfen gehabt. Glaub mir, er hat sicher nicht wenig dafür bezahlt.«

Pascal kam zu ihnen geschlendert und blieb vor ihnen stehen. Jolanthe blinzelte gegen das Sonnenlicht, als sie zu ihm hochsah. Seine Stirn war gerunzelt, so als mache ihm etwas Sorgen.

»Morgen ziehen sie weiter«, sagte er. »Es wurde eben beschlossen.«

»Was ist mit dem Verletzten?«, fragte Martha. Sie hatte sich aufgerichtet und klopfte neben sich ins Gras. »Setz dich, ich bekomme es sonst im Genick, wenn ich so zu dir hochstarren muss. Im Moment bin ich um jedes Körperteil dankbar, welches mir keine Schmerzen bereitet.«

Pascal ließ sich nieder. Er antwortete: »Man dürfe keine Rücksicht auf ihn nehmen, sagt er. Wer sich nicht imstande fühlt, die Reise wieder aufzunehmen, der muss hier bleiben. Sie werden dafür sorgen, dass er auf dem Rückweg wieder aufgenommen wird, wenn es ihm dann besser geht.«

Martha schnaubte, doch sie sagte nichts. Jolanthe ließ einen Grashalm durch die Finger gleiten. Sie schwiegen, keiner wollte die Frage stellen, deren Antwort Jolanthe Sorgen machte. Erst als ihr das Schweigen zu drückend wurde, sagte sie: »Ich bleibe auf jeden Fall bei dir, Martha.«

»Was redest du für einen Unsinn, natürlich bleibst du das.«

»Was ist mit dir?« Jolanthe schaute Pascal an, der ihren Blick erwiderte.

»Das ist eine dumme Frage.«

»Das meine ich auch«, mischte sich Martha ein. »Ich bin jedenfalls froh, dass wir nicht länger an diesem ungemütlichen Ort verweilen.« Sie stöhnte erneut auf vor Schmerz, atmete gequält ein und rieb sich die Schulter.

»Erzähl mir nicht, dass du reiten kannst.«

»Glaub mir, ich habe schon Schlimmeres überstanden.«

Jolanthe musterte die Freundin von der Seite. »Du meinst das im Ernst, oder? Ich will nicht, dass du dich mir zuliebe quälst.«

»Du vergisst, dass es auch mein Wunsch ist, irgendwann in Venedig anzukommen. Hier jedenfalls bleibe ich bestimmt nicht freiwillig, bis irgendwer mich mit nach Hause nimmt. Hier sind mir zu viele Berge, es fehlt der weite Blick, da bekommt man ja Beklemmungen.«

Jolanthe ließ sich nicht durch den lockeren Ton, den Martha anschlug, täuschen. Die Freundin litt, das spürte sie deutlich.

»Was ist, wenn wir dich mitten auf dem Weg zurücklassen müssen, weil du nicht weiter kannst?«

»Dann werde ich dich an deine Worte von vorhin erinnern.« Martha lachte ihr kehliges Lachen und erhob sich mühsam. »Macht euch um meine alten Knochen keine Sorgen, ich schaffe das schon. Und nun muss ich nach dem Kranken sehen.«

Gebückt schlurfte sie in Richtung der Gebäude und ließ Jolanthe mit Pascal allein. Die strich mit den Händen über das Gras, dann schaute sie über die Hochebene hin zu den Gipfeln der Berge.

»Bedrückend, diese Landschaft, Martha hat recht, findest du nicht auch?«, fragte sie in die Stille hinein. Pascal folgte ihrem Blick und zuckte mit den Schultern.

»Leben möchte ich nicht hier, aber es hat auch was Beeindruckendes«, antwortete er und wandte sich ihr wieder zu. »Glaubst du, Martha schafft das? Kann sie weiterreisen?«

Jolanthe antwortete nicht gleich. Was sollte sie auch sagen? So wie Martha sich herumschleppte, konnte man kaum annehmen, dass sie sich auf einem Pferd halten würde, aber bei ihr wusste man nie. Und wenn sie beteuerte, es ginge ihr gut, dann musste man das glauben. Sie würde ohnehin nichts anderes zulassen.

»Sie ist zäh. Bis morgen ist noch etwas Zeit. Ich werde sie wieder mit der Salbe einreiben.«

»Du weißt, dass ich bei euch bleibe, wenn ihr nicht weiterreisen könnt. Das ist meine Pflicht, ich lasse euch nicht allein.«

»Mir geht es gut, und Martha wird das auch schaffen.« War es wirklich nur Pflichtgefühl oder verspürte er auch Sorge um sie? Sie fürchtete Ersteres und wünschte sich Letzteres.

Plötzlich hing Anspannung in der Luft. Jolanthe meinte sie mit Händen greifen zu können. Seit dem Morgen nach dem Überfall hatte sie nicht mehr mit Pascal allein geredet. Sie spürte, dass etwas zwischen ihnen stand, da war nicht mehr die unbeschwerte Lockerheit.

»Jolanthe, das in der Nacht im Kloster, ich …«, er zögerte, schien nach Worten zu suchen. »Ich wollte dir nicht zu nahe treten.«

»Bist du nicht.«

»Vergessen wir es.«

»Wie du meinst.«

Jolanthe riss ein paar Grashalme aus und zerrieb sie zwischen den Fingern. Sie hasste diese Verwirrung in sich, blickte erneut zu den Berggipfeln, die so unüberwindbar schienen. Sie wollte offen zu Pascal sein und brachte es doch nicht fertig.

»Du musst dir keine Gedanken machen.« Ohne darüber nachzudenken, was sie tat und ob das richtig war oder falsch, rückte sie näher an ihn heran und nahm seine Hand, die auf seinem Oberschenkel ruhte. Er erwiderte ihren Druck.

»Ich bin froh, dass du bei uns bist«, sagte sie nur. Dann blickten sie erneut auf die Bergkulisse. Das Schweigen hatte das Drückende verloren. Sie spürte seine Nähe und fühlte, dass es gut so war.

Pascal war erleichtert gewesen, als sie endlich die Berge hinter sich ließen und durch die Ebene in Richtung Venedig ritten. Die Knechte hatten die Waren von den Maultieren auf Karren umgepackt, sodass sie zügiger vorankamen. Er machte sich Sorgen um Martha, die sich zwar auf dem Pferderücken hielt, aber deren blasses Gesicht die Schmerzen, die sie haben musste, nicht vertuschen konnte. Jedes Mal, wenn er mitbekam, dass Jolanthe sie fragte, wie es ihr ginge, antwortete sie nur »Sehr gut, frag nicht.«

Und nun hatten sie ihr Ziel fast erreicht. Es tat gut, nach der beschwerlichen Reise endlich anzukommen. Er hatte sich mehrmals gefragt, ob es richtig gewesen war, die beiden Frauen mitzunehmen, nun wusste er, dass ihn vor allem die Verantwortung bedrückt hatte. Im Nachhinein musste er zugeben, dass jemand wie Martha keine Fürsorge benötigte, sie wusste auf sich aufzupassen.

Jolanthe hingegen schien ihm noch unbekümmerter als zuvor, so als habe die überstandene Gefahr sie bestärkt. Sie beobachtete, wie die Waren in Frachtboote umgeladen wurden, damit man sie in die vorgesehenen Lager in Venedig bringen konnte. Dabei hatte sie die Arme vor der Brust verschränkt und wippte mit dem Fuß, so als könne sie die Arbeit auf diese Art beschleunigen.

»Schau nicht so unfreundlich«, versuchte er sie zu necken.

»Was geschieht hier, warum geht es nicht weiter? Warum müssen die Tiere in Ställen bleiben, können wir nicht in die Stadt reiten?«

Er musste schmunzeln, nahm sie bei der Schulter und drehte sie in Richtung Venedig. »Wie?«, fragte er nur und ließ sie über das Wasser blicken, das sie von der Stadtsilhouette trennte.

»Es gibt doch sicher einen Weg. Venedig ist keine Insel, oder?«

»Die Stadt ist auf Pfählen gebaut. Statt Straßen haben sie Kanäle.« Er genoss ihren erstaunten Gesichtsausdruck und merkte wieder einmal, wie sehr es ihm gefiel, wenn er ihr Dinge erklären konnte. »Warte es ab«, fügte er noch hinzu.

»Sie fahren nur mit Booten? Die Häuser stehen im Wasser?«

»Nicht nur, es gibt auch Wege. Sie haben Kanäle ausgehoben und Inseln aufgeschüttet, aber viele Häuserfundamente ruhen auf Pfählen im Wasser.« Er sah ihr an, dass sie ihm nur schwer glauben konnte.

Schließlich zuckte sie mit den Schultern und meinte: »Ich habe so viel Ungewöhnliches auf der Reise gesehen, warum nicht auch noch eine Stadt auf Pfählen?«

Sie schien die Fahrt zu genießen in dem Boot, mit dem sie schließlich transportiert wurden. Er konnte es daran sehen, wie sie nicht genug bekommen konnte vom Anblick der Häuser. Holzbrücken überspannten den Canal Grande, der bespickt war mit Booten, deren Bootsführer die Gefährte mit langen Rudern vorwärts bewegten. Ein Stimmengewirr lag in der Luft, Rufe von Händlern, die auf den Brücken Waren verkauften, das Geschrei von streitenden Männern und das

Gemurmel von unzähligen Unterhaltungen. Aus einem der Häuser drang der Gesang eines Knaben, begleitet von Flötenspiel. Kein Zweifel, Venedig lebte. Pascal spürte zum ersten Mal seit ihrer Ankunft Freude darüber, hier zu sein.

»Wo fahren wir hin?«, fragte Jolanthe.

»Zum Fondaco dei Tedeschi, der Unterkunft für deutsche Kaufleute. Wir sind in einer bedeutenden Handelsstadt, die weiß, was sie an den fremden Kaufleuten hat. Deshalb sorgt sie für angemessene Unterkunft.«

»Unglaublich ist das alles hier. Ich glaube, ich träume.«

Unter den Säulenarkaden eines prächtigen Gebäudes legten sie an und wurden willkommen geheißen. Ihre Mitreisenden wurden ebenfalls untergebracht, Pascal wusste, dass sie sich schnell aus den Augen verlieren würden. Nur ein Datum war wichtig, nämlich das, welches sie für die gemeinsame Rückreise festgelegt hatten, ansonsten ging jeder seiner Wege. Pascal sorgte dafür, dass die Kammer, die von Jolanthe und Martha bezogen wurde, direkt neben seiner eigenen lag. Wenn es nach ihm gegangen wäre, hätte er an diesem Tag das Gebäude nicht mehr verlassen müssen, aber Jolanthe zog es nach draußen und er wollte sie nicht allein gehen lassen.

»Wie prächtig das Haus bemalt ist, hast du das gesehen? Und die kleinen Türmchen obenauf. Man glaubt, man wohne in einem Palast, es ist so riesig wie der gesamte Ulmer Marktplatz zusammen!«

Sie überquerten die Rialtobrücke, blieben in der Mitte stehen, um auf den Kanal zu blicken, doch das Gedränge zwang sie dazu weiterzugehen. Jolanthe hielt an jedem der kleinen Läden an, bestaunte Speisen, die sie nicht kannte, Glasgefäße, gefertigt in Murano, Schmuck und Keramik. Pascal wunderte sich über ihre Energie, die Reise schien bereits vergessen. Sie wollte unbedingt noch einmal mit einem der Boote durch die Kanäle fahren. Pascal erfüllte ihr den Wunsch, bezahlte den Bootsführer und half ihr in die Gondel. Im Stehen führte der Mann den Riemen in gleichmäßigen Bewegungen. Jolanthe sah nach rechts und links und fasste Pascal ein ums andere Mal am Arm, wenn sie etwas Neues entdeckt hatte. Er mochte ihre Begeisterung. Auch wenn er sich wünschte, sie hätte sie für den nächsten Tag aufgespart. Was auch immer er über die reichen Familien Venedigs wusste, über den Fernhandel, der von hier über die Meeresrouten ging und über Gebäude, die sie besonders prächtig fand, alles musste er ihr erzählen.

Auf der Piazza San Marco blieb sie ehrfürchtig vor der Basilika stehen. Gekrönt von fünf Kuppeln strahlte das golden bemalte Gebäude Reichtum und Erhabenheit aus. Die Rundbögen, unten mit Säulen unterteilt, oben orientalisch spitz zulaufend und mit Mosaiken geschmückt, luden dazu ein, mit den Blicken zu verweilen. Dennoch schwand Pascals Eifer mehr und mehr. Er sehnte sich nach einem guten Essen und seinem Lager. Doch seine Begleiterin blieb unermüdlich.

»Ich möchte ein Dankesgebet sprechen, dafür, dass wir die Reise gesund überstanden haben.«

Pascal nickte nur ergeben und folgte ihr. Die reiche Bemalung im Innern, die bunten Mosaike am Boden, die hohen Kuppeln des Daches, das alles bisher Gesehene in den Schatten stellte, beeindruckten auch ihn immer wieder. Und doch schob er Jolanthe sanft voran, damit sie sich nicht in der Betrachtung der Malereien verlor. Sie knieten nieder und sprachen jeder für sich ein Gebet. Er dankte Gott von ganzem Herzen, dass sie nicht überfallen worden waren und der Unfall glimpflich vonstatten gegangen war.

Als sie das Gebäude verließen, wollte Jolanthe zum Hafen.

»Martha wartet bestimmt«, versuchte er zu bremsen, doch sie antwortete nur, die Freundin wolle sich ausruhen und habe sie fortgeschickt.

Er zeigte ihr stattdessen den Palast des Dogen, der lag gleich nebenan und konnte sie eine Weile ablenken. Sie gingen durch die marmornen Arkaden, die an der Fassade in Richtung Lagune angebracht waren. Jolanthe berührte den Stein und strich mit den Fingerspitzen an einer Säule entlang.

»Der Löwe ist Wahrzeichen Venedigs«, erklärte er die Bildnisse über dem mittleren Fenster der Fassade, nachdem sie sich ein paar Schritte entfern hatten und das Gebäude im Ganzen bestaunen konnten. »Die Statue oben ist Justitia«.

»Dieses rötliche Muster am oberen Teil der Wand und diese sich ständig wiederholenden Kreise im Mauerwerk darunter, dann die Säulen und Arkaden, mir wird ganz schwindelig, wenn ich zu lange hinschaue.«

»Das ist große Baukunst. Hier waren die berühmtesten Architekten am Werk.«

»Wie reich muss jemand sein, der sich einen solchen Palast errichten kann?«, staunte sie, und Pascal erklärte erneut, wie der Reichtum nach Venedig kam. Über die Dogen selbst wusste er kaum etwas und musste das widerwillig zugeben.

Es wurde Abend, und er gab es auf, darauf zu hoffen, das Jolanthe von allein müde wurde. Sie schien von einer unerschöpflichen Energiequelle gespeist. Trotz ihrer Proteste, bugsierte er sie in eine Gondel und gab dem Bootslenker Anweisung, sie zum Haus der deutschen Kaufleute zu rudern. Ihr Protest war ihm gleich, sollte sie ihn Schwächling nennen, er wollte nicht mehr. Und morgen war schließlich auch noch ein Tag.

Kapitel 27

Der Hafen. Jolanthe blieb stehen, bemüht, möglichst viele Eindrücke auf einmal in sich aufzunehmen, so als könne sich alles im nächsten Moment als Trugbild herausstellen und verschwinden. Doch es war nicht so. Auch wenn sie die Augen schloss, bis zehn zählte, um sie wieder zu öffnen, bot sich ihr immer noch dasselbe Bild.

Früh am Morgen hatte sie sich auf den Weg gemacht. Sie hatte im Innenhof des Fondaco dei Tedeschi ein paar Kaufleute getroffen und sie gefragt, wie man am besten zum Hafen kam. Als sie gerade Martha Bescheid geben wollte, wohin sie gehen würde, da stand die Freundin vor ihr, fertig angezogen und bereit, einen Ausflug in die Stadt zu machen. Gemeinsam verließen sie das Haus. Martha begleitete sie ein Stück weit, bevor sie mit einem Winken verschwand, um ihre eigenen Besorgungen zu tätigen. Jolanthe hatte sich nicht gemerkt, wohin die Freundin gehen wollte und was sie dort tat. Sie war viel zu sehr mit sich selbst beschäftigt und mit der Aussicht, den berühmten Hafen dieser Handelsmetropole zu sehen. Martha würde vermutlich Orte aufsuchen, die sie kannte oder Menschen treffen, die sich noch an sie erinnerten. Nein, sie musste ihr nichts genauer erklären, und eben das nahm Jolanthe sich auch gegenüber Pascal heraus, obwohl sie wusste, dass er das sicher nicht guthieß. Er hatte sich in den

Kopf gesetzt, auf dieser Reise für sie verantwortlich zu sein. Das hieß für ihn scheinbar, dass er sie überall hin begleitete, auch wenn er so wenig Laune dazu hatte wie gestern und die ihre damit ebenfalls verdarb. Das wollte sie nicht. Sie war zum ersten Mal in Venedig und wollte alles auskosten, was sie sah. Wenn das gemeinsam mit Pascal nicht möglich war, dann tat sie es eben allein. Zudem musste sie ihn bei ihren Geschäften nicht dabei haben. Sie brauchte keinen Aufpasser.

Obwohl noch früh am Morgen, herrschte am Hafen rege Geschäftigkeit. Jolanthe starrte eine ganze Weile auf die ankernden Schiffe, die ihr riesig vorkamen. Geprägt von den Erzählungen der anderen hatte sie eine Vorstellung gehabt, wie solche Gefährte aussehen könnten, mit denen man über das Meer bis nach Ägypten reiste und unversehrt dort ankam. Nun aber, in Wirklichkeit, sah alles ganz anders aus, größer, gewaltiger.

Auf einigen Decks herrschte Ruhe. Die Taue schlugen an Masten im Takt der sanften Bewegung, mit der sich der Schiffsrumpf in den Wellen wiegte. Auf anderen wurden die Planken geschrubbt, Segel geflickt oder Kisten und Fässer umgeräumt. Seeleute luden Ware auf kleinere Boote, um sie an Land zu bringen. Dort warteten Maultiere auf die Last, schlugen geduldig mit dem Schweif und schüttelten die Köpfe, wenn die Fliegen zu aufdringlich wurden. Zwei Straßenköter balgten sich um ein fauliges Stück Fleisch, und über allem hing der Schrei der Möwen, die immer wieder ihre Kreise zogen. Ein Seemann rief einem anderen Befehle zu, der sie mit gekonnter Langsamkeit ausführte, so als habe er die Ruhe weg. Jolanthe sah einen Kaufmann auf und ab gehen und immer wieder in die Ferne über das Wasser blicken. Seine Schnabelschuhe wiesen lange Enden auf, und sein Umhang war pelzbesetzt. Mit jedem Schritt schlug er um seine Beine.

Jolanthe tauchte in das Treiben der Menschen ein, roch Fisch und brackiges Wasser. Von einem fliegenden Händler ließ sie sich einen Kanten Brot mit Fleisch geben und lehnte sich etwas abseits an eine Hauswand, um das Essen hinunterzuschlingen und dabei das Geschehen am Hafen nicht aus den Augen zu verlieren. Als sie den letzten Bissen hinuntergeschluckt und die fetttriefenden Finger abgeleckt hatte, war ihr Überblick ausreichend, um zur Tat zu schreiten. Als Erstes ging sie auf den Kaufmann zu und erkundigte sich nach den jüngst eingetroffenen Schiffen. Er entpuppte sich als Landsmann und schien den Hafen seit geraumer Zeit zu beobachten, also wusste er ausreichend Bescheid und war froh um die Ablenkung, die ihre Frage ihm bot. Kaum hatte sie sich bei ihm bedankt und war ein paar Schritte weiter gegangen, da schaute er bereits wieder in die Ferne. So als könne er das Schiff, auf das er wartete, auf diese Art herbeizaubern.

Jolanthe behielt die Neuankömmlinge im Blick und

fragte gezielt nach deren Ladung, wo immer man sie verstand. Sie versuchte, bei ihren Nachfragen so unauffällig wie möglich zu erscheinen, nur einer der Seeleute hielt sie für eine Hure und wollte sie mit sich zerren. Mit einem gezielten Tritt beendete sie seinen Irrtum. Sie bekam heraus, welches der Schiffe Gewürze geladen hatte. Das Schiff wurde gerade entladen, und der einfachste Weg, mehr zu erfahren, führte über den Seemann, der das Boot hin und her ruderte. Also begab sie sich an die Anlegestelle, wartete, bis er kam und das Boot in die richtige Position manövriert hatte.

»Ich möchte mit dem Besitzer der Gewürze sprechen.«

Der Seemann musterte sie von oben bis unten. Zunächst dachte sie, er spreche ihre Sprache nicht, dann aber antwortete er mit starkem Akzent:

»Ist in die Gasthaus zu goldene Ochse. Da Hafen.« Er deutete unbestimmt in eine Richtung.

»Ihr könnt mir doch sicher sagen, ob er noch etwas zu verkaufen hat.«

Wieder dieses Mustern, so als frage er sich, was Jolanthe eigentlich von ihm wollte. Er zog die Nase hoch und spuckte den Rotz ins Wasser.

»Frag ihn«, antwortete er und schien das Interesse an ihr zu verlieren. Er wandte sich der Ladung seines Bootes zu und half einem anderen, sie auszuladen. Jolanthe aber wollte nicht locker lassen. Sie stellte sich vor ihn.

»Wisst Ihr den Namen?«

»Lass mich tun meine Arbeit. Werde ich bezahlt.«

Jolanthe verstand, kramte ein paar Münzen hervor und drückte sie ihm in die Hand. »Beschreibt ihn mir.«

Sie ließ erst von ihm ab, als sie genügend Informationen hatte, um den Kaufmann finden zu können. Gut gemacht, dachte sie sich. Jetzt muss ich nur schnell sein.

Sie wollte sich gerade auf die Suche nach dem Gasthaus machen, da sah sie Pascals Gestalt zwischen den Menschen. Er kam direkt auf sie zu.

»Du bist früh unterwegs, gehst du deinen Geschäften nach?«, fragte sie in unverbindlichem Ton. Sie hatte seinen Gesichtsausdruck gesehen, der Ungemach versprach, aber verdammt nochmal, er hatte ihr gar nichts zu sagen!

»Du ebenso, wie mir scheint«, antwortete er und zog sie beiseite.

»Ich muss zum goldenen Ochsen. Dort ist ein Kaufmann, der Gewürze sein Eigen nennt und sie an mich verkaufen wird.«

»Jolanthe, ich will nicht, dass du ohne ein Wort einfach so verschwindest.«

»Martha weiß, wo ich bin, und du hast mich auch gefunden, oder nicht?«

Er packte sie am Arm, dass es schmerzte. »Du versprichst mir, dass du das nicht noch einmal tust.«

»Du tust mir weh.«

Genauso abrupt, wie er sie angefasst hatte, ließ er sie wieder los. »Ich begleite dich.«

»Das ist nicht nötig«, beteuerte sie, aber er blieb bei ihr und ließ sich nicht abwimmeln. Sie wusste nicht, ob sie darüber lachen oder weinen sollte und fügte sich schließlich in ihr Schicksal. Dann brauche ich mir wenigstens keine Gedanken zu machen, wie der Kaufmann mich aufnimmt, dachte sie, in der Bemühung, etwas Gutes an der Situation zu finden.

Sie hatten Jolanthes Geschäft mit den Gewürzen am Tag zuvor gut abwickeln können. Die Ware lag bereits in den Lagern des deutschen Hauses, und Pascal musste immer noch schmunzeln, als er am Morgen auf seiner Bettstatt lag und den Staubkörnern zusah, die in den einfallenden Sonnenstrahlen tanzten. Hier im Süden schien alles viel klarer, heller zu sein, und die Sonne verwöhnte sie nun schon seit einigen Tagen. Es tat gut. Oben in den Bergen war es doch merklich kühler gewesen.

Seine Gedanken wanderten zurück zu der Begebenheit mit dem Kaufmann. Jolanthe hatte Safran, Pfeffer, Kardamon und Ingwer erstanden in einer zähen Verhandlung, in die er sich kaum eingemischt hatte. Der Kaufmann sprach Französisch, und so hatte er für Jolanthe übersetzt, doch das Feilschen um den Preis war allein ihr Werk gewesen. Er musste zugeben, dass sie darin immer besser wurde. Sie würde ihn bald nicht mehr brauchen. Stark genug, ihren eigenen Weg zu gehen, schien sie ihm bereits jetzt, auch wenn sie selbst es vielleicht noch nicht wusste. Sein erstes Ziel, sie unabhängig von Winald zu machen, hatte er erreicht, was sollte folgen? Er wusste, dass es müßig war, sich darüber Gedanken zu machen. Zunächst einmal würden sie in Venedig bleiben, er musste seine Geschäfte abwickeln, dann stand die Reise über die Alpen an. Erst zurück in Ulm würde er die Früchte ernten können. Wenn es welche zu ernten gab.

Es klopfte an seine Tür.

»Pascal, ich bin es, Martha.«

Ihre Stimme klang dumpf durch das Holz, und doch konnte er den beunruhigten Unterton heraushören.

»Moment!«, rief er, stand auf und kleidete sich hastig an. Martha schien nur darauf gewartet zu haben, dass er die Tür öffnete, denn sie drängte ins Zimmer hinein. Als sie das leere Bett sah, griff sie mit einer Hand zum Hals.

»Sie ist nicht bei dir?«

»Wer, Jolanthe?«

»Bei uns in der Kammer ist sie nicht, auch sonst im Haus habe ich sie nicht gesehen, und abgemeldet hat sie sich ebenfalls nicht.«

»Vielleicht ist sie am Hafen?« Schließlich war sie gestern auch allein dorthin gegangen.

Martha ließ sich auf das Bett sinken. Sie atmete tief

durch und gewann dadurch einen guten Teil ihrer normalen Haltung zurück.

»Sie hat mir vor der Abreise versprechen müssen, mir immer zu sagen, wenn sie sich entfernt. Ich lasse sie in Ruhe. Sie hatte keinen Grund, mir etwas zu verschweigen.«

»Sie vertraut dir, ich weiß.« Pascal setzte sich neben Martha. Der erste Schreck war abgeflaut und wich dem Unbehagen. Martha war keine Frau, die unnötig Wirbel veranstaltete oder die leicht zu erschrecken war. Er stand wieder auf.

»Ich gehe zum Hafen. Du fragst noch mal im Haus nach. Wir treffen uns wieder hier.«

Martha widersprach ihm nicht, was er als Einverständnis nahm. Er machte sich auf den Weg, doch wohin er auch schaute und wen er auch fragte, niemand hatte eine Frau gesehen, die seiner Beschreibung von Jolanthe entsprach. Die Sorge wuchs mit der Erkenntnis, dass etwas nicht stimmte. Und trotzdem hoffte er, Jolanthe bei seiner Rückkehr wohlauf zu finden. Den ganzen Rückweg über beruhigte er sich mit erdachten Gesprächen, in denen er ihr Vorwürfe wegen ihres Leichtsinns machte. Hatte er nicht gestern erst verboten, dass sie sich allein auf den Weg wohin auch immer machte?

Er traf Martha am Eingang. Sie schien auf ihn gewartet zu haben.

»Ich habe die Kaufleute gefragt, die mit uns hergereist sind. Einer glaubt, sie gesehen zu haben. Er wartet im Innenhof.«

Einen Augenblick verfingen sich ihre Blicke, und Pascal wusste, dass es beunruhigende Neuigkeiten gab. Er konnte es in Marthas Augen lesen. Sie führte ihn zu einem schmächtigen Mann, der im Innenhof müßig in der Sonne auf einer Bank saß, so als habe er seine Geschäfte bereits zur vollen Zufriedenheit erledigt. Er nickte freundlich, als Pascal ihn grüßte.

»Eure Begleiterin hat mich bereits ausgefragt.«

»Er möchte es aus Eurem Mund hören«, erklärte Martha.

»Euch ist diese junge Frau abhandengekommen? Das tut mir leid. Aber sicher sind Eure Sorgen unnötig. Glaubt mir, es sah alles ganz und gar nicht beängstigend aus.«

»Sicher.« Pascal beobachtete, wie der Mann zu ihm hochblinzelte, und nickte ihm zu, damit er mit seinem Bericht begann.

»Gestern Abend, es war bereits dunkel, ich kam von einer Zecherei zurück, ihr wisst schon.« Er strich sich mit einer Hand über sein schütteres Haar. »Ich sah ein Paar, einen Mann und eine Frau auf der Straße stehen, hier vor dem Haus. Ich gebe zu, er schien sie etwas festzuhalten, doch ich dachte mir nichts dabei. Die Huren hier, nun ja, so manche weiß sich teuer zu verkaufen. Und Eure Begleiterin habe ich nicht sofort erkannt, erst jetzt, wo Ihr danach fragt.«

»Er glaubt, dass es Jolanthe gewesen sein könnte«, mischte Martha sich ein.

»Der Armreif, wisst Ihr«, begann der Mann erneut. »Das Mädchen trug einen Armreif. Ihr Amulett, wie sie es mir gegenüber bezeichnete. Er rutschte an ihrem Handgelenk hoch, als sie den Mann an der Schulter wegzudrücken versuchte. Ich bin Schmuckhändler, ich vergesse so schnell kein Schmuckstück.«

Pascal packte den Kaufmann am Arm. »Ihr hättet ihr helfen müssen.«

»Lass ihn«, griff Martha beruhigend ein und zog Pascal ein Stück weg.

»Ich versichere Euch«, der Kaufmann rieb sich die Stelle, an der Pascal ihn gehalten hatte. »Es gab keine Gewalt oder etwas, was mich stutzig hätte machen können. Sie ist freiwillig mit ihm gegangen. Ich hätte sonst geholfen, das ist doch selbstverständlich«, rief er ihnen hinterher.

Pascal wollte nichts mehr hören. Er überquerte den Hof. Martha folgte ihm.

»Wohin gehen wir?«

Er antwortete nicht, und sie fragte nicht weiter nach. Als er das Warenlager des Hauses betrat und zügig zu dem Verschlag ging, wo er seine und Jolanthes Ware gelagert hatte, folgte sie ihm immer noch. Er grüßte den Wachmann.

»Alles in Ordnung?«

»Ja, Herr.«

Er brauchte nicht weiter zu fragen, er sah die Kisten mit Jolanthes Gewürzen noch genauso auf dem Boden stehen, wie sie gestern abgestellt worden waren. Zu Martha gewandt sagte er:

»Ihre Gewürze sind noch da. Sie hat sie gestern am Hafen erstanden.«

»Und mir davon erzählt. Natürlich ist alles noch da, was denkst du denn?«

Pascal wies die Wache an, niemanden zu den Sachen vorzulassen, ganz gleich welche Erklärungen er hätte, und ihm umgehend Nachricht zukommen zu lassen, sollte sich etwas Ungewöhnliches ereignen. Dann machten sie sich auf den Weg zurück zu Marthas Kammer.

»Vielleicht ist sie doch wieder zurück, lass uns nachsehen.«

Jolanthe war nicht da.

»Martha, was ist da geschehen? Sie hat ihr Gepäck hier gelassen, sie hat die Gewürze im Lager gelassen. Wen hat sie getroffen, und wohin ist sie mit ihm gegangen? Sie kennt doch niemanden hier.«

»Jolanthe ist nicht freiwillig mitgegangen. Dafür verwette ich meinen Kopf. Sie hätte uns benachrichtigt.«

»Und wer um Himmels Willen sollte sie hier in Venedig entführen?«

Darauf wussten sie beide keine Antwort.

Kapitel 28

JOLANTHE SASS AUF EINEM SCHEMEL, rieb sich die brennenden Augen und starrte auf das einzige Fenster im Raum. Jemand hatte es mit von innen vernagelten Läden verschlossen. Sie hatte in der Nacht kaum ein Auge zugetan, war immer wieder eingenickt und benommen hochgeschreckt, um auf die Geräusche im Haus zu hören. Das Knarren im Gebälk, das Lachen, das von unten heraufdrang, das Schlurfen, Rumoren und ab und an das lustvolle Stöhnen begleiteten sie die ganze Nacht. Sie konnte sich denken, in welcher Art von Etablissement sie gelandet war. Doch warum und wer sie hergebracht hatte, das wusste sie nicht.

Sie wusste nur, dass sie keine zehn Pferde auf das schimmelige Strohlager bringen würden, das an der Wand für sie bereitet worden war. Vermutlich beherbergte es noch andere Unaussprechlichkeiten, nicht nur diese schwarzen Käfer, die ab und an daraus hervorkrochen.

Die Holzdielen am Boden schienen seit Anbeginn kein einziges Mal gesäubert worden zu sein. Es gab einen Nachttopf, dessen durchdringender Uringestank das Zimmer füllte. Offenbar hatte sie sich in der Nacht erleichtert, doch sie konnte sich nicht daran erinnern. Ein Eimer stand daneben, von dem sie hoffte, dass er frisches Wasser enthielt, und sonst gab es nur diesen Schemel, auf dem sie saß. Sie hatte ihn abgerückt von der fleckigen Wand und hockte nun da, hatte auf das erste Licht des Morgens warten wollen, um ihre Umgebung zu erkunden. Der Morgen war bereits angebrochen, doch was sollte sie sonst tun, als weiter hier zu sitzen und zu hoffen, dass sie nicht unvermittelt einschlief und vom Hocker auf den Boden fiel? Diese Vorstellung machte sie schlagartig wacher und holte sie ein Stück weit aus dieser merkwürdigen Benommenheit, die sie die Dinge wie durch einen Schleier wahrnehmen ließ. So als wäre sie selbst nicht wirklich anwesend.

Sie zwang sich dazu nachzudenken, schloss die Augen, rekapitulierte das Geschehen vom Abend zuvor. Jemand hatte an die Tür von ihrer und Marthas Kammer geklopft und leise Jolanthes Namen gerufen. Die Stimme hatte merkwürdig dumpf geklungen. Sie hatte sich rasch angezogen und das Zimmer verlassen, ohne Martha zu wecken. Auf dem Gang hatte sie niemanden sehen können. Sie war zum Fenster gelaufen, hatte in den Hof geblickt. Dort stand jemand in einem dunklen Umhang. Als er sie sah, winkte er zu ihr hoch. Einer der Kaufleute, die mit ihnen gereist waren? Pascal, der sich einen Spaß mit ihr erlaubte? Sie hatte sich nichts dabei gedacht, die Treppe hinunter zu laufen, und unten ihre Unvorsichtigkeit schneller bereut, als ihr lieb war.

Der Mann hatte sie festgehalten, ihr mit Hilfe eines nassen Tuches eine Flüssigkeit in den Mund getropft, die merkwürdig schmeckte, ihr Mund und Nase zugehalten, sodass sie schlucken musste. Es war ein Mittel, das sie benommen machte, sodass ihr Entführer sie ohne Widerstand aus dem Haus ziehen konnte. An den Weg konnte sie sich kaum entsinnen, sie musste gelaufen sein, doch die Droge hatte sie benebelt und willenlos gemacht. Sie wusste nicht mehr, ob sie weit gegangen waren, ob sie mit einem Boot gerudert waren – obwohl sie das dunkel annahm.

Beim ersten klaren Gedanken hatte sie auf dem Boden gelegen, allein in diesem verdreckten Raum. Sie hatte sich hastig erhoben und den Schemel herangezogen. Seither saß sie da. Wer der Mann gewesen war, der sie hierher gebracht hatte? Sie wusste es nicht. Sein Gesicht war merkwürdig dunkel verschmiert gewesen, so als hätte er es absichtlich verfremdet. Gesprochen hatte er kein Wort mehr. Den ganzen Weg über nicht.

Warum?

War es der Händler, von dem sie die Gewürze erstanden hatte, der sich aus welchem Grund auch immer an ihr rächen wollte? Das war absurd, er hatte ein gutes Geschäft gemacht.

Wollte sich jemand aus dem Handelshaus an ihr vergreifen und hatte sie deshalb in ein Hurenhaus gebracht? Nur wer? Und warum handelte er nicht, als sie noch wehrlos war?

Diese Fragen gingen nicht mehr aus dem Kopf, sie

konnte es irgendwann nicht mehr ertragen und erhob sich.

Sie rüttelte an der Tür – verschlossen, natürlich. Durch die Ritzen des Fensterladens konnte sie in die Tiefe spähen und sah das Kanalwasser glitzern im Licht der Sonne. Mit aller Kraft versuchte sie, den Laden zu öffnen, doch die nachträglich angenagelten Querstreben hielten – und selbst wenn nicht, wie hätte sie mehrere Stockwerke hinunterkommen sollen, um dort im Wasser zu landen?

Zurück bei der Tür schlug sie mit der Faust dagegen. Nichts geschah, was ihre Beklemmung hätte vertreiben können. Sie rieb sich die schmerzenden Handkanten und versuchte, sich zu beruhigen. Denk nach, befahl sie sich. Doch tat sie das nicht schon die ganze Zeit? Fast sehnte sie sich nach der Benommenheit zurück, die das alles erträglicher gemacht hatte, da hörte sie, wie jemand einen Schlüssel im Schloss drehte. Die Tür öffnete sich quietschend, und ein Mädchen in einem bunten Kleid trat ein, schloss die Tür mit dem Fuß und hielt Jolanthe mit einem Lächeln einen Krug Wasser und einen Kanten Brot entgegen. Ihre dunklen Augen schimmerten sogar in dem dämmrigen Licht des Zimmers.

Jolanthe nahm das Dargebotene entgegen. Bevor sich das Mädchen wieder umdrehen konnte, fragte sie: »Wie heißt du?«

Die Angesprochene schob die Schultern nach oben und schien nicht zu verstehen. Jolanthe zeigte auf sich und sagte: »Jolanthe.« Dann nickte sie in Richtung des Mädchens und rang sich ein Lächeln ab, um sie zum Reden zu ermuntern.

»Laetizia«, kam die Antwort.

»Laetizia«, Jolanthe stellte den Krug auf den Schemel und legte das Brot daneben. Dann sah sie das Mädchen durchdringend an und fragte: »Wer hält mich hier fest?«, indem sie jedes Wort deutlich betonte. Laetizia schüttelte den Kopf.

»Mann«, sagte Jolanthe. »Umhang. Eingesperrt.« Sie zeigte auf sich, dann auf das Zimmer. »Warum?«

»Mann, si«, antwortete das Mädchen und nickte eifrig. »Wollen dass du hier.« Sie zeigte auf den Boden. Dann hob sie beide Hände, spreizte die Finger und ergänzte: »Tage. Dann frei. Gehen.« Ihr Zeigefinger zeigte in Richtung Tür.

Sie verstand also zumindest ein wenig. Vermutlich hatte man sie deshalb zum Bedienen der Gefangenen abgestellt.

»Warum?«, fragte Jolanthe erneut, doch Laetizia zuckte nur mit den Schultern. So kam sie nicht weiter. Das Mädchen wurde unruhig. Sie öffnete die Tür in ihrem Rücken und verschwand, bevor Jolanthe sie halten konnte.

»Bleib!«, rief sie.

Der Schlüssel knirschte im Schloss, rasche Schritte entfernten sich. Dann wurde es wieder still.

Jolanthe spürte, wie sich ihre Fingernägel in die

Handballen gruben. Sie saß fest im obersten Stockwerk eines alten Hauses, die Tür gesichert mit einem rostigen Schloss, bewacht von einem jungen Mädchen, das mehr Respekt vor ihr zu haben schien als umgekehrt. Es ergab alles keinen Sinn. Und in zehn Tagen sollte sie wieder frei sein, einfach so? Konnte sie dem trauen und wenn ja, was geschah in der Zwischenzeit, warum sperrte man sie ein?

Jolanthe ging erneut zum Fenster und untersuchte den Laden. Die beiden Querbretter waren frisch angenagelt worden, das konnte sie erkennen. Doch was sie vorhin nicht gesehen hatte, war, dass der obere sich bereits gelockert hatte. Das musste geschehen sein, als sie am Laden gerüttelt hatte. Nun zog sie gezielter, und es dauerte nicht lange, da hatte sie eine der Latten in den Händen. Sie atmete tief durch. Dann machte sie sich daran, das zweite Brett zu entfernen, und hatte bald auch dieses Stück Holz in der Hand. Sie öffnete die Verriegelung der Läden und schob sie ein kleines Stück weit auf. Niemand sollte von draußen auf sie aufmerksam werden.

Der Kanal lag drei Stockwerke tiefer. Sie sah den Teil einer Gondel, die vorüberglitt, dachte kurz daran, den Laden aufzustoßen und hinunterzurufen. Sie verwarf diese Möglichkeit wieder. Erstens verstand vielleicht niemand ihre Sprache, zweitens würde sie zu viel Wirbel veranstalten.

Sie blickte nach unten, um einen Eindruck von der

Hausfassade zu bekommen. Die Fenster in den anderen Stockwerken schienen höher, hatten oben eine überstehende Steinumfassung und schlossen nach unten ab mit einer Reihe von schmalen Balkonen. Konnte sie sich bis dorthin hangeln, mit den Füßen Halt finden, ein Stockwerk tiefer und dann? Ihr wurde schon mulmig, wenn sie nur daran dachte.

Sie zog die Läden wieder zu, befestigte die Querhölzer, damit niemand etwas merkte. Nachdenklich biss sie sich auf die Lippe. Wenn überhaupt, diesen Fluchtweg konnte sie nur im Dunkeln wagen. Nur, ob die wenige Sicht ihr dabei helfen würde, den Schwindel zu besiegen, den sie spürte, wenn sie in die Tiefe blickte, das glaubte sie kaum. Und ob sie überhaupt genug Kraft hatte, sich an der Fassade entlangzuhangeln bezweifelte sie.

Also blieb nur die Tür. Vielleicht konnte sie mit Hilfe des Mädchens hinauskommen? Es zu überwältigen, sollte ihr gelingen, so kräftig schien es nicht zu sein. Aber wenn sie anfing zu schreien? Jolanthe ging in die Hocke und begutachtete das Schloss sowie die Verankerung in der Tür. Sie bohrte mit dem Finger in dem morschen Holz des Rahmens und konnte Splitter davon ablösen. Ein Werkzeug musste her!

Sie begann, das Zimmer zu durchsuchen, und fand vor allem Dreck und Ungeziefer. Ihr Blick fiel auf den Tonkrug, mit dem ihr Laetizia das Wasser gebracht hatte. Das ist es, dachte sie aufgeregt. Um das Wasser nicht zu vergeuden, trank sie es in kräftigen Zügen aus. Dann nahm sie den Krug am Henkel und schleuderte ihn gegen die Wand. Putz bröckelte, sonst tat sich nichts.

»Verflucht! Warum muss das Ding so stabil sein?« Jolanthe blickte sich um. Sie durfte nicht zu viel Lärm machen, wenn sie den Krug zerschmettern wollte, musste ein Schwung genügen. Sie fixierte die Kante des Hockers, holte aus und ließ das Tongefäß schräg dagegen krachen. Es zerbarst mit einem Knall. Jolanthe hielt die Luft an, lauschte, doch es tat sich nichts. Rasch kniete sie sich hin und suchte aus den Trümmern die brauchbarsten Stücke heraus. Damit machte sie sich wieder daran, den Türrahmen zu bearbeiten. Ich gebe nicht so schnell auf.

Pascal ging in seiner Kammer im Kreis und wusste nicht weiter. Mit Martha hatte er verabredet, dass sie abwarten würden. Wer auch immer Jolanthe mit sich genommen hatte, ob mit oder gegen ihren Willen, der würde sich melden über kurz oder lang. Oder Jolanthe tauchte von selbst wieder auf. Pascal wollte noch einmal zum Hafen, aber Martha schüttelte nur den Kopf. Sinnlos sollte das wohl heißen. Nur war es nicht noch viel unsinniger, hier in der Kammer herumzulaufen und gar nichts zu tun? »Wenn das wieder einer deiner Unmöglichkeiten ist, Jolanthe, dann Gnade dir Gott, wenn du zurückkommst!«

Er drehte sich um und trat gegen die Wand, um den Schmerz aus seinem Inneren zu überdecken. Es wirkte nicht lange an. Tränen stiegen ihm in die Augen. Er wischte sie weg. Nein, so ging es nicht. Er konnte nicht hier bleiben und verfluchte diese Frau dafür, dass sie ihm so nahe gekommen war, dass es derart wehtat. Er wollte sich keine Sorgen um sie machen müssen, wollte die Angst vor dem Verlust nicht mehr spüren. Er musste raus hier!

Pascal entdeckte die Nachricht, als er seine Kammer verlassen wollte. Das Papier steckte zwischen Türrahmen und Tür und flatterte zu Boden, als er sie öffnete. Er bückte sich, hob es auf und schaute den Gang entlang. Niemand war zu sehen. Mit drei Schritten lief er zum Fenster, schaute in den Hof. Auch hier gab es nichts Verdächtiges. Die Nachricht in der Hand ging er zu Martha. Gemeinsam versuchten sie die Schrift zu entziffern, was sich als nicht einfach herausstellte. Die Worte schienen in großer Eile hingekritzelt worden zu sein. Schließlich las Martha vor:

»Ich habe Nachricht, dass sich Vaters Zustand wieder verschlechtert. Werde sofort mit Cornelius zurückreisen. Er ist mit einer Gruppe von Pilgern unterwegs. Macht euch keine Sorgen. Jolanthe.«

Martha drehte das Papier um, fand nichts und meinte: »Das ist nicht Jolanthes Handschrift.«

»Es ist so hastig geschrieben, vielleicht erkennst du sie nur nicht.« Pascal starrte auf das Blatt und wusste nicht, ob er erleichtert sein oder sich noch mehr sorgen sollte. »Sie können noch nicht weit sein. Ich mache mich auf den Weg zum Stall, wenn ich die Nacht durchreite, hole ich sie ein.«

»Das würde ich nicht tun.« Martha zog sich einen Schemel heran und setzte sich.

»Ich bringe sie hierher zurück. Mit diesem Cornelius kann man sie doch nicht über die Alpen lassen. Allein!«

»Das sehe ich auch so.«

»Ich werde meine Geschäfte abwickeln, und dann reisen wir gemeinsam. So etwas muss geplant werden, sie weiß doch, wie gefährlich der Weg ist.«

»Eben.«

»Kannst du dich bitte etwas deutlicher äußern?« Pascal hielt Martha das Papier vor die Nase. »Das ist so typisch für sie. Erst einmal handeln, dann nachdenken. Und was macht überhaupt dieser Cornelius hier?«

»Nun kommst du zu der Frage, auf die ich die ganze Zeit gewartet habe.«

»Dann erkläre dich!« Marthas Ruhe machte ihn rasend. Und Jolanthes Unvernunft mindestens ebenso. Er begann, seine Reisetaschen mit dem Nötigsten zu packen.

»Wenn es Winald tatsächlich schlecht ginge«, begann Martha. »Und wenn Sieglinde Cornelius beauftragt hätte, Jolanthe davon zu unterrichten … Woher, frage ich dich, weiß der Kerl, dass wir in Venedig sind? Offiziell weilt Jolanthe in meiner Burg.«

Pascal hielt mitten in der Bewegung inne und ließ die Tasche auf den Boden sinken. Er überlegte. Dann antwortete er: »Dein Diener und deine Köchin können geplaudert haben.«

»Nicht einmal unter Folter.«

»Bist du so sicher? Ich nicht.«

Martha deutete auf das Bett und meinte: »Du setzt dich jetzt erst einmal dort hin. Bei der Unruhe, die du verbreitest, kann doch keiner nachdenken.«

»Aber …«, versuchte er sich zu wehren, doch Marthas Blick blieb unerbittlich. Also fügte er sich.

»Ich sag's nochmal, Jolanthe hätte uns nicht ohne ein Wort verlassen. Sie ist nicht freiwillig weg, und ich wette, sie ist noch in Venedig.«

Pascal hob das Papier mit der Nachricht hoch und zog fragend die Brauen hoch. »Und das hier?«

»Ich bleibe dabei. Mit Jolanthe hatte ich eine Abmachung, und sie weiß sehr wohl, dass ich sie in allem unterstützt hätte, sie hätte mich nur zu wecken brauchen. Selbst wenn sie bei dir vielleicht ihre Zweifel hatte. Sie ist noch hier, und diese Nachricht ist eine Falle.«

Pascal strich sich mit der Hand über die Stirn. Er fühlte sich plötzlich unendlich müde. »Das verstehe, wer will.«

»Ist doch gar nicht so schwer.«

Er hörte Marthas leises Lachen und schaute sie an. »Machst du dir keine Sorgen um sie?«

»Nicht mehr, seit ich dieses Papier gesehen habe.«

»Aber wer steckt dahinter?«

»Ich kann mich irren, aber ich glaube es nicht. Sieh mal, der Name Cornelius taucht in der Botschaft auf, das gibt uns doch einen deutlichen Hinweis.«

»Du meinst …«

»Sieglinde war immer Winalds Lieblingstochter. Sie ist seiner verstorbenen Frau sehr ähnlich, und die hat er vergöttert. Glaubt man kaum, wenn man ihn so erlebt, was? Sieglinde wollte immer mehr und seine Gunst mit niemandem teilen. Sehr kurzsichtig.«

»Was hast du eigentlich mit der Familie zu schaffen?«

»Ich war mit der Mutter befreundet. Als sie starb, glaub mir, das war der schwärzeste Tag in meinem Leben. Ich habe mir damals vorgenommen, auf Jolanthe achtzugeben.«

»Nur auf sie?«

»Sieglinde war alt genug.«

Sie schwiegen eine Weile. Martha schien sich in der Erinnerung zu verlieren. Doch dann blickte sie ihn an und fuhr fort: »Ich fürchte, Jolanthes Ungestüm und ihre Unangepasstheit ist zum guten Teil auch meine Schuld. Mein schlechter Einfluss, wie Winald mir mein und sein Lebtag vorwerfen wird. Gott segne diesen Sturkopf.«

»Was tun wir jetzt?«

»Nachdenken. Wo könnte Jolanthe stecken, und wie finden wir das heraus?«

Nie, dachte Pascal. In einer Stadt von dieser Größe nie und nimmer.

»Meinst du, er hat ihr was angetan?«

»Cornelius? Der tötet nicht mal eine Motte.« Martha lachte und schien sich sehr sicher zu sein. Pascal aber spürte, wie die Sorge zurückkam, und er war sich nicht so sicher, ob Martha wirklich recht hatte. Gerade ein Unfähiger konnte durch sein Ungeschick verdammt viel zerstören.

Kapitel 29

IHRE UNRUHE WUCHS mit jedem Blick zur verschlossenen Tür. Jolanthe saß auf dem Schemel, die Hände im Schoß gefaltet, und starrte auf den Boden. Nur in Abständen hob sie den Blick, um die Tür zu fixieren. Sie hatte ihre Bemühungen mit dem Schloss unterbrochen, weil ihr klar geworden war, dass sie mit jedem Fluchtversuch warten musste, bis die Nacht anbrach. Dann würde im Haus Betrieb herrschen und ihre Möglichkeiten zu entkommen wurden größer. Was sie draußen tun wollte, wo sie sich hinwenden würde, all das schob sie von sich weg, das musste sich fügen. Erst einmal hier herauskommen.

Sie wusste, dass das Haus der deutschen Kaufleute am Canal Grande nahe dieser eindrucksvollen Brücke lag, und das musste genügen, auch wenn sie keine Ahnung hatte, wo sie sich im Moment befand. Sicher nicht im Zentrum der Stadt. Sie starrte wieder auf den Boden und zählte die Käfer.

Plötzlich hörte sie wieder dieses Knirschen, welches das Türschloss verursachte. Es durchschnitt die vorherige Stille so durchdringend, dass Jolanthe zusammenschrak und hastig hochblickte. Die Tür schwang auf, das Mädchen betrat den Raum. Auf ihren Lippen lag ein schüchternes Lächeln, und in den Händen trug sie erneut einen Krug sowie eine Schüssel mit Eintopf. Sie stellte beides am Boden ab. Dann schickte sie sich an, den Nachttopf zu nehmen, um ihn auszuleeren, doch Jolanthe griff ihre Hand und verstellte ihr den Blick auf die Tür. Sie durfte auf keinen Fall das malträtierte Türschloss zu Gesicht bekommen.

»Bist du in diesem Haus die Magd?«

Laetizia verstand nicht, oder sie tat nur so, das konnte Jolanthe nicht einschätzen.

»Männer? Du?«, versuchte es Jolanthe erneut, und dieses Mal schüttelte das Mädchen den Kopf.

»Putzen«, antwortete sie und drehte sich halbherzig, um ihre Hand zu befreien. Jolanthe hielt sie umso fester.

»Ich hier raus. Du helfen!« Sie untermalte ihre Worte mit Gesten. Laetizia verstand. Heftig schüttelte sie den Kopf.

»Hier bleiben. Mann sagen zu uns. Geben Geld.«

»Was für ein Mann? Wer war es, wie sah er aus?«

Laetizia zog die Brauen zusammen. Es war ihr anzusehen, dass sie am liebsten so schnell wie möglich das Zimmer verlassen hätte, doch Jolanthe ließ nicht locker.

»Aussehen? Haare? Dünn? Dick?«

Das Mädchen sog sie Wangen ein und strich mit der freien Hand darüber.

»Schmales Gesicht?«, übersetzte Jolanthe.

Laetizia zog sich selbst die Nase lang.

»Eine spitze Nase«, meinte Jolanthe, und Laetizia nickte, machte die Schultern schmal.

»Schmale Gestalt.«

In dem Moment hörte sie ein Schlurfen im Flur, das immer näher kam. Dielen knarzten unter dem Gewicht einer Person, und sie hörte ein Schnaufen, als wenn besagter Mensch nicht gut zu Fuß unterwegs war. Jolanthe ließ das Mädchen los und drehte sich, um gewappnet zu sein für wen auch immer. Zwei Wimpernschläge musste sie warten, dann füllte die Gestalt einer dicken Frau den Türrahmen aus. Das Gesicht hatte sie angemalt, ihre fülligen Formen verschwanden unter einem ebenso farbenfrohen Gewand wie das von Laetizia. Zu Laetzia gewandt begann die Frau zu sprechen. Kurze, knappe Befehle, die das Mädchen zusammenzucken ließen. Sie sprach Italienisch, und Jolanthe verstand nur den vorwurfsvollen Ton. Laetizia übergab den Schlüssel und verschwand aus dem Raum. Die Frau starrte Jolanthe an. Das Schweigen lag drückend im Raum, bis sie sich endlich umdrehte, die Tür zuschlug und den Schlüssel im Schloss drehte.

Sie haben es nicht bemerkt, dachte Jolanthe und ließ sich auf den Schemel sinken. Ihre Hand zitterte, als sie sich über die Stirn wischte. Dann zwang sie sich dazu, weiter zu warten.

Jolanthe spürte mehr als sie sah, dass langsam der Abend anbrach. Das ohnehin durch die geschlossenen Läden dämmrige Licht bekam kaum merklich eine andere Färbung und wurde schwächer. Sie erhob sich, hatte sich die einzelnen Schritte in den vergangenen Stunden immer wieder vor Augen geführt, doch sie wollte nicht vor Ungeduld zu früh mit den Vorbereitungen beginnen. Zeitweise dachte sie, sie halte das Stillsitzen nicht mehr aus. Jetzt, wo der Zeitpunkt der Flucht immer näher rückte, wünschte sie sich die Reglosigkeit auf dem Hocker zurück. Sie strich sich mit den Fingerkuppen über die Stirn und sagte halblaut: »Ich schaffe das!«, um sich Mut zu machen. Dann trat sie an das Bett, nahm die Decke und stopfte sie so gut es ging mit Stroh aus. Das alles drapierte sie derart, dass es aussah, als schlafe dort jemand.

Und die offene Tür?, dachte sie unvermittelt. Die werde ich nicht wieder verschließen können, wenn ich erst draußen bin. Warum war ihr das nicht schon eher aufgefallen? Die schönste Deckenwölbung auf dem Bett nutzte nichts, wenn der Laden sperrangelweit offen stand. Sie biss sich auf die Unterlippe, fand auf die Schnelle keine Lösung und beschloss, darauf zu vertrauen, dass in der Nacht niemand das Zimmer betrat.

Das Zweite, um das sie sich kümmern musste, waren ihre Haare. Sie bückte sich, riss einen Streifen von ihrem Untergewand ab, was sich als schwieriger herausstellte, als sie gedacht hatte. Der Stoff war fest und hielt ihren Bemühungen eine Zeit lang stand. Endlich gelang es. Sie band sich die Haare im Nacken zu einem festen Knoten. Sie musste alles sehen können, es durfte ihr nichts vor den Augen hängen.

Erneut ein tiefes Durchatmen, dann lauschte sie Augenblicke lang auf die Geräusche im Haus. Sie hörte nicht viel. Offenbar erwachte es erst langsam zum Leben, die ersten Kunden kamen und bändelten mit den Frauen an. Gut so. Wenn sich unter ihr im Zimmer noch niemand aufhielt, dann würde es einfacher werden. Sie glaubte zwar nicht, dass die Mädchen von der Gefangenen in ihrem Haus wussten, aber je weniger Aufsehen sie erregte, desto besser.

»Also nur Mut«, sagte Jolanthe sich, nahm die Scherbe und versuchte möglichst geräuschlos den

Türrahmen um das Schloss herum auszukratzen. In dicken Splittern brach das Holz heraus. Sie schob die Scherbe in das entstandene Loch und drückte, um das Metall zu lockern. Es reichte noch nicht, also bohrte sie mit dem spitzen Scherbenende weitere Splitter heraus. Endlich knackte es. Ein Rütteln an der Tür ließ das Schloss gänzlich herausbrechen. Jolanthe blickte auf einen dunklen Flur.

Gut gemacht, dachte sie. Die Scherbe legte sie auf den Schemel. Kurz blickte sie sich noch einmal in ihrem Gefängnis um, dann schlüpfte sie durch die offene Tür und zog sie hinter sich zu. Vom Gang gingen weitere Türen ab, die nur als dunkle Schatten sichtbar waren. Jolanthe drückte sich an die Wand und schlich in Richtung eines Lichtschemen, der vom unteren Stock kommen mochte. Sie erreichte eine Treppe. Stimmen drangen zu ihr hoch, ein Mann, der etwas sagte, dann das Lachen einer Frau. Offenbar verschwanden sie in einem der Zimmer, denn eine Tür knarrte, und dann war es ruhig.

Behutsam setzte Jolanthe ihre Schritte, als sie die Treppe hinabstieg. Etliche Stufen knarrten, und jedes Mal hielt sie die Luft an. Wenn ich weiter so vorsichtig bin, werde ich allein wegen meines Verhaltens entdeckt, dachte sie und trat auf den Gang, um sich umzusehen. Auf kleinen Hockern brannten Talglichter und warfen ihren Widerschein an fleckige Wände. Es ging noch ein weiteres Stockwerk tiefer, und von dort kamen Stimmen, die durcheinander sprachen, so als befände sich dort eine größere Gruppe.

Weiter!, befahl Jolanthe sich und nahm die nächste Treppe, etwas weniger vorsichtig, um nicht aufzufallen. Wieder betrat sie einen Flur. Die Geräusche kamen aus einem der Zimmer. Sie hatte keine Zeit, sich zu orientieren, und lief wahllos in eine Richtung, die sich als Sackgasse herausstellte. Stimmen kamen näher, die Silhouette eines Mannes erschien im Türrahmen und Jolanthe floh in den nächstbesten Raum.

Hier war es dunkel. Nur die Lichter des am gegenüberliegenden Kanalufers stehenden Hauses konnte sie durch das offene Fenster erkennen. Sie lehnte sich mit dem Rücken gegen die Tür, die sie hastig geschlossen hatte. Zunächst dachte sie, sie sei allein, dann aber hörte sie eine Stimme, die ihr eine Gänsehaut verursachte. Sie verstand kein Wort.

Ein Schatten glitt auf sie zu, Hände grapschten nach ihrem Busen. Jolanthe unterdrückte einen Schrei, riss sich los und hastete auf das Fenster zu. Panisch kletterte sie hinaus, ließ sich fallen und holte tief Luft, bevor das eiskalte Wasser sie umschloss. Sie schlug um sich, ihr Kleid sog sich voll und wollte sie in die Tiefe ziehen. Es gelang ihr, wieder an die Oberfläche zu kommen. Prustend holte sie Luft und versuchte zu schwimmen, weg von dem Gesicht, das ihr durch das Fenster nachstarrte.

Sie kam kaum voran. Die Kälte kroch in sie, und sie

hatte das Gefühl, ihre Kleidung werde immer schwerer. Die Gondel sah sie erst, als sie dagegen stieß. Ein Mann beugte sich zu ihr herunter, sagte etwas, doch sie konnte nicht antworten. Sie streckte die Hand hoch. Ein Glück, der Mann packte sie und zog sie an Bord. Keuchend klammerte sie sich an die Sitzbank, während unter ihr das Wasser zu einer Pfütze zusammenfloss.

»Fondaco dei Tedeschi«, brachte sie heraus.

»Aaaah«, der Mann wirkte erleichtert. Mehr sagte er nicht, die ganze Fahrt über.

Er ruderte Jolanthe durch schmale Kanäle, sie wusste nicht, wo sie sich befand, musste dem wildfremden Bootsmann vertrauen, der vermutlich einen Gast ins Hurenhaus gebracht hatte oder auf dem Heimweg gewesen war oder was auch immer. Und er brachte sie tatsächlich dorthin, wo sie hin wollte. Sie erkannte das Haus sofort und konnte in dem Moment nicht sagen, welches Gefühl überwog, Dankbarkeit oder Erleichterung.

Am Anlegesteg kletterte sie aus der Gondel und gab dem Mann zu verstehen, er solle warten, damit sie Geld holen könne, um ihn zu bezahlen. Seine Miene hellte sich deutlich auf bei dieser Aussicht, offenbar hatte er erwartet, für seine gute Tat nichts weiter als Dank zu bekommen.

Als sie den Hof der Hauses der Kaufleute betrat, fand sie Pascal, der dort offenbar hin und hergelaufen war.

»Jolanthe!«, rief er viel zu laut, als er sie erkannte. Sie rannte zu ihm, schlang ihre Arme um seinen Nacken und spürte seine Hände auf ihrem Rücken. Wortlos hielt er sie, wärmte sie mit seinem Körper und flüsterte schließlich: »Du bist ja ganz nass.«

»Und du musst den Gondoliere bezahlen, der mich aus dem Kanal gefischt hat.«

Pascal wollte sie nicht loslassen, doch sie machte sich frei und schob ihn in Richtung Kanal. Als er die Summe beglichen hatte, überhäufte er sie mit Fragen. Sie legte nur den Finger auf die Lippen und folgte ihm ins Haus. So erschöpft, wie sie sich fühlte, wollte sie die Geschichte nur ein einziges Mal erzählen.

In Marthas Kammer berichtete sie haarklein. In frische Kleider gesteckt, eine Decke gegen das Zittern um die Schultern und mit Wein verdünntes Wasser in einem Becher, saß sie da und erzählte. Sie konnte kein noch so unwichtiges Detail auslassen, es musste alles aus ihr hinaus. Martha und Pascal ließen sie gewähren.

Endlich war sie fertig, trank ihren Becher in einem Zug leer und blickte in die vom Talglicht erhellten Gesichter ihrer Freunde.

»Wir haben eine Nachricht bekommen«, sagte Martha und erhob sich, um das Papier zu holen. Jolanthe las den Inhalt einmal, dann noch einmal.

»Was bedeutet das?«

»Jemand wollte uns von hier weglocken. Wenn Martha nicht protestiert hätte, dann wäre ihm das auch gelungen, ich war schon halb auf dem Weg, dir und Cornelius zu folgen.«

»Du hättest sie nie eingeholt. Irgendwann wärest du in Ulm angekommen, und dort hätte niemand von Jolanthe gewusst«, ergänzte Martha.

»Das Mädchen, das zu mir in die Kammer kam, um mir Essen zu bringen, hat meinen Entführer beschrieben«, meine Jolanthe. »Dürr, spitze Nase, aber Cornelius … das kann doch nicht sein. Was wäre weiter geschehen, ihr wäret abgereist und dann?«

»Sie hätten dich sicher verschwinden lassen. Vielleicht in ein Dorf auf dem Land, wer weiß.«

»Sie?« langsam dämmerte Jolanthe die Dimension des Geschehenen, und auch wenn es ihr ungeheuerlich vorkam, so fand doch jedes Steinchen ganz unvermittelt seinen Platz im Mosaik. »Sieglinde.«

»Ganz recht.«

»Sie will mich loswerden.«

»Und dafür hat sie sich den armen Cornelius gefügig gemacht.« Marthas Blick war ernst.

»Sie ist meine Schwester! Wie kann sie nur?«

Kapitel 30

SIEGLINDE MACHTE SICH AUF DEN WEG zum Schneider. Den Stoff für ihr neues Kleid hatte sie bereits dorthin liefern lassen. Es sollte ein einfaches Tageskleid werden. Der Vater hatte darauf bestanden, dass dafür Barchent aus seinem Lager verwendet wurde. Ungefärbt, nur ein paar bunte Glasperlen als Zierde, die ihr Vico aus seinem Laden mitgebracht hatte, das war nicht das Kleid, das sie sich vorgestellt hatte. Sie ärgerte sich darüber, doch Winald war unerbittlich geblieben. Dem Kontor ginge es schlecht. Jolanthe als Arbeitskraft fehle. Vico würde die Bücher nur unzureichend führen, und so wäre ihnen ein ums andere Mal ein Geschäft entgangen, weil sie so langsam in den Ruf gerieten, unzuverlässig zu sein. Und warum Vico Cornelius nach Italien geschickt habe, das verstünde er bis heute nicht und würde es sein Lebtag nicht verstehen. Er verbat sich solche Eigenmächtigkeiten für jetzt und auf alle Zeiten.

Ihr Ehegatte hielt sich fern von Kontor und Schwiegervater. Sieglinde ärgerte das. Hin und wieder beobachtete sie sein Geschäft und die rege Kundschaft, die sich dort einfand. Der Streit mit Winald wegen Cornelius' Abwesenheit hatte Wunden aufgerissen, die sie nicht mehr hatte schließen können. Sie musste zugeben, dass sie ihre Möglichkeiten hier überschätzt hatte.

Dennoch, Vico würde sich beruhigen, der Vater auch, und sobald sie Nachricht von Cornelius hatte, würde sie gezielter handeln können. Der Vater würde einen Buchhalter einstellen müssen, da ging kein Weg herum. Nur konnte sie ihm das erst schmackhaft machen, wenn klar wurde, dass seine jüngste Tochter nicht mehr ins Kontor zurückkehren würde. Wie sie ihm das erklären wollte, hatte sie immer noch nicht gänzlich durchdacht. Ein Unfall bei Martha auf der Burg? Oder die Wahrheit, dass Jolanthe ohne Erlaubnis nach Venedig gereist war? Letzteres schien besser, würde es doch Jolanthes Ungehorsam beweisen und dem Vater somit den Verlust erleichtern. Auch Martha und Pascal würden Fragen stellen, sobald sie zurückkamen. Es war sicher am besten, Winald soweit zu bringen, dass er die beiden gar nicht erst empfing.

Sieglinde klopfte an die Tür des Schneiders und wurde von seiner Frau eingelassen. Ein Kleinkind klammerte sich an ihren Rockzipfel und schaute mit großen Augen hoch.

»Jetzt lass mich mal«, sagte die Frau und schob das Kind beiseite. »Ich muss den Besuch zu deinem Vater bringen.«

Der Schneider begrüßte sie mit einem Zwinkern und den Worten: »Ihr wolltet ein einfaches Kleid für alle Tage, aber ich habe ein paar kleine Verschönerungen angebracht, die Euch gefallen werden. Ihr seid eine hübsche Frau, Ihr solltet auch im Haus nicht zu unscheinbar herumlaufen. Euer Gatte wird es Euch danken.«

Sieglinde spürte die Hitze auf ihren Wangen und nahm rasch das provisorisch zusammengenähte Kleid entgegen, um es anzuprobieren. Unangenehm war das alles, warum hatte der Vater kein Einsehen gehabt und ihr wenigstens einen farbigen Stoff gegönnt? Wie stand sie nun da? Sie wollte nicht, dass irgendwas den Verdacht erhärtete, im Hause Kun herrschten Geldsorgen.

Hinter einem Vorhang zog sie ihr Kleid aus und das neue über. Es passte. Lediglich um den Bauch herum spannte es etwas. Sie strich darüber und schlug sich selbst einmal kräftig in den Magen, so als könne das etwas ändern. Dann seufzte sie und trat wieder in den Raum, in dem der Schneider wartete.

»Um die Taille herum macht es etwas weiter. Eine Handbreit. Und lasst in der Naht Stoff übrig zum späteren Erweitern.«

»Wie Ihr meint.« Der Mann trat um sie herum, musterte sein Werk, zog hier und da den Stoff gerade. »Etwas kürzer könnte es auch sein«, murmelte er, ging in die Hocke und steckte die Länge mit Nadeln ab.

»Ich habe noch Glasperlen als Verzierung. Es ist mir gleich, wo Ihr sie anbringt, Ihr werdet es zur Zufriedenheit erledigen, da bin ich sicher.«

Sie verließ das Haus unzufriedener, als sie es betreten hatte. Wenn man sie gefragt hätte, dann hätte sie sich als überlegenen Menschen bezeichnet, als ruhig und in der Lage abzuwarten. Was sie jedoch zu ihrem Erstaunen gar nicht gut ertrug, war die Warterei auf Nachricht von Cornelius. Ihr Plan besaß keine Schwäche, Cornelius sollte Jolanthe einsperren für ein paar Tage, dann eine fingierte Nachricht an ihre Begleiter schicken, sodass die sich auf den Rückweg machten. Jolanthe würde mittellos in Venedig bleiben und Sieglindes Weg endgültig frei machen. Sie hatte keine Sorge, dass sich die Schwester dort im Süden schon irgendwie durchschlagen konnte – und wer wusste, ob sie auf diesem Weg nicht glücklich wurde? Das zumindest wünsche ich dir, dachte sie.

Als sie sich ihrem Elternhaus näherte, saß ein Junge auf der Treppe und wartete. Sie blieb vor ihm stehen, und er sprang auf.

»Sieglinde Kun?«, fragte er.

»Du hast etwas für mich?«

»Eine Nachricht mit dem Auftrag, es nur persönlich zu übergeben.«

Sie nahm ihm die versiegelte Botschaft ab, die den entsprechenden Vermerk auf der Außenseite trug, und gab ihm eine Münze als Lohn. Cornelius nutzte die Boten der angesehenen Kaufhäuser, die immer mal für ein Zubrot auch fremde Post transportierten. Er hatte ein Händchen dafür, die richtigen Kontakte zu knüpfen, nur dass der Bote höchstpersönlich bei ihr erschien, war offenbar im Preis nicht inbegriffen. Doch solange die Nachricht ankam, sollte es ihr recht sein.

Im Flur legte sie den Umhang ab. Sie schaute kurz in die Küche, sah Katrein und die Köchin bei der Arbeit und begutachtete das bisherige Ergebnis. Dann begab sie sich die Treppe hoch, um nach dem Vater zu sehen. Er saß im Kontor an seinem Tisch. Das Kinn auf die Hand gestützt, brütete er über den Abrechnungsbüchern und bemerkte seine Tochter nicht.

Sieglinde zog sich zurück und stieg ein Stockwerk höher. In ihrer Kammer nahm sie den Brief zur Hand, drehte ihn und erbrach das Siegel. Dann begann sie zu lesen.

»Bin auf dem Heimweg. Habe Boten in Hospiz getroffen, der unterwegs ist nach Nürnberg, er wird die Nachricht mitnehmen und zu Euch bringen. Habe Euren Auftrag ausgeführt. Eure Schwester ist sicher untergebracht, ihre Begleiter von ihrer Abreise unterrichtet.«

Sieglinde schloss die Augen. Er hätte warten sollen, bis Martha und dieser Kaufmann Venedig verlassen hatten. Stattdessen hörten sich seine Zeilen so an, als hätte er so schnell wie möglich die Flucht ergriffen. Sie las erneut. Es war nichts mehr zu ändern. Wichtig war nun, dass sie Cornelius bei seiner Rückkehr vor Winalds Zorn abschirmte. Er würde sonst nie wieder etwas für sie tun, wenn sie ihm in diesem Punkt nicht half.

Sie musste mit Vater reden. Hastig verließ sie die Kammer, hielt an der Tür zu Jolanthes Zimmer inne und betrat kurzentschlossen den Raum. Sie verschränkte die Arme vor der Brust und überlegte, wo sie Jolanthes Sachen hinbringen sollte. Die Kleider konnte sie verschenken, viele waren es ja nicht. Für das Zimmer würde sie eine Verwendung finden. Man konnte es an einen Scholaren vermieten oder …

Was wird Vater dazu sagen, dass er seine jüngste Tochter nie wiedersieht? Wie wird er diesen Verlust verkraften? Sieglinde presste die Arme gegen den Bauch. Sie würde warten, bis Cornelius zurückkam, genau. Mit ihm würde sie zu Winald gehen, ihm sagen, dass sie Cornelius zu Jolanthes Schutz nach Venedig geschickt habe, dass die Schwester sich nicht habe abbringen lassen von ihrer verrückten Idee, dorthin zu reisen. Nun habe sie dort einen Mann getroffen und beschlossen zu bleiben. Dann würde sie rasch ablenken und ihm von dem kleinen Enkel erzählen, der in ihrem Bauch heranwuchs.

Ja, das klang gut. Die Wahrheit blieb ihr und Cornelius' Geheimnis.

In den Tagen nach ihrer Flucht gelang es Jolanthe langsam, ihre Ruhe zurückzufinden. Nachts schrak sie immer noch hoch und wähnte sich im Zimmer des Hurenhauses gefangen. Einmal schlug sie wie wild auf ihr Bett ein, weil sie glaubte, in einem schwachen Moment vom Hocker auf das mit Ungeziefer verseuchte Strohlager ihres Gefängnisses geraten zu sein. Aber es wurde besser. Tagsüber fühlte sie sich halbwegs gut.

Die Stadt faszinierte sie nach wie vor, doch nun sah sie vieles mit anderen Augen. Ihre Erlebnisse hatten sie vorsichtiger gemacht, was Martha und Pascal nur recht war. Die beiden ließen sie nicht mehr aus den Augen, einer war immer mit ihr zusammen. Jolanthe störte das nicht, im Gegenteil. Sie wollte nicht allein sein, nicht daran denken, was ihr widerfahren war und ebenso nicht an die Personen, die es ihr angetan hatten. Wie sollte sie Sieglinde und Cornelius je wieder unbefangen unter die Augen treten? Ihre Wut und Enttäuschung zu verbergen sowie ihren Abscheu, um halbwegs normal mit ihnen umzugehen, das erschien ihr auf die Entfernung nahezu unmöglich.

Deshalb hatte sie auch keine Eile, nach Hause zurückzureisen. Pascal musste ohnehin zuerst seine Geschäfte tätigen. Er hatte mit den Ravensburgern vereinbart, dass sie wieder gemeinsam den Rückweg antreten würden. Mit Martha besuchte sie bekannte Orte in der Stadt, sie wollten beide so viele Eindrücke wie möglich mitnehmen.

Am Hafen ließen sie noch einmal die Geschäftigkeit auf sich wirken. Sie standen abseits und beobachteten, wie das Schiff, das in ihrer Nähe ankerte, beladen wurde.

»Unglaublich, wie groß diese Schiffe sind. Bist du schon mal auf einem gefahren?«, fragte Jolanthe die Freundin.

»Bis jetzt noch nicht.«

»Willst du?«

Martha lachte. Nach einem skeptischen Blick auf das Wasser antwortete sie: »Muss nicht sein. Zumindest nicht über das Meer. Die Fahrten sind gefährlich und dauern lange.«

»Aber man kann fremde Länder und Menschen kennenlernen, findest du das nicht aufregend?«

»Mir reichen Liese und Ludwig auf meiner Burg. Die kenne ich bis heute noch nicht gänzlich.«

Sie schwiegen eine Weile. Jolanthe musste an Marthas Bedienstete denken. Sie waren ihr immer ruhig und loyal vorgekommen. Und sie dienten Martha seit einer halben Ewigkeit.

»Glaubst du, Sieglinde weiß von ihnen, dass wir in Venedig sind?«

»Ich glaube das nicht. Ich halte es sogar für unmöglich.« Martha strich sich energisch eine Strähne aus dem Gesicht. »Die beiden haben keinen Grund, mich zu verraten.«

»Vielleicht wurden sie bedroht.«

»Womit denn? Wenn Sieglinde einen Cornelius aufbietet, um dich loszuwerden, wie gefährlich ist dann ihr weiteres Personal?«

»Wie meinst du das?«

»Cornelius ist ein sanfter Mann. Er tut nichts Unmoralisches, es sei denn, jemand zwingt ihn dazu, oder er ist überzeugt davon, es tun zu müssen. Er ist kein Verbrecher, und wäre er ein richtiger Entführer, dann wärest du jetzt nicht hier bei mir.«

»Ich wüsste gern, warum sie solche Sachen tut. Warum hasst sie mich so?«

»Das ist doch nicht so schwer zu verstehen. Denk ein bisschen nach. Du kennst deine Schwester. Von mir wirst du die Wahrheit nicht hören.«

Es blieb das einzige Gespräch, das sie über Sieglinde führten. Ein paar Tage später begannen die Vorbereitungen für die Rückreise. Es fiel Jolanthe trotz allem schwer, Abschied von Venedig zu nehmen, und sie schwor sich, dass ihr nächster Aufenthalt in dieser Stadt unter einem günstigeren Stern stehen würde.

Schließlich ritten sie los. Die anfänglichen Schmerzen abends, wenn sie sich hinlegte, vergingen. Ihr Körper gewöhnte sich wieder an die langen Zeiten im Sattel. Auch jetzt ließen sie Martha und Pascal nicht aus den Augen, ganz gleich, ob sie in der Gruppe ritt, auf ihrem Nachtlager lag, sogar den Abort durfte sie nur mit Marthas Begleitung aufsuchen. Der Überfall auf sie in dem Kloster auf dem Hinweg hatte durch die Geschehnisse mit Cornelius eine neue Bedeutung bekommen, und Pascal erinnerte sich genau daran.

In Innsbruck machten sie einige Tage halt, da ein paar ihrer Mitreisenden dort Geschäfte tätigen wollten. Jolanthe ergriff die Gelegenheit und zog mit Martha los, um sich bei den Kaufleuten umzuhören. In der Tat verkaufte sie schließlich einen guten Teil ihrer Gewürze an einen Kaufmann, der Ware aus dem Norden hertransportiert hatte und nun auf der Suche nach Dingen war, die er zurück in seine Heimat bringen konnte.

Um als ernst zu nehmende Geschäftspartnerin angesehen zu werden, gab sie sich als Kaufmannswitwe aus, die für ihren kleinen Sohn das Unternehmen erhalten musste, und das wurde angenommen. Schließlich kam so etwas häufiger vor, das wusste sie mittlerweile, und hier in der fremden Stadt kannte niemand ihre Hintergründe. Das machte es einfacher, in eine andere Rolle zu schlüpfen. Mit Martha als Begleitung fühlte sie sich sicher, und sie war stolz, dass ihr die Dinge gelangen, die sie anpackte.

Als sie Pascal das Geld oben in seiner Kammer zurückzahlte, um ihren Schmuck auszulösen, schaute er sie fragend an. Sie erzählte ihm vom Verkauf, von dem guten Gewinn, den sie dabei gemacht hatte, und er nickte nur.

»Warum so distanziert? Freust du dich nicht?«, fragte sie irritiert.

»Du sollst mir keine Zinsen geben.« Er nahm ihre Hand und legte ein paar der Münzen, die sie ihm gegeben hatte, hinein. Dann gab er ihr die Schatulle mit ihren Wertsachen.

»Wenn du glaubst, ich wüsste nicht, dass du für mich die ganze Reise bezahlt hast, dann …«, sie wollte ihn necken und schlug einen leichten Ton an, doch er ging nicht darauf ein.

»Warum fällt es dir so schwer, etwas anzunehmen? Sieh es als Geschenk. Ich habe mit Freude für dich bezahlt.«

»Du bist so ernst.«

»Wenn du meinst …«

»Machst du dir Sorgen?«, bohrte sie weiter nach, doch er wich wieder aus und zog sie in den Flur.

»Jetzt lass uns dein gutes Geschäft in der Gaststube unten feiern. Wo ist Martha?«

Kapitel 31

Das Wasser tropfte von den Blättern der Blumen, aber Sieglinde goss erneut einen Schwall nach. Ihr gefielen die Veilchen nicht, die Jolanthe auf dem Fenstersims des Kontors in Holzkästen gepflanzt hatte, aber sie hatte noch nicht die Muße gefunden, sie durch andere Blumen zu ersetzen. Und irgendwie scheute sie sich auch davor. Sie goss trotzdem, denn vertrocknete Pflanzen wollte sie nicht haben, das sah nachlässig aus, die Nachbarn würden reden. Was Jolanthe wohl gerade tat?

Sie zupfte ein paar verdorrte Blätter ab und dachte an die Rückkehr von Cornelius vor einigen Tagen. Sie war dabei gewesen, als er Winald getroffen hatte, wollte ihn unterstützen, das Gespräch in die richtigen Bahnen lenken und den Ärger des Vaters ebenso. Dann aber musste sie feststellen, dass Winald keinesfalls vor Zorn bebte. Er schien stattdessen die alleinige Schuld bei Vico zu sehen. Cornelius begrüßte er mit einem Nicken und den Worten: »Gut, dass du wieder da bist. Es steht einiges zum Argen. Ich kann mich nicht um alles kümmern.«

Cornelius hatte etwas gestammelt von Auftrag und Vico, und Winald hatte nachgehakt: »War deine Reise wenigstens erfolgreich?«

Cornelius bestätigte das. »Ich habe sehr viel ausgefallene Sachen für sein Ladengeschäft bekommen, wunderschöne Gläser aus Murano. Es verhielt sich tatsächlich, wie er sagte, vor Ort konnte ich die Dinge um ein Vielfaches günstiger erwerben.«

Diese Antwort war der Moment gewesen, an dem Sieglinde bewusst wurde, dass ihr die Situation entglitt. Mit Entsetzen hatte sie registriert, dass sie Cornelius' Worte nicht entschärfen konnte. Winald wusste nichts von Vicos Ladengeschäft. Der wollte ihm erst davon erzählen, wenn es erfolgreich genug lief. Er hatte sie darum gebeten, Stillschweigen zu bewahren, und sie hatte das getan. Nur nicht gegenüber Cornelius. Ein fataler Fehler.

Sie schloss das Fenster und trat an das nächste, um auch hier die Pflanzen zu pflegen. Erneut rief sie sich das Zusammentreffen der Männer ins Gedächtnis. Winalds Donnerwetter hatte nicht lange auf sich warten lassen. Natürlich musste Vico sofort erscheinen. Cornelius und Sieglinde schickte er aus dem Raum, und da Cornelius ihr berichten wollte, konnte Sieglinde nicht unauffällig beim Gespräch zwischen ihrem Vater und ihrem Mann an der Tür lauschen.

Sie beschwichtigte Cornelius, nein, er habe nichts Falsches gesagt. Dann hatte sie sich haarklein erzählen lassen, wie er mit Jolanthe verfahren war. Er hatte seinen Bericht mit den Worten beschlossen: »Sie wird nach einer Woche freigelassen, so habe ich es bestimmt. Bis dahin sollten ihre Begleiter ausreichend weit weg sein. Sie sind sicher sofort aufgebrochen, um Jolanthe zu folgen.«

Es schien alles so einfach, und doch hatte Sieglinde seither keine Möglichkeit gefunden, dem Vater reinen Wein über seine jüngste Tochter einzuschenken. Er regte sich immer noch über Vico auf, hatte endlose Unterredungen mit Cornelius und nur noch Gedanken für sein Kontor.

Es hat noch Zeit, dachte sie. Soll er sich erst einmal wieder beruhigen und sich ohne Jolanthe einrichten. Vielleicht würde er ja von allein einen Buchhalter einstellen. Letztlich wollte er die Schwester ohnehin verheiraten, das zumindest hatte er gesagt, also musste er damit rechnen, dass sie nicht auf ewig zur Verfügung stand. Das wäre ein Ansatz, mit dem man argumentieren konnte. Allerdings fragte er nicht mehr nach ihr, und Sieglinde sprach das Thema nicht von sich aus an. Sie wusste nicht, was er diesbezüglich dachte.

Sie goss die Pflanzen und blickte auf die Gasse hinunter. Als sie die Gestalt mit dem Bündel über der Schulter auf ihre Haustür zueilen sah, glaubte sie, sich versehen zu haben. Als hätte Jolanthe die Anwesenheit der Schwester gespürt, sah sie zu ihr hoch. Einen Wimpernschlag lang regte sie sich nicht. Dann erschien ihr Lächeln, sie winkte und verschwand im Haus.

Sieglinde schloss die Augen und spürte der Erleichterung in sich nach, die sie irritierte. Ihre Schwester war zurück. Was war da geschehen? Hatte Cornelius die Falsche erwischt und eingesperrt? Zuzutrauen wäre es ihm gewesen. Den Wasserkrug immer noch in der Hand, lehnte sie an der Wand und starrte auf die Tür, bis sie sich öffnete und ihre Schwester erschien.

Jolanthe trug staubige Reisekleider, die dringend eine Wäsche nötig hatten, ebenso wie die Schwester selbst. Ihr Lächeln schien vorsichtig. Sieglinde wusste, dass sie es beliebig variieren konnte, um auf diese Art ihr Gegenüber zum Reden zu bringen. Sie aber würde nichts sagen. Sie würde abwarten.

Stille herrschte im Raum. Als sie schier unerträglich wurde, ergriff Jolanthe das Wort.

»Du weißt ja wohl, wo ich gewesen bin.«

Sieglinde strich sich über den Kopf, zog den Zopf vom Nacken über die Schulter und prüfte, ob sich Strähnen daraus gelöst hatten oder ob er noch ordentlich aussah. Wie sollte sie reagieren? Alles leugnen? Sie empfand das als unter ihrer Würde. Außerdem brachte es sie nicht weiter. Sie hatte kein schlechtes Gewissen gegenüber ihrer Schwester, schließlich hatte die sich das Geschehene selbst zuzuschreiben. Genauso war es doch! Verflucht sei dieser unfähige Cornelius, der es nicht einmal fertigbrachte, eine junge Frau für eine Weile verschwinden zu lassen.

»Vater wird es ganz sicher auch interessieren.«

»Du hast mir Cornelius hinterher geschickt, er sollte mich entführen und einsperren. So war es doch, oder? Was hattest du mit mir vor? Wolltest du mich zur Hure machen?«

Was für einen erbärmlichen Unsinn redete Jolanthe da? »Es ist ihm offenbar nicht gelungen, dich eine Zeit lang sicher unterzubringen. Ich hätte wissen müssen, dass er nicht hart genug ist, um solch ein Unterfangen vernünftig durchzuziehen. Und wenn du es immer noch nicht verstanden hast: Nein, ich wollte dir nichts Böses. Ich will uns retten vor deinen unüberlegten Taten. Diese Reise nach Venedig sagt doch wohl alles, wie konntest du so etwas tun? Im Guten hab ich es versucht, dich zur Vernunft zu bringen. Es hat nichts gebracht, was also blieb mir anderes übrig als zu handeln?« Sie beobachtete eine Veränderung in Jolanthes

Haltung, eine Abwehr. Ihr Lächeln war verschwunden.

»Das ist lächerlich«, sagte sie nur.

Sieglinde spürte den stummen Widerstand der Schwester, und das machte sie wütend. Hätte sie offen aufbegehrt, wäre es einfach gewesen, sich gegen sie zu behaupten, aber so? »Du denkst immer nur an dich, ist dir das mal aufgefallen?«

»Nein, ist es nicht. Aber du wirst es mir bestimmt erklären.«

»Reiz mich nicht, ich warne dich.«

»Was geschieht dann? Schickst du mir einen dreckigen Mörder hinterher?«

»Wir haben kein Geld mehr. Und weißt du warum? Weil dein Eigensinn uns in den Ruin treibt!« Sieglinde spürte, wie der Ärger sie mitzureißen drohte, und versuchte, sich ein wenig zurückzunehmen. »Was glaubst du, warum habe ich Vico geheiratet, hm? In einer Zeit, in der du nur deine verrückten Ideen im Kopf hattest, Vater zu krank war, um zu arbeiten, da musste doch irgendwer der Vernunft gehorchen.«

»Wie hast du herausgefunden, dass ich nach Venedig reisen wollte?«

»Du schadest dem Kontor. Aber du willst ja nicht hören, was man dir sagt. Du schießt nur quer!«

Sie starrten sich an. Sieglinde gelang es nicht, sich zu beruhigen. Sie wollte nichts mehr sagen und konnte sich doch nicht zurückhalten.

»Meine Hoffnung auf einen Ehemann, den ich selbst erwählen darf nach meinem eigenen Gusto, musste ich aufgeben, weil ich der Familie gedient habe. Du hingegen bändelst mit diesem Kaufmann Pascal an, so als sei es nichts. Gute Ratschläge hörst du dir nicht einmal an.«

»Das ist es also, du bist eifersüchtig?«

Sieglinde sah mit Erstaunen Tränen in Jolanthes Augen glitzern. Das brachte sie kurz aus dem Konzept.

»Ich versuche, dir gerade zu erklären, warum ich dich für selbstsüchtig halte und in deinem Eigensinn für gefährlich für uns alle«, sagte sie und fand ein Stück weit ihre Überlegenheit zurück. »Sieh doch, du reist durch die Gegend, wer bezahlt das alles? Machst du dich nicht viel zu abhängig von einem Fremden, wenn du ihn deine Rechnungen begleichen lässt? Diesen Pascal schlag dir aus dem Kopf, der führt was im Schilde. Warum sonst hat er sich zuerst um mich bemüht? Als er gemerkt hat, dass er bei mir nicht weiterkommt, hat er auf dich umgeschwenkt. Du willst Vater erklären, wie er sein Geschäft führen soll. Er weiß es selbst, besser als du es jemals wissen wirst. Sieh es endlich ein. Füge dich, und alles wird wieder gut. Du hast Vater immer nur enttäuscht, meinst du nicht, dass es an der Zeit wäre, ihm Gutes zu tun?«

»Das ist nicht wahr!« Nun rannen Jolanthe die Tränen die Wangen hinab. Sie wischte sie nicht weg, stand einfach nur da und blickte Sieglinde an, so als sähe sie die Schwester zum ersten Mal. Endlich sagte sie: »Es ist wie damals bei Mutter. Du weißt alles besser und am Ende …«

Sieglinde öffnete den Mund, um etwas zu erwidern, da schwang die Tür auf und Winald trat ein, gefolgt von Vico.

»Was ist das hier für ein Gezänk?«, fragte er aufgebracht. Dann sah er Jolanthe. Er nickte. »Du bist zurück?«

Sieglinde dankte Gott, dass er den Vater zur rechten Zeit hatte eingreifen lassen. Nun würde Jolanthe sehen, wer hier etwas zu sagen hatte und wer nicht. Und sie war sicher, dass am Ende die Fronten geklärt sein würden. Zu *ihren* Gunsten.

Jolanthe wischte sich über die nassen Wangen und atmete tief durch. Sie hatte nicht geglaubt, dass das Zusammentreffen mit Sieglinde so schmerzhaft für sie werden würde. Unterwegs auf der Reise hatte sie neben ihrem Zorn auf die Schwester immer auch den Gedanken aufrechterhalten, dass sich die Dinge irgendwie erklären lassen würden. Diese Illusion war ihr nun vergangen. Sie wollte sich verkriechen in ihrer Kammer, das Gehörte überdenken, ihre Gefühle ordnen. Doch der Vater stand vor ihr und wollte Erklärungen. Ohne würde er sie nicht gehen lassen. Also riss sie sich zusammen, straffte die Schultern und erwiderte seinen Blick.

»Ich hoffe, im Kontor ist alles in Ordnung?«, fragte sie betont neutral, um keinen Angriffspunkt zu liefern.

»Wenn ich wochenlang auf zwei Mitarbeiter verzichten muss, dann kann nichts in Ordnung sein. Aber du wolltest ja unbedingt diese Martha pflegen, und Cornelius hat den Fehler begangen, sich von Vico über die Alpen schicken zu lassen, ohne mit mir vorher Rücksprache zu halten.« Er bedachte seinen Schwiegersohn mit einem kritischen Blick. »Ab sofort wird er nur noch das tun, was ich ihm sage.«

So hat Sieglinde also Cornelius' Abwesenheit erklärt, dachte Jolanthe. Und sie hat Vater nichts von meiner Reise gesagt. Warum? Außerdem, was hatte Vico mit alldem zu schaffen? Wusste er von den Plänen seiner Frau?

»Er hat mir wichtige und wertvolle Güter gebracht«, verteidigte sich Vico. »Ihr solltet Euch öffnen für die Möglichkeiten, die sich durch mein Ladengeschäft ergeben. Ich habe bereits jetzt viele Kunden aus Ulmer Patrizierfamilien.«

»Und ebenso viele Schulden, die zu Lasten meines Kontors laufen, wenn du sie nicht zurückzahlst«, entgegnete Winald. »Ich kann es euch leider nicht mehr vorenthalten, und abwenden kann ich es auch nicht mehr. Das Kontor steckt in einer schweren Krise.«

»Man darf das alles nicht so schwarzsehen. Ich habe genügend Kontakte«, ereiferte sich Vico. »Zu Patriziern, zum Rat, ich kann sie nutzen, gebt mir nur ein wenig mehr freie Hand. Lasst mich gefärbten Stoff verkaufen, zum Beispiel.«

»Du hattest lange genug alle Möglichkeiten. Was du damit angerichtet hast, das sieht man doch.«

»Aber Vater ...«, ging Sieglinde dazwischen und wurde von Winald mit einer Handbewegung zum Schweigen gebracht.

Jolanthe schaute in die Gesichter der anderen. Sieglinde mit verkniffenem Mund, Vico, der den Blick zu Boden richtete und schwieg, und der Vater, der sie alle angriffslustig musterte. Es wurde Zeit, dass sie ihr Venedig-Abenteuer zur Sprache brachte. Sie hatte im Gegensatz zu Vico Erfolg gehabt mit ihrem Gewürzhandel und einen satten Gewinn eingefahren. Also hatte sie alle Argumente auf ihrer Seite, und das musste den Vater doch überzeugen.

Sie räusperte sich und begann: »Vater, ich muss Euch etwas sagen.«

»Darauf warte ich schon die ganze Zeit«, brummte er.

Offenbar dachte er, sie wolle sich entschuldigen.

»Ich war zwar bei Martha, aber nicht in ihrer Burg, sondern in Venedig.« Sie sah, wie sich die Brauen des Vaters zusammenzogen und auch Vico schaute, als erfahre er Dinge, von denen er nichts wusste. »Mit Martha habe ich mich einem Handelszug der Ravensburger Handelsgesellschaft angeschlossen und bin über die Alpen gereist.« Pascal zu erwähnen wäre ein Fehler, also tat sie es nicht. »Ich wusste doch von den Schwierigkeiten, in denen das Kontor steckt, und ich wusste auch, dass Vico Schulden gemacht hatte.«

»Und das hast du mir nicht erzählt?«, unterbrach Winald sie.

Sie überging die Frage und fuhr mit ihrem Bericht fort. »Ich wollte Euch beweisen, dass man mit anderem Handelsgut viel Geld verdienen kann, man muss Neues ausprobieren. Ich habe in Venedig Gewürze gekauft und bin sie in Innsbruck mit gutem Gewinn wieder losgeworden. Und stellt Euch vor, ich habe von einem Händler erfahren, der in Venedig Perlen verkauft. Die werden vom Süden in den Norden verhandelt, wisst Ihr, und hat man eine gute Einkaufsadresse sowie eine sichere Reisegruppe, dann kann man damit einen stattliches Sümmchen erzielen.«

»Von welchem Geld hast du die Waren gekauft?«, warf Sieglinde ein, in ruhigem Ton, so als wisse sie, dass die Schwester in ihre Falle laufen musste.

»Ist das wichtig?«, konterte Jolanthe bissig. Warum hielt Sieglinde nicht den Mund, hatte sie nicht schon genug angerichtet?

»Aus der Kontorkasse hast du es nicht genommen, also woher kam das Geld?«, insistierte die Schwester weiter.

»Wollt Ihr denn nicht wissen, wie viel ich bei dem Handel eingenommen habe? Ich habe euch doch gesagt, dass ich Gewinn erzielt habe«, sagte sie und wusste doch, dass sie an Boden verlor, ohne es verhindern zu können.

»Du hast die unglaubliche Frechheit besessen, uns zu hintergehen und eine Reise nach Italien zu machen«, mischte sich Sieglinde wieder ein. »Sag, wer hat dir das bezahlt? Martha wohl kaum, die hat selbst nichts, muss sich mit Kräuterverkäufen auf dem Markt über Wasser halten. Und sag mir noch was: Wer gibt einer mittellosen Frau Geld?«

Es herrschte Stille im Raum. Jolanthe spürte, wie alle Blicke sich auf sie richteten. Sie fühlte sich wie ein in die Enge getriebenes Tier und wusste keinen Ausweg.

»Pascal Pallet hat mir Geld geliehen. Als Sicherheit hatte er meinen Schmuck. Ich habe es ihm zurückgezahlt, mit Zinsen«, das mit den Zinsen stimmte zwar nicht so ganz, Pascal hatte sie nicht angenommen, aber was tat das jetzt noch zur Sache.

»Pallet! Ich wusste, dass er dahintersteckt! Er will mich ruinieren«, schrie Winald außer sich.

»Er hat mir nur geholfen«, beschwichtigte Jolanthe. »Es hat nichts mit Euch zu tun, Vater. Er sieht meine Fähigkeiten und unterstützt mich. Was habt Ihr nur gegen ihn, er ist ein guter Kaufmann und weiß, dass ich erfolgreiche Geschäfte tätigen kann, *er* hat es gesehen!«

Winald humpelte mit seiner Krücke zum Fenster,

schaute kurz hinunter auf die Gasse, dann drehte er sich wieder um und blickte sie an.

»Was weißt du schon. Du bist eine Frau und naiv noch dazu. Du kannst Gott danken, dass er dich gesund wieder hergeführt hat.«

»Sie glaubt Euch nicht, Vater. Sie ist in ihn vernarrt, das seht Ihr doch.« Sieglindes Augen leuchteten, keine Frage, sie schien sich als Siegerin zu fühlen.

Jolanthe antwortete nicht mehr. Was hätte sie auch sagen sollen? Nochmal auf ihren geschäftlichen Erfolg hinweisen? Der Vater hatte sich ja nicht einmal für die Art der Ware interessiert, die sie verkauft hatte. Geschweige denn für ihren Gewinn.

»Ich verbiete dir den weiteren Umgang mit diesem Mann.« Winalds Stimme war wieder ruhiger geworden. »Und den mit dieser Hexe ebenso. Vermutlich hat sie dich noch kräftig angestiftet zu deinen Dummheiten. Spielt sich ja die ganze Zeit schon als deine Ratgeberin auf. Ich hätte dich ihrem Einfluss entziehen sollen. Mein größter Fehler, den ich je begangen habe, war, dass ich meinen Töchtern in Ruhe vernünftige Ehemänner suchen wollte. Ich hätte dich schon längst verheiraten müssen.«

Er hatte ihr einen guten Ehemann suchen wollen? Hatte er sich denn je darum bemüht, bei ihr oder Sieglinde? Die Schwester hatte mehrere Verehrer gehabt, war da nie ein guter dabei gewesen? Warum verbog er die Wahrheit?

»Ihr braucht nicht so laut zu werden, Vater. Und Ihr könntet mir ruhig zuhören, ich wollte Euch von meinem Geschäft erzählen«, versuchte Jolanthe es noch einmal.

»Wenn ich die Art der Geschäftsführung eines Pascal Pallet bevorzugen würde, dann hätte ich ihn um Rat gefragt. Aber Gott bewahre, der Mann ist ein Tunichtgut. Er redet, und es steckt nichts dahinter. Dass er auf so hinterhältige Weise Einfluss auf dich genommen hat, das passt zu ihm. Ich hätte es unterbinden müssen.«

»Aber …«

»Schweig! Du bist verblendet. Entweder du gehorchst mir und gibst deine eigenmächtigen Geschäfte auf, oder ich sperre dich in deine Kammer, bis ich einen Mann für dich gefunden habe, der dir deine wirren Gedanken austreibt. Und ich finde schnell einen, glaube mir, dass es mir ganz gleich ist, wer dich nimmt. Einen angesehenen Kaufmann wirst du sowieso nicht mehr bekommen, wenn deine Eigenmächtigkeiten sich herumsprechen.«

Es tat weh, jedes einzelne Wort. Was sollte sie noch tun, um dem Vater zu zeigen, was sie konnte? Offenbar wartete er auf eine Antwort. Sie brachte es fertig zu nicken.

»Ich nehme das als Zustimmung. Du kannst dich wieder um die Bücher des Kontors kümmern, aber ich warne dich, noch ein Fehltritt, und ich mache meine

Drohung wahr.« Damit humpelte er durch den Raum und hinaus auf den Flur.

Auch die anderen beiden schickten sich an zu gehen. Als Sieglinde an ihr vorbeikam, raunte sie ihr zu: »Nun hast du hoffentlich verstanden.«

Vico zog die Tür hinter sich zu, und unvermittelt fand Jolanthe sich allein im Raum wieder. Und nun? Sie ballte eine Hand zur Faust, sodass ihr die Fingernägel schmerzhaft ins Fleisch drückten. Sollte sie zu Pascal gehen, mit ihm nach Köln, sein Angebot annehmen, alles hinter sich lassen? Ihr eigenes Versagen gärte wie Säure in ihr. Sie hatte ihr kaufmännisches Geschick bewiesen, warum nur wollte der Vater das nicht sehen? Stattdessen musste sie sich von Sieglinde vorführen lassen.

»Ich kann das Kontor aus dem Dreck holen, ich weiß es, Vater!« Er tut mir unrecht in seiner blinden Wut gegen Pascal. Wenn er wüsste, was seine Sieglinde alles hinter seinem Rücken macht. Nein, du hast dich zu früh gefreut, Schwester! Deinen Triumph koste ruhig aus, er wird nicht lange andauern. Nun hast du hoffentlich verstanden, äffte sie die Schwester in Gedanken nach. Ja, hab ich. Nur du scheinbar noch nicht.

Kapitel 32

ES DÄMMERTE. Alle im Haus begaben sich zur Ruhe. Jolanthe wartete eine Weile, dann schlich sie sich aus ihrer Kammer. Unten im Flur schob sie ihren Umhang über die Schultern, zog die Kapuze hoch und verließ das Haus. Sie hielt sich im Schatten der Hauswand, bog sobald es ging in eine Nebengasse ab und rannte bis zur nächsten abgehenden Straße. Dort hielt sie inne und blickte zurück. Sie wartete. Erst als sie sicher war, dass niemand ihr folgte, setzte sie ihren Weg fort.

In welchem Gasthof Pascal sich ein Zimmer genommen hatte, das wusste sie. Trotz der Warnung, sich keinen Fehltritt mehr zu leisten, musste sie ihn sprechen. Zu Martha konnte sie nicht gehen, es war bereits zu spät. Die Stadttore würden bald geschlossen, der Weg war zu weit. Aber mit Pascal konnte sie reden, die Vorfälle schildern und ihn bitten, Martha davon zu unterrichten. Dieses eine Mal nur. Sie brauchte ihre Freunde!

Rechts von ihr tat sich ein schmaler Weg auf, den sie entlangrannte, bis er auf eine größere Straße mündete. Sie kannte sich hier aus. Auch dieses Mal konnte sie keinen Verfolger hinter sich erspähen. Also lief sie in gemäßigtem Tempo weiter, bis sie vor der Gaststube stehen blieb. Sie öffnete die Tür. Laute Stimmen, die Wärme eines Kaminfeuers und der Geruch nach gebratenen Zwiebeln schlugen ihr entgegen. Sie schlüpfte durch die Türöffnung und drückte sich an die Wand. Nur nicht auffallen.

Neben ihr ging eine Treppe hoch in die oberen Stockwerke. Behutsam nahm sie die Stufen, dann hielt sie inne. Was nun? Welches Zimmer Pascal bewohnte, wusste sie nicht. Den Wirt fragen konnte sie nicht. Je weniger Leute sie sahen, desto besser.

Sie rief leise: »Pascal?« und bekam keine Antwort. Zehn Türen gingen vom Flur ab, sie konnte nicht an jeder klopfen. Ein Stockwerk höher befanden sich bestimmt Schlafsäle für die weniger Betuchten. Fast jedes Gasthaus hatte welche. Dort würde sie wohl nicht suchen müssen. Sie rief erneut Pascals Namen, dieses Mal etwas lauter, doch es tat sich nichts.

So kam sie nicht weiter. Sie stellte sich in die Mitte des Flurs und sagte laut: »Monsieur Pallet? Eine Nachricht für Euch.«

Als die Tür am Ende des Flurs sich öffnete und Pascal herausschaute, schickte sie ein Stoßgebet zu Gott als Dank. Sie hastete zu ihm und drängte sich vorbei in seine Kammer. »Mach die Tür zu!«

»Was ist geschehen?«

Er sah aus, als habe er sich hastig angekleidet. Sein Oberkörper war nackt. Jolanthe riss sich los von seinem Anblick und schaute auf sein Bett.

»Es ist alles verloren.« Sie hob die Hände. Diese Geste blieb so hilflos in der Luft hängen, wie sie sich fühlte.

»Was ist verloren?«

Jolanthe wollte ihm antworten, aber sie brachte keinen Ton mehr heraus. Behutsam nahm er sie in den Arm, und ihre Hände fanden seinen Nacken. Sie wusste nicht, wie lange sie so gestanden hatten. Plötzlich spürte sie seinen Atem an ihrem Hals und schloss die Augen. Von dort, wo Pascal sie liebkoste, breitete sich die Wärme weiter aus über ihre Brust bis in den Bauch. Jolanthe lehnte ihre Wange an seine, dann spielte sie mit der Zunge an seinen Lippen. Er erwiderte ihren Kuss. Leicht fühlte sie sich, wie ein Vogel, der über allem schwebt, ohne Sorge, was morgen geschehen könnte.

Sie zog ihn mit sich. Sein Atem ging schwerer. Als sie die Bettstatt hart an ihren Beinen spürte, ließ sie sich darauf sinken. Seine Hände liebkosten ihr Haar und strichen über ihre Haut. Sie biss in seine Schulter und küsste die nackte Haut seines Oberkörpers. Seine Hand strich ihren Schenkel entlang, seine Fingerspitzen kitzelten sie und hinterließen eine Gänsehaut.

An ihrer Scham hielt er inne. Sie stöhnte, als er sie dort zu streicheln begann. Heiße Wellen strömten durch ihren Körper. Auch wenn sie es hätte tun sollen, sie wollte es nicht beenden. Sie wollte, dass er weitermachte.

Schließlich zog sie ihr Kleid über den Kopf, zerrte an dem Stoff. Nackt lagen sie nebeneinander und erkundeten ihre Körper. Sie stützte sich mit den Füßen ab und schob ihr Becken nach oben, ihm entgegen. Als er in sie eindrang, spürte sie einen ziehenden Schmerz, dann war da nur noch Lust. Gott vergib mir. Sie schrie auf, bewegte sich ihm entgegen, spürte seinen Atem und hörte sein Stöhnen. Seine Bewegungen wurden wilder, bis er unvermittelt inne hielt und auf sie sank. Sie spürte Feuchtigkeit zwischen den Beinen und atmete seinen Geruch an seiner Halsbeuge.

Lange lagen sie so da. Als er sich neben sie rollte, fröstelte sie. Er deckte sie zu und strich über ihre Wange.

»Was ist verloren?«, fragte er schließlich leise.

Jolanthe fiel es schwer zurückzufinden, in das Gasthauszimmer mit den dunklen Holzbalken an der Decke, der nach frischem Stroh riechenden Bettstatt, auf der sie lag, und dem, was sie hatte erzählen wollen.

Sie zog die Decke enger um ihren Körper und antwortete: »Mein Vater hat mir den Umgang mit dir und Martha verboten. Zudem will er, dass ich meine eigenmächtigen Geschäfte sein lasse. Wenn ich mich füge, dann darf ich wieder im Kontor die Bücher führen.«

»Und wenn nicht?«

»Dann wird er mich mit dem Erstbesten verheiraten, der vorbeikommt.« Sie lächelte. »Falls ihm das gelingt.«

»Was ist mit deinem erfolgreichen Gewürzhandel, das musste ihn doch überzeugen.«

Jolanthe antwortete nicht, und die Stille, die darauf folgte, hätte von ihr aus nie zu enden brauchen. Sie wollte für immer hier so liegen bleiben, fern von der Welt und all ihren Widrigkeiten.

»Du weißt, dass mein Angebot immer noch steht«, sagte Pascal schließlich. »Komm mit mir. Ich weiß dein Talent zu schätzen. Bei mir musst du nicht über den Bücher versauern.«

Jolanthe richtete sich auf. Warum kam er immer wieder mit derselben Möglichkeit, hatte er denn nicht verstanden, worum es ihr ging? Sie hätte gedacht, dass er sie mittlerweile besser kannte.

»Ich kann Vater nicht im Stich lassen«, antwortete sie. »Das Kontor steht vor dem Ruin, und er ist blind!«

»Und du wirst nichts dagegen ausrichten.«

»Wenn ich hier in Ulm ein richtig großes Geschäft tätige, eins, das sehr viel Gewinn bringt, dann wird er mir glauben müssen.«

Pascal antwortete nicht. Er legte sich auf den Rücken, die Hände im Nacken verschränkt, und starrte an die Decke.

»Warum sagst du nichts mehr?«, fragte sie.

»Willst du meine Meinung hören?«

»Deshalb bin ich hergekommen«, antwortete sie, nahm ihr Kleid und zog es sich über den Kopf. Sie hatte das Gefühl, sich wappnen zu müssen für das, was nun kommen mochte.

»Kein noch so großer Erfolg wird deinen Vater je davon überzeugen, was du wert bist. Und das weißt du.«

»Ich kann es ihm beweisen, und *das* weißt *du*!«

»Akzeptiere, dass er deine Schwester mehr bewundert, als er es bei dir je tun wird.«

»So ein Unsinn!«

»Du bist ihm zu ähnlich. Er hat Angst vor deinem Erfolg.«

Sie erhob sich, zog ihr Kleid nach unten und suchte nach ihren Stiefeln. »Warum tust du mir weh? Was bezweckst du damit?«

»Es ist die Wahrheit, die ich dir sage.«

Das war es nicht. Das konnte er noch so sehr behaupten, aber was er sagte, stimmte nicht! Die Worte ihrer Schwester fielen ihr ein, Pascal habe zunächst ihr den Hof gemacht und sei dann auf Jolanthe umgeschwenkt, als er merkte, dass er bei Sieglinde nicht weiter kam. Hatte sie doch die Wahrheit gesprochen?

»Was willst du wirklich?«, fragte sie und sah hinunter auf ihn. Sein nackter Körper kam ihr so schmerzhaft vertraut vor, und doch war Pascal ihr fremder denn je. Ganz gleich, was sie tat, der Moment der Nähe war verflogen.

»Dir helfen.«

»Du arbeitest doch nur auf eigene Rechnung, und du verheimlichst mir was. Was hast du mit Vater zu schaffen? Warum ist er so schlecht auf dich zu sprechen?«

Nun richtete auch Pascal sich auf. »Weil er ein alter, verblendeter Esel ist, deshalb!«

»Erst hast du dich um Sieglinde bemüht und dann den Weg über mich gesucht. Was willst du von uns, warum streust du diese Missgunst in Richtung meines Vaters?« Sie spürte, wie heiße Wut allen Schmerz mit sich nahm. Auf einmal hasste sie sich selbst, dass sie sich hatte gehen lassen, ohne Sinn und Verstand.

Pascal nahm ihre Hände in seine. »Bitte, glaub was auch immer du willst von mir, aber mit Sieglinde hatte ich nie etwas zu schaffen. Dein Vater hat mir Unrecht getan vor langer Zeit, er …«

»Und deshalb ist er wütend auf dich? Ich glaube dir gar nichts mehr.« Jolanthe riss sich los und ging drei Schritte rückwärts. Sie wollte nur noch weg, raus hier an die frische Luft. »Du sagst mir nicht die Wahrheit. Wie soll ich dir da vertrauen?«

Sie rannte aus dem Zimmer, die Stufen hinunter. Auf sein Rufen reagierte sie nicht, blickte sich nicht um, hastete stattdessen weiter, ohne darauf zu achten wohin. Als sie endlich innehielt, um Atem zu schöpfen, merkte sie, dass ihr Tränen über die Wangen liefen. Es tat weh, es tat endlos weh, und am liebsten hätte sie sich mitten auf der Gasse im Schmutz zusammengerollt und wäre nie mehr aufgestanden.

In den nächsten Tagen arbeitete Jolanthe akribisch die Einträge in den Büchern des Kontors durch und versuchte, nicht an Pascal, an ihren Vater oder die Schwester zu denken. Während der Arbeit gelang ihr das. Nur manchmal, wenn sie eine Pause einlegte, kam der Schmerz zurück. Sie spürte ihn körperlich, und so als wolle ihr Geist sie zusätzlich quälen, schickte er ihr immer wieder Bilder aus besseren Tagen. Verlorene Vertrautheit lag in ihnen. Die bohrende Frage, warum alles so hatte kommen müssen und was überhaupt wirklich geschehen war, war ihr Begleiter. Immer und immer wieder suchte sie nach Erklärungen, ging im Geist eine Möglichkeit nach der anderen durch, um sie schließlich alle zu verwerfen und ein paar Augenblicke später von Neuem zu beginnen. Erst, wenn sie sich dazu zwang, sich erneut den Zahlen zu widmen, spürte sie vorübergehende Erleichterung.

Die ersten zwei Abende hatten Weinkrämpfe sie wach gehalten. Dann hatte sie sich zur Ordnung gerufen. Sie hatte versucht, sich vorzustellen, was Martha zu alldem sagen würde, und recht genau gewusst, dass sie zumindest nicht dulden würde, wenn Jolanthe sich hängen ließ. Sie vermisste die Freundin und hatte doch noch nicht den Mut gefunden, mit ihr in Kontakt zu treten.

Stattdessen saß sie über den Büchern und arbeitete alles auf, was sie verpasst hatte und zum besseren Überblick auch die Wochen davor. Zunächst wechselten die

Handschriften ab, die eine war von ihrem Vater und die andere musste Vico gehören. Doch die letzten Einträge hatte nur noch ihr Vater gemacht. Die Lage sah in der Tat verheerend aus. Am dritten Tag konnte Jolanthe sich ein Bild machen von dem, was geschehen war.

Die Renovierungen am Haus und Sieglindes Hochzeit hatten viel Geld gekostet. Im Gegenzug kam von Vicos Anteil am Unternehmen seines Vaters zu wenig herein. Er hatte die Summe vermerkt, aber sie entsprach nur einem Bruchteil der Ausgaben. Das aber bedeutete, dass dem Vater weniger Kapital für Investitionen übrig blieb, denn einen Kredit aufnehmen wollte er ja nicht. Offenbar waren in ihrer Abwesenheit dann zwei Weberbetriebe aus Biberach als Zulieferer weggefallen. Sie vermutete, dass der Vater die Vorschüsse nicht mehr zahlen konnte und die Betriebe somit zu finanzkräftigeren Kaufleuten gewechselt hatten. Deshalb aber konnte das Kontor auch weniger Tuch verkaufen. Sein Gewinn verringerte sich – es war ein Teufelskreis. Jolanthe sah es deutlich vor sich und auch die Ausweglosigkeit, von der die Einträge sprachen.

Winald hatte bereits die Ausgaben für die Köchin halbiert, was bedeutete, dass sie nur noch jeden zweiten Tag kam. Das konnte Sieglinde nicht gefallen. Und doch fand Jolanthe einen Eintrag für Ausgaben beim Schneider, das also hatte der Vater ihr nicht ausschlagen können. Er hätte das Geld besser für Barchent ausgegeben, statt es an seine Tochter zu verschwenden.

Sie sah durch das offene Fenster auf die Veilchen in den Blumenkästen und wunderte sich nicht zum ersten Mal, dass sie immer noch dort wuchsen. Sieglinde hasste Veilchen und hatte diese trotzdem gegossen. Es gab Dinge, die Jolanthe nicht verstand, doch ehe die Gedanken sie erneut in Beschlag nehmen konnten, zwang sie sich bewusst, an die Misere des Kontors zu denken.

Auch wenn der Vater es verboten hatte, sie musste etwas unternehmen. Sie kannte die Lösung, sie hatte den Schlüssel in der Hand und konnte mit ihrem Weg die Zahlen wieder in Ordnung bringen, das hatte sie bewiesen, auch wenn es niemand sehen wollte. Also musste sie handeln, ganz gleich, welche Verbote auf ihr lasteten. Sie konnte nicht tatenlos zusehen, wie alles niederging, was der Vater in jahrzehntelanger Arbeit geschaffen hatte.

Am vierten Tag verließ sie unter einem Vorwand das Haus. Es tat gut, die frische Luft einzuatmen. Sie fühlte sich besser. Auch das Bild von Pascal, wie sie gemeinsam am Fluss saßen und Steinchen in das Wasser warfen, verursachte kaum noch Schmerz mehr, kaum Wut, kaum Sehnsucht. Sie nahm das als gutes Zeichen und spürte stattdessen Tatendrang. Dieser Mann würde sie nicht mehr aus der Ruhe bringen, nein, sie nicht. Der Vater und die Schwester auch nicht. Ich werde es euch zeigen!

Jolanthe schlug den Weg zum Kaufhaus der Tuchkaufleute ein. Noch fehlte ihr eine Idee, eine Möglichkeit. Sie hoffte, dort von dem ein oder anderen lukrativen Handel zu hören. Und wenn sie an diesem Tag nichts herausfand, dann vielleicht am nächsten oder übernächsten. Dann würde sie Geld aufnehmen müssen, viel Geld und zwar auf Kosten des Kontors. Pascal hatte recht, es ging nur so, wollte man Erfolg haben. Wenn sie sich das Geld von ihm holte, würde sie sich und vor allem das Kontor in seine Hand begeben. Das aber musste sie in Kauf nehmen, mit all seinen unabsehbaren Folgen.

Das Kaufhaus hatte sich nicht verändert, obwohl sie beim Eintreten das Gefühl bekam, schon ewig nicht mehr da gewesen zu sein. Sie grüßte hier und da, plauderte mit alten Bekannten und Geschäftspartnern ihres Vaters, die seinen Barchent immer gern abgenommen hatten, um ihn weiter zu veräußern nach Norden oder Westen. Im Grunde könnten wir das selbst machen, dachte sie, verwarf das aber gleich. Ihr fehlten die Kontakte, und ohne den Vater war es nicht durchführbar.

»Jolanthe, schön Euch wiederzusehen!«, rief jemand hinter ihr.

Sie drehte sich um und erkannte einen der Kaufleute, der mit der Ravensburger Handelsgesellschaft über die Alpen gereist war. Sie versuchte, sich an seinen Namen zu erinnern.

»Hans, seid gegrüßt. Was verschlägt Euch von Ravensburg hierher nach Ulm?«

»Die Geschäfte natürlich«, antwortete er wenig überraschend und zwinkerte ihr zu. »Ich habe auf unserer gemeinsamen Reise eine gute Ladung Baumwolle im Süden erstanden, die nun an die Webereien verkauft werden will. Wo bin ich da richtiger als hier?«

»Baumwolle, die mit heimischem Leinen zu Barchent verwoben wird.«

»Ihr kennt Euch aus.«

Jolanthe dachte nach. Dann fragte sie: »Warum stellt man sie nicht hier vor Ort her wie das Leinen auch?«

Der Kaufmann lachte über ihre Frage, die ihm wohl sehr naiv vorkam. »Baumwolle wächst hier nicht, ganz einfach. Es ist zu nass und zu kalt.«

»Ganz einfach«, wiederholte Jolanthe und hatte eine Idee. »Sagt, wann unternehmt Ihr mit der Handelsgesellschaft Eure nächste Reise?«

»Lasst mich doch erst einmal richtig ankommen!« Er drohte ihr mit dem Finger. »Meine Ravensburger Kollegen dürfen ihre nächste Reise allein planen. Soweit ich weiß ist eine Gruppe sehr bald unterwegs, falls es Euch wieder gen Süden zieht.«

Jolanthe lenkte ab und fragte nach dem verletzten Kaufmann, den sie auf dem Hinweg im Hospiz zurückgelassen hatten. Er sei wieder gesund und munter zurückgekehrt, bekam sie als Antwort.

Nach einer Weile verabschiedete sie sich und trat hinaus auf den Platz. Sie suchte sich einen Botenjungen, gab ihm Münzen, beschrieb ihm den Weg zu Martha und reichte ihm eine Nachricht, die sie zu Hause für die Freundin vorbereitet hatte. Es wurde Zeit, sie mussten reden, und das ging nur, wenn Martha nach Ulm kam und unauffällig Kontakt mit ihr aufnahm. Sie hoffte, das würde bald geschehen.

Dann lehnte sie sich über den Brunnenrand und beobachtete, wie sich Wolken im Wasser spiegelten.

Warum nicht die Baumwolle für die Biberacher Weber selbst in Italien kaufen und hierher transportieren?, dachte sie. Dann mussten die Weber den Rohstoff nicht teuer auf dem Ulmer Markt erwerben, sondern würden ihn gestellt bekommen. Ihr Kontor aber müsste nur noch das Leinen und die Arbeitskraft zahlen. Der Herstellungspreis würde sich um einiges verringern, verkaufen konnte man aber wie alle anderen auch, das hieß, es gab einen größeren Gewinn. Auf der Reise hatte sie mehrfach gehört, wie beliebt der Ulmer Barchent mittlerweile war, wie sehr er nachgefragt wurde. Abnehmer würden sich demnach weiterhin finden.

War das die Lösung?

Was geschah, wenn sie scheiterte?

Sie schüttelte den Kopf. Das Kontor war ohnehin dem Untergang geweiht, der Vater Sieglinde hörig und wenn sie, Jolanthe, dieses Wagnis nicht einging, geriet sie mit in einen Strudel, der sie hinabziehen würde.

Außerdem hatte sie nicht vor zu scheitern!

Die Frage war nur, ob Pascal ihr das Geld geben würde.

Kapitel 33

Pascal stand auf dem Münsterplatz. Er legte den Kopf in den Nacken, blickte die Münsterfassade hoch und schalt sich einen elenden Trottel. Ja, es ging so nicht weiter, er steckte fest. Jolanthe bedeutete ihm mehr, als er sich bislang hatte eingestehen wollte, nur jetzt gab es kein Zurück mehr vor der Erkenntnis. Und das war gewiss nicht in seinem Plan vorgekommen, im Gegenteil, es ruinierte alles, worauf er hingearbeitet hatte.

Er könnte auf alles verzichten und Jolanthe mit sich nehmen, diese Möglichkeit hatte er durchdacht und ein gutes Gefühl dabei gehabt. Nur musste er sich eingestehen, dass sie nicht durchführbar sein würde. Warum? Jolanthe war zu stur, um die Wahrheit zu akzeptieren, und solange sie das nicht tat, würde er nicht ehrlich mit ihr reden können. Ganz der Vater, dachte er verbittert.

Sein Blick wanderte tiefer, die Vorsprünge und Säulen entlang, und er fragte sich, ob Gott den Ulmer Bürgern besonderes Augenmerk zuteil werden ließ, weil sie ihm ein solches Bauwerk errichtet hatten. Wenn ja, was geschah dann mit den einfachen Leuten auf dem Lande, die diese Möglichkeiten nicht besaßen? Die in kleinen Kapellen mit undichtem Dach ihre Gebete sprachen. Liebte Gott diese weniger? Das konnte wohl kaum angehen.

Pascal zog die Schultern hoch. Das könnte ich jetzt wunderbar mit Jolanthe erörtern. Wenn sie hier wäre und wenn sie noch mit ihm reden würde. Er hatte sie seit ihrem Streit vor drei Tagen nicht mehr gesehen. Allerdings hatte er auch nicht explizit nach ihr gesucht. Er hatte vielmehr mit Mathies ein neues Geschäft beschlossen und erste Vorbereitungen dafür getroffen. Was er mit Winald machen sollte, blieb ihm genauso unklar wie sein weiteres Vorgehen bei Jolanthe, und hätte Mathies ihn nicht mit einem neuen Projekt für die nächsten Tage an Ulm gebunden, er hätte seinen Gaul geholt und wäre nach Hause geritten. Paris wartete bereits viel zu lange auf ihn, und seine Rache an Winald schmeckte schal. Im Grunde war alles so gekommen, wie er es erhofft hatte. Ob nun durch sein Mitwirken oder die Unfähigkeit anderer blieb gleich. Der Mann war ruiniert. Neben dem, was er von Jolanthe erfahren hatte, erzählten sie im Kaufhaus hinter vorgehaltener Hand, der Kaufmann Kun sei in Zahlungsschwierigkeiten, der Ebers habe ihm die Webereien abgeworben. Pascal spürte keinen Triumph, nur eine bohrende Leere, die er nicht zu füllen wusste, auch nicht dadurch, dass er zu Winald ging und seinen Sieg auskostete.

Sein Blick fiel auf den neuen Laden, von dem er gehört hatte, Sieglindes Mann sei der Inhaber. Ohne darüber nachzudenken, was er dort wollte, begab er sich zu dem Haus und ging hinein. Glasgefäße in den unterschiedlichsten Formen und Farben fielen ihm als Erstes auf, dann ein schmaler Wandteppich, über mehrere Regalbretter drapiert. Für die Größe des Ladens schienen ihm recht wenig Waren angeboten. Offenbar setzte Vico auf Exklusivität.

»Ihr müsst eine Menge Geld besitzen, dass Ihr Euch ein solches Geschäft einrichten könnt«, sagte er zu Vico, der ihm entgegengekommen war. »Solche Gläser sah ich zuletzt in Venedig aus den Manufakturen von Murano.«

»Sie sind von dort. Pascal Pallet, wenn ich mich recht entsinne?«

Pascal gab ihm die Hand. Dann trat er näher an die Regale und schaute sich um. »Wo habt Ihr all diese Kostbarkeiten her?«, fragte er schließlich.

»Ich habe meine Kontakte.«

Er wollte nicht reden, das war offensichtlich. Pascal versuchte es direkter.

»Man hört, das Kunsche Kontor stecke in Schwierigkeiten. Gewiss hätte das Kapital, das hier drin steckt, bei den Geschäften mit Barchent weitergeholfen.«

»Es geht Euch nichts an, meint Ihr nicht auch?«

Natürlich ging es ihn nichts an, und im Grunde sprach das, was er sah, eine deutliche Sprache. Vico hatte gründliche Arbeit geleistet. Selbst wenn er die Waren gut verkaufen konnte, würde er den Gewinn in neue Waren investieren müssen. Das Kontor würde leer ausgehen.

Spontan klopfte Pascal ihm auf die Schulter und sagte: »Wenn Ihr günstige Ware kaufen wollt, wendet Euch an mich. Auch ich habe meine guten Kontakte.« Damit wandte er sich zum Gehen. In der Tür drehte er sich nochmal um und ergänzte: »Sagt Jolanthe einen Gruß von mir.«

Er trat wieder auf den Platz und ging zurück zum Münster, dann durch eines der Stadttore hinaus an die Donau. Er hegte nicht wirklich die Hoffnung, hier auf Jolanthe zu treffen, deshalb hielt er irritiert inne, als er sie plötzlich erblickte. Sie stand mit dem Rücken zu ihm am Wasser und warf Steinchen hinein.

Pascal machte einen Schritt rückwärts, schalt sich einen Tor, tat den Schritt wieder nach vorn und wusste nicht weiter. So als habe sie seine Anwesenheit gespürt, drehte sie sich um und blickte ihn an. Nun gab es kein Zurück mehr, also trat er die Flucht nach vorn an. »Geht es dir gut?«

»Ich habe gehofft, dich hier zu treffen«, gab sie zurück. Ihr Ton ließ vermuten, dass sie das vertrauliche Du lieber wieder durch ein Ihr ersetzt hätte.

»Ich freue mich«, antwortete er. Was sollte er auch sonst sagen? »Wollen wir ein bisschen gehen?«

Sie nickte und lief ein paar Augenblicke schweigend an seiner Seite. Sie hielt Abstand, sah ihn nicht an, als sie endlich zu sprechen begann.

»Ich brauche noch ein einziges Mal deine Hilfe. Geschäftlich.« Das letzte Wort fügte sie hastig an, so als bestünde die Gefahr, er könne sie falsch verstehen. Er verstand sie richtig. Ihre Haltung war deutlich genug.

»Du hast noch nicht aufgegeben?«

»Ich sagte, ich brauche dich geschäftlich. Wenn ich eine Moralpredigt brauche, dann frage ich meine Schwester.« Ihr Ton war so unvermittelt aggressiv geworden, dass er beschwichtigend die Hände hob.

»Schon gut. Was willst du?«

Sie erläuterte ihm ihre Idee, und mit jedem Satz, den sie sagte, gewann sie mehr und mehr sein Interesse. Es hörte sich gut an, was sie plante, so gut, dass er sich ärgerte, nicht selbst darauf gekommen zu sein. Sie wies ihn zurück, behandelte ihn abweisend, dennoch wusste er schon zu Beginn, dass er ihr helfen würde. Und wenn es das Letzte war, was er für sie tat.

»Mein Freund Mathies reist bald gen Süden. Er wird deinen Auftrag ausführen.«

»Ich bezahle alle Transportkosten für meine Ware und beteilige mich an den allgemeinen Kosten. Dieses Mal werde ich keine Geschenke annehmen.«

»Woher willst du das Geld nehmen?«

»Wie viel gibst du mir? Ich bestehe darauf, dass wir einen offiziellen Wechsel ausstellen mit Siegel des Kontors.«

»Und dem Segen deines Vaters?«

Sie überging diese Frage. »Das Kontor sollte als Gegenwert genügen, und das Siegel wird echt sein.«

Pascal musste spontan lachen. Sie konnte nicht wissen, dass ihm klar war, wie wenig das Kontor mit Vicos Schulden noch wert war. Der einzige Wert bestand darin, Winald voll und ganz in seiner Hand zu haben.

»In Ordnung.« Er würde sich darauf einlassen, auch wenn er damit ein hohes Risiko einging. Es war wie das Salz in der Suppe.

Sie wurden sich einig wie Geschäftspartner. Am Schluss sagte sie nur noch: »Kein Wort zu niemandem.« Beim Abschied suchte er nach Zuneigung in ihren Augen. Aber er fand nichts. Er sah ihr hinterher, wie sie mit schnellen Schritten auf das Stadttor zulief und der Stoff ihres Rockes um ihre Beine schlug. Das Schicksal hat mir eine letzte Gelegenheit geschenkt, dachte er und: Ich muss dringend mit Martha reden.

Jolanthe traf Martha an der verabredeten Stelle in einer Gasse hinter dem Münster. Das Erste, was die Freundin tat, war den Kopf zu schütteln. Dann nahm sie Jolanthe in den Arm. Die hielt sich an ihr fest, spürte die Wärme und Geborgenheit und blinzelte die Tränen weg.

Schließlich löste sie sich und sagte: »Du bist die Einzige, die mir geblieben ist.«

»Die Einzige in einer großen, bösen Welt, hm?«, kam als Antwort.

»Bin ich dir wieder zu theatralisch?« Es wäre ein

Vorwurf gewesen, den sie nicht zum ersten Mal von Martha zu hören bekam, doch in diesem Moment hätte die Freundin sich das sparen können, fand sie. Sie fühlte sich gestraft genug und wollte nicht noch Tadel hören.

»Wenn irgendwas, dann zu empfindlich. Komm.« Martha winkte sie weiter in die Gasse hinein. »Eine Freundin wird uns ihre Küche zu Verfügung stellen. Da sind wir ungestörter als hier.«

Jolanthe folgte ihr zu einem zwei Fenster breiten, dreistöckigen Haus, dessen Fassade schon bessere Tage gesehen hatte. Der Putz zwischen den Fachwerkbalken hatte sich grau verfärbt, und ein Laden hing schief in den Angeln. Auf ihr Klopfen hin öffnete eine ältere Frau die Tür. Sie lächelte, als sie den Besuch erkannte, und wischte sich die Hände an ihrer Schürze ab.

»Nur herein. Hab euch ein wenig Suppe gekocht.«

Martha plauderte mit ihr, doch Jolanthe hörte nicht zu. Stattdessen schaute sie sich im dunklen Flur um, dessen niedrige Decke von Querbalken gehalten wurde. Es roch nach frisch gebackenem Brot und Hühnersuppe. Jolanthe traten schon wieder die Tränen in die Augen, so heimelig fühlte sie sich in diesem wildfremden Haus. Sie musste sich zusammenreißen. Wenn sie fortan wegen jeder Kleinigkeit in Tränen ausbrach, würde sie keiner mehr ernst nehmen. Diese Gefühlsduselei musste ein Ende haben!

Ihre Gastgeberin führte sie in eine kleine Küche, in der auf einem Tisch zwei Schüsseln gedeckt waren. Sie legte das Brot hinzu und stellte den Topf daneben. Mit einem Nicken verschwand sie.

»Siehst du, es ist nie nur einer da, der bereit ist zu helfen. Du musst nur die Augen auf machen.« Martha brach sich Brot ab und schöpfte Jolanthe Suppe in ihre Schüssel. »Was ist geschehen?«

Jolanthe nahm sich ein Stück Brot und roch daran. Seine Ofenwärme übertrug sich auf ihre Finger, und sie schloss die Augen, um sich nur auf den Duft zu konzentrieren. Martha schlürfte ihre Suppe, vom oberen Stockwerk hörte man Schritte, die die Balken knarren ließen. Eine Katze miaute. Jolanthe blickte in Richtung des Geräusches und sah, dass sie in der Tür zum Flur saß und zu ihnen her blickte. Ein rötlich getigertes Tier, das sich nicht bewusst war, dass es störte.

Jolanthe tunkte das Brot in die Brühe, schob es in den Mund. Als sie den ersten Bissen hinuntergeschluckt hatte, begann sie zu erzählen. Sie berichtete alles, zunächst der Reihe nach, dann durcheinander, auch was sie mit Pascal erlebt hatte, ließ sie nicht aus. Martha unterbrach sie kein einziges Mal. Sie hörte zu, gab der Katze ein Stück Huhn und zog nur ab und an die Brauen zusammen, wenn ihr das Gehörte missfiel.

Als Jolanthe geendet hatte, fühlte sich ihr Mund trocken an, und so nahm sie die Schale und trank von der Suppe.

»Winald hat dir also wieder einmal verboten, mich zu sehen. Ich bin froh, dass du dich nicht daran gehalten hast. Er hat kein Recht dazu, verstehst du?«

Jolanthe nickte. »Ich bin sicher, dass Sieglinde ihn aufgehetzt hat.«

Martha wiegte den Kopf hin und her, doch sie sagte nichts dazu. Stattdessen wechselte sie das Thema. »Du solltest Pascal mehr vertrauen. Du weißt, dass ich ihn für einen guten Jungen halte.«

»Er lügt.«

»Trotzdem hast du ihn um Hilfe gebeten wegen deines neuen Planes.«

»Wen hätte ich sonst fragen sollen? Es kam ja nur Vico in Frage.«

»Viel zu leicht beeinflussbar. Er würde umknicken wie trockenes Schilf, wenn Winald ihn nur böse anschaut.«

»Pascal hilft mir und profitiert auch davon. Das ist eine reine Abmachung unter Geschäftsleuten.«

»Natürlich.«

Marthas Ausweichen ärgerte Jolanthe. So, als vermute die Freundin mehr hinter alldem, doch dem war nicht so!

»Er hat Sieglinde den Hof gemacht, wusstest du das?«

»Das behauptet deine Schwester, nicht wahr? Pascal war gestern bei mir, und du tust gut daran, dich an ihn zu halten mit dem Geschäft, das du planst. Reden wir nun darüber.«

Es passte Jolanthe nicht, wie Martha das Gespräch führte. Sie hatte das Gefühl, was Pascal betraf, nicht alles gesagt zu haben, was ihr wichtig war. Eine Weile hörte sie schweigend Marthas Ausführungen und Gedanken zu, dann aber sah sie ein, dass die Zeit zu schade war, um sie mit Differenzen zu vergeuden. Also schilderte sie ihren Plan mit der Baumwolle. Mathies, der Freund von Pascal, würde in Kürze aufbrechen, und dann müsse man abwarten.

»Das hast du gut gemacht.« Martha erhob sich. »Wir treffen uns ab sofort regelmäßig hier, und du erzählst mir, einverstanden?«

In den folgenden Tagen fiel es Jolanthe schwer, den Alltag im Kontor aufrechtzuerhalten und brav die Rolle zu spielen, in die sie gedrängt worden war. Zu ungeduldig machte sie der Gedanke an ihr gewagtes Geschäft. »Du setzt das Kontor auf's Spiel?«, hatte Martha gefragt. »Ich nutze eine einmalige Gelegenheit«, hatte sie geantwortet und tatsächlich, einmal alle Bedenken losgelassen, machte dieses Wagnis sogar Spaß. Hier konnte sie richtigen Erfolg haben, hier konnte sie sich beweisen.

Als Nächstes muss ich mich um die Biberacher Weber kümmern.

Kapitel 34

Sieglinde schabte die Rüben und fluchte, dass sie Katrein mit der Wäsche zum Fluss geschickt hatte, statt ihr Küchendienst zu verordnen. Doch die Bettlaken waren dringend notwendig zu waschen gewesen, es führte kein Weg daran vorbei.

So stand Sieglinde nun allein in der Küche, was allzu oft vorkam, seit der Vater die Köchin nicht mehr für jeden Tag bezahlen konnte. Ob konnte oder wollte, das war ihr nicht so klar. Das Ergebnis dieser Maßnahme aber lag deutlich vor ihr in Form von ungeschältem Gemüse, einem Braten, der in seinem Tontopf vor sich hinschmorte und einer Pastete, deren Zubereitung sie noch nicht einmal begonnen hatte.

Sie wischte sich mit dem Handrücken den Schweiß von der Stirn, legte Messer und Rübe beiseite und schaute nach dem Herdfeuer. Es musste dringend Holz nachgelegt werden, doch als sie sich umsah, fand sie nur noch ein einziges Scheit. Sie schimpfte erneut vor sich hin und wusste doch, dass ihr das nicht nutzte. Nicht einmal auf Jolanthe konnte sie wütend sein. Seit der Aussprache mit dem Vater verhielt sich die Schwester demütig. Warum nicht gleich so?, hatte Sieglinde in den letzten Tagen mehrmals gedacht. Wir hätten uns viel ersparen können.

Heute hatte sie sich sogar freiwillig angeboten, die Magd bei der Wäsche zu begleiten und zu unterstützen, damit Katrein Sieglinde schneller wieder zur Verfügung stand. Ihre Schwester hatte sich gewandelt, und auch wenn sie dem Frieden noch nicht traute, so wollte Sieglinde doch glauben, dass sich alles zum Besseren neigte. War Jolanthe jetzt nicht bereit, sich zu fügen, würde sie gehen müssen. Vielleicht hatte sie dies nun endlich verstanden.

Wenn doch nur Winald nicht so knauserig geworden wäre! Auch von Vico konnte sie derzeit nichts erwarten. Wenn das so weiterging, dann würde das bisschen Achtung, welches sie sich bei den Patrizierfrauen und den Gemahlinnen der wohlhabenden Kaufleute Ulms erarbeitet hatte, schneller verblassen, als sie ›oh‹ sagen konnte. Sie würde mit Vico reden müssen. Es ging nicht an, dass er sich aus dem Kontor zurückzog wegen Winalds Zurechtweisung. Es wurde Zeit, dass sich ihr Mann zusammenriss und im Geschäft des Vaters mitmischte, auf dass es wieder mehr florierte als bisher. Wozu hatte sie ihn geheiratet, und wozu hatte er einen Verkäufer in seinem Ladengeschäft? Sicher nicht dafür, dass er selbst den ganzen Tag dort herumlungerte.

Sie nahm den Korb für das Holz, schob die Tür mit der Schulter auf und begab sich nach hinten auf den Hof. Dort nahm sie ein paar Scheite vom Stapel, der viel zu schnell geschrumpft war in letzter Zeit. Sie würde einen Knecht anheuern müssen, damit er ihnen die größeren Holzstücke zerkleinerte, die sie weiter hinten aufgeschichtet hatten.

»Gib Gott, dass Vater mir wenigstes den bewilligt und nicht davon ausgeht, dass ich mich hier mit der Axt betätige.«

Zurück in der Küche schob sie Holz ins Feuer und machte sich erneut daran, das Gemüse zu putzen. Die Katze miaute am offenen Fenster. »Mäuse sollst du jagen, du unnützes Vieh, nicht betteln.«

Das Tier blieb von Sieglindes Worten unbeeindruckt und starrte sie mit seinen grünen Augen an.

»Sitz du nur da wie eine Statue und versuch, mich zu verhexen. Von mir bekommst du nichts.«

Sieglinde schnitt eine Möhre in kleine Stücke und gab sie in einen Topf. Als sie sich umdrehte und die Katze ihr immer noch einen vorwurfsvollen Blick zuwarf, verlor sie die Geduld. Mit ein paar Schritten war sie beim Fenster und schob das fauchende Tier nach draußen. Die Katze federte ihren Fall auf den Boden gekonnt ab, gönnte Sieglinde keines Blickes mehr und bog geschmeidig um die Hausecke in Richtung Hinterhof.

»So ist es recht, warum nicht gleich?«

Sieglinde wollte sich gerade abwenden, da kam ein Junge die Gasse entlanggerannt, blieb atemlos vor ihrer Tür stehen und klopfte.

»Was ist? Wen willst du sprechen?«, rief sie ihm zu.

Der Junge zögerte, schien zu überlegen, ob er nicht lieber Reißaus nehmen sollte. Das kam ihr merkwürdig vor.

»Komm her!«, insistierte sie. Er gehorchte.

»Ich muss Jolanthe Kun sprechen, ist sie da?«, fragte der Junge und schaute zu Sieglinde hoch.

»Du kannst es mir anvertrauen. Ich bin die Schwester. Wir haben keine Geheimnisse in diesem Haus.«

Der Kleine zog seine Brauen zusammen und schüttelte den Kopf. Er trug geflickte, aber ordentliche Kleidung, aus der Gosse kam er demnach nicht. Ein Bote vom Kaufhaus? Nur was wollte der von Jolanthe?

»Was soll das heißen?«, bohrte Sieglinde nach.

»Ich darf es nur an Jolanthe Kun übergeben, sonst bekomm ich meinen Lohn nicht. Ist sie da?«

»Eine Nachricht?« Sieglinde hatte das versiegelte Papier entdeckt, das der Bote mit seiner Hand umklammerte. »Von wem?«

Er zuckte mit den Schultern und machte einen Schritt zurück.

»Stell dich nicht dumm. Wer schickt dich?«

Statt eine Antwort zu geben, drehte er sich um und rannte in die Richtung, aus der er gekommen war.

Sieglinde zog sich in die Küche zurück, nahm das Messer, schabte die nächste Möhre. Eine Nachricht für Jolanthe, die nur ihr übergeben werden durfte? Was war das wieder für eine Teufelei? Mit einem Mal kam ihr die ungewohnte Fügsamkeit ihrer Schwester gar nicht mehr so friedlich vor.

Sieglinde rutschte das Messer aus, die Klinge fuhr ihr in den Finger. Ein ziehender Schmerz trieb ihr die

Tränen in die Augen. Blut tropfte auf das Holz der Arbeitsplatte. Sie nahm ein Tuch, tunkte es in einen Eimer Wasser und wickelte es um ihre Hand. Der Schmerz ließ kaum bemerkenswert nach. Voller Wut nahm sie das Messer, schnitt die ungeschabte Rübe und tat die groben Stücke so wie sie waren in den Topf.

»Sie will uns alle zum Narren halten!«, presste sie zwischen zusammengebissenen Zähnen hervor. »Aber mit mir nicht! Ich finde heraus, was du für Geheimnisse hast. Auch so eine wie du macht Fehler und Gnade dir, wenn ich dich dabei erwische.«

Jolanthe trug einen Korb mit schmutziger Wäsche und ging hinter Katrein durch das Stadttor. Unauffällig blickte sie sich um. Sie entdeckte Pascal neben dem Tor. Er hatte also ihre Nachricht bekommen und wartete nun, mit der Schulter an die Mauer gelehnt, so als habe er nichts Besseres zu tun, als die Wäscherinnen zu beobachten. Er musste sie gesehen haben.

Dieser Waschtag war Jolanthe gerade recht gekommen. Je unauffälliger sie sich vom Haus entfernen konnte, desto besser. Sie hatte schon genug Ausflüchte gebraucht, um sich heimlich mit den Biberacher Webern zu verständigen.

Katrein plauderte kurz mit einer Magd, die die Ärmel ihres Kleides hochgekrempelt hatte und dennoch nicht hatte verhindern können, dass sie bei der Arbeit durchnässten. Jolanthe grüßte eine Nachbarin und lobte deren kleinen Jungen, als er ihr ein selbst gebasteltes Schiffchen zeigte. Sie suchten sich einen freien Platz, und Jolanthe begann in ihrem Korb zu wühlen.

»Katrein, ich habe mein Kleid vergessen! Das muss unbedingt gewaschen werden, denn das, welches ich am Leib habe, ist mir gestern beim Kochen verdreckt. Nun sind beide nicht mehr tragbar.« Sie zeigte auf einen handtellergroßen Fleck, den sie sich am Morgen mit Hilfe der Fischsuppe vom vorigen Tag an den Ärmel geschmiert hatte.

»Ihr habt nichts gesagt«, antwortete die Magd.

»Dich trifft keine Schuld, ich habe es vergessen. Ich laufe rasch zurück, um es zu holen.«

Katreins Erleichterung darüber, dass sie nicht für den Fehler verantwortlich gemacht wurde, war unübersehbar. Eifrig wandte sie sich der Arbeit zu und beachtete Jolanthe nicht mehr. Die drehte sich um und rannte zurück zum Stadttor. Pascal war nicht mehr zu sehen, und sie vermutete, dass er sich in Deckung begeben hatte. Jolanthe vergewisserte sich, dass niemand sie beobachtete. Dann bog sie ab und lief zwischen ein paar Büschen hindurch, sodass sie vom Waschplatz nicht mehr gesehen werden konnte.

Pascal lehnte an der Stadtmauer und schaute ihr entgegen. Er lächelte nicht, und das war ihr recht so. Es tat weh genug, ihn da stehen zu stehen, so vertraut und doch so fremd. Martha glaubte immer noch, man könne ihm trauen, nicht nur, was das Geschäftliche anging. Jolanthe zweifelte mehr denn je.

»Hast du Nachricht von deinem Freund?«, fragte sie und hielt sich in ausreichendem Abstand zu ihm.

»Er hat gute Baumwolle erstanden. Er schreibt, es gab Probleme auf dem Hinweg. Sie hatten einen Überfall. Offenbar wachen die Wegelagerer aus ihrem Winterschlaf auf.«

»Das bedeutet?«

»Es wird gefährlicher zu reisen, ganz einfach.«

Ganz einfach. Wollte er sie auf den Arm nehmen, oder warum erzählte er ihr Offensichtliches? Seine neutrale Haltung machte sie nun doch nervös. Sie rieb sich die Oberarme, blickte an ihm vorbei und wechselte das Thema.

»Ich habe mit zwei Biberacher Webereien Kontakt aufgenommen, die früher für uns gearbeitet haben. Eine ist interessiert an dem Handel.«

»Sie nehmen die Baumwolle, die du ihnen bringst, und stellen davon Barchent her?«

»Zu einem sehr günstigen Preis. Der Weber kam persönlich nach Ulm, um mit mir zu reden.«

»Gut.« Zum ersten Mal zeigte sich ein Anflug von einem Lächeln auf Pascals Gesicht.

»Du wirst eine Entlohnung für deine Vermittlung bekommen«, fügte Jolanthe hinzu.

Pascals Lächeln verschwand. Er nickte nur so, als habe er nichts anderes erwartet. Jolanthe schaute auf den Boden, wartete, ob er noch was zu sagen hatte, aber die drückende Stimmung blieb, und die konnte sie nicht mehr ertragen.

»Kann ich dir trauen?«, fragte sie unvermittelt, ohne ihn anzusehen.

»Das tust du, sonst würdest du keine Geschäfte mit mir machen«, kam die Antwort.

»Ich hoffe, das muss ich nicht bereuen. Du weißt, wie du mich erreichst, aber es ist besser, wenn du wartest, bis ich Kontakt aufnehme.«

Er sagte immer noch nichts, tat nichts, stand nur da. Ein kurzer Blick zeigte ihr, dass er sie immer noch anstarrte. Sie hob die Hand zum Gruß. Dann wandte sich ab. Als sie zwischen den Büschen durchschlüpfte, um zum Stadttor zu gelangen, spürte sie eine Enge im Hals, die sie wegzuschlucken versuchte. Es gelang ihr nicht.

Sie passierte das Tor, dann rannte sie die Gasse entlang, um Katrein nicht zu lange warten zu lassen. In der Straße, die zu ihrem Haus führte, hörte sie eine Jungenstimme ihren Namen rufen. Außer Atem hielt sie inne und blickte sich um. Ein kleiner Kerl stand in einer Nebengasse und winkte sie zu sich her. Sie wunderte sich über seine Vorsicht und dachte sich dann, dass die sicher von seinem Auftraggeber kam. Oder vielmehr der Auftraggeberin, denn Pascal hatte sie ja eben erst getroffen. Sie nahm die Nachricht entgegen, die der Kleine ihr hinhielt. Ungeduldig erbrach sie das

Siegel, in der Tat, Martha schrieb ihr. Nichts Wichtiges, nur Ort und Zeit eines Treffens. Der Junge bekam eine Münze, sie lobte ihn für seine Umsicht, dann steckte sie die Nachricht in ihre Börse, die sie unter den Röcken trug, und hastete weiter.

Im Haus nahm sie die Treppen, so als wäre ein tollwütiger Hund hinter ihr her. Auf der Stiege zum obersten Stockwerk musste sie langsamer machen. In ihrer Kammer hielt sie inne. Ihre Seite stach, ihr Atem ging stoßweise, sie brauchte einige Augenblicke, um sich zu erholen. Warum war sie so gerannt? Um die Enge in ihrem Hals zu vertreiben oder um den Schmerz in der Brust durch einen anderen zu ersetzen?

Sie ging zur Truhe, um das Kleid herauszuziehen, und hielt mitten in der Bewegung inne. Irgendetwas stimmte nicht. Sie schaute sich um und konnte nichts Ungewöhnliches entdecken. Das Bett, die Kleidertruhe, ein Schemel und ein kleiner Tisch, alles stand an seinem Platz so wie immer. War es der Geruch? Ein leiser Duft nach geschmortem Fleisch ließ sich ausmachen, doch der konnte genauso gut von der Küche hochgezogen sein. Durch die geschlossene Tür? Sie nahm das Kleid, verließ ihre Kammer und rannte die Stufen nach unten. Katrein würde sich wundern, was sie so lange trieb. Sie würde einen Plausch mit der Nachbarin erfinden. Wenn nur diese ganze Lügerei endlich ein Ende haben würde!

Was hatte Pascal gesagt? Sein Freund hatte die Baumwolle zu einem guten Preis erstanden. Das war ein Grund zum Freuen, und genau das wollte sie tun. Nun mussten er und die Ware nur wohlbehalten zurückkehren. Jolanthe hoffte, dass Mathies besonnen genug sein würde, um die Sicherheit vor der Schnelligkeit zu wählen. Sie würde also weiter bangen.

Kapitel 35

Sieglinde hatte sich in ihrer Kammer gegen die geschlossene Tür gelehnt und den Atem angehalten, als sie hörte, wie Jolanthe wieder in den Flur trat. Sie war froh darum, dass die Schwester so lautstark die Treppen genommen hatte, als sie gekommen war. Diese Vorwarnung hatte es Sieglinde ermöglicht, rechtzeitig aus Jolanthes Kammer in ihre eigene zu schlüpfen. Sie hätte gewiss eine Ausrede gefunden, wenn die Schwester sie entdeckt hätte, dennoch war es so besser. Jolanthe sollte nicht misstrauisch werden.

Wieder polterte es auf den Stufen. Das Getrampel wurde leiser und fand seinen Abschluss im Knall der zuschlagenden Haustür.

Gut, die Schwester war wieder verschwunden. Was auch immer sie hier zu suchen gehabt hatte, nun würde sie hoffentlich eine Weile fortbleiben. Sieglinde huschte in den Flur, dann in den anderen Raum, lehnte die Tür an und blickte sich um. Der Truhendeckel stand nun offen. Sonst hatte sich nichts verändert. Sieglinde ging in die Hocke und hob vorsichtig Kleiderschicht für Kleiderschicht an. Mit der flachen Hand fuhr sie die Oberfläche ab, spürte mit den Fingerspitzen nach etwas Verdächtigem. Sie wusste nicht, wonach sie suchte. Nach einer verräterischen Botschaft vielleicht am ehesten.

In der Truhe befanden sich nur Bettwäsche und Kleidung. Sieglinde schloss den Deckel und kippte sie, um mit den Knöcheln gegen die Unterseite zu klopfen. Vielleicht gab es einen Hohlraum, eine Zwischenwand? Nichts. Auch die Dielen des Bodens saßen fest. Also ließ sie die Truhe wieder in ihre ursprüngliche Stellung zurücksinken und vergaß nicht, den Deckel wieder zu öffnen.

Als Nächstes nahm sie sich das Bett vor. Darunter herrschte nur eine saubere Leere, die Sieglinde wunderte. War Jolanthe doch sonst nicht so häuslich, aber in ihrer Kammer hielt sie Ordnung. Ein geleerter Nachttopf stand unter dem Fenster. Sieglinde befühlte das Laken, mit dem das Stroh der Bettstatt abgedeckt war. Mit den Fingerspitzen spürte sie nach etwas Festem oder einem ungewöhnlichen Rascheln – nichts.

Sie richtete sich auf und drehte sich einmal im Kreis. Denk nach!, befahl sie sich. Wo würdest du etwas Verbotenes verstecken? Ihr Blick wanderte nach oben und blieb an den Dachbalken hängen. Zwischen den Trägern hatte sich hier und da ein Spalt nach oben gebildet, dort wo die Bretter der Decke nicht richtig auflagen. Sieglinde streckte sich. Sie konnte nur die Unterseite der Balken berühren, kam nicht höher. Rasch zog sie sich den Schemel heran, stieg hinauf und spähte in die Zwischenräume. In einem durch ein Astloch besonders großen Hohlraum über einem der Querbalken konnte sie etwas Helles erkennen. Sie stieg so hastig vom Hocker, dass er kippelte, schob ihn unter die Stelle, kletterte wieder hoch und hielt schließlich ein kleines Büchlein in der Hand. Sie wusste, was das war, sobald sie die Zahlenkolonnen und die davor geschriebenen Bemerkungen las. Nur die erste Seite hatte Jolanthe gefüllt, und sie führte dieses Buch genauso akribisch wie die anderen im Kontor. Der Beweis für ihre heimlichen Geschäfte.

»Jetzt hab ich dich, meine Liebe.«

Sieglinde presste den Fund an ihre Brust, stieg wieder vom Hocker, vergewisserte sich, dass alles an seinem rechten Platz stand, und verließ den Raum.

Im Flur überflog sie Jolanthes Aufzeichnungen erneut. Ihr Blick blieb am neuesten Eintrag hängen. Mit Datum hatte sie die Aufnahme eines Kredites vermerkt, der Sieglinde kurz die Augen schließen ließ. Ich hab dich, dachte sie, und immer wieder: Ich hab dich.

Der Vater hielt sich seit dem Morgen im Kontor auf. Sie würde ihn dort antreffen, und sie wusste nun, was sie zu tun hatte.

Noch während sie das Kontor betrat und Winald am Regal mit den unzähligen Büchern stehen sah, sagte sie: »Ich habe etwas mit Euch zu besprechen und etwas, das ich Euch zeigen will. Es wird Euch interessieren.«

Den Korb mit nasser Wäsche zwischen sich, gingen Katrein und Jolanthe die Straße entlang und erreichten das Kunsche Haus. Schon als sie den Flur betrat, fühlte Jolanthe sich unwohl, was an Sieglindes Blick liegen mochte, mit dem sie die Schwester musterte. Sie stand im Türrahmen zur Küche.

Nun verschränkte sie die Arme vor der Brust und sagte: »Vater will uns sprechen.«

»Ich muss mit Katrein die Wäsche aufhängen«, entgegnete Jolanthe unwirsch, weil sie dieses Gefühl der Vorahnung nicht an sich heranlassen wollte.

»Er wartet oben.« Sieglinde wandte sich zur Treppe, und Jolanthe blieb nichts anderes, als ihr zu folgen.

Vor dem Kontor öffnete Sieglinde die Tür und ließ die Schwester zuerst eintreten. Winald saß am Fenster in einem Sessel und blickte zu ihnen herüber, so als habe er seit Stunden auf sie gewartet. Er bedeutete seinen Töchtern, sich auf zwei Hocker zu setzen. Die Stille, die sich im Raum ausbreitete, fand Jolanthe kaum zu ertragen. Sie hörte den Atem ihres Vaters und das Räuspern ihrer Schwester und fragte sich, warum niemand sprechen wollte.

»Warum hast du uns gerufen?«, brach sie das Schweigen, als sie es nicht länger aushielt.

»Du wirst es dir denken können«, antwortete der Vater. »Erzähl mir, was du in den vergangenen Tagen getan hast.«

»Heute habe ich mit Katrein die Wäsche am Fluss gewaschen«, begann sie. »Falls Ihr mich also vermisst habt, ich …«, sie wusste nicht weiter. Dann zählte sie auf, welche Aufgaben sie in den Tagen davor für den Haushalt und das Kontor erledigt hatte und kam sich vor wie ein Fisch, der in einer trüben Brühe nach dem Zufluss sucht. Irgendwann fiel ihr nichts mehr ein.

»Kennst du dies?« Winald hielt ihr ein Buch entgegen, das verdächtig nach dem aussah, worin sie die Einnahmen und Ausgaben ihrer heimlichen Geschäfte notiert hatte. Sie musste doch den Überblick behalten, es konnte nicht angehen, dass ihr die Genauigkeit nun zum Verhängnis wurde.

»Woher habt Ihr das?«, fragte sie. Das Versteck in ihrem Zimmer war ihr so sicher vorgekommen, und sie konnte sich nicht vorstellen, dass der Vater es selbst entdeckt hatte. Offenbar hatte sie Sieglinde mit ihrer Fügsamkeit nicht täuschen können. Die Schwester war misstrauisch geblieben.

»Es ist eine große Summe vermerkt, die geliehen wurde. Das Datum liegt noch nicht lange zurück, unser Gespräch fand vorher statt. Du hast dich nicht an unsere Abmachung gehalten, und ich kann dir nicht mit Worten sagen, wie sehr mich das enttäuscht.«

Es enttäuschte ihn?

»Ich habe mit den Webern Kontakt aufgenommen, die nicht mehr mit unserem Kontor zusammenarbeiten wollten«, begann sie. Der Vater hob die Hand, so als wolle er nicht hören, was sie zu sagen hatte. »Bitte schenkt mir Eure Aufmerksamkeit, es ist wichtig!«

Winald strich nachdenklich mit dem Daumen über seine Lippen und nickte schließlich.

Also fuhr sie fort: »Einer der Weber ist bereit, wieder zurückzukommen, denn ich habe ihm angeboten, die Baumwolle, die er für die Herstellung von Barchent benötigt, selbst anzuliefern, sodass er sie nicht in Ulm teuer erstehen muss. Wir haben einen guten Preis für den fertigen Barchent verhandelt, Ihr werdet zufrieden sein, Vater.«

»Was ist das für ein Unsinn? Ich kann die Baumwolle nicht bezahlen und sehe zudem keinen Vorteil, sie selbst in Ulm zu besorgen.« Winalds Stimme hatte einen ungeduldigen Unterton. Wieder strich er mit den Fingern über seine Lippen, so als sei ihm die Situation unangenehm.

»Die Baumwolle wurde auf meinen Auftrag hin in Italien an dem Ort erworben, wo sie angebaut wird. Zur Hälfte des Preises, den sie in Ulm kostet. Sie ist bereits auf dem Rückweg und wird in einem Handelszug der Ravensburger Handelsgesellschaft transportiert.« Jolanthe atmete tief durch, weil die Anspannung ihr den Brustkorb so verengte, dass sie das Gefühl hatte, jemand habe sie mit einem Seil gefesselt.

»Bezahlt hast du das mit einem Kredit. Ich nehme an, es steckt wieder Pallet dahinter.«

»Vater, wartet«, mischte Sieglinde sich ein. »Die Baumwolle kostet dort, wo sie hergestellt wird, nur die Hälfte?«

»Glaubt mir doch endlich, das ist die neue Art, Handel zu betreiben. Einkauf der Waren mit geliehenem Geld und in größeren Mengen, das ist es, worauf wir setzen müssen, wenn wir überleben wollen mit unserem Kontor. Zudem brauchen wir andere Möglichkeiten, so wie den direkten Einkauf von Baumwolle. Der Fernhandel ist für viele bereits ein lukratives Geschäft. Auch Vico hat recht mit seinen gefärbten Stoffen, warum nicht? Vater! Macht die Augen auf, wir können es schaffen, aber Ihr müsst mir vertrauen.«

»Glaub nicht, ich hätte mich mit alldem nicht bereits beschäftigt«, unterbrach Winald sie. »Diese neuen Ideen kommen und gehen. Einige werden reich damit, viele gehen unter.«

»Aber nun, da Jolanthes Geschäft ohnehin nicht mehr zu verhindern ist, wäre es vielleicht gut, sie zu unterstützen«, meinte Sieglinde und strich ein paar unsichtbare Falten aus ihrem Gewand.

Jolanthe brauchte ein paar Augenblicke, um den Sinneswandel der Schwester zu begreifen. Winald blickte von einer zur anderen, zog dann die Brauen zusammen und sagte schließlich:

»Sieglinde mag recht haben. Schau, dass du das Beste aus der Situation machst. Danach reden wir über deine Zukunft. Nach dem, was du getan hast, kannst du hier im Kontor nicht mehr bleiben.«

Jolanthe starrte ihren Vater an, der ihr so vertraut war, in dessen Schoß sie als Kind den Kopf legen konnte, wenn sie traurig war. Der ihr dann über das Haar streichelte und sie mit seiner ruhigen Stimme tröstete. Sie sah sich wieder neben ihm die Treppen zum Tuchkaufhaus hochgehen.

»Ich werde auch ein Kaufmann, Vater, und dann bist du stolz auf mich, nicht wahr?«

»Ja, mein Kind.«

Ja, mein Kind. Jolanthe erhob sich und ging rückwärts, bis sie gegen die Tür stieß. Ihre Hand tastete nach der Türklinke.

»Du nimmst mich nicht ernst, hast es nie getan«, sagte sie ruhig. »Sieglinde war dir schon immer lieber, deshalb glaubst du ihr und hörst mir nicht zu.«

Als sie den Raum verließ, fühlte sie nichts. Ja, ich werde diesen Handel zu Ende bringen, dachte sie. Und dann werden wir weitersehen.

Als Jolanthe das Zimmer verlassen hatte, war es, als wäre ein Sturm weitergezogen. Merkwürdigerweise spürte Sieglinde keinen Triumph. Nun war geschehen, worauf sie so lange hingearbeitet hatte. Der Vater hatte Jolanthe endlich auf den Boden der Tatsachen gebracht, ein Machtwort gesprochen.

Sieglinde sah ihren Vater an. Eben noch so herrisch, saß er nun zusammengesunken auf dem Sessel und fuhr immer wieder mit dem Finger über seine Lippen.

»Sie wird es verstehen«, sagte Sieglinde in die Stille hinein. »Ihr solltet es von der guten Seite sehen. Wenn Jolanthe erfolgreich ist, bringt sie uns viel Geld ins Kontor, wie mir scheint. Natürlich ist es ein großes Wagnis, das man nicht gutheißen darf, aber nun, wo es geschehen ist …«

»Dein Ehemann sollte zusehen, dass er sich besser schlägt als bislang. Er redet von guten Kontakten. Die könnte ich gebrauchen«, antwortete Winald.

»Ich werde mit ihm sprechen.« Das hatte sie sowieso vor. Sie hatte ihn geheiratet, damit er das Kontor für sie erhielt, ihr die Möglichkeit eröffnete, sich in den gehobenen Kreisen Ulms zu bewegen. Dank ihrer Schwester schien das nun wieder möglich.

»Was geschieht mit Jolanthe?«

»Ich werde sie in ein Kloster schicken.«

»Das ist sicher das Beste.« Sieglinde erhob sich und zögerte.

Winald reagierte nicht. Offenbar hatte er sich in seinen Gedanken verloren, er sah nicht einmal hoch.

Erst als sie bei der Tür angelangt war, begann er wieder zu sprechen.

»Ich danke dir, Sieglinde. Was bin ich froh, dass meine Älteste so besonnen ist. Ganz wie deine Mutter.«

Sieglinde nickte und verließ den Raum. Unten wandte sie sich in Richtung Hof, blieb unschlüssig stehen, ging dann weiter zum kleinen Gemüsebeet. Sie bückte sich, zupfte hier und da ein Unkraut. *Wie gut,* dachte sie. Und wie dumm von Jolanthe. Soll sie uns das Geld herbeischaffen. Wenn sie danach ins Kloster kommt, ist sie noch früh genug aus dem Weg.

Kapitel 36

Jolanthe hatte ein paar Dinge in einen Beutel gepackt, sich ins Kontor geschlichen, um sich das Buch mit ihren persönlichen Abrechnungen zurückzuholen, und hatte das Haus verlassen. Ohne einen Blick zurückzuwerfen, war sie die Gassen entlanggelaufen. Nun stand sie vor dem Stadttor und debattierte mit dem Wächter, der es gerade eben geschlossen hatte und sie nicht mehr hinauslassen wollte.

»Kommt morgen wieder, Jungfer. Ihr erreicht Euer

Ziel heut nicht mehr bei Tageslicht, ganz gleich, wohin Ihr wollt.«

»Das hat nicht Eure Sorge zu sein.«

»Seid vernünftig.« Er schien sich über ihre Hartnäckigkeit zu amüsieren. »Ich sag's Euch, morgen ist auch noch ein Tag.«

Jolanthe griff unter ihren Röcken nach ihrer Börse und fischte eine Münze heraus, die sie ihm hinhielt. »Macht Euch nicht zu viele Gedanken um mich«, sie versuchte, einen neckischen Ton anzuschlagen. Auf irgendeine Art musste er sich doch erweichen lassen! Sie wollte nicht zurück zu Vater und Schwester, wie eine reuige Sünderin die Treppe hochkriechen. Die Nacht in den Straßen der Stadt zu verbringen aber kam auch nicht in Frage. Also blieb nur der Weg durch das Tor. Der Wächter zögerte. Dann nahm er die Münze, schob den Riegel einer Tür neben dem großen Durchgang auf und ließ sie passieren.

»Gott beschütze Euch«, gab er ihr mit auf den Weg, und sie sah Anteilnahme in seinem Blick. Sie dankte Gott, dass das Mitgefühl des Mannes offenbar bei Geldgaben seine Grenzen hatte.

Den ersten Teil des Weges rannte sie, aus Angst, die Wache könne es sich anders überlegen und sie zurückrufen. Dann aber wurde sie langsamer. Die Strecke zu Martha war lang, und sie würde ihren Atem noch brauchen.

Die Dämmerung hatte eingesetzt und bereits entlang

der Donau konnte sie am gegenüberliegenden Ufer nur noch Schemen erkennen. Bald würde sie die Hand nicht mehr vor Augen sehen. Sie hastete weiter voran, bog schließlich in den Wald und folgte dem Weg nach oben. Ein Käuzchen schrie. Jedes Rascheln im Gebüsch war bedrohlich, weil sie nichts mehr sehen konnte außer dem Pfad vor sich. Vor Marthas Tor musste sie schreien, um sich bemerkbar zu machen.

»Du bist es«, meinte Ludwig, als er ihr endlich öffnete.

»Ich war noch nie so froh, dich zu sehen«, antwortete sie und rieb sich die Gänsehaut an den Armen weg.

Martha stellte keine Fragen. Stattdessen ließ sie Liese eine kräftige Suppe kochen, legte Holzscheite im Kaminfeuer nach und setzte sich mit Jolanthe davor. Sie wartete, bis ihr Gast gegessen hatte. Jolanthe war ihr dankbar dafür. Sie wollte nicht reden, nur da sitzen, ins Feuer starren. Martha ließ sie gewähren.

Erst am folgenden Morgen erzählte Jolanthe alles.

»Du kannst hier bleiben, solange du willst«, antwortete Martha nur, als sie den Bericht gehört hatte. »Von mir aus für immer.«

»Wir müssen Pascal benachrichtigen, damit er weiß, wo ich bin. Die Baumwolle ist mit Mathies bereits auf dem Rückweg.«

»Wir werden dir hier ein kleines Kontor einrichten«, witzelte Martha.

»Keine schlechte Idee«, antwortete Jolanthe, auf den lockeren Ton der Freundin eingehend.

»Wir werden sehen, was die nächsten Tage bringen.«

»Danke, dass du dir einen Kommentar zu meinem Vater verkneifst.«

»Was soll ich dir da noch zu sagen? Du weißt es doch selbst.«

Ja, sie wusste es selbst. Was hatte Pascal gesagt? »Du bist ihm zu ähnlich. Dein Vater hat Angst vor deinem Erfolg.« Hatte er vielleicht doch recht mit diesen Worten?

Jolanthe nahm den Kontakt mit dem Biberacher Weber wieder auf. Mit Marthas Pferd ritt sie zu ihm, schloss schriftlich mit ihm einen Kontrakt, und versprach, ihn auf dem Laufenden zu halten. Von Pascal bekam sie Nachricht, dass bislang alles in Ordnung sei. Mehr konnte sie nicht tun, und so blieb zu viel Zeit zum Nachdenken, die sie mit allen möglichen Tätigkeiten zu vertreiben suchte. Sie beschäftigte sich mit den Pferden, mistete den Stall aus, reparierte Zäune und richtete sich eines der bislang ungenutzten Zimmer her.

Am Abend des dritten Tages fragte Martha sie: »Warum haben wir noch nicht eher daran gedacht, dass du zu mir ziehst?«

»Mein Vater hätte es nicht erlaubt.«

»Und nun tut er das?«

»Nun tut es nichts mehr zur Sache.« Jolanthe schlug ihr Rechnungsbuch zu, in dem sie gelesen hatte und doch nichts Neues eintragen konnte.

»Was wirst du machen mit dem Geld, das du durch das Baumwollgeschäft erwirtschaftest?« Martha saß ihr am Tisch gegenüber und hatte den Kopf auf die Hände gestützt.

»Frag mich, was ich mache, wenn die Ware nicht ankommt, weil der Handelszug überfallen wird, Mathies sich als Gauner herausstellt oder wenn alles vergammelt ist.«

»Du wirst ein neues Geschäft tätigen und genügend Münzen damit verdienen, um deine Schulden zurückzuzahlen.«

»Ich werde Vater in den Ruin treiben, weil Pascal von ihm das Geld zurückfordern wird.«

»Diese Schwarzseherei ist neu an dir, und sie gefällt mir nicht.« Nach dieser Erwiderung Marthas mussten sie beide lachen und beließen es dabei.

Ein paar Tage später erhielt Jolanthe Nachricht, dass Mathies zurück sei. Die Baumwolle habe er, wie besprochen, nach Biberach gebracht. Sie verabredete sich mit Pascal in dem Gasthaus, in dem er wohnte, und machte sich kurz darauf auf den Weg dorthin.

Es kam ihr vor, als sei sie schon ewig nicht mehr in der Stadt gewesen. Dabei war es noch nicht lange her, seit sie die Wache durch das Tor gelassen hatte. So als habe sie in der Zwischenzeit ein anderes Leben geführt und kehre nun an einen Ort voller Erinnerungen zurück. Sie mied ihr Elternhaus, begab sich stattdessen gleich zu Pascal und wurde von ihm und Mathies bei einem Essen in der Gaststube über den Erfolg der Reise unterrichtet.

»Hier ist die Bestätigung des Webers Gribel, dass er die Ware erhalten hat.« Mathies gab das Dokument an Jolanthe weiter.

»Alles Übrige habe ich bereits mit ihm ausgehandelt. Ich danke Euch für alles.« Jolanthe steckte das Papier in ihren Beutel und lehnte einen neuen Becher Bier ab. Sie hatte genug getrunken und gegessen und für heute noch etwas Wichtigeres vor.

»Es war mir eine Freude«, antwortete Mathies.

Natürlich hatte er auch eine angemessene Entlohnung erhalten, dafür hatte Jolanthe gesorgt.

»Und nun?« Pascal, der sich auffallend zurückgehalten hatte bei dem Gespräch, schaute sie aufmerksam an.

»Meine Sache«, antwortete sie und erhob sich. Sie nickte den beiden zu und verließ dann das Gasthaus. Offenbar trauten sie ihr alle nicht zu, das Richtige zu tun – oder warum fragten sie ständig nach, was sie denn plane? Das ging niemanden etwas an oder, anders gesagt, sie hätten es sich eigentlich denken müssen. Für sie jedenfalls lag der Weg, den sie gehen musste, deutlich vor ihr, und sie beschritt ihn.

Vor dem Haus ihres Vaters blieb sie stehen und sah die Fassade hoch. Immer noch blühten die Veilchen in ihren Kästen. Also goss Sieglinde nach wie vor. Wahrte sie damit eine Erinnerung an die Schwester? Jolanthe schüttelte den Kopf darüber. Merkwürdig, dachte sie. Dann öffnete sie die Tür und trat ein.

Im Flur war niemand zu sehen. Gedämpftes Geklapper drang aus der Küche. Jolanthe fuhr mit dem Finger über die Wand, während sie zur Treppe ging. Mein Zuhause, so vertraut.

Auch das Kontor oben war leer, aber sie hatte keine Eile. Sie stellte sich ans Fenster und blickte hinaus, lehnte sich leicht nach links, dann nach rechts, ging in die Hocke, weil die runden Gläser das Bild dahinter auf diese Art immer wieder anders verzerrten. So vertrieb sie sich die Zeit, bis sie Geräusche vom Gang her hörte. Das Klacken von Winalds Stock kam näher. Als er die Kontortür öffnete, drehte Jolanthe sich um.

Sie sah, wie der Vater in der Bewegung erstarrte, sich wieder fing und die Tür hinter sich schloss. Er machte eine auffordernde Handbewegung. »Du bist zurück?«

Jolanthe wunderte sich über ihre eigene Ruhe. Der Vater kam ihr gebrechlich vor, so wie er sich auf die Krücke stützte. Und doch blieb er stehen, offenbar ging es gegen seinen Stolz, sich hinzusetzen.

»Die Lieferung Baumwolle ist gestern beim Biberacher Weber Gribel angekommen. Hier ist die Bestätigung.« Sie legte die Nachricht auf den Tisch neben die Kontorbücher. »Er wird sich laut meiner Weisung sofort an die Arbeit machen und den Barchent herstellen. Hier habe ich den Auftrag und das, was Ihr ihm noch zahlen müsst, und hier«, sie zog ein weiteres Dokument aus ihrem Beutel »Ist der Schuldschein, den Pascal Pallet für mich unterschrieben hat. Er erwartet die Rückzahlung des Geldes inklusive Zinsen, sobald Ihr den fertigen Barchent in Ulm verkaufen konntet. Ich erwarte einen guten Gewinn, und wenn Ihr die Zahlen anseht, so werdet Ihr das bestätigen.«

Winald humpelte zu dem Tisch und beugte sich über die Papiere. Wie wenn er es nicht glauben wollte, las er wieder und wieder, kniff die Augen halb zusammen, schien zu rechnen.

Endlich wandte er sich wieder an Jolanthe. »Ein guter Gewinn, in der Tat.« Er räusperte sich und schwieg.

»Ich habe mit diesem Geschäft nun nichts mehr zu tun und ziehe mich zurück. Ihr müsst Euch um den Verkauf der fertigen Ware kümmern und um den ganzen Rest.«

Winald nickte. »Da hat Pascal Pallet ja endlich einmal bewiesen, dass er auch einen erfolgreichen Handel zuwege bringt, obwohl es mich wundert, dass dieser blinde Hund auch mal einen Knochen gefunden hat.«

Jolanthe starrte ihren Vater an und verstand zunächst nicht, was er da sagte. Pascal? Warum der? »Vater, es war meine Idee«, sagte sie ruhig.

Winald lachte nur und winkte ab. »Du wirst verstehen, dass du nach alldem nicht mehr hier im Haus bleiben kannst. Stattdessen haben deine Schwester und ich beschlossen, dass du in ein Kloster gehen wirst. Wir glauben, das ist ein guter Ort, an dem du lernen wirst, was wichtig im Leben ist. An einen anständigen Mann kann ich dich nach alldem, was du getan hast, nicht mehr vermitteln, und einen Tunichtgut will ich dir nicht antun. Immerhin reicht die Mitgift nun für eines der angesehenen Häuser.«

»In ein Kloster?«, wiederholte Jolanthe, und ihr dämmerte, dass ihr Vater das, was er sagte, genauso meinte.

»Ich habe dir zumindest soweit verziehen, und es scheint sich ja alles dem Guten zuzuwenden.«

Er wird seine Ansichten nie ändern, ging ihr durch den Kopf. »Ihr könnt nicht anders, nicht wahr?«, fragte sie. »Ihr habt es nie gewagt, Risiken einzugehen, und deshalb beneidet Ihr mich um meinen Mut. Ihr lehnt mich ab, weil ich damit erfolgreicher bin als Ihr.«

Sie wartete nicht auf Antwort, sondern ließ ihn einfach stehen. Was hatte sie an diesem Ort noch verloren? Sie beschloss, dieses Gefühl des Triumphes von oben auf dem Münsterturm zu feiern, welcher Ort wäre passender? Ich kann fliegen, wohin ich will, so wie die Vögel, dachte sie und wischte mit dem Handrücken die Tränen von den Wangen.

Das Papier mit der Nachricht enthielt auch auf der Rückseite keine näheren Informationen. Pascal blickte ratlos darauf. Vorhin als der Bote an seiner Tür geklopft hatte, dachte er, Jolanthe wollte ihm etwas mitteilen. Stattdessen hatte ihm Winald geschrieben. Er wolle ihn sehen und Pascal habe sich umgehend einzufinden, sonst nichts. Wie eh und je, dachte Pascal. Er glaubt, dass er jeden herumkommandieren kann.

Schon wollte er das Schreiben ignorieren und sich wieder seinen Grübeleien bezüglich Jolanthe hinwenden, da kam ihm ein Gedanke. War nicht Winald der Kern allen Übels? Hatte bei ihm nicht die ganze Misere begonnen? Und nun war er an einem Punkt angelangt, an dem er nicht weiterwusste.

»Kann ich dir trauen?«, hatte Jolanthe ihn gefragt. Nein wäre die richtige Antwort gewesen, die Wahrheit, das, was er sich nicht eingestehen wollte. Er hatte sie angelogen, sie über die wahren Beweggründe im Dunkel gelassen. Er hatte ihren Vater aus Rache zugrunde richten wollen und sie dafür benutzt – das war die Wahrheit. Und er konnte sie ihr nicht sagen, ohne sie endgültig zu verlieren.

Es half nur Ehrlichkeit weiter, und die führte zwangsläufig zu Winald Kun. Deshalb würde er dessen Aufforderung nachkommen. Allerdings zu einer Zeit, die er selbst festlegte. Der Alte sollte nicht glauben, er könne mit ihm umspringen wie mit Cornelius oder Vico.

So schlenderte er durch die Stadt mit dem Gefühl,

Abschied zu nehmen von allem, was ihm vertraut geworden war in letzter Zeit. Er ging zum Tuchkaufhaus, traf dort auf Mathies, der bereits von der nahen Abreise wusste. Sie würden weiter zusammenarbeiten, das hatten sie vereinbart. Vielleicht würde sein Vater sich überreden lassen dazu, in Ulm eine Niederlassung zu gründen mit Mathies als Verantwortlichem. Pascal selbst war sich nicht sicher, ob er die Stadt je wieder betreten würde. Sie erinnerte ihn zu sehr an eine Zeit, in der alles möglich schien und er doch alles vergeben hatte. Aus blinder Wut und Rache. Wie schal das im Nachhinein schmeckte.

Am Fischkasten blieb er stehen und beobachtete die schlanken Fischkörper und wie sie ihre Bahnen zogen. Hier hatte Jolanthe gesessen und auf ihn gewartet. Er griff ins Wasser, versuchte, einen der Fische zu fangen, doch sie entglitten ihm.

Am Münsterplatz hielt er sich lange auf, blickte immer wieder an der Fassade hoch, versuchte, jeden einzelnen Wasserspeier zu entdecken.

Als er genug hatte von alldem, machte er sich auf in Richtung des Kunschen Hauses. Eingelassen wurde er von einer Magd, und auf die Frage nach dem Hausherrn deutete sie nur die Treppe hoch. Winald schien auf ihn gewartet zu haben. Trog der Schein oder war sein Widersacher müde geworden?

»Was wollt Ihr?«, fragte Pascal und übersah Winalds Geste, mit der er ihn zum Sitzen aufforderte.

»Nun nehmt diesen Stuhl an«, meinte Winald. »Ich schaue ungern zu meinen Gästen hoch und bin nicht gut genug zu Fuß, um selbst zu stehen.«

So wenig ihm Winalds Ton gefiel, so wenig wollte er andererseits mit ihm streiten. Also setzte Pascal sich und wartete ab.

»Jolanthe hat mir die von ihr getätigten Geschäfte übertragen. Es sieht so aus, als hätte ich Schulden bei dir. Ich werde den Verdacht nicht los, dass das genau die Situation ist, die du haben wolltest.« Winalds Stimme blieb ruhig. »Was sind deine Bedingungen?«

»Immerhin sind wir wieder bei der vertraulichen Anrede.« War Jolanthe noch ganz bei Sinnen, warum hatte sie das getan? Sie hätte ein gutes Startkapital erwirtschaften können, stattdessen überließ sie dem Vater das Geschäft. Und nun hing Pascal wieder an dem Mann, dem er sein Lebtag nicht mehr trauen wollte. Welches Schicksal hatte sich da gegen ihn verschworen? Pascal beobachtete sein Gegenüber genau. Er wusste, dass Winald zu vielem fähig war. Ein zweites Mal würde er ihn nicht hintergehen. »Als Erinnerung an alte Zeiten?«

»Nimm es, wie du willst, und beantworte mir die Frage.«

»Ich hatte nicht vor, dir Geld zu leihen. Gott ist mein Zeuge. Du hast mich einmal im Stich gelassen, dieser Gefahr setze ich mich nicht freiwillig ein zweites Mal aus.«

»Du verdrehst die Fakten. Dein Versagen damals hätte mich fast mein ganzes Kapital gekostet. Mein Rückzieher war notwendig.« Winald lehnte sich mit dem Oberkörper vor, wie um seine Worte damit zu unterstreichen.

»Das wird nicht wahrer dadurch, dass du es immer wiederholst.«

»Wie ich sehe, bist du aus dem Ganzen herausgekommen. Reist in der Welt herum, hast Zeit, in Ulm einem alten Feind zuzusetzen. Glaube mir, ich bin nicht so dumm, nicht zu merken, dass du meinen Ruin willst.«

»Den hast du selbst zu verantworten. Ich sagte dir damals schon, setz auf Neues, wirtschafte mit geliehenem Geld, wenn du eine Zukunft haben willst.«

»Und du hast deine Rachepläne eine so lange Zeit gewärmt, um mir das zu beweisen?«

Es hatte keinen Sinn, mit ihm zu streiten. Pascal erinnerte sich an endlose Dispute, an deren Ende Winald bei seiner Ausgangsmeinung blieb, ganz gleich wie gut die anderen Argumente waren.

Er blickte aus dem Fenster, spürte, wie Winald ihn beobachtete. Schließlich sah er ihn wieder an, begegnete seinem Blick und sagte: »Du bist ein verdammter Sturkopf, Winald Kun. Das ist etwas, was du an deine Tochter Jolanthe weitergegeben hast. Ihr beide seid euch in vielem sehr ähnlich.«

Winald schwieg und blickte auf die Tischplatte.

»Du hast mich damals im Stich gelassen und mich in Schwierigkeiten gebracht«, fuhr Pascal fort. »Ich habe das Geschäft meine Vaters übernommen und meine Schulden zurückzahlen können. Ja, ich gebe zu, ich wollte mich für das Unrecht, das du mir angetan hast, rächen. Aber glaube mir, an deiner jetzigen Situation habe ich weniger Anteil, als du ahnst.«

Winald strich sich über die Lippen und antwortete immer noch nicht.

»So schlimm es war, was du mir angetan hast«, sagte Pascal. »Du hast mich auch zu dem gemacht, was ich heute bin. Ich wollte es allen zeigen. Das habe ich geschafft. Du hast bewirkt, dass ich von einem naiven zu einem geschäftstüchtigen Kaufmann wurde, der sich die Partner zweimal anschaut, ehe er ihnen vertraut.«

»Dann war ich ja zumindest einem zunutze und habe wenigsten einen jungen Menschen zu einem selbständigen Menschen gemacht«, antwortete Winald, legte den Kopf in den Nacken und atmete tief durch, so als glaube er selbst nicht an seine Worte.

»Unterschätze deine Töchter nicht.« Pascal machte eine kurze Pause. »Lass uns zum Geschäftlichen kommen. Wie lange, glaubst du, braucht der Weber für die Barchentherstellung? Hast du bereits Käufer für die fertige Ware?«

Winald seufzte. »Ich glaube, ich werde alt und sentimental. Nun gut«, er klopfte auf den Tisch, »auf zum Geschäftlichen.«

Kapitel 37

Nach dem Gespräch mit dem Vater am vorigen Tag hatte Jolanthe Ulm umgehend verlassen. Am Morgen danach hatte sie versucht, sich mit den üblichen Tätigkeiten zu beschäftigen, aber das Gefühl, etwas zu verpassen, der Drang, in der Stadt sein zu müssen, hatte überhandgenommen. Also hatte sie Martha Bescheid gegeben und sich wieder auf den Weg gemacht.

Nun lief sie an der Donau entlang, beobachtete die Lastkähne, die von Pferden am Ufer gegen die Strömung gezogen wurden. Das »Hoooohooo!« der Treiber klang ihr in den Ohren, begleitet vom Stampfen und Schnauben der Tiere. Jolanthe beobachtete einen Ast, der sich im trübe dahinfließenden Wasser drehte und weitertrieb. Sie setzte sich an die Uferböschung und starrte ihm nach, wie er immer wieder durch ein Wellental aus ihrem Blickfeld verschwand, um kurz darauf erneut aufzutauchen.

Was tat sie hier? Sie folgte einem Gefühl, das sich – kaum in Ulm angekommen – als Einbildung herausstellen konnte.

Mit einer Mischung aus Ratlosigkeit und Unrast durchquerte sie das Stadttor und ließ sich von der Menge in Richtung Marktplatz treiben. Die Verkäufer an den Ständen riefen ihre Ware aus. Jolanthe nickte dem Gewürzhändler zu, der sie wiederzuerkennen schien. Er winkte sie zu sich, doch sie bog ab und verschwand aus seinem Blickfeld. Sie hatte keine Lust, sich mit ihm zu unterhalten, weder über Belangloses noch über den Handel mit Pfeffer und Zimt.

Am Pranger hatten sie einen Jüngling festgebunden, der von Kindern bespuckt und mit Dreck beworfen wurde. Das Hemd hing in Fetzen an seinem Oberkörper, die Augen hatte er geschlossen, so als wollte er sich ausschließen vom Treiben um ihn. Es hatte sich eine kleine Gruppe Menschen gebildet, die nun auf ihn zukam und ihn umringte. Jolanthe konnte nicht ausmachen, ob sie ihm freundlich oder feindlich gesonnen waren.

Über all dem Treiben erhob sich das Münster in seiner ganzen Erhabenheit. Jolanthe blieb eine Weile stehen, um es zu betrachten. Dann lief sie weiter und landete unvermittelt vor Vicos Laden. Sie betrat ihn und traf auf ihre Schwester. Sieglinde hatte gerade ein Stück Seide auf einem Tisch ausgebreitet und unterhielt sich mit einer Frau. Jolanthe beschloss abzuwarten und sah sich um, während sie unauffällig dem Gespräch lauschte.

»Mein Gatte hat diesen Stoff von weit her kommen lassen. Es ist der beste, den Ihr in Ulm erwerben könnt«, sagte Sieglinde.

»Das behaupten sie alle, glaubt es mir«, antwortete die Kundin. »Allerdings habt Ihr recht, diese Seide fühlt sich feiner an als die, die ich bislang kannte.«

Sieglinde ging in den hinteren Ladenteil und holte

noch weitere Seide in anderen Farben. Schließlich entschied sich die Kundin, ließ sich den Stoff abmessen, zahlte und verließ das Geschäft.

»Du verkaufst die Waren deines Mannes?« Jolanthe konnte und wollte ihr Erstaunen nicht verbergen.

»Ja.« Mehr sagte Sieglinde nicht.

Ihr Bauch schien sich bereits ein klein wenig zu wölben, und Jolanthe verspürte das Bedürfnis, ihn zu berühren. Mein kleiner Neffe, dachte sie und gleich drauf, warum wohl alle so sicher waren, dass es ein Junge würde. Ihr wäre eine Nichte lieber gewesen.

»Dir geht es gut?« Jolanthe deutete auf den Bauch der Schwester. Die nickte, und wieder breitete sich Schweigen zwischen ihnen aus, das Sieglinde überspielte, indem sie die Stoffe zusammenlegte.

»Vater hat bereits einen Käufer für den Barchent.«

»Umso mehr wundert mich dein Einsatz hier.«

»Ich habe Verantwortung.« Sieglinde strich sich über den Bauch. Es schien keine unbewusste Geste zu sein. »Wirst du Vater gehorchen und in das Kloster gehen?« Sie gab sich die Antwort selbst: »Nein, natürlich nicht. Du bleibst bei der Alten in ihrer Burg, nicht wahr?«

Jolanthe lächelte. Ihre Schwester hatte doch immer ein Gespür dafür, wo es etwas zu holen gab. Nun hatte sie also Vicos Erfolg mit dem Laden erkannt. »Vermutlich«, antwortete sie.

»Du hast mir immer vorgeworfen, Schuld an Mutters Tod zu sein. Es hätte sie niemand retten können. Schau, jetzt erwarte ich ein Kind und weiß, was alles falschlaufen kann«, sagte Sieglinde.

Jolanthe ließ ihren Blick über die Waren in den Regalen wandern, um Zeit zu gewinnen, doch Sieglinde wartete nicht auf eine Antwort. Stattdessen lachte sie, und zu ihrem Erstaunen hörte Jolanthe etwas Heiteres aus einem Lachen der Schwester heraus. »Mit diesem Laden hier planen wir Großes, wünsch uns Glück, dass es uns gelingt.«

»Und Vater?«

»Ich kümmere mich um ihn.«

Jolanthe spürte in sich nach, ob die Neuigkeiten ihr etwas bedeuteten, doch da war nichts, kein Drang, zum Vater zu gehen und ihn zu unterstützen. Stattdessen fühlte sie die unbändige Kraft der Freiheit – stand ihr nicht alles offen, hier und jetzt? Die ganze Welt.

Jolanthe hob die Hand, berührte damit sanft Sieglindes und wandte sich dann zum Gehen. »Gott wird euch beschützen.«

Jolanthe suchte Pascal in seiner Unterkunft, doch der Wirt sagte ihr, sein Gast habe sich am Morgen verabschiedet und kurze Zeit darauf sein Gepäck abholen lassen. Sie wollte das nicht glauben. Zurück auf der Straße blickte sie hoch in den Himmel, an dem weiße Wolkenbäusche vorbeizogen und blassblaue Flecken dazwischen sichtbar ließen.

Er konnte nicht einfach so abgereist sein, ohne sich von ihr zu verabschieden. Also, wo würde sie ihn am ehesten finden? Sie hastete in Richtung des Kaufhauses der Tuchkaufleute. Dort herrschte wie immer reges Treiben. Drinnen stieß sie gegen Mathies, der sie an den Schultern fasste und sie hielt, bis sie ihr Gleichgewicht wiedergewonnen hatte.

»Wo ist Pascal?«

Mathies ließ sie vorsichtig los, so als wolle er testen, ob sie sich gerade hielt oder doch noch fiel. »Warum so stürmisch, junge Frau?«

»Ist er abgereist?« Natürlich gab sie kein Bild der Überlegenheit ab, doch das war ihr gleich. Sie wollte wissen, wo Pascal steckte, das war wichtiger als jede Schauspielerei.

»Er wollte zurück nach Paris, doch ob heute schon oder morgen erst, davon weiß ich nichts.«

»Das kann nicht sein! Er hat sich nicht von mir verabschiedet.«

Mathies betrachtete sie. Entweder besaß er so wenig Feingefühl, dass ihm die Lage nicht klar wurde, oder ihre Aufregung war ihm gleichgültig.

»Ihr ward nicht eben freundlich zu ihm beim letzten Zusammentreffen. Vielleicht liegt es daran«, meinte er spöttisch.

»Trotzdem. So etwas ist ungehörig, das kann er doch nicht tun!« Es hatte keinen Sinn, hier kam sie nicht weiter. Mathies wollte ihr nicht helfen, vielleicht konnte er es auch nicht. Jolanthe drehte sich mit einem Schwung und lief zum Ausgang. Auch draußen auf dem Fischmarkt konnte sie Pascal nicht finden. Blieben nur noch der Münsterturm oder sein Lieblingsplatz an der Donau. Wo würde er sich am ehesten von der Stadt verabschieden, wenn nicht hoch über ihr, mit allen Straßen und Gassen und Häusern im Überblick?

Die ersten Stufen rannte sie, bis ihr das Atmen solche Schmerzen in der Brust bereitete, dass sie ein paar Augenblicke stehen bleiben musste, um ihren Herzschlag zu beruhigen. Sie zählte die Stufen. Der Blick aus den Fensteröffnungen störte sie nicht, es ging in die Tiefe, na und? Als sie auf die Terrasse trat, hörte sie die Zurufe der Arbeiter und ein Hämmern auf Stein. Ansonsten war sie allein.

Sie ging an die Brüstung und legte die Hände flach darauf, spürte den kühlen Stein und blickte über die Dächer der Stadt. Irgendwo da unten war er, aber wo? Er durfte nicht einfach so gehen.

Sie schloss die Augen. Gut, hier war Pascal nicht, aber vielleicht würde er an der Donau auf sie warten und wenn nicht, so vielleicht bei Martha und wenn das auch nicht, dann … lohnte es sich nicht, auch nur einen weiteren Gedanken an ihn zu verschwenden.

Hinab ging sie die Treppen in gemäßigtem Tempo. Mit den Fingern fuhr sie die Wölbung der Mauer entlang. Unten angekommen überquerte sie den Platz, lief durch das Stadttor, das zum Donauufer führte und bog ab. Nach ein paar Schritten konnte sie den Ast sehen, der sich über das Wasser streckte. Der Baumstamm verdeckte große Teile davon, doch unten sah sie zwei nackte Füße, deren Zehen im Wasser baumelten und durch die Bewegung die Oberfläche in Unruhe brachten.

Sie umrundete den Stamm und rutschte auf den Ast.

»Ich dachte schon, du kommst nicht mehr«, begrüßte Pascal sie.

»Eine kurze Nachricht wäre von Vorteil gewesen«, antwortete Jolanthe und rückte so dicht an ihn, dass sie seine Nähe spüren konnte. Um nicht schweigen zu müssen, sprach sie das Erste an, was ihr in den Sinn kam. »Ich habe mit Sieglinde gesprochen.«

»Das wird sehr geholfen haben.«

»Nicht wirklich«, sie musste lachen. »Ich lebe von jetzt ab bei Martha.«

»Kein Festhalten mehr an Vaters Kontor? Kein unbedingter Rettungsversuch mehr, wo er doch so verblendet ist?«

Sein Spott tat weh, vermutlich weil er recht damit hatte. Sie antwortete nicht, und schließlich entschuldigte er sich.

»Letztlich sollte ausgerechnet ich nicht über andere urteilen. Darf ich dir was erzählen?«

Von ihr aus konnte er erzählen, bis die Nacht kam und bis zum Tag und bis in alle Ewigkeit hinein. Sie wollte hier nicht weggehen. Vielleicht auch, weil sie nicht wusste wohin.

»Nur zu.«

»Ich traf Winald Kun vor etlichen Jahren in Paris. Er und mein Vater hatten Geschäfte miteinander, und so dachte ich, man könne ihm trauen. Es war die Zeit, wo ich gerade von meiner Ausbildung aus Venedig zurückkam und all das dort Erlernte austesten wollte. So geriet ich an ein Geschäft, das mir lukrativ erschien. Doch um es wirklich richtig groß zu machen, brauchte ich einen Partner. Winald ließ sich überzeugen, sagte mir Gelder zu. Ich meinerseits machte Schulden. In der Nacht, nachdem ich die Ware erworben hatte, ließ Winald mich durch einen Boten wissen, er habe es sich anders überlegt und sei zudem längst auf der Rückreise.«

Pascal machte eine Pause, und Jolanthe spürte, wie er sie von der Seite ansah. Sie erwiderte seinen Blick nicht, starrte nur weiter auf die Spiegelungen der Wasseroberfläche und wartete ab, dass er fortfuhr.

»Ich hatte einen Wechsel, den ich mit seinem Geld begleichen wollte. Das ging nun nicht mehr. Die Ware aber ließ sich nicht so schnell verkaufen. Um es kurz zu machen, ich blieb auf Schulden sitzen, die ich im Kontor meines Vaters mühsam abarbeiten musste. Heute kann ich nur den Kopf über mich schütteln, damals aber war ich zu leichtgläubig in manchen Dingen.«

»Und dann?«

»Es ergab sich diese Reise nach Ulm. Ich hatte noch eine Rechnung offen. Es war wie ein Spiel, weißt du. Was kann ich erreichen, wenn ich dieses oder jenes ausprobiere.«

»Deshalb hast du dich an mich herangemacht. Du wolltest über mich Einfluss auf Vaters Geschäfte erlangen.«

»Ich habe dich sehr bald schätzen gelernt. Du hast den Laden am Laufen gehalten, auch wenn dir das nicht klar war.«

»Mein Vater ist nicht ruiniert.« Und letztlich war das sogar Pascals Verdienst, denn er hatte ihr geholfen.

»Ich weiß.« Er legte den Arm um ihre Schultern und zog sie an sich. »Und das ist gut so.«

Seine Wärme fühlte sich richtig an. Wie ein Zuhause, in dem man willkommen ist, so wie man ist. Jolanthe blickte in die trübe dahinfließenden Wassermassen der Donau. »Wir könnten uns ein Floß bauen und uns einfach treiben lassen«, meinte sie unvermittelt. »Wohin kämen wir dann?«

»Ins Schwarze Meer«, antwortete Pascal.

»Merkwürdiger Name, warum heißt das so? Ist es schön dort?«

»Vielleicht. Warum es so heißt? Keine Ahnung.«

»Einfach dahin treiben.« Jolanthe machte mit der Hand eine Wellenbewegung. »So, siehst du.«

Pascal hielt sie fest, seine Finger verschränkten sich mit ihren. »Paris ist auch sehr schön.«

»Ach ja? Was gibt's da so zu riechen, zu sehen, zu schmecken, zu erleben?«

»Ein Fluss, der quer durch die Stadt fließt und Seine heißt. Eine Kathedrale, die dem Ulmer Münster in nichts nachsteht. Wir haben Weine aus Burgund, die dich zum Träumen bringen, einen wichtigen Handelshafen und noch vieles mehr. Paris ist eine reiche Stadt, eine Handelsmetropole, in der einiges möglich ist.«

»Nicht schlecht.« Jolanthe machte sich los und ließ ihre Finger auf Pascals Arm entlangwandern. In seinem Nacken hielt sie inne, zog sich zu ihm heran und näherte sich mit den Lippen seiner Wange. »Wer weiß, vielleicht schau ich mir das demnächst sogar mal an. Habe ja noch ein paar Münzen, um in ein neues Geschäft zu investieren, und Paris kann sicher Gewürze gebrauchen.«

Epilog

Ulm, 1485 Winter

Eine ereignisreiche Zeit lag hinter Jolanthe. In Paris hatte Pascals Schwester sie ohne Zögern bei sich im Haushalt aufgenommen. Jolanthe mochte die eigensinnige junge Frau, sie verstanden sich auf Anhieb. In der Stadt selbst hingegen fand sie sich immer noch nicht zurecht, doch Pascal ließ ihr Zeit, ebenso bei dem Thema Heirat. Er hatte es nur einmal angesprochen, seither ließ er sie gewähren. Noch war vieles zu neu und ungewohnt.

Als Pascal ein Geschäft in Ulm ankündigte, beschlich sie der Verdacht, er täte das, um ihr Heimweh zu lindern. Natürlich ritt sie mit. Gestern waren sie bei Martha angekommen, und heute begleitete sie die Freundin in die Stadt. Sie hatten all die vertrauten Winkel und Orte gemeinsam besucht, als Martha schließlich sagte:

»Zu deinem Elternhaus begleite ich dich nicht.«

Sie machten einen Treffpunkt aus und trennten sich. Das Gefühl durch so vertraute Gassen zu gehen, rief Jolanthe schmerzhaft in Erinnerung, wie sehr sie all dies vermisste. Als sie vor der Tür vom Haus ihres Vaters stand, wischte sie erst einmal verstohlen mit dem Handrücken über die Augen.

Das Geschrei erklang, als Jolanthe den Flur betreten

hatte. Es ließ sie erstarren, schien direkt aus der Vergangenheit zu kommen, so als wäre sie wieder zehn Jahre alt, hilflos, in Holzpantoffeln mit ihrem Stoffhasen fest an die Brust gedrückt. Jolanthe riss die Tür zur Küche auf. Winald schaute ihr mit glasigen Augen entgegen, vor sich einen Krug, aus dem es nach säuerlich billigem Wein roch. Er schien sie nicht wahrzunehmen. Das Feuer im Herd war ausgegangen.

Jolanthe rannte die Stiege hoch, der Schrei war verstummt, stattdessen hörte sie Frauenstimmen. In Sieglindes Kammer war die Luft verbraucht und rauchig von dem hereingetragenen Kohlebecken. Die Hebamme beugte sich über das Bett. Katrein tupfte Sieglinde mit einem nassen Tuch die Stirn. Jolanthe öffnete einen Fensterladen, ohne auf den Protest der älteren Frau zu achten. Dann trat sie an das Bett.

»Es ist alles in Ordnung«, flüsterte Katrein. »Es hat erst angefangen, wir müssen warten.«

Jolanthe sah ihre Schwester in den Kissen liegen, erwiderte ihren Blick und zwang sich zu einem Lächeln, obwohl ihr nicht danach zumute war.

Sieglinde nahm ihre Hand und drückte sie. »Ich habe solche Furcht. Bitte, Jolanthe, hol Martha. Sie soll bei der Geburt dabei sein. Wenn du es bist, die sie darum bittet, dann wird sie kommen.«

Einen Moment lang zögerte Jolanthe. Sie sah ihre Mutter dort liegen, ihr schmerzverzerrtes Gesicht. Das Bild verschwamm mit der Realität, der Schweiß auf der Stirn, der den Haaransatz dunkel gefärbt hatte, das Keuchen. Sie erwiderte den Händedruck ihrer Schwester.

»Ich hole sie«, sagte sie, um einen beruhigenden Ton bemüht, obwohl sie selbst so aufgewühlt war. »Mach dir keine Sorgen, wir bringen das Kleine und dich gesund da durch.«

ENDE

Danksagung

MEIN DANK GEHT an Peter Renz für alles! Außerdem an meine Agentinnen Julia Abrahams und Natalja Schmidt, sowie an meine Lektorin Claudia Senghaas für ihren Einsatz und ihr Vertrauen.

Meine Testleser waren wie immer die Besten: Axel, Flori, Meinhard, Nicole und Thomas, danke euch! Außerdem ein dickes Dankeschön an Matthias und Ina, die sich so für meine Schreiberei einsetzen.

Meiner Mutter danke ich für ihren Kommentar, der mich auf die Idee mit dem Prolog gebracht hat.

Und Ralf danke ich dafür, dass er da ist, mich unterstützt und auch in Schreib- und sämtlichen anderen Krisen erträgt.

Außerdem, wie immer, ein Dankeschön an meine Kollegen vom Montségur-Autorenforum. Ohne euch wäre das Schreiben ein einsamer Job!

Christoph Öhm
Das Mozart-Mysterium
978-3-8392-1299-8

»Ein historischer Krimi im Stile von ›Da Vinci Code‹: Geheimbünde, spannende Verschwörungstheorien, eine aufregende Jagd nach der Melodie der Weisen.«

Salzburg 1755. Leopold Mozart, Vater des berühmten Amadeus, steht vor der Herausforderung seines Lebens. Die Mizler'sche Gesellschaft, ein Geheimbund auf der Suche nach der idealen Melodie, möchte ihn aufnehmen. Doch die Ziele der Gesellschaft sind ominös: Geht es ihr wirklich um die Schönheit der Musik? Warum werden Leopolds Bemühungen von den Illuminaten torpediert? Mit seinem Schüler David Stark begibt er sich auf eine Schnitzeljagd voller Fallstricke. Ein Scheitern hätte tödliche Folgen …

Christiane Gref
Meike Schwagmann
Die Schädeljäger
978-3-8392-1298-1

»Lässt sich die Seele anhand eines Schädels vermessen? Ein spannender historischer Thriller vor atemberaubender Kulisse.«

Weimar, 1805. Die Heimat der deutschen Klassik steht Kopf: Eine blutige Spur enthaupteter Leichen führt durch die Stadt. Zur selben Zeit präsentiert der Phrenologe Dr. Franz Josef Gall seine umfangreiche Schädelsammlung in den Hörsälen Weimars. Hat er etwas mit den Morden zu tun? Als der Weinhändler Adrian Dennfelder das Angebot ausschlägt, seinen Schädel vermessen zu lassen, wird es auch für ihn gefährlich. Er muss den Täter finden, will er nicht selbst der nächste Kopflose sein …

GMEINER

Wir machen's spannend

VLMA